l

Und du v

Monika Feth

Und DU wirst lächelnd STERBEN

cbj

Bei diesem Buch wurden die durch das verwendete Material und die Produktion entstandenen CO_2-Emissionen ausgeglichen, indem der cbj Verlag ein Projekt zur Aufforstung in Brasilien unterstützt.
Weitere Informationen zu dem Projekt unter:
www.ClimatePartner.com/14044-1912-1001

MIX
Papier | Fördert gute Waldnutzung
FSC® C083411

Wir produzieren Klimaneutral
ClimatePartner.com/14044-1912-1001
Druckprodukt

Penguin Random House Verlagsgruppe
FSC® N001967

Liebe Leser*innen,
dieses Buch enthält potenziell triggernde Inhalte.
Deshalb findet ihr auf der letzten Seite eine Triggerwarnung.
Achtung: Diese enthält Spoiler für das gesamte Buch.
Euer cbj-Verlag

1. Auflage 2023

Covergestaltung: buxdesign | München
unter Verwendung eines Motivs von Daniela Hofner
he · Herstellung: UK
Satz: GGP Media GmbH, Pößneck
Druck: CPI books GmbH, Leck
ISBN 978-3-570-16500-3
Printed in the EU

www.cbj-verlag.de

Alles, was man vergessen hat,
schreit im Traum um Hilfe.

Elias Canetti,
»Die Provinz des Menschen«

TEIL EINS

1.

Sie wusste nicht, wie lange sie schon unterwegs war. Sie wusste erst recht nicht, wohin. Etwas trieb sie voran, immer und immer weiter.

Straßen. Häuser. Felder. Wiesen. Ab und zu ein Wald.

Längst befand sich ihr Körper im Ausnahmezustand. Jeder einzelne Muskel schmerzte, kalter Schweiß stand ihr auf der Stirn. Der Hunger war kaum noch spürbar, aber der Durst brachte sie fast um.

In einem kleinen Ort, dessen Häuser still im gleißenden Sonnenlicht standen, stieß sie auf einen Brunnen. Mitten auf dem leeren Marktplatz warf sie sich über seinen Rand und trank wie eine Verdurstende. Sie benetzte ihr Gesicht mit dem erfrischenden Wasser und kühlte sich die Handgelenke. Wie gut das tat …

Kein Mensch war zu sehen. Verlassen lagen die Geschäfte da. Sie drehte sich um sich selbst, um sich zu orientieren, doch nichts von dem, was sie erblickte, schien ihr vertraut. Dünn schlug die Uhr im Rathausturm.

Eins. Zwei. Drei.

Ein Sommernachmittag. Das war die einzige Gewissheit,

die sie besaß. Es war drei Uhr an einem heißen Sommernachmittag, und sie befand sich auf dem Marktplatz eines Ortes, in dem sie offenbar noch nie gewesen war. Sicherlich stand der Name auf einem Ortsschild, an dem sie vorbeigekommen sein musste, doch sie hatte ihn entweder nicht wahrgenommen oder wieder vergessen.

Sie hätte sich gern auf dem Brunnenrand niedergelassen, eine Hand ins Wasser getaucht und sich ausgeruht. Doch da traten plötzlich Menschen ins Bild, vier Mädchen, die schwatzend und lachend mit ihren Handys beschäftigt waren.

Sofort setzte sie sich wieder in Bewegung. Sie wich den Mädchen aus, um jede Berührung mit ihnen zu vermeiden, nahm aus den Augenwinkeln einen Mann wahr, dessen Gestalt so dunkel war wie sein Schatten. Schmeckte die Panik, die schon seit einer geraumen Weile in ihr gelauert hatte, auf der Zunge.

Geduckt verließ sie den Marktplatz und floh.

Vor was?

Vor wem?

Warum?

Wie konnte man eine solche Angst haben, ohne ihre Ursache zu kennen?

Sie hatte den kleinen Ort längst wieder verlassen, als ihr einfiel, dass sie ein weiteres Mal nicht auf seinen Namen geachtet hatte.

★

hab dir meine liebe gezeigt
und es vergeigt
hast meine gefühle ignoriert
mich kaltlächelnd abserviert
grausamer engel

Verärgert klappte Marvin Rauschenbach den Laptop zu, als er Schritte hörte, die sich auf dem Flur näherten. Doch dann entfernten sie sich in Richtung Fahrstuhl und er klappte den Laptop wieder auf.

Man durfte ihm jederzeit über die Schulter sehen, jedoch nicht bei dem hier.

im schatten deiner flügel so kalt
eis im herzen
überall schmerzen
lieben oder hassen
nichts dazwischen
ist es so schwer
sich lieben zu lassen
hab mich verlorn auf dem weg zu dir
bin nicht angekommen und nicht mehr hier
schweb irgendwo
im gottverfluchten nirgendwo

Rap-Songs zu schreiben half ihm, seine Emotionen zu drosseln. Nicht auszurasten. Auf dem Boden zu bleiben. Es war auf eine seltsame Art wie Boxen. Innerliches Auspowern nannte er es für sich.

Nach dem Boxtraining war er schweißgebadet und fühlte sich topfit. Nach der Arbeit an einem Songtext war es ähnlich, nur dass die in seinem Kopf stattfand und ihm nicht die Nase brechen konnte.

Das Texten und das Boxen, beides brauchte er so nötig wie die Luft zum Atmen.

dreh dich nicht um
renn um dein leben
ich schwör
ich werd dir nie vergeben

Im wahren Leben hatte er es nicht immer so mit Reden. Häufig fehlte ihm die Lust, überhaupt den Mund aufzumachen. Lieber ließ er Taten sprechen. Es wurde zu viel geredet auf dieser Welt. Das vergeudete bloß Energie, ohne irgendwohin zu führen.

Bei der Arbeit an seinen Songs dagegen badete, schwelgte er geradezu in Worten. Stülpte sein Innerstes nach außen, ohne Vorsicht, ohne Reue. Ohne auf irgendwen oder irgendwas Rücksicht zu nehmen. Nicht mal auf sich selbst.

Das war ungeheuer wohltuend. Befreiend. Klärend.

bin dein verdammter GOTT
verfall mir
keinem sonst

Dieser Text trieb ihn an den Rand des Wahnsinns. Und doch war es nötig, ihn zu schreiben. Er musste sich beruhigen, denn ihm war danach, auf die Straße zu stürmen und die Windschutzscheiben sämtlicher Fahrzeuge zu zertrümmern, die ihm in die Quere kamen.

Das Bedürfnis, wild um sich zu schlagen und mit seiner Dienstwaffe loszuballern, überfiel ihn nicht zum ersten Mal. Und nicht zum ersten Mal machte er sich klar, dass ihm das nichts bringen würde. Es würde ihn lediglich seinen Job kosten.

meine hände werden
deine haut erglühen lassen
meine zunge wird
deine lippen verbrennen
meine liebe wird
dich töten
und du
wirst
lächelnd
sterben

Seinen Job brauchte er so dringend wie das Boxen und das Schreiben.

Und die Jungs. Denen er alles anvertrauen konnte.

Fast alles.

Mit denen er eine verschworene Gemeinschaft bildete, seit sie in diesem Präsidium gelandet waren. Sie hatten das gleiche Alter, was ihm, als sie ihren Dienst angetreten hatten, wie ein Zeichen erschienen war.

Seite an Seite sorgten sie dafür, dass die Welt von den

größten Arschlöchern befreit wurde. Und halbwegs sauber blieb. Halbwegs, denn die Schweine, die sie hinter Gitter gebracht hatten, wuchsen so schnell wieder nach, wie sie aus dem Verkehr gezogen wurden.

Für Ordnung zu sorgen, war eine Sisyphusarbeit, selbst in einer überschaubaren Stadt wie dieser. Sie konnten nur ihr Bestes geben, Tag für Tag. Und hoffen, dass es nicht schlimmer wurde.

Mit Mitte zwanzig waren sie zu jung für Anpassung und Kompromisse. Sie hatten nicht vor, sich jemals verbiegen zu lassen, das hatten sie sich geschworen.

Wieder näherten sich Schritte. Diesmal wurde die Tür aufgestoßen. Es war Alan, der mit dem Smartphone am Ohr zu seinem Schreibtisch ging und hektisch in irgendwelchen Unterlagen blätterte.

»Hey, Alter.« Marvin zwang sich zu einem Grinsen. »Hummeln im Hintern?«

Doch Alan antwortete nicht. Er schnappte sich seine Tasche, deutete auf seine Armbanduhr und eilte, weiter telefonierend, wieder hinaus.

*

Erst nachdem sie den Wald betreten hatte, atmete sie auf. Hier fühlte sie sich geschützt und vor neugierigen Blicken verborgen. Der weiche Boden gab sanft unter ihren Schritten nach. Sonnenlicht träufelte durch das Blätterdach der Laubbäume. Das Grün der Tannennadeln glitzerte wie Smaragd.

Ausruhen. Nur für einen kostbaren Moment. Kurz die Augen schließen, die vor Erschöpfung brannten.

Sie ließ sich auf einem der üppigen Mooskissen nieder, die überall dazu aufzufordern schienen, lehnte sich mit dem Rücken an den Stamm einer mächtigen Tanne und legte den Kopf zurück.

Auch hier war sie nicht sicher, doch sie konnte nicht mehr.

Nur ausruhen, dachte sie. Nicht einschlafen. Nur ausruhen.

Das bunte Licht flirrte ihr vor den Augen. Sie betrachtete die Blätter, die sich im Windhauch bewegten. Wenn ich ein Vogel wär, dachte sie, würd ich ihn spüren da oben, den Wind.

Wenn sie ein Vogel wär, könnte sie mehr als das. Sie könnte einfach wegfliegen und alles hinter sich lassen. Alles.

Was immer das sein mochte.

Als sie aufwachte, hatte sie Mühe, sich zurechtzufinden. Ihr Kopf war leer. Da war keine Information, die sie abrufen konnte, kein einziger noch so winziger Hinweis auf ihre Lage. Als hätte jemand oder etwas die Festplatte ihres Gehirns gelöscht.

Am liebsten hätte sie sich auf dem angenehm kühlen Moos ausgestreckt und wär wieder eingeschlafen. Aber vielleicht schlief sie ja noch. Steckte in einem Traum fest, der so realistisch war, dass sie ihn für die Wirklichkeit hielt.

War das möglich?

Konnte man in einem Traum darüber nachdenken, ob man träumte?

Ihr Magen schmerzte. Sie legte die Hände darauf, um ihn zu besänftigen. Doch das half nicht. Schwankend vor

Müdigkeit kam sie auf die Füße und klopfte sich ein paar trockene Blätter vom Rock. Sie musste weiter, durfte keine Zeit verlieren, wenn sie auch den Grund dafür nicht kannte.

Sie wusste nur eines: Sie musste weg. Bloß weg von hier.

Am Rand einer Lichtung entdeckte sie Walderdbeeren und lachte vor Freude. Es war ein Lachen, das sie nicht kannte, hoch, schrill, laut. Es scheuchte ein paar Vögel auf, die schimpfend davonflogen. Erschrocken hielt sie sich den Mund zu und sah sich um.

Das einzige Lebewesen, das sie erblickte, war ein rotbraunes Eichhörnchen, das sie mit großen Augen anstarrte, bevor es davonflitzte und den Stamm eines Baums hinaufhuschte.

Die Erdbeeren waren klein und unscheinbar, aber sie schmeckten herrlich süß, und es gab unzählige davon. Sie verschlang sie gierig.

Bis ihr Blick auf ihre Finger fiel, rot vom Saft der Früchte.

ROT …

Alles drehte sich vor ihren Augen. Lautlos sank sie zu Boden. Dorthin, wo nichts mehr sie erreichte.

Als sie wieder zu sich kam, hatte sie den Eindruck, es seien Stunden vergangen, doch das konnte nicht sein – das Licht hatte sich nicht verändert. Sie rappelte sich auf und taumelte weiter.

Über Stock und über Steine …

Irgendwo in ihrem Kopf hörte sie Fetzen einer leisen Melodie, die etwas in ihr anklingen ließen.

… aber brich dir nicht die Beine …

Jemand sang diese Melodie. Sie selbst? Wie lange war das her? Wo war das gewesen?

Hopp, hopp, hopp, Pferdchen, lauf Galopp.

Tränen traten ihr in die Augen. Energisch wischte sie sie fort. Sie war nicht der weinerliche Typ.

Oder doch?

Ihr fiel auf, dass sie tatsächlich NICHTS über sich selbst wusste. Rein GAR NICHTS. Sie hatte nicht einmal eine Vorstellung davon, wie sie aussah.

Verstört blieb sie stehen. Sie betrachtete ihre Hände. Zart und schmal mit kurz geschnittenen Nägeln. Sie fuhr sich mit den Fingern durchs Haar. Schulterlang, weich und voll. Es war kupferrot. Auch das hatte sie nicht gewusst.

Um nicht zu verzweifeln, setzte sie sich wieder in Bewegung. Doch ihre Unsicherheit begleitete sie und quälte sie mit weiteren Fragen. Wie alt war sie? Ihre Hände, die Haut der Arme und Beine gaben keinen Aufschluss darüber.

»Hallohallohallo«, sagte sie leise.

Ihre Stimme hörte sich jung an und klar. Eine angenehme Stimme, fand sie und freute sich darüber. Eine Stimme, zu der sie gern gehörte. Mit der sie sich weniger allein fühlte.

Und sonst? Sie musste doch Eltern haben. Freundinnen. Freunde. Eine Familie, in der sie aufgehoben war. Eine Wohnung. Jeder Mensch wohnte irgendwo. In einer Stadt. Einem Dorf. Einem Haus.

Hatte sie einen Beruf? War sie noch in der Ausbildung? Studierte sie?

WIESO WUSSTE SIE DAS ALLES NICHT?

Und wovor fürchtete sie sich dermaßen, dass sie ihre Schritte beschleunigte, bis sie schließlich rannte?

Über Stock und über Steine … hopp, hopp, hopp …

Zumindest daran konnte sie sich festhalten, an diesen wenigen Worten und der kleinen, vertrauten Melodie in ihrem Kopf.

Gut möglich, dass sie im Kreis lief. Sie hatte nicht auf die Umgebung geachtet. Lediglich Kleinigkeiten waren ihr aufgefallen. Das leuchtende Weiß winziger sternförmiger Blüten am Rand eines Waldwegs. Auf einem Stein ein hellbrauner Frosch, der nicht größer war als eine Zwei-Euro-Münze. Oder war es eine Kröte gewesen? Ein Mückenschwarm über einem versandenden Tümpel.

Kaum Menschen in den Dörfern. Die Rollläden waren heruntergelassen, um die Hitze auszusperren, die schwer auf den Dächern lastete. Sie hatte halb verfallene Holzscheunen gesehen und abgehalfterte Traktoren, die auf noch nicht gemähten Wiesen vor sich hin rosteten. Ab und zu Musik aus einem der Häuser gehört und Kinderstimmen.

Kein einziger Ortsname war in ihr Bewusstsein gedrungen. Kein einziger … Wie elektrisiert blieb sie stehen … *Name …*

Mit einem Mal tauchte aus den Tiefen ihres Gehirns eine Erinnerung auf. Zunächst blass und undeutlich, nahm sie schmerzhaft und unendlich langsam Gestalt an.

I… V… Y…

IVY!

In der schrecklichen Unsicherheit, in der sie sich wie in einem Albtraum bewegte, wusste sie plötzlich mit absoluter Sicherheit, dass sie Ivy hieß.

Ein Schluchzen stieg in ihrer Kehle auf, gefolgt von Tränen der Erleichterung. Sie hatte etwas gefunden. Etwas, das ihr Halt gab.

Ihren Namen.

Den konnte ihr niemand mehr nehmen.

Unmerklich veränderte sich das weiße Licht der Hitze. Es sog sich mit Schwere voll, bis es schließlich goldgelb auf den Dingen lag. Es wurde wohl allmählich Abend.

Sie fragte sich, wie spät es sein mochte.

Wieso trug sie keine Uhr am Handgelenk? Jeder Mensch besaß doch eine Uhr. Zeit war zu kostbar, um sie leichtfertig zu verschwenden.

Stimmte das? Dachte sie so?

Oder war sie im Gegenteil jemand, der mit leichter Hand über die Stunden verfügte?

Eigentlich nämlich war *Verschwendung* ein Wort, das ihr ein gutes Gefühl vermittelte. Sie musste dabei an Frauen mit üppigen, leidenschaftlichen Formen denken. An festliche Tische, die sich unter den köstlichsten Speisen bogen. An Lippen, die von Rotwein glänzten. An Schalen voller Früchte. Erdbeeren. Weintrauben. Kirschen …

Vor ihr lagen die ersten Häuser eines weiteren Orts.

Des wievielten? Sie hatte sie nicht gezählt.

Die Spatzen rotteten sich bereits in den hohen Bäumen zusammen. Die Schatten waren lang geworden. Auf einem

Bauernhof jaulte verlassen ein Hund. Aus dem Stall drang das blecherne Scheppern eines Eimers. Kaffeeduft stieg Ivy in die Nase und vor ihren Augen erschien die Fata Morgana einer riesigen Sahnetorte.

Ich heiße Ivy, dachte sie und klammerte sich an dieser Gewissheit fest, als sie sich mit müden Schritten in den Ort schleppte.

2.

Die Jungs warteten bereits auf ihn, wie meistens. Marvin hörte ihre Stimmen auf dem Flur und auch die fieberhafte Rastlosigkeit darin. So ein Tag heizte die Gemüter auf. Da kamen Emotionen hoch, die ein Ventil brauchten. Deshalb gingen sie nach Dienstschluss oft noch auf ein paar Bier ins *Suzie*.

Keiner wusste, woher der Name der Kneipe kam und was er bedeutete. Mit Eli, der Wirtin, konnte er nichts zu tun haben. Eli hieß eigentlich Elisabeth, hasste ihren Vornamen jedoch mindestens so sehr, wie sie ihre Großmutter gehasst hatte, nach der sie getauft worden war.

Die attraktive Mittvierzigerin war die geborene Kneipenwirtin. Mit ihrer barschen, unerschrockenen Art konnte sie selbst gestandene Männer zusammenfalten, wenn es sein musste, und das war oft genug der Fall.

Uns aber nicht, dachte Marvin.

Sollte ihr jemals einfallen, es zu versuchen, würde sie schon sehen, was sie davon hatte. Sie schien das zu spüren, denn sie behandelte die Freunde mit so viel Höflichkeit, wie sie zustande brachte, wahrte stets eine gewisse Distanz.

Draußen lachte Alan lauthals auf und Niklas fiel in das Lachen ein. Marvin seufzte. Er wurde nicht gern gedrängt. Das machte ihn nervös. Die Stimmen der Jungs entfernten sich den Flur hinunter. Das bedeutete, dass sie schon mal rausgingen, um sich das Warten mit einer Zigarette zu vertreiben.

Gut. Noch Zeit für die letzten Zeilen.

du bist's nicht wert
bloß kapiert mein herz nicht
was mein gehirn längst weiß
ziehst meine liebe
in den dreck
verdienst meinen
H A S S …

Er sicherte den Text, klappte den Laptop zu und packte ihn in seine Umhängetasche. Seine privaten Sachen vertraute er ausschließlich seinen eigenen Geräten an. Er wusste selbst am besten, wie leicht man Daten ausspionieren konnte.

Das Wort *Hass* klang noch in ihm nach, als er in den Toilettenraum ging.

Hass.

Ein überwältigendes Gefühl. Ehrlich, kraftvoll und unverfälscht.

Er kühlte sich das Gesicht unter fließendem kaltem Wasser, löste das Gummiband, mit dem er sein schwarzes Haar im Nacken zusammenhielt, kämmte es mit nassen Fingern und musterte sich im Spiegel.

Ihm gefiel, was er sah. Ein gutes, gebräuntes Gesicht mit hohen Wangenknochen. Eine nur leicht schiefe Nase, die kaum verriet, dass sie schon mehrfach gebrochen worden war. Kräftige, gerade gewachsene Zähne.

Und dann die Augen.

Eisblau.

Er hatte einen so intensiven Blick, dass er Menschen allein damit einschüchtern konnte. Damit und mit seinem durchtrainierten Körper, in den er Stunde um Stunde seiner Zeit investierte.

Zufrieden kehrte er in das Büro zurück, das er sich mit Alan teilte, hängte sich seine Tasche über die Schulter und trat auf den Flur.

Er verzichtete auf den Fahrstuhl und nahm die Treppe. Nachdem er den Nachmittag mit ödem Schreibkram verbracht hatte, lechzte er nach Bewegung. Er wünschte den Kollegen am Empfang einen ruhigen Dienst und verließ das Gebäude.

Niklas hatte sich umgezogen. Im *Suzie* waren sie privat. Da hatten Uniformen nichts verloren. Es war wichtig, irgendwo man selbst sein zu können.

Marvin und Alan arbeiteten in ziviler Kleidung. Von Anfang an hatten sie zur Kripo gewollt, anders als Niklas, der bei der Schutzpolizei ganz zufrieden war. Das erwies sich immer wieder als Glücksfall für sie.

Es war nicht übel, einen Fuß in beiden Türen zu haben.

Auf dem Parkplatz wurde Marvin voller Ungeduld empfangen. Sein Grinsen vertiefte sich. Egal, wie lange er brauchte, um zu ihnen zu stoßen: Alan und Niklas würden immer und jederzeit auf ihn warten. Sie taten das, seit sie einander kannten.

Eine gemeinsame Weltanschauung mit gemeinsamen Visionen war ein zuverlässiges Fundament, und die Rangordnung zwischen den Freunden wurde nie infrage gestellt – Marvin war der Leitwolf. Und ohne den Leitwolf lief nichts.

⋆

Das Haus hatte in seinem langen Leben etliche Wunden davongetragen. Die Mauern, ehemals weiß, hatten einen grauen Farbton angenommen. Hier und da zeigten sich die grünlichen Flecken ständiger Feuchtigkeit.

Das rot gedeckte Dach war mehrfach geflickt. Man hatte dazu offenbar Restbestände alter Ziegel verwendet, die gerade zur Verfügung gestanden hatten. Jetzt war es rot, schwarz und braun gescheckt und von Flechten und Moos überzogen.

Der Vorgarten war ein einziges Chaos. Alles wuchs und blühte durcheinander. Die Pflanzen lieferten sich einen erbarmungslosen Kampf ums Überleben. Inmitten dieser Wildnis stand ein verrosteter, vorsintflutlicher Herd mit elfenbeinfarbener, an etlichen Stellen abgeplatzter Emaille, auf dem ein von blauer Clematis umranktes weißes Schild stand.

Marleen Husmann.

Pension.

Der Gedanke an etwas Essbares und ruhigen, ungestörten Schlaf in einem frisch bezogenen Bett zog Ivy magisch an. Ein sauberes kleines Zimmer erschien vor ihren Augen.

Alter Holzfußboden. Wenige Möbel. Ein Blumenstrauß auf einem einfachen Eichentisch.

Sie hatte die Hand bereits auf die Klinke des niedrigen Gartentors gelegt, als sie noch einmal zögerte. Sie hob den Kopf. Lauschte. Ihre Nasenflügel blähten sich.

Sie witterte eine Gefahr. Fern. Undeutlich.

Die Sehnsucht nach einem Ort, an dem sie ausruhen konnte, überwog. Sie drückte die Klinke hinunter und machte das Törchen auf.

Das rostige Quietschen ließ sie erstarren. Ihr Blick huschte über die Front des Hauses. Da! Hatte sich hinter einem der Fenster nicht die Gardine bewegt? Sie kniff die Augen zusammen und starrte angestrengt auf die Gardine, die leicht zu schaukeln schien.

Jemand beobachtete sie.

Sie trat einen Schritt zurück und zog das Tor rasch wieder zu. Es schloss sich mit einem neuerlichen Quietschen. Erst jetzt wurde ihr die Stille bewusst, die hier herrschte. Müsste man nicht *irgend*was hören? Das Kläffen eines Hundes? Das Maunzen einer Katze? Das Geräusch eines fahrenden Autos?

Bloß weg!

Der Gedanke war kaum in ihrem Kopf, als sie sich auch schon umgedreht hatte, um die Flucht zu ergreifen. Sie prallte beinah mit einer Frau zusammen, die unbemerkt so nah herangekommen war, dass sie einander mit ausgestreckter Hand hätten berühren können.

»Wollen Sie zu mir?«

Die Stimme der fremden Frau war voller Wärme, auch wenn ihre Augen nicht lächelten, eher vorsichtig wirkten und genau zu beobachten schienen. Ein Widerspruch, der Ivy Kopfzerbrechen bereitete. Sie dachte noch darüber nach, als die Frau sich an ihr vorbeischob, das Törchen öffnete und den kopfsteingepflasterten Weg zum Haus betrat.

»Kommen Sie«, sagte sie und ging voran, ohne sich noch einmal nach Ivy umzudrehen.

Ivy folgte ihr. Es gelang ihr kaum noch, sich auf den Beinen zu halten. Sie hatte keine Wahl.

Ob die Frau Marleen Husmann war? Gehörte ihr die Pension? Arbeitete sie bloß hier?

Das ruhige Selbstbewusstsein, mit dem sie ihre Handtasche öffnete, um einen Schlüsselbund herauszuziehen, an dem mindestens zehn Schlüssel befestigt waren, entsprach nicht der Art und Weise, wie eine Angestellte dies tun würde. Sie benahm sich wie jemand, der ganz selbstverständlich die Tür zu seinem Zuhause aufschließt und dies schon unzählige Male getan hat.

Sie betraten eine geräumige Diele, in der es schummrig und angenehm kühl war. Die Frau ließ ihre Tasche auf einen antiken Tisch fallen, der neben der Tür stand. Sie strubbelte sich mit beiden Händen durch das dunkel gelockte Haar, das ihr bis auf die Schultern reichte.

Abschätzend musterte sie Ivy und griff dann zu einem von zwanzig altmodischen großen Schlüsseln, die über dem Tisch an einem nummerierten Brett an der Wand hingen.

»Zimmer sieben«, sagte sie und reichte ihn Ivy.

Der Schlüssel war an einer walnussgroßen Metallkugel befestigt, wie man sie in alten Hotels fand. Unter der abgegriffenen Goldfarbe kam ein silberner Ton zum Vorschein.

»Ich denke, das Zimmer passt zu Ihnen. Möchten Sie sich frisch machen? Und dann eine Tasse Tee mit mir trinken?«

»Ich …«

»Und falls Sie hungrig sind – es gibt auch ein leckeres Stück Erdbeertorte.«

Mit diesen Worten verschwand sie in einem Raum, in dem offenbar die Küche untergebracht war. Ivy konnte einen Geschirrschrank erkennen, durch dessen Glastüren gehäkelte Spitze schimmerte.

Sie schaute sich um. An keiner der Türen hier unten war eine Zahl angebracht. Daraus schloss Ivy, dass sich die Gästezimmer oben befinden mussten. Langsam stieg sie die mit blauem Teppichboden ausgelegten Stufen der knarrenden Holztreppe hinauf.

Was tat sie hier?

Sie besaß kein Geld, um das Zimmer zu bezahlen. Sie hatte keine Papiere bei sich, keine Tasche. Besaß nichts als die Kleidung, die sie auf dem Leib trug, und die schien reichlich ramponiert.

Schlafen, dachte sie. Nur ein paar Stunden.

Die Sehnsucht danach war so übermächtig, dass sie alle anderen Gedanken überwog.

Das Zimmer war aufgeladen von der Hitze des Tages, obwohl die schweren Vorhänge zugezogen waren. Sie waren so ausgeblichen, dass sie keine Farbe mehr besaßen, falls sie jemals eine gehabt hatten. Bett, Schrank, Tisch, zwei Stühle und ein Waschbecken, das durch einen fadenscheinigen Wandschirm vom übrigen Zimmer abgetrennt war.

Das Bettzeug hatte ein Streublumenmuster in Rosa und Blau. Es wirkte frisch und sauber, und Ivy konnte der Versuchung nicht widerstehen, sich für einen Augenblick hineinzulegen.

Nur kurz die Augen schließen. Dann würde sie sich waschen und danach runtergehen, um die versprochene Tasse Tee zu trinken.

Nur kurz die Augen schließen, ohne einzuschlafen.

Nur ganz kurz.

Nur …

Im Traum stand sie vor einem Koffer, in dem sich lauter fremde Kleidungsstücke befanden. Eine Fotografin wartete im Nebenzimmer auf sie, um Fotos zu schießen, die aus irgendeinem Grund sehr wichtig waren. Dazu musste Ivy sich umziehen.

Doch nichts in dem Koffer passte oder entsprach auch nur annähernd ihrem Geschmack. Die Fotografin, die allmählich die Geduld verlor, pochte gegen die Tür …

Ivy riss die Augen auf.

Ein leises Klopfen. Zunächst fand sie sich nicht zurecht, doch dann erkannte sie die Umgebung wieder.

»Alles in Ordnung?«

Die Stimme von Marleen Husmann klang beunruhigt. Wahrscheinlich stand sie da, das Ohr an der Tür, und lauschte.

»Alles okay …«

»Dann ist's gut.«

Ivy stand auf und schaute prüfend an sich hinunter. Ein kurzer, ehemals weißer Sommerrock und ein himbeerfarbenes T-Shirt. Vor dem Bett hatte sie die Schuhe abgestreift, weiße Sandalen, so zart, dass sie sich fragte, wie dieser Hauch von Leder den Gewaltmarsch der vergangenen Stunden (oder Tage?) überstanden haben mochte.

Sie betrachtete ihre Füße. Sie waren voller Staub. Die Fersen fühlten sich rau an. Unter den Nägeln zeigten sich schwarze Schmutzstreifen.

Auch ihre Klamotten waren schmutzig. Zwischen den Brüsten zeigte die Bluse einen handtellergroßen dunklen Fleck.

Ivy betastete ihn. Er fühlte sich anders an als das übrige Gewebe. Verhärtet. Kratzig. Als sei irgendeine Flüssigkeit dort eingesickert und getrocknet.

Über dem Waschbecken hing ein Spiegel. Ivy hatte Angst, hineinzuschauen, und doch trat sie mit zögernden Schritten auf ihn zu. Was, wenn sie das Gesicht darin nicht erkannte? Wenn sie einer Fremden in die Augen blickte?

Was, wenn dieses Gesicht sie angrinste?

Sie sich vor ihm fürchtete?

Mit geschlossenen Augen stand sie vor dem Waschbecken und sammelte Mut. Dann traute sie sich endlich, die Augen zu öffnen.

In banger Erwartung schaute das Mädchen im Spiegel sie an. Musterte ihr Gesicht, ihr Haar und das wenige, das man vom restlichen Körper erkennen konnte. Ivy ihrerseits musterte das Mädchen und versuchte, sich einzuprägen, was sie da erblickte.

Schulterlanges, kupferrotes Haar, in dem sich ein paar kleine trockene Blätter verfangen hatten. Dunkelblaue, beinah violette Augen in einem erschöpftem Gesicht. Rissige Lippen. Eine leichte Verletzung am Kinn, ein wenig getrocknetes Blut. Gesicht und Hals verdreckt, als hätte sie Tage im Wald und auf der Straße verbracht.

Hatte sie das?

Wie lange war sie schon unterwegs?

Kein Wiedererkennen. Nichts, das etwas in ihrem Kopf auslöste.

Die Augen des Mädchens im Spiegel füllten sich mit Tränen. Ivy spürte, wie sie ihr kitzelnd über die Wangen rollten.

»Wer bist du?«, flüsterte sie.

Sie nahm einen der beiden Waschlappen, die auf dem Beckenrand bereitlagen, und begann, ihr Gesicht zu säubern. Als sie die verletzte Stelle am Kinn berührte, zuckte sie zusammen, doch sie machte weiter, spülte den Waschlappen aus und betrachtete das schmutzige Wasser, das in den Abfluss lief.

Die Haut an ihren Beinen war von Kratzern bedeckt und die Berührung mit Wasser und Seife tat weh. Ivy biss die Zähne zusammen und arbeitete sich bis zu den Zehen vor.

Schließlich wagte sie es, die Bluse abzustreifen.

Und sog entsetzt die Luft ein.

Die Haut zwischen ihren Brüsten war dunkel von geronnenem Blut.

Behutsam tastete sie ihren Oberkörper ab, ohne eine Wunde zu finden. Sie griff nach dem zweiten Waschlappen und führte ihn vorsichtig über die Brüste. In das Schmutzwasser mischte sich das Rot des Bluts. Ein leicht metallischer Geruch stieg ihr in die Nase.

Bevor die erneut aufflammende Panik sie überwältigen konnte, zog sie Rock und Slip aus und reinigte sich weiter, so gut es möglich war.

Nachdem sie sich abgetrocknet hatte, hielt sie den Kopf unter den Wasserstrahl und schäumte sich die Haare mit Shampoo aus einer kleinen Probepackung ein. Es duftete nach grünen Äpfeln, und sie erkannte den Duft, ohne ihn jedoch mit etwas Bestimmtem in Verbindung bringen zu können.

Erst als sie sich halbwegs sauber und ein bisschen erfrischt fühlte, sah sie wieder in den Spiegel.

»Ich heiße Ivy«, flüsterte sie.

Der Name war mehr, als das Mädchen im Spiegel vorzuweisen hatte. Er war ein Stück ihrer Vergangenheit. Ein Teil ihrer selbst. Ein Puzzleteilchen unter Hunderten unbekannter anderer Puzzleteile.

Bevor sie wieder ins Grübeln verfallen konnte, schlüpfte sie mit einigem Widerwillen in die abgelegten Sachen, ging zur Tür und verließ das Zimmer. Sie wandte sich der Treppe zu, als ihr ein grässlicher Gedanke kam: Wenn sie, bis auf die harmlosen Kratzer am Kinn und an den Beinen, unverletzt war – *wessen Blut hatte sie dann gerade abgewaschen*?

3.

»Das Übliche?«

Niklas Herzog nickte. Der Form halber, ebenso wie die andern. Es war keine Frage, sondern eine Feststellung, denn sie tranken immer zuerst ein, zwei richtige Bier und stiegen danach auf alkoholfreies um.

Hatten sie mal Lust, sich volllaufen zu lassen, taten sie das nicht hier in ihrer Stammkneipe, sondern an den Wochenenden im *Black Angel*, wo die heißesten Mädchen zu finden waren, weit genug weg, um nicht ständig über Bekannte zu stolpern.

Irgendwann in den frühen Morgenstunden bestellten sie sich ein Taxi, das sie nach Hause brachte. Oder sie folgten einem der Mädchen in ihre Wohnung. Und schliefen dort ihren Rausch aus.

»Gut, dass dieser beknackte Tag zu Ende ist«, murmelte Alan und fläzte sich mit ausgestreckten Beinen auf seinen Stuhl.

Alan Chandler. Sein Name ging auf schottische Vorfahren zurück, von denen jedoch nur noch wenig Blut durch seine Adern rann. Dennoch trug er den Namen mit nahezu lachhaftem Stolz.

Endlich bekam Niklas wieder Luft. Den ganzen Tag über hatte er gegrübelt, doch noch immer war ihm schleierhaft, wie sie aus dieser vertrackten Sache rauskommen sollten. Sein Blick begegnete dem von Marvin, und er war froh, ihm ausweichen zu können, weil Eli an den Tisch kam, um ihnen das Bier zu bringen.

Dankbar für die Ablenkung, griff er nach seinem Glas, an dem kalt das Schwitzwasser runterlief. Mit dem Daumen wischte er darüber und hätte am liebsten seine glühenden Wangen damit gekühlt.

Passte er nicht auf, konnte man ihm sämtliche Emotionen am Gesicht ablesen. Das war schon immer so gewesen. Er war ein grauenhafter Pokerspieler (weshalb Marvin und Alan ihn regelmäßig abzockten) und benahm sich häufig wie die Axt im Wald, weil er die Kunst des Small-Talks nicht beherrschte und gern mit der Tür ins Haus fiel.

Bei Frauen schadete ihm seine Direktheit nicht. Im Gegenteil. Sie verwechselten sie mit Männlichkeit und fuhren geradezu darauf ab.

Fast hätte er gegrinst. Er konnte sich eben noch bremsen. Marvin lauerte ja geradezu darauf, dass er ihm ins Messer lief.

Sie prosteten einander zu, setzten die Gläser auf den ramponierten Bierdeckeln ab und wischten sich den Schaum von den Lippen. Erwartungsvoll blickten die Freunde Niklas an.

Er hob die Schultern.

»Sie hat sich scheinbar in Luft aufgelöst.«

»Scheinbar?«, fragte Alan.

»In Luft aufgelöst?«, hakte Marvin nach.

Niklas hasste es, wenn die beiden sich zusammentaten und ihn ins Kreuzfeuer nahmen. Als hätten sie die Weisheit gepachtet und deshalb das Recht, sein Verhalten zu beurteilen.

»Was soll das heißen: in Luft aufgelöst?«, polterte Marvin urplötzlich los und stieß beinah sein Bier um. »Menschen lösen sich nicht in Luft auf, Nik! Verdammt!«

Niklas nahm noch einen Schluck. Vielleicht gelang es dem Alkohol ja, Ruhe in seinen Kopf zu bringen. Doch dazu müsste er mehr als ein Glas trinken. Viel mehr.

Hilflosigkeit rotierte in ihm. Sehnsucht. Entsetzen. Angst. Die Kombination lähmte ihn.

Marvin beugte sich über den Tisch und starrte ihn aus zusammengekniffenen Augen an.

»Wir haben ein Problem«, sagte er so leise, dass es Niklas kalt über den Rücken lief. »Daran muss ich dich doch wohl nicht erinnern?«

Wie könnte Niklas das auch nur für eine einzige Sekunde vergessen?

»Ich krieg das hin«, sagte er und wiederholte es in Gedanken wie ein Mantra. »Keine Sorge.«

»Hey, Eli!« Marvin streckte drei Finger in die Luft.

Ein Scheißtag lag hinter Niklas, sterbenslangweilige Routine und nicht das kleinste Erfolgserlebnis. Und keine freie Minute, um sich um das Problem zu kümmern. Dabei konnte sich die Schlinge um ihren Hals jeden Moment zuziehen.

Zwei türkische Männer betraten das *Suzie*. Sie setzten

sich an den Tisch bei der Eingangstür, bestellten Tee und packten einen Backgammonkoffer aus. Wenig später waren sie in ihr Spiel vertieft.

Sie waren oft hier, saßen immer am selben Tisch, unterhielten sich kaum miteinander, ganz auf ihr Spiel konzentriert.

»Irgendwann hau ich die weg«, fluchte Marvin.

Wenn er unter Druck stand, schlug er gern auf Nebenschauplätzen auf, da störte ihn die Fliege an der Wand. Und wenn er dann noch trank, konnte die Situation von jetzt auf gleich eskalieren.

Niklas kannte das von sich selbst. Dazu war kein Tropfen Alkohol nötig. Deshalb arbeitete er hart daran, sich zu kontrollieren.

Ohne Erfolg, wie sich gezeigt hatte.

Allerdings war nicht nur er allein ausgerastet. Sie alle hatten die Kontrolle verloren.

Die beiden Spieler spürten Marvins Ablehnung. Sie gaben sich Mühe, die Freunde zu ignorieren, und vermieden Blickkontakt, um jede Konfrontation zu vermeiden. Aber sie suchten sich keine andere Kneipe und kamen Abend für Abend hierher. Ihre Halsstarrigkeit und ihr Mut waren fast schon bewundernswert.

»Jeder Mensch hat seine Gewohnheiten«, nahm Alan das Thema wieder auf. Er wandte sich an Niklas. »Denk nach, Alter. Wo ist sie hin? Wer könnte ihr Unterschlupf gewährt haben?«

»Meinst du, darüber würd ich mir nicht permanent den Kopf zerbrechen?«

»Dann mach das gefälligst weiter«, zischte Marvin. »Wir sind erledigt, wenn wir sie nicht finden.«

Niklas wäre am liebsten abgehauen. Er hatte absolut keine Lust, Rede und Antwort zu stehen. War es denn seine Schuld, dass Ivy eventuell gesehen hatte, was sie niemals hätte sehen dürfen?

»Halt's Maul«, murmelte er und wollte sein Glas an die Lippen heben.

Marvins Faust erwischte ihn am Brustbein. Die Luft blieb ihm weg und sein Bier schwappte über. Er knallte das Glas auf den Tisch und fing an zu husten.

»Spinnst du?« Alan fiel Marvin, der noch mal nachsetzen wollte, in den Arm. »Komm wieder runter, ja?«

Marvins Augen hatten sich verdunkelt.

Niklas hustete immer noch. Aber Marvin hatte ja recht. Sie mussten Ivy finden, und das möglichst schnell.

*

»Ich bin Marleen.«

Wie einfach das klang: *Ich bin.*

Ivy nickte. Sie kam sich wie ein Eindringling vor in dieser großen behaglichen Küche. Getrocknete Kräuterbündel hingen von der Decke. Lavendelblüten warteten in einer großen Schale darauf, in bereitliegende Säckchen aus einem zarten, beinah durchsichtigen Stoff gefüllt zu werden. Ihr betörender Duft erfüllte den Raum.

»Im Sommer gibt's immer viel zu tun«, erklärte Marleen, die ihrem Blick gefolgt war. »Da hätt ich gern zwanzig Hände und Füße.«

Ivy stellte sich das vor: zwanzig Hände und zwanzig Füße. Sie lächelte. Das fühlte sich ungewohnt an und sonderbar. Als hätte sie es schon ewig nicht mehr getan.

Ihr Lächeln spiegelte sich auf Marleens Gesicht. Ein sympathisches Gesicht mit ersten kleinen Fältchen um die Augen, die nicht braun, nicht blau und nicht grün waren, sondern von einem unbestimmten, aber strahlenden Grau.

Ivy dachte an das Gesicht des Mädchens im Spiegel. An das Zusammenspiel ihrer roten Haare mit dem intensiven, fast violetten Blau ihrer Augen.

»Mein Name ist Ivy«, sagte sie und war sich auf einmal gar nicht mehr sicher, ob das stimmte.

Sie saß mit einer Fremden, die Marleen hieß, in der gemütlichen Küche einer Pension und hatte nicht das geringste Recht, hier zu sein.

»Ich habe kein Geld bei mir.«

Marleen tat ihre Worte mit einer gleichgültigen Handbewegung ab. Sie hob die bauchige Kanne vom Stövchen.

»Ich hoffe, du magst grünen Tee.«

Ivy hatte keine Ahnung, ob sie grünen Tee mochte und ob sie überhaupt Teetrinkerin war. Dennoch nickte sie und hielt Marleen die Tasse hin. Ihr war, als habe ihr irgendein Gott ein Rätsel aufgegeben, das sie lösen sollte. Sie hatte keinen Schimmer, wie das Rätsel lautete und wie sie der Lösung auf die Spur kommen sollte.

Sie wusste nur, dass ihr Leben davon abhing.

*

du …

du …

DU …

Nicht jetzt. Marvin stöhnte auf. Nicht so an Ivy denken, wie er es gerade tat. An ihren Körper, der ihn vom ersten Moment an rasend gemacht hatte. Die festen kleinen Brüste. Die langen, glatten Beine. Ihre Augen. Den Blick, mit dem sie ihn hochmütig auf Abstand hielt.

Niks kleine Schlampe, dachte er wütend.

Ausgerechnet in Niklas hatte sie sich verliebt.

leg dir mein herz zu füßen
seh dir zu
wie du's zertrittst
ohne mit der wimper zu zucken

So hingeschrieben wirkten die Worte harmlos. Doch das waren sie nicht. Dieses Mädchen hatte ihm die Luft aus den Lungen gepresst. Sie hatte ihm jede Kraft genommen, ihn zu einem Waschlappen gemacht.

Tagsüber hatte er sich im Griff. Doch an den Abenden ging es mit ihm durch. Er litt wie ein Tier. Ein Mädchen nach dem andern holte er in sein Bett und setzte sie am nächsten Morgen ohne Frühstück wieder auf die Straße.

Das waren nicht die Mädchen, die er wollte. Sie bedeuteten ihm nichts. Er hatte noch nie das begehrt, was leicht zu haben war.

Ivy …

Schon ihr Name verursachte ihm Gänsehaut. Alles an ihr erregte ihn. Sogar, dass sie weggelaufen war.

Erst recht aber der Gedanke daran, sie zu finden.

Er versteckte sich hinter seinem Pokerface, zauberte ein Grinsen auf sein Gesicht und prostete den Freunden zu. Wie beschissen das Leben manchmal war.

*

Ivy hatte das Gefühl, noch nie etwas so Köstliches gegessen zu haben wie diese Erdbeertorte. Vernachlässigt, wie er war, reagierte ihr Magen gereizt auf die unverhoffte Nahrung. Vor allem die Sahne schien ihm zu schaffen zu machen. Dabei war gerade sie es, die Ivy vor Seligkeit die Augen schließen ließ.

Marleen bugsierte ihr ein zweites Stück auf den Teller und beobachtete lächelnd, wie Ivy auch dieses in Windeseile verputzte. Sie selbst hatte ihr erstes noch nicht ganz verzehrt, da war Ivys Teller schon wieder leer.

»Schmeckt es dir?«

Was für eine Frage! Ivy nickte. Sie bemühte sich, nicht auf die verlockende Torte zu starren.

»Magst du noch ein Stück?«

Statt einer Antwort hielt Ivy Marleen den Teller hin.

»Die Erdbeeren stammen von einem Bauern im Dorf«, verriet Marleen ihr. »Ich bin regelrecht süchtig danach.«

Ivy bemühte sich, das dritte Stück langsam zu verspeisen. Sie war Marleen dankbar dafür, dass sie keine Fragen stellte. Sie nicht in Erklärungsnot brachte. Gleichzeitig wunderte sie sich darüber, dass ihre Gastgeberin nicht misstrauisch oder zumindest neugierig war.

»Ich mag Erdbeeren auch sehr gerne«, sagte sie.

Sie konnte das mit einer gewissen Sicherheit behaupten, denn sie merkte ja gerade, wie gut sie ihr schmeckten. Was aß sie außerdem gern? Was waren ihre Lieblingsgerichte? Konnte man selbst das vergessen?

Die Welt war in Schieflage geraten. Ivy konnte fast spüren, wie verzweifelt ihr Gehirn sich abmühte, wieder Ordnung in das Chaos zu bringen.

»Lass dir Zeit«, sagte Marleen und schenkte Tee nach.

Ivy musterte ihr Gesicht, das freundlich und unbefangen wirkte. Als hätte sie nicht eben einen bedeutungsvollen Satz ausgesprochen.

Marleen legte ihr ein weiteres Stück Torte auf den Teller. Das vierte? Wirklich? Das vierte? Hatte Marleen ihr mit ihrem *Lass dir Zeit* bloß signalisiert, sie brauche sich mit dem Essen nicht zu beeilen?

Oder hatte sie bemerkt, dass Ivy sich in einer Notlage befand?

Während sie noch darüber nachgrübelte, war Marleen mit ihren Gedanken längst woanders.

»Welche Kleidergröße hast du?«, erkundigte sie sich und maß Ivy mit einem abschätzenden Blick von Kopf bis Fuß.

Ivy erinnerte sich nicht an ihre Konfektionsgröße. Sie wusste nicht einmal, welche Art von Kleidung sie bevorzugte.

»Ich habe da ein paar Sachen, die mir zu eng geworden sind«, sagte Marleen. »Magst du sie mal durchsehen? Ich würde mich freuen, wenn du noch Verwendung dafür hättest.«

Sie wartete nicht auf Ivys Antwort.

»Du siehst müde aus«, sagte sie. »Möchtest du dich ein bisschen ausruhen?«

Ivy war ihr dankbar für diesen Vorschlag. Sie half Marleen, das Geschirr zur Spülmaschine zu tragen, dann stieg sie unendlich langsam die Treppe hinauf. Wie eine alte Frau klammerte sie sich dabei am Geländer fest.

Der Weg zu ihrem Zimmer erschien ihr endlos. Aus einem der Räume hörte sie Geräusche, die sie jedoch nicht einordnen konnte. Sie nahm den schwachen Hauch eines Aftershaves wahr.

Wie viele Gäste mochten hier wohnen?

Das Zimmer empfing sie wie eine alte Vertraute. Es erwartete nichts, verlangte nichts, bereitete ihr kein Unbehagen. Bot ihr ein bequemes Bett und sah ihr schweigend dabei zu, wie sie sich auszog, nackt unter das angenehm kühle Bettzeug kroch, sich wie ein Fötus zusammenrollte und augenblicklich einschlief.

Als sie mitten in der Nacht schweißgebadet aufwachte, umklammerte Panik ihr Herz. Ivy hielt die Bettdecke ans Kinn gepresst und schaute sich ängstlich um.

Schwacher Lichtschein erhellte das Zimmer, vielleicht von einer Laterne draußen, die es heimkehrenden Gästen erleichterte, bei Dunkelheit den Weg durch den Vorgarten zu finden. Alles wirkte wie von Geisterhand hingestellt. Die Möbel schienen sacht über dem Boden zu schweben.

Es gibt keine Geister.

Wer hatte das zu ihr gesagt? Es sollte sie beruhigen, das wusste Ivy noch. Doch es hatte sie nicht beruhigt. Nichts hatte ihre Furcht vertreiben können, denn sie hatte *gewusst*, dass es Geister gab.

Bilder einer altmodischen Jugendherberge tauchten in ihrem Kopf auf. Bilder von einem Waschraum, in dem die Mädchen an langen Waschbecken standen wie an Futtertrögen. Wie in einem Kühlhaus war es dort gewesen und aus der Leitung war mit schwachem Druck eiskaltes bräunliches Wasser gekommen. Gänsehaut war Ivy über den Körper gekrochen und sie hatte mit den Zähnen geklappert.

Über den Becken hingen große, fleckige Spiegel, und Ivy hatte nach dem Waschen und Zähneputzen immer schreckliche Angst gehabt, sich wieder aufzurichten und hineinzugucken. Jedes Mal hatte sie befürchtet, ein Schatten würde ihr über die Schulter sehen.

Sie anstarren. Ihre Gedanken lesen.

Sie hatte sich mit vier Buchstaben geschützt: NEIN!

Hatte die Augen geschlossen und so lange NEIN! gedacht, bis sie den Mut gefunden hatte, sich dem Anblick im Spiegel zu stellen. Die Erleichterung, die sie durchströmt hatte, wenn sie sich ihrem normalen Spiegelbild gegenüberfand, konnte sie jetzt noch spüren.

Es gibt keine Geister.

Eine Frau hatte das gesagt. Ivy horchte in sich hinein und konnte die Stimme wieder hören, eine Stimme, die ihr vertraut war, die sie mochte.

Jemand, den sie geliebt hatte?

Ivy hatte nicht ergründen können, ob die Frau ihr die Unwahrheit gesagt hatte, um ihr die Angst zu nehmen. Oder ob sie wirklich nicht an Geister glaubte.

Ein nagender Schmerz überfiel sie. Dieser Schmerz schien sie schon eine ganze Weile zu begleiten. Auch wenn sie sich nicht an ihn erinnerte.

Gegen die Tränen, die ihr über das Gesicht liefen, wehrte sie sich nicht. Obwohl die Qual sie beinah zerriss. Sie weinte, bis keine Tränen mehr kamen. Dann legte sie sich wieder hin. Ihre Augen brannten, ihre Nasenschleimhaut war so geschwollen, dass sie durch den Mund atmen musste.

Schließlich ließ der Schmerz ein wenig nach. Als hätte jemand ihre Seele betäubt, um ihr die Möglichkeit zu geben, sich zu erholen.

Irgendwie schien dieser Schmerz mit ihrer Flucht zu tun zu haben. Denn daran, dass sie auf der Flucht war, zweifelte sie keinen Moment lang.

Nach einer Weile fiel sie in einen Dämmerzustand, der sie einlullte und dennoch hellwach bleiben ließ. Sie lauschte dem alten Haus, das flüsternd von seinen Geheimnissen erzählte. Holzdielen knarrten. Fenster quietschten in ihren Angeln. Türen fielen ins Schloss. Irgendwo lief leise ein Radio oder ein Fernsehgerät.

Auch das Draußen war voller Stimmen. Ein Nachtvogel rief. Hin und wieder fuhr ein Auto vorbei. Irgendwo stritten ein Mann und eine Frau.

Und dann hörte Ivy ein rhythmisches Geräusch, das den Schmerz in ihrem Innern augenblicklich wieder entfachte. Sie brauchte nicht erst die leisen Schreie der Frau und das dunkle Stöhnen des Mannes zu hören, um zu wissen, dass sie unfreiwillig einen Liebesakt belauschte.

Ihre Fingernägel gruben sich in ihre Handballen. Ihr Atem beschleunigte sich. Kalter Schweiß trat ihr auf die Stirn. Im nächsten Augenblick war sie aus dem Bett gesprungen und hatte ihre Sachen angezogen. Sie riss die Tür auf und stürzte die Treppe runter.

Raus! Raus! Raus!

Die verschlossene Haustür bremste sie. Wo war der Schlüssel? Gab es eine Hintertür? Aber die war sicherlich ebenfalls abgeschlossen.

In der Nacht sind alle Katzen grau, da kommen die Diebe, geräuschlos und schlau …

»Kann ich dir helfen?«

Ivy fuhr herum. Sie hatte Marleens Schritte nicht gehört. Sie schüttelte den Kopf.

»Ich würde es gern versuchen«, sagte Marleen.

Sie trug einen alten Morgenmantel aus verblichenem Frottee, der einmal himmelblau gewesen sein musste.

Ivy merkte, wie die schmerzhafte Anspannung wich und einer tiefen Erschöpfung Platz machte.

In der Lage, in der sie sich befand, durfte sie nicht wählerisch sein. Was immer sie eben erschreckt hatte, wovor auch immer sie weglief, sie musste sich daran *erinnern*. Und dazu brauchte sie einen Ort, an dem sie sicher war, an dem sie sich ausruhen und nachdenken konnte.

Kannst du ihr trauen?, fragte eine skeptische Stimme, die sich in ihrem Innern versteckte und dort auf sie aufpasste.

Konnte sie das? Marleen vertrauen?

Was hatte diese fremde Frau dazu bewogen, sie in ihrer Pension aufzunehmen, obwohl sie in schmutziger, blutbefleckter Kleidung vor ihr gestanden hatte? An ihrem Gartentor. Ohne Gepäck, ohne Handtasche. Obwohl sie keine Uhr trug, nicht mal ein Handy bei sich hatte.

Ivy ging ganz selbstverständlich davon aus, dass sie Uhr, Handy und Handtasche oder einen Rucksack besaß wie die meisten jungen Frauen. Es musste Papiere geben, einen Personalausweis, einen Reisepass. Vielleicht einen Studentenausweis, falls sie eine Studentin war. Oder etwas, das sie als Mitarbeiterin irgendeines Unternehmens oder einer Institution auswies.

Sie brauchte diese Dinge nicht, um sie vorzuzeigen. Sie brauchte sie in erster Linie, um sich selbst ihrer Identität zu versichern.

Aus der Welt gefallen, dachte sie. Das bin ich, aus der Welt gefallen.

Genau aus diesem Grund solltest du Marleen vertrauen, sagte eine andere Stimme in ihrem Innern. *Es gibt keine Alternative.*

Sie hatte recht. Ivy hatte gar keine andere Möglichkeit. Sie brachte ein mühsames Lächeln zustande.

»Zuerst mal musst du schlafen«, entschied Marleen. »Du kannst dich ja kaum noch auf den Beinen halten.«

Sie begleitete Ivy zu ihrem Zimmer und berührte sanft ihren Arm. Ivys Blick fiel auf einen Korb, der neben ihrer Tür stand. Sie hatte ihn nicht bemerkt, als sie aus dem Zimmer gestürzt war.

»Ich habe dir ein paar Sachen zurechtgelegt«, sagte Marleen. »Schau mal, ob du sie gebrauchen kannst.«

Dann wandte sie sich um, stieg lautlos die Treppe hinunter und ließ Ivy allein.

4.

nirgends bist du sicher
in keinem versteck
meine augen überall
jag dich
bis ans ende der welt

*

Irgendwie brachte Ivy die Nacht hinter sich. Als sie aufwachte, hörte sie den Gesang der Vögel, die sich da draußen förmlich verausgabten. Sie tirilierten in der Morgensonne, als gäbe es einen Preis zu gewinnen.

Ivy reckte und streckte sich und zuckte jäh zusammen, als ihr wieder einfiel, wo sie war und was sie hierhergebracht hatte. Sie zog sich die Decke über den Kopf und machte die Augen zu. Vielleicht gelang es ihr ja, wieder einzuschlafen, und vielleicht war der ganze Spuk vorbei, wenn sie ein zweites Mal aufwachte.

Hoffentlich.

»Ich träume«, flüsterte sie. »Das alles ist nur ein einziger schrecklicher Albtraum.«

Es gelang ihr nicht, erneut einzuschlafen. Sie war so wach wie lange nicht mehr. Vorsichtig setzte sie sich auf.

Und wenn sie sich wieder erinnerte? Wenn über Nacht alles zurückgekommen war? Ihre Sicherheit, ihr Vertrauen in die Welt und sich selbst. Ihre Arglosigkeit.

Ihr Glück.

Dabei hatte sie keine Ahnung, ob sie überhaupt so war.

Gewesen war.

Arglos. Voller Vertrauen.

Glücklich.

Nach wenigen Minuten wurde ihr klar, dass sie vergeblich wartete. Da war nichts in ihrem Kopf. Oder doch so gut wie nichts. Zumindest an ihre Ankunft hier in der Pension erinnerte sie sich nämlich genau. An Marleen. Ihre Freundlichkeit. Und daran, dass sie zusammen Tee getrunken hatten.

Sie erinnerte sich auch an die Erdbeertorte und spürte, wie ihr Magen rumorte. Die Hoffnung auf ein Frühstück trieb sie aus dem Bett. Sie wusch sich am Waschbecken und untersuchte den Korb mit den Kleidungsstücken, den Marleen ihr am Abend zuvor hingestellt hatte.

Zehn Minuten später verließ sie das Zimmer und ging nach unten. Sie hatte Jeans, ein dunkelblaues T-Shirt und eine lockere weiße Leinenbluse gewählt. Alles war wie für sie gemacht. Selbst die schwarzen Slipper passten wie angegossen und waren noch dazu herrlich bequem.

»Guten Morgen«, begrüßte Marleen sie voller Wärme. »Such dir einen Platz und bedien dich!«

Sie wies auf ein großzügig bestücktes Buffet und zog sich wieder in die Küche zurück.

Im Frühstückszimmer waren vier Tische eingedeckt. Auf zwei weiteren stand verlassen benutztes Geschirr. Am siebten saß vor einem aufgeklappten Laptop ein Mann, der gerade ein Croissant verspeiste. Er nickte Ivy zu, ohne sich stören zu lassen, was ihr ganz recht war.

Sie wählte einen Tisch am Fenster und setzte sich, um erst einmal alles auf sich wirken zu lassen. Meditationsmusik erklang leise aus einer kleinen Anlage. Ivy lehnte sich zurück und entspannte sich.

Als sie auf ihre Hände sah, die auf ihren Oberschenkeln lagen, erkannte sie, dass ihre Finger die Gyan Mudra formten. Daumen und Zeigefinger berührten einander an den Spitzen, die restlichen Finger waren gerade ausgestreckt.

Yoga, fuhr es Ivy durch den Kopf. *Ich kenne mich mit Yoga aus.*

Bedeutete das, dass ihre Erinnerungen zurückkehrten? Zumindest, sagte sie sich, war es ein erster Schritt.

Sie formte weitere Mudras mit den Fingern und sah sich dabei aufmerksam im Frühstückszimmer um, ohne etwas zu entdecken, das einen Fluchtimpuls in ihr ausgelöst hätte. Hier war nichts Bedrohliches. Marleen hatte einen fröhlichen, offenen Raum gestaltet, wie geschaffen dafür, dass Menschen sich in ihm zusammenfanden, um den Tag zu beginnen.

Sie stand auf und trat an das Buffet.

Brötchen, Brot, Käse, Aufschnitt, geräucherter Lachs und gekochte Eier, Haferflocken, Cornflakes, Rosinen, Nüsse und jede Menge frisches Obst. Ivy musste sich zusammenreißen, um nicht völlig unkontrolliert über die Köstlichkeiten herzufallen.

»Kaffee oder Tee?«, hörte sie Marleens Stimme hinter sich.

Ohne nachzudenken, entschied Ivy sich für Tee und war damit wahrscheinlich einer weiteren ihrer Gewohnheiten auf der Spur.

»In der Teebox findest du die einzelnen Sorten«, erklärte Marleen und zeigte auf einen kleinen Holzkasten mit Glasdeckel, der Ähnlichkeit mit einem dieser Minigewächshäuser hatte, die man auf die Fensterbank stellen kann. »Wasser bringe ich dir sofort.«

Als Ivy an ihren Tisch zurückkam, stellte Marleen ihr gerade ein silbernes Kännchen mit heißem Wasser hin.

»Earl Grey«, bemerkte sie nach einem Blick auf Ivys Teewahl lächelnd. »Den mag ich auch am liebsten.«

Sie räumte das benutzte Geschirr ab und verschwand mit dem Tablett wieder in der Küche.

Ivy verschlang das erste Brötchen. Danach machte sie sich über eine Schale Müsli her. Ihr Magen füllte sich viel zu schnell. Dennoch verputzte sie zwei weitere Brötchen, langsamer als das erste und mit mehr Genuss. Dabei betrachtete sie den Mann, der während der ganzen Zeit mit seinem Laptop beschäftigt war.

Er war etwa vierzig und hatte ein freundliches, volles Gesicht mit Dreitagebart. Sein mächtiger Bauch sprengte fast die Knöpfe seines Hemds, doch seine Bewegungen waren überraschend flink und geschmeidig, beinah sogar elegant.

Als sein Handy klingelte, schaute er auf das Display und drückte den Anruf weg. Er warf Ivy einen entschuldigenden Blick zu.

»Business«, sagte er mit einer überraschend hellen Stimme und hob die Schultern. »Man kommt einfach nicht zur Ruhe.«

Ivy antwortete mit einem Lächeln. Sie war für eine Unterhaltung nicht gewappnet, fühlte sich leer. Als habe sich mit dem, was ihr zugestoßen war, auch ihr Vorrat an Worten erschöpft.

Aber was? Was, um Himmels willen, war ihr zugestoßen?

Augenblicklich kehrte die Verzweiflung zurück, und sie erstarrte, den Rücken gegen die Lehne gepresst, das Gesicht wie aus Stein.

Der Mann wandte sich wieder seinem Frühstück zu. Er schien noch lange nicht damit fertig zu sein, anders als Ivy, in deren Magen eine Welle von Übelkeit aufstieg. Um sich davon abzulenken, richtete sie ihre ganze Aufmerksamkeit auf den Mann.

Als hätte er ihren Blick gespürt, sah er auf.

»Was führt Sie hierher?«, fragte er.

Wie, um alles in der Welt, sollte sie darauf antworten?

»Ich …«

»Sie ist für eine Weile mein Gast«, erklang da hinter ihr Marleens Stimme.

Der Mann nickte, als hätte er sich das gleich gedacht. »Dann werden wir uns ja demnächst wohl öfter begegnen«, sagte er und widmete sich mit einem Lächeln wieder seinem Laptop.

Ivy blickte Marleen dankbar an. Diese Frau hatte sie schon wieder gerettet. Sie stand auf und räumte ihr Geschirr zusammen.

»Das ist nicht nötig«, sagte Marleen.

»Bitte!« Ivy spürte selbst, wie flehend ihr Blick war. »Ich bin froh, wenn ich ein bisschen helfen darf.«

Ohne Marleens Antwort abzuwarten, trug sie ihr Geschirr in die Küche. Hauptsache, sie war beschäftigt und hatte keine Gelegenheit, sich ihren Gedanken auszuliefern. Sie brauchte Ablenkung. Vielleicht kam dann von allein alles wieder zurück.

Marleen stellte keine Fragen. Geschäftig lief sie zwischen Küche und Frühstücksraum hin und her und kümmerte sich darum, dass es den Gästen an nichts mangelte.

Es waren neue hinzugekommen, ein junges Paar, das die Hände nicht voneinander lassen konnte, und eine alte Dame, die einen schneeweißen West Highland Terrier unter dem Tisch verstohlen mit kleinen Häppchen fütterte.

Mit verschränkten Armen stand Ivy in der Küche an die Wand gelehnt und fühlte sich entsetzlich fehl am Platz. Marleen schien das zu bemerken.

»Wenn du mir wirklich helfen möchtest, kannst du das gern tun«, sagte sie mit ihrer warmherzigen Stimme. »Magst du die Spülmaschine einräumen?«

Ivy nickte und machte sich augenblicklich an die Arbeit, die ihr rasch von der Hand ging. Offenbar war sie daran gewöhnt, eine Spülmaschine zu benutzen.

Sie nahm das Tuch, das zusammengefaltet auf dem Rand

des Spülbeckens lag, hielt es unter den Wasserhahn und drückte es aus. Die Arbeitsfläche war voller Brotkrümel. Ivy machte sauber, so gut es möglich war, ohne all die Utensilien wegzuräumen, die noch gebraucht werden würden.

Den Abfall – Eierschalen, benutzte Teebeutel, Brötchenreste, Obstschalen, zerknüllte Servietten – sortierte sie in die drei kleinen Plastikeimer in der Nische beim Fenster, braun für den Bioabfall, gelb für Verpackungsmaterial, schwarz für Restmüll.

Sie überlegte gerade, was sie als Nächstes tun sollte, als sie eine Berührung an der Kniekehle spürte. Erschrocken fuhr sie herum und blickte einem mittelgroßen Hund in die Augen, der sie abwartend musterte.

»Wer bist du denn?«

Sie hielt ihm die Hand hin, die er zutraulich beschnüffelte. Ein Mischling, in dem die Anteile eines Irish Terriers deutlich überwogen. Ivy hatte keine Angst vor ihm.

Kannte sie sich mit Hunden aus?

Gab es vielleicht einen Hund in ihrem Leben?

Wenn ja, *was machte er jetzt?*

Kümmerte sich jemand um ihn?

»Das ist Jojo«, erklärte Marleen, die zu ihr getreten war. Ihre Stimme hatte einen strengen Unterton angenommen. »Er weiß genau, dass er in der Küche nichts zu suchen hat. Stimmt's, mein Lieber?«

Jojo legte sich hin, die Vorderpfoten über der Nase, und versuchte, sich unsichtbar zu machen.

»Er ist mir vor einem Jahr zugelaufen«, erzählte Marleen. »Saß eines Morgens plötzlich im Garten und hat mir unmissverständlich klargemacht, dass mein Haus nun auch sein Haus war.« Liebevoll kraulte sie Jojo hinter den Ohren. »Natürlich hab ich mich umgehört und nach den Leuten geforscht, bei denen er vorher gelebt hat, aber da war niemand zu finden. Keiner hat ihn als vermisst gemeldet, keiner nach ihm gesucht.«

»Und jetzt gehörst du hierher«, sagte Ivy leise und ging neben dem Hund in die Hocke.

Jojo setzte sich auf. Seine schönen Augen waren von einem sanften Braun und wie mit Kajal umrandet. Marleen verschwand wieder im Frühstücksraum und ließ sie allein.

Das weizengelbe, leicht struppige Fell des Hundes fühlte sich warm an. Er schloss die Augen, als Ivy seinen Hals berührte.

»Vielleicht«, flüsterte sie, »weiß ja auch ich irgendwann wieder, wohin ich gehöre.«

Vielleicht, dachte sie. Das war ein äußerst ungefährer Begriff.

*

Die Ermittlungen in einem Fall von Brandstiftung hatten Marvin und Alan in die Wohnung eines Mannes geführt, von dem sie sich brisante Informationen erhofften. Sie hatten gerade damit angefangen, ihn zu befragen, als sie plötzlich Schreien und Poltern aus einer der oberen Wohnungen hörten.

»Das geht andauernd so«, beklagte sich der Mann. »Ich war schon ein paarmal kurz davor, die anzuzeigen. Aber am nächsten Tag stehen sie regelmäßig mit einer Flasche Wein auf der Matte und entschuldigen sich.«

Der Lärm verstummte so rasch, wie er entstanden war, doch Marvin und Alan stiegen die Treppe hoch, um der Sache auf den Grund zu gehen.

Die Wohnungstür war nur angelehnt. Alan stieß sie ein Stück auf.

»Hallo?«

Die Frau lag auf dem Sofa, vollkommen weggetreten, wie Marvin auf den ersten Blick erkannte. Auf den zweiten entdeckte er, dass unzählige Blutergüsse unterschiedlichster Reifegrade ihre mageren Arme wie traurige Tattoos bedeckten. Sie war halb nackt, trug lediglich ein seidiges schwarzes Unterkleid, dessen Träger verrutscht waren und einen Teil ihrer bemerkenswerten Brüste freigaben.

Mitte zwanzig schätzte Marvin, älter auf keinen Fall. Sie war hübsch, hatte langes dunkles Haar, einen schlanken Körper und Wahnsinnsbeine. Die reine Verschwendung, denn anscheinend verstand sie nicht, pfleglich mit alldem umzugehen.

Das Wohnzimmer stank nach Zigaretten, Joints und Alkohol, obwohl ein Fenster gekippt war. Der Fernseher lief, ein Plasmamonster von der Größe einer Tür. Er war an der Wand befestigt und beherrschte den Raum, in dem sich ein Chaos aus Zeitschriften und verstreuten Spielsachen auf dem Boden ausbreitete.

Neben einer hölzernen Kugelbahn lag ein aufgeklapptes Lexikon mit stark abgegriffenem Einband, die Seiten nach unten. Jemand hatte aus Butterkeksen einen wackligen

Turm gebaut, der von Krümeln umgeben war. Einige der Kekse waren angeknabbert, andere mit etwas Rotem beschmiert, das Marmelade sein konnte, aber ebenso gut Blut.

Der helle Teppichboden hatte eine ungesunde Färbung angenommen. Man konnte das Ungeziefer förmlich zwischen all dem Zeug, das sich hier angesammelt hatte, herumkrabbeln sehen.

Marvin verachtete Menschen, die ihr Leben nicht im Griff hatten. Die Bewohner dieser Wohnung gehörten offenbar zu ihnen. Er hörte ein leises Geräusch und wandte den Kopf. In einer Ecke stand ein Käfig, durch dessen Gitterstäbe ein Hamster sie mit glänzenden Knopfaugen beobachtete.

Der Einrichtung nach zu urteilen, waren die Bewohner dieser Wohnung nicht arm. Das massive weiße Bücherregal mit den elegant gerundeten Kanten schien eine Spezialanfertigung zu sein. Sofa und Sessel stammten garantiert aus keinem der überall aus dem Boden schießenden Möbeldiscounter. Doch zwischen Stapeln von Zeitschriften standen nur Reiseführer im Regal und an den Wänden hing kein einziges Bild.

Seltsam.

Widersprüche.

Überall.

»Es sind immer die Falschen, die Geld haben«, murmelte Marvin, trat an das Sofa und beugte sich über die Frau. Er legte ihr zwei Finger an den Hals und spürte ihren Puls. »Lebt«, sagte er knapp.

Nicht, dass es ihn erleichtert hätte. Es war ihm egal.

Zwei umgekippte Stühle. Eine Vase war über den Esstisch gerollt und hatte die Hälfte der ausgemergelten Sommerblumen verloren. Von dem Mann, dessen Schreien sie bis unten gehört hatten, und dem Kind, dem das Spielzeug gehören musste, keine Spur.

Alan sah Marvin an und nickte. Er zog seine Waffe und schob vorsichtig die Küchentür auf. Auch Marvin zog seine Waffe.

Nichts.

Geduckt und konzentriert bewegte sich Alan auf die nächste Tür zu, die einen Spaltbreit offen stand. Man konnte die Hälfte eines Doppelbetts erkennen und einen weißen Hochglanzschrank mit Spiegeltüren.

Während Marvin nachrückte, behielt er die übrigen Türen im Blick, vermutlich Kinderzimmer, Bad und Gästetoilette.

»Wieder nichts«, sagte Alan leise. »Wo stecken die, verdammt?«

Marvin hoffte, dass der Typ ausgeflogen war. Er hatte absolut kein Bedürfnis nach einer Auseinandersetzung mit einem randalierenden Ehemann.

Doch hier randalierte keiner. Es war auf eine unangenehme, geradezu unheimliche Weise still.

Das Bettzeug im Schlafzimmer war zerwühlt. Achtlos hingeworfene Kleidung bedeckte den Boden. Man hätte hindurchwaten müssen, um zum Bett oder zum Fenster zu gelangen. Leere und halb leere Pizzapackungen lagen zwischen zerknautschten Slips und Socken. Ein BH baumelte an einer Designerlampe. Ein benutztes Kondom hatte sich auf eine zerdrückte Coladose verirrt.

Marvin sah den Ekel, den er empfand, auf Alans Gesicht gespiegelt.

Ein Albtraum.

Im Badezimmer wurden sie endlich fündig.

Marvins Körperspannung ließ nach. Wie Alan steckte er die Waffe weg und trat an die moderne Luxuswanne, in der reglos ein Mann, vermutlich der Ehemann, ausgestreckt lag und hoffentlich bloß seinen Rausch ausschlief.

Als hätte er die ganze Zeit den Atem angehalten, rang der plötzlich nach Luft und stieß sie keuchend wieder aus. Er trug nur Unterhose, Socken und ein ursprünglich weißes, mit rötlich braunen Flecken übersätes Hemd. Es war bis zur Brust aufgeknöpft und gab den Blick auf einen sorgfältig rasierten Oberkörper frei.

Der Typ war schlank und wirkte durchtrainiert. Ein paar Jahre älter als die Frau, etwa Anfang dreißig. Eine lange Kratzwunde zog sich über seinen Hals, offenbar noch ziemlich frisch und schmerzhaft, denn er verzog den Mund und stöhnte auf.

Er trug eine Rolex, was Marvin wütend machte, wie immer, wenn er solche Uhren an den Handgelenken der falschen Leute sah. Allerdings hatte er sich nie gefragt, wer die richtigen Leute wären, denen er den Luxus gegönnt hätte.

Der funkelnde Ring am kleinen Finger des Mannes festigte seine Ablehnung. So einer guckte Normalverdiener mit dem Arsch nicht an. Der lebte auf einem anderen Planeten. Dabei schien es hier wenig zu geben, worauf er sich was einbilden konnte.

Wo war das Kind?

Sie ließen den Typen in der Badewanne liegen und rissen die nächste Tür auf.

Das Mädchen war keine zwei Jahre alt. Es war wach, saß in seinem rosafarbenen Gitterbettchen, einen Plüschhasen im Arm, und blickte ihnen aus tränennassen Augen entgegen.

»Hallo, du«, sagte Alan leise und trat vorsichtig näher. »Das ist aber ein schöner Hase.«

Er konnte richtig sensibel sein.

Wenn er wollte.

Er konnte auch ganz anders.

Die Kleine hatte sich ausgezogen. Nicht nur ihre Sachen waren von Kot verschmiert, auch ihre Beine, ihr Bauch, sogar ihr Gesicht. Eine vollgeschissene Windel lag zu ihren Füßen. Sie hatte den Inhalt überall verteilt. Es stank ekelerregend.

»Weck die Frau«, sagte Alan. »Sie muss die Kleine baden und anziehen.«

Doch Marvin konnte die Frau an den Schultern rütteln, solange er wollte, sie war vollkommen hinüber. Mit dem Typen in der Badewanne hatte er nicht mehr Glück. Selbst als er den eiskalten Duschstrahl auf seinen Kopf richtete, veränderte der Mann lediglich knurrend seine Position.

Die waren nicht bloß bekifft. Die hatten zusätzlich was eingeworfen.

Aus dem Kinderzimmer hörte er das leise Jammern der Kleinen und immer wieder Alans beruhigende Stimme.

Marvin musste sich zusammenreißen, um dem Schwachkopf in der Badewanne keine reinzuziehen, ebenso wie der Schlampe auf dem Sofa. Er hätte ihnen gern gezeigt, was Anstand war, es ihnen notfalls eingeprügelt. Aber er hatte bereits eine Abmahnung kassiert. Eine zweite würde ihm das Genick brechen.

Scheißpack!

Sein Job hatte ihm jegliches Mitgefühl abgewöhnt, doch bei Kindern war das anders. Da glomm ab und zu noch ein Funke Anteilnahme in ihm auf. Der gleich wieder vom Gegenteil zugedeckt wurde: Abscheu und blankem Hass.

Solche Wichser hatten kein Kind verdient.

Marvin kehrte ins Kinderzimmer zurück. Sie konnten nicht viel mehr tun, als zu versuchen, der Kleinen die Angst zu nehmen und auf Hilfe zu warten.

Er betrachtete das Mädchen genauer. Es war so mager, dass man seine Rippen zählen konnte. In dem schmalen Gesicht sahen die blauen Augen riesig aus. An den Armen und Beinen war kein Gramm Fett. Die Gelenke traten bedenklich unter der dünnen Haut hervor.

Vielleicht war das Kind doch schon älter und die Mangelernährung ließ es jünger erscheinen. Marvin ging vor dem Gitterbett in die Hocke.

»Wie heißt du, Kleine?«

Sie antwortete nicht, starrte ihn nur ängstlich an, das dreckige Kuscheltier an die Brust gepresst.

Marvin tauschte einen Blick mit Alan. Das hier war eine Sache für das Jugendamt. Sollten die sich um die Kleine kümmern und dafür sorgen, dass sie ein Leben leben durfte, in dem es ihr gut ging und an nichts mangelte.

In seinem Kopf entstand der Anfang eines neuen, wütenden Songs, und er wünschte, er könnte sich auf der Stelle hinsetzen und schreiben.

In Worten ertrinken, dachte er. Das wär ein Tod.

5.

Nach dem Frühstück hatte Ivy sich noch einmal hingelegt. Erst jetzt brach sich ihre Erschöpfung so richtig Bahn. Ihre Müdigkeit war dermaßen tief, dass sie Angst hatte, ihr nachzugeben.

Was, wenn sie nicht wieder aufwachte?

Also lag sie auf ihrem Bett und lauschte den Geräuschen, die durch das weit geöffnete Fenster zu ihr drangen.

Wind war aufgekommen und strich durch das Blattwerk des Ahorns, dessen Äste fast ins Zimmer ragten. Fetzen einer Unterhaltung zwischen einem Mann und einer Frau waren draußen zu hören. Irgendwo wurde ein Rasenmäher angeworfen.

Sommergeräusche.

Ivy erinnerte sich nicht an Erlebnisse, aber sie erinnerte sich an Gefühle. Daran, wie es war, wenn der Wind durch ihr Haar fuhr und ihr Gesicht streichelte. An die Trägheit von Sommernachmittagen. Wie dann der Schweiß auf der Haut klebte. Wie still die Schatten zwischen den Häusern der Dörfer oder in den Straßenschluchten der Städte lagen.

Wie Salzwasser schmeckte.

Sie liebte Wasser. Das wusste sie. Und dass das Einzige, was sie immer und in jeder Situation trösten konnte, das Geräusch von Wellen war.

Die Stimmen des Mannes und der Frau vermischten sich mit dem gleichmäßigen Brummen des Rasenmähers. Sie entfernten sich und wurden leiser. Der Schlaf zog Ivy mit sich ins Dunkle, wo sie für eine Weile gnädigen Schutz vor ihren Ängsten fand.

★

Niklas konnte sich nicht auf seine Arbeit konzentrieren. Es herrschte ein ständiges Kommen und Gehen. Als wäre die ganze Welt heute daran interessiert, Anzeige wegen irgendwelcher Lappalien zu erstatten.

Fand er endlich Zeit für seine Schreibtischarbeit, spukte ihm Ivy im Kopf herum. Wo versteckte sie sich? Warum hatte sie kein Vertrauen zu ihm?

Aus welchem Grund sollte sie dir vertrauen?

Niklas hörte sich oft selbst beim Denken zu. Immer dann, wenn seine Gedanken sich verselbstständigten und ein Eigenleben in seinem Kopf führten. War er allein zu Hause, antwortete er ihnen, haderte mit ihnen oder flutete die Wohnung mit Musik, um sie zu übertönen.

»Das sind nicht deine Gedanken«, hatte Ivy einmal gesagt. »Es ist dein Gewissen.«

Und sie hatte ihn zärtlich umarmt und ihren Kopf an seine Schulter gelegt.

Niklas liebte es, wenn sie sich an ihn schmiegte. Sich ihm so vollkommen auslieferte. Er umfing sie dann mit den Armen, und sie kam ihm dermaßen zerbrechlich vor, dass er sich für den Moment jedes Mal vornahm, sie ihr Leben lang zu beschützen.

Ihr Leben lang?

Er merkte, wie sich sein Mund verächtlich verzog, wie der Schmerz sich dennoch einen Weg in sein Inneres bahnte, von wo er ihn nur schwer wieder würde vertreiben können.

Selbst wenn er es wirklich gewollt hätte – für ein Leben hatte es nicht gereicht.

Ivy war verschwunden.

Er ging zu dem Kaffeeautomaten in der Spülküche und ließ sich einen doppelten Espresso einlaufen. Seit er bei der Polizei war, hatte er sich in einen Koffeinjunkie verwandelt. Dabei mochte er das Kaffeetrinken lieber als den Kaffee selbst. Aber er bildete sich ein, sich anschließend besser konzentrieren zu können.

Nach dem ersten Schluck nahm er sein Handy und überlegte, Ivys Großmutter anzurufen. Er hielt es eine Weile in der Hand und besann sich dann doch anders.

Ivy war bei ihrer Großmutter aufgewachsen. Ihre Mutter war gestorben, als Ivy gerade mal ein Jahr alt gewesen war. Der Vater hatte sich noch vor ihrer Geburt aus dem Staub gemacht.

»Wahrscheinlich weiß er nicht mal von mir«, hatte sie Niklas einmal anvertraut. »Ich schätze, ich bin das Ergebnis eines One-Night-Stands. Hätte er sonst nicht irgendwann nach mir gesucht?«

Frustriert steckte Niklas das Handy in die Tasche. Die

Nervosität kroch ihm den Nacken hoch und sämtliche Härchen stellten sich auf.

Wo, zum Teufel, steckte Ivy?

Sie hatte keine Geschwister und, soweit er wusste, keinen Kontakt zu der restlichen Familie. Falls es eine gab. Zumindest hatte sie nie irgendwelche Onkel, Tanten, Vettern oder Cousinen erwähnt. Ihr Freundeskreis war überschaubar. Zwei beste Freundinnen, ihre Mitbewohnerin und ein paar Leute, die sie von der Uni kannte.

Aber war das tatsächlich so?

Ihr Umfeld hat dich doch nie interessiert.

Halt die Klappe!

Der Herr erträgt wieder mal die Wahrheit nicht?

Shut up!

Irgendwann würde ihn jemand mit sich selbst reden hören. Irgendwann würde er auf diese Weise Geheimnisse ausplaudern und sich damit in Schwierigkeiten bringen.

Reiß dich am Riemen! Denk nach!

Sollte er Ivys Freundinnen anrufen?

Sie waren nicht gut auf ihn zu sprechen, tolerierten ihn zwar in Ivys Leben, hielten die Beziehung zwischen ihrer Freundin und ihm jedoch bloß für eine lästige Übergangsphase, der sie ein rasches Ende wünschten.

Die Abneigung beruhte auf Gegenseitigkeit. Niklas hatte keinen Draht zu diesen Weibern, die niemals auf irgendwas hatten verzichten müssen, für die das Leben ein einziger Selbstbedienungsladen war. Die Bullen verachteten und für fantasielose Befehlsempfänger hielten, die lediglich ein Interesse hatten: ihnen den Spaß zu verderben.

Dabei war es Niklas schnuppe, in welchen Edelboutiquen sie ihre Klamotten zusammenkauften oder aus reinem Jux klauten. Oder mit was sie sich wegschossen, wenn ihnen der Alltag wieder mal zu trist vorkam.

Er hätte sich totlachen können über ihre Versuche, das Kiffen vor ihm zu verbergen. Dabei konnte man oft schon von Weitem riechen, dass sie Gras geraucht hatten, bevor man sich schließlich in ihren riesigen Pupillen spiegelte.

Bisher war ihnen Ivys Abwesenheit anscheinend noch nicht aufgefallen oder sie machten sich keine Sorgen deswegen. Sie waren selbst häufig tage- und nächtelang unterwegs. In ihrem Leben tickten die Uhren anders. Da spielten zwei Tage, an denen sie nichts voneinander hörten, keine Rolle.

Das war gut so.

Es verschaffte ihm Zeit, nach Ivy zu suchen, ohne schlafende Hunde zu wecken.

Er hatte bereits sämtliche Krankenhäuser der Umgebung abtelefoniert. Nirgendwo war eine junge Frau eingeliefert worden, auf die Ivys Beschreibung passte. Auch bei den umliegenden Polizeistationen hatte er nachgehört.

Zu den Kollegen in Waldberg und Neuburg hatten Marvin, Alan und er selbst ebenso enge Kontakte wie zu denen in Bad Hildungen, Worren oder Maltin. Sie sprachen dieselbe Sprache, hatten dieselben Ziele und taten ihr Bestes, um sich gegen die Mauer aus Dummheit und Ignoranz durchzusetzen.

Wer heute noch glaubte, in diesem Land laufe es bestens, hatte nicht mehr sämtliche Tassen im Schrank. Man musste die Gutmenschen und Weltverbesserer mit ihrer weichlichen Toleranz für alles und jedes schnellstens auf den Boden der Tatsachen zurückholen, bevor sie den Staat gegen die Wand fuhren.

Er hatte den Kollegen erklärt, es gehe um eine private Sache, die nicht an die große Glocke gehängt werden solle. Es handle sich lediglich um einen Gefallen, für den er sich gern irgendwann revanchieren werde.

Sie hatten versprochen, die Augen offen zu halten und sich zu melden, sobald sie etwas über Ivy erfahren würden.

Die Telefonate hatten ihn einigermaßen erleichtert. Es würde für Ivy so gut wie unmöglich sein, durchs Netz zu schlüpfen. Irgendjemandem würde sie auffallen. Irgendjemand würde ihn informieren.

Und dann?

Damit wäre das Problem noch lange nicht gelöst.

Niklas stellte die leere Espressotasse ins Spülbecken, kehrte an den Schreibtisch zurück und legte sein Handy ab. Er dachte an Marvin und Alan. Und schob den Gedanken schnell wieder beiseite.

Wütend stürzte er sich in die Arbeit. Er hatte sich lange genug das Hirn zermartert. Er brauchte dringend Ablenkung. Wenigstens für eine Weile.

*

Die Sozialarbeiterin vom Jugendamt schien mit der Versorgung des kleinen Mädchens restlos überfordert. Marvin hatte erwartet, sie würde unverzüglich handeln. Stattdessen legte sie in aller Ruhe die Tasche ab, die über ihrer Schulter hing, und betrachtete nachdenklich das vom Weinen erschöpfte Kind in seinem Bettchen.

»Was ist mit den Eltern?«

»Nicht ansprechbar«, antwortete Marvin. »Keine Ahnung, was die eingeworfen haben.«

Alan hatte dem Mädchen ein Badetuch umgehängt, doch die Kleine hatte es wieder abgestreift, obwohl sie am ganzen Leib zitterte. Der Kot war stellenweise bereits eingetrocknet und klebte selbst in ihrem dünnen blonden Kinderhaar, das ihr bis ans verschmierte Kinn reichte.

Marvin warf der Sozialarbeiterin einen finsteren Blick zu. Wollte sie nicht endlich etwas unternehmen?

»Wie heißt die Kleine?«, fragte sie und wich seinem Blick aus.

Sie war noch jung, vielleicht eben mit der Ausbildung fertig. Bedächtig krempelte sie die Ärmel ihrer Bluse hoch. Als hätte sie alle Zeit der Welt.

»Woher sollen wir das wissen?«, gab Marvin barsch zurück.

Was sollte dieses Affentheater?

Das Kind schrie sich wieder die Seele aus dem Leib. Sein schmales Gesichtchen war puterrot. Speichel tropfte ihm aus dem Mund. Es sträubte sich mit Händen und Füßen dagegen, aus dem Bett gehoben zu werden.

»Ist ja gut«, sagte die Frau und hielt das Mädchen ein Stück von sich ab, während sie es zu der Wickelkommode am Fenster trug. »Ist ja gut.«

Dabei war gar nichts gut. Die Kleine würde gründlich untersucht und vorerst in einer Pflegefamilie untergebracht werden. Als Nächstes würde überprüft werden müssen, wie die Ehefrau sich die unzähligen blauen Flecken zugezogen hatte.

Und dann war das Paar dran.

Ihr Drogenkonsum war dabei das geringste Problem.

Marvin und Alan ließen die Frau mit dem Kind allein und versuchten wieder, den Mann zum Leben zu erwecken. Sie rüttelten ihn an den Schultern und drehten die kalte Dusche an. Mit einem wütenden Fauchen fuhr er auf und sank dann haltlos nach vorn.

»Komm schon!«

Marvin riss ihn am Hemdkragen wieder hoch.

Der Kopf des Mannes kippte nach hinten.

Marvin versetzte dem Typen einen harten Stoß. Er knallte mit dem Hinterkopf auf den Rand der Wanne, gab einen Schmerzenslaut von sich und versank wieder in irgendwelchen trüben Winkeln seines Bewusstseins.

Neben Marvin ballte Alan die Fäuste. Marvin hatte auch nicht übel Lust, den Typen mit Gewalt aus der Wanne zu zerren, damit er sich endlich um seine Tochter kümmerte.

Wenn ich das Sagen hätte, dachte er, würde man dem Paar exakt das antun, was sie dem Kind angetan haben. Wie du mir, so ich dir.

Aber was würde dann aus der Kleinen?

Er wusste, dass Alan ähnliche Gedanken durch den Kopf gingen. Sie lagen auf einer Wellenlänge, Alan, Niklas und er. Alan war insgesamt noch ein wenig zu weich, doch er verhielt sich stets solidarisch und schloss sich jeder ihrer Entscheidungen an.

In diesem Land musste aufgeräumt werden, da waren sie sich einig. Und zwar gründlich. Ein für alle Mal.

*

Ivy fühlte die Sonne auf dem Gesicht. Dann Licht und Schatten in rascher Folge. Sie wusste, sie fuhren durch einen Wald.

»Augen zulassen«, befahl er.

Dabei war es egal, ob sie die Augen öffnete oder nicht. Er hatte sie ihr mit einem Tuch verbunden und sie konnte ohnehin nichts sehen.

»Eine Überraschung«, hatte er gesagt und sich keine Silbe über Einzelheiten entlocken lassen, sosehr Ivy es auch versucht hatte.

Immer wieder überraschte er sie.

Mal war es ein Picknick auf einer Lichtung oder an einem See, mal ein Wochenende in einem Blockhaus, das er gemietet hatte, mal der Besuch eines Musicals.

Nun lag wieder Sonnenlicht auf ihrem Gesicht, nicht von Schatten unterbrochen, und sie rekelte sich wohlig auf dem Beifahrersitz.

»Wie weit ist es noch?«

Das Tuch, mit dem er ihr die Augen verbunden hatte, kratzte und roch unangenehm. Als sei es monatelang in einem ungelüfteten Keller aufbewahrt worden.

Außerdem hätte sie sich gern umgeschaut.

Es war ein strahlender Herbsttag, dessen Kälte bereits den Winter erahnen ließ. Der Himmel war von einem tiefen, klaren Blau. Da das Tuch leicht verrutscht war, konnte sie über den oberen Rand blinzeln.

Als würde man ins Meer gucken, dachte sie.

»Wir sind bald da.«

Sie hörte die freudige Erwartung in seiner Stimme und wurde selbst noch ein bisschen aufgeregter. Was wollte er ihr bloß zeigen?

»Ein Tag zum Verlieben«, sagte er mit einem Lächeln in der Stimme. »Aber das bin ich ja schon, verliebt.«

Wenn sie allein waren, zeigte er sich, wie er wirklich war. Dann lernte Ivy ihn von seiner weichen, aufrichtigen, liebevollen Seite kennen. Nichts erinnerte dann mehr an die andere.

Vor der sie immer ein wenig zurückschreckte. Sein Gesicht und sein Verhalten konnten sich urplötzlich so sehr verändern, dass er zu einem Fremden wurde.

»Bitte!« Ivy hielt es kaum noch aus. »Lass mich das Tuch abnehmen. Ich schwitze wie verrückt. Der Supergau für meine Wimperntusche. Ich seh bestimmt schon aus wie Frankensteins Monster.«

»Ich find dich trotzdem sexy.«

Ivy gab auf. Sie lehnte sich zurück und versuchte, sich auszumalen, was für eine Überraschung das wohl sein mochte, für die er einen solchen Aufwand veranstaltete.

Irgendwann hielt er endlich an. Sie stiegen aus, und er führte sie über einen unebenen Weg, dann über holpriges Gras und schließlich über Pflastersteine. Nach einer gefühlten Ewigkeit nahm er ihr die Augenbinde ab.

Sie befanden sich auf einem kleinen Segelflugplatz. Eines der Flugzeuge startete gerade. Ein anderer Flieger zog geräuschlos seine Kreise in der stillen Luft.

Warum hatte er sie hierhergebracht?

Ivy gehörte nicht zu den Menschen, die stundenlang begeistert startende und landende Flugzeuge beobachteten. Nicht mal, wenn es sich um Segelflugzeuge handelte, die ihr eigentlich gefielen.

Erst als ein Mann auf sie zukam und ihm zum bestandenen Segelflugschein gratulierte, begriff sie das Ausmaß der Überraschung.

»Du hast deinen Segelflugschein gemacht?«

Verblüfft starrte sie ihn an. Deshalb hatte er so wenig Zeit gehabt. Er hatte immer andere Gründe vorgeschoben, und weil sie gerade erst mit ihrem Studium in Kiel angefangen hatte, war ihr das ganz recht gewesen. Es gab so viel Neues, das sie erkunden und an das sie sich gewöhnen musste.

Aber dass sie nicht einmal mitbekommen hatte, dass er sich überhaupt für das Fliegen interessierte, beschämte sie.

»Wieso hab ich denn nichts davon mitgekriegt?«

Sie umarmte ihn und gab ihm einen reumütigen Kuss.

»Weil ich schweigen kann wie ein Grab.« Er machte sich von ihr los. »Und jetzt lade ich dich zu einem Flug ein.«

Was?

Schnurstracks ging er auf einen schneeweißen Segelflieger zu, dessen Tragflächen in der Sonne blitzten.

Sie sollte in das Ding da steigen?

»Jetzt mach schon! Sei kein Frosch!«

Und mit ihm fliegen?

Zögernd folgte sie ihm, während ihr Herz aufgeregt klopfte und die Innenflächen ihrer Hände klitschnass wurden. Sie versuchte, ruhig und tief zu atmen.

Er wusste doch, dass sie schon auf der dritten Sprosse einer Leiter Höhenangst bekam!

»Im Flugzeug ist das anders«, versprach er leise. »Du wirst keine Angst haben. Uns wird nichts passieren. Vertrau mir.«

Irgendwie gelang es ihr, mit seiner Hilfe den Fallschirm anzulegen. In das Flugzeug zu klettern und sich auf den hinteren der beiden Sitze zu quetschen. Irgendwann war sie angeschnallt und hörte nur noch, wie das Blut in ihrem Kopf rauschte. Und die Angst war so groß, dass sie ihre Gedanken verschlang.

Das Flugzeug wurde über eine Winde angezogen und erhob sich in die Luft. Ivys Magen drehte sich, doch bevor sie die Tüte benutzen konnte, die er ihr vorsorglich in die Hand gedrückt hatte, waren sie schon oben.

Es wurde still.

Ivy konnte das Surren der Flügel im Wind hören.

Ihre Angst zog sich zurück.

Ein wenig später schaffte sie es, nach unten zu blicken. Häuser. Straßen. Felder. Eine Talsperre. Als Ivy auf das glitzernde Wasser sah, vergaß sie ihre Angst.

Sie begann, den Flug mit ihm zu genießen und bedauerte, dass er viel zu früh abdrehte, um zum Flugplatz zurückzukehren.

Ein Tropfen Traurigkeit mischte sich in das Glücksgefühl, das Ivy erfüllte, doch sie ließ nicht zu, dass sie überhandnahm. Sie war ganz in den Anblick der herbstlichen Landschaft mit ihren kleinen malerischen Ortschaften versunken, als er den Kopf nach ihr wandte.

Sie lächelte ihn an.

»Du glaubst doch nicht ernsthaft, dies hier sollte ein Geschenk für dich sein?«

Seine Stimme war anders. Sie hatte sie schon so gehört.

Wann?

Wo?

Ivy verspürte eine leichte Übelkeit, doch sie kam nicht vom Fliegen. Eine Erinnerung klopfte an die verschlossene Tür ihres Bewusstseins. Undeutlich. Fern.

»Hast du erwartet, ich hätte vorgehabt, dir hier oben meine unendliche Liebe zu gestehen?«

Die Stimmung kippte abrupt. Was war geschehen? Irgendetwas war ganz und gar nicht in Ordnung.

»Hast du?«

»Bitte …«

»Bitte! Bitte!«, äffte er sie nach. »Weißt du eigentlich, wie du mich anödest?«

Die Panik, die Ivy so erfolgreich unterdrückt hatte, züngelte in ihr hoch. Was sagte er da?

Ich träume, *dachte sie.* Das passiert nicht wirklich. *Sie kniff die Augen zusammen und riss sie wieder auf.*

»Du Miststück!«, schrie er plötzlich, und winzige Speicheltröpfchen spritzten aus seinem Mund. »Was machst du mit mir?«

Ivy verstand nicht, was hier vor sich ging. Sie wusste nur, was ihr Körper signalisierte: Sie musste weg. Raus aus dieser Situation, die sie nicht kontrollieren konnte.

Hektisch überlegte sie. Es hatte keinen Sinn zu schreien. Es war ihr unmöglich, auszusteigen. Sie war gefangen.

»Was jetzt passiert, hast du dir selbst zuzuschreiben!«

Die Nase des Flugzeugs bewegte sich nach unten. Ivy spürte einen schmerzhaften Druck in den Ohren, während das Flugzeug abwärtsschoss.

Unter ihnen waren Felder, Wiesen und Weiden, wie mit dem Lineal gezogen. Ivy erkannte Kühe und eine Schafherde. Einen Bauernhof.

Ihre Panik explodierte.

Als sie endlich schrie, hörte sie ihre eigene Stimme nicht. Das entsetzte sie fast mehr als der Gedanke daran, dass sie gleich sterben würde.

6.

Von ihrem Schreien wurde Ivy wach.

Ihr Gesicht war nass von Tränen. Die Kehle tat ihr weh.

Als es klopfte, war ihr zunächst nicht klar, ob das noch Teil des Traums war. Sie trocknete sich die Tränen mit zitternden Fingern.

Es klopfte ein weiteres Mal und Ivy stand auf und tapste zur Tür. Sie hatte sich angezogen aufs Bett gelegt und fühlte sich jetzt verschwitzt und zerknautscht. Doch das war ihr egal. Hauptsache, der Traum war zu Ende und sie war wach.

Und lebte noch!

»Alles in Ordnung, Kindchen?« Es war die alte Dame, die sie beim Frühstück gesehen hatte. Ihr kleiner West Highland Terrier schnüffelte eifrig an Ivys Jeans. »Jemand hat geschrien …«

»Ich hatte einen Albtraum.«

Das Gesicht der alten Dame blieb besorgt.

»Sicher, dass Ihnen nichts fehlt?«

Prüfend nahm sie Ivy in Augenschein und bemerkte nicht, dass ihr Hund im Zimmer verschwand.

Und ob mir was fehlt, dachte Ivy. Mein ganzes Leben fehlt mir. Nicht mal Teile davon sind in meinem Gedächtnis geblieben.

Die alte Dame mochte Anfang achtzig sein, schien jedoch noch rüstig und fit. Ihre blassblauen Augen waren klar und aufmerksam. Sie hatte sich dezent geschminkt. Ihre Haut war von Furchen durchzogen, jede einzelne Zeugnis von Erfahrungen, die sie offensichtlich nicht verbergen wollte.

Da war nichts gestrafft, nichts aufgepolstert worden. Es war ein lebendiges, ein lebhaftes und schönes Gesicht.

»Ich wohne gleich gegenüber.« Sie wies auf eine offen stehende Tür. »Kommen Sie doch mal auf eine Tasse Tee vorbei.« Verschwörerisch beugte sie sich vor und begann zu flüstern. »Ich habe nämlich einen Wasserkocher und auch ein bisschen Geschirr im Schrank versteckt. Aber verpetzen Sie mich nicht.«

Jetzt erst bemerkte sie, dass der Hund nicht mehr an ihrer Seite war.

»Roman!«, rief sie. »Hierher!«

Der Hund dachte gar nicht daran. Ivy blickte sich nach ihm um und entdeckte ihn auf ihrem Bett, den Kopf auf den Pfoten. Sichtlich zufrieden, ließ er das Locken und Schmeicheln seines Frauchens an sich abgleiten.

»Ich habe ihn nach meinem verstorbenen Mann benannt«, verriet die alte Dame. »Der war auch so eigensinnig, wollte ständig mit dem Kopf durch die Wand.«

Roman spitzte die Ohren. Er schien zu spüren, dass über ihn gesprochen wurde.

»Darf ich?«

Ohne Ivys Antwort abzuwarten, stürmte die alte Dame an ihr vorbei ins Zimmer, schnappte sich ihren Hund und trat wieder auf den Flur hinaus.

»Mein Name ist übrigens Plettenberg. Und wie heißen Sie?«

»Ivy. Sagen Sie Ivy zu mir.«

»Nur, wenn Sie mich Charlotte nennen.«

Ivy nickte und versuchte zu lächeln. Am liebsten hätte sie ihren ungebetenen Gast rausgeworfen und sich wieder auf ihr Bett geflüchtet.

Etwas war geschehen.

Etwas, das sie nicht einordnen konnte.

Etwas Ungeheuerliches.

Es dauerte noch eine Weile, bis Charlotte Plettenberg, den zappelnden Roman unterm Arm und ein um Entschuldigung bittendes Lächeln auf den Lippen, wieder in ihrem eigenen Zimmer verschwand.

Ivy setzte sich im Schneidersitz auf ihr Bett, den Blick auf das weit geöffnete Fenster gerichtet. Draußen war alles still. In ihrem Innern jedoch war ein Sturm losgebrochen.

Das war nicht einfach ein Traum gewesen.

Wer war dieser Mann, der vorgab, sie zu lieben, und sie dann töten wollte?

»Und sich selbst«, murmelte Ivy. »Er wollte uns beide umbringen.«

Sie schloss die Augen. Ihre Hände fanden zur Hakini Mudra zusammen, bei der sich alle Fingerkuppen berührten. Sie spürte, wie ihre Atmung sich vertiefte.

Der Mann …

Sie kannte ihn gut.

Waren sie ein Liebespaar?

Ivy ließ die Gedanken wandern. Sie legte die Hände wie Schalen ineinander, die rechte Hand in die linke. Die Dhyana Mudra für geistige Offenheit und Empfänglichkeit.

Der Segelflugplatz.

Die Talsperre.

Die kleinen Orte.

Das konnten Hinweise auf Plätze sein, die etwas bedeuten mussten. Zu denen sie anscheinend eine Beziehung hatte.

Und noch etwas hatte sie erfahren: *Sie hatte mit einem Studium angefangen. In Kiel.*

Aber durfte sie ihren Traum so realistisch deuten? Arbeiteten Träume nicht eher mit verschlüsselten Bildern? Oder war das gar kein echter Traum gewesen? Eher etwas wie ein Tagtraum, bei dem man abdriftete, ohne zu schlafen?

Ivy hatte das Gefühl, Erfahrung mit Tagträumen zu besitzen.

Aber stimmte das?

Sie blieb noch eine Weile in dieser Haltung, blendete die Gedanken aus und spürte, wie sich Kopf und Körper mit Ruhe vollsogen. Erst als sie das Gefühl hatte, wieder ganz bei sich angekommen zu sein, wer immer sie auch sein mochte, erhob sie sich, zog die Bettdecke glatt und verließ das Zimmer.

Marleen saß in einer geblümten Hollywoodschaukel auf der kleinen Terrasse und las. Jojo hatte sich in den Schatten eines Obstbaums zurückgezogen und schlief, alle viere von sich gestreckt. Die Bewegung seiner Ohren zeigte, dass er Ivy kommen hörte, doch er öffnete bloß kurz die Augen und döste weiter.

»Ich wollte mir gerade einen Eistee holen«, sagte Marleen. »Magst du auch einen?«

Als Ivy nickte, legte sie ihr Buch weg, stand auf und ging in die Küche. Kurz darauf kam sie mit zwei großen Gläsern zurück, die bis zum Rand mit einer honiggelben Flüssigkeit gefüllt waren.

Ivy hatte sich auf einen der beiden Stühle gesetzt, die an dem kleinen runden Mosaiktisch standen. Sie nahm einen Schluck von dem Eistee und spürte, wie er ihr wohltuend kalt die Kehle hinunterrann.

Marleen ließ sich wieder auf der Hollywoodschaukel nieder und nippte an ihrem Glas. Dabei ließ sie den Blick über den Garten schweifen.

»Irgendwas ist mir zugestoßen«, begann Ivy, und die Worte waren wie Kieselsteine in ihrem Mund. »Aber ich … kann mich nicht erinnern.«

Marleen hatte sie in ihr Haus aufgenommen, ohne Fragen zu stellen. Sie hatte ihr diesen Zufluchtsort geschenkt und damit einen großen Teil des Drucks von Ivys Schultern genommen. Vielleicht konnte sie ihr sogar helfen, die erste der unzähligen leeren Seiten, die Ivys Gedächtnis ausmachten, mit Inhalt zu füllen, und sie dabei unterstützen, in ihr Leben zurückzufinden.

»Ich habe nicht nur vergessen, was mir zugestoßen ist, ich erinnere mich an überhaupt nichts mehr. Ich kann mir noch nicht mal wirklich sicher sein, dass Ivy mein richtiger Name ist.«

Marleens Handy summte auf dem Tisch, drehte sich wie ein Käfer, der auf den Rücken gefallen ist und verzweifelt versucht, wieder auf die Beine zu kommen. Sie nahm es und drückte den Anruf weg.

»An deiner Kleidung war Blut«, sagte sie.

»Nicht mein eigenes. Ich bin unverletzt.« Ivy betastete ihr Kinn. »Bloß eine harmlose Schramme.«

»Du scheinst einen Schock erlitten zu haben«, sagte Marleen behutsam. »Das kann einen Gedächtnisverlust auslösen. Du solltest dich untersuchen lassen.«

Bei der Vorstellung, dieses Haus und diesen Garten, diese sichere Zone zu verlassen, wurde Ivy schlecht.

»Eine Freundin von mir ist Ärztin«, fuhr Marleen fort. »Du müsstest sie nicht in ihrer Praxis aufsuchen. Sie würde bestimmt herkommen, wenn ich sie darum bitte.«

»Morgen vielleicht«, wich Ivy aus. »Oder übermorgen … falls …« Sie konnte sich nicht einmal *vorstellen*, von jemandem berührt zu werden. »Ich meine, falls … ich hier …«

»Du darfst bleiben, solange du willst«, beruhigte Marleen sie. »Zerbrich dir darüber nicht den Kopf.«

Ivy dachte an ihren Traum zurück. Sie hatte immer mehr das Gefühl, dass er bedeutsam war.

»Ich habe geträumt«, begann sie zögernd. »Ein schlimmer Traum. Irgendwie glaube ich, dass er ein Schlüssel sein könnte.«

Aufmerksam beugte Marleen sich zu ihr vor.

»Da waren Orte … ein Segelflugplatz, Dörfer, eine Talsperre.«

»Die Mohnetalsperre vielleicht? Da bin ich als Kind mit

meinen Eltern und Geschwistern oft zum Schwimmen hingefahren.«

Der Name ließ eine Saite in Ivy anklingen.

Wind im Gesicht. Segelboote auf blauem Wasser. Eine Krähe, die über den Sand hüpft. Angler, die bis zu den Knöcheln im Wasser stehen.

»Ich *erinnere* mich, Marleen …«

»Du glaubst, diese Orte haben etwas mit dir zu tun?«

»Zumindest die Talsperre, die kenne ich. Irgendwo muss ich ja zu Hause sein. Irgendwo bin ich aufgewachsen. Vielleicht dort.«

»Möchtest du mir den Traum erzählen?«

Ivy war schon so weit gegangen, dass sie nun auch noch einen Schritt weiter gehen konnte. Sie musste eine Verbündete haben, wenn sie nicht in dem Chaos untergehen wollte, in dem sie sich befand.

Der Traum stand ihr noch so deutlich vor Augen, dass sie beim Erzählen nicht ein einziges Mal ins Stocken geriet.

»Der Mann«, sagte Marleen. »Erinnerst du dich auch an ihn?«

»Nein. Er war mir aber sehr vertraut.«

Sie konnte das Grauen nicht abschütteln, das sie empfunden hatte, als er das Segelflugzeug zum Absturz brachte.

»Es war mehr als ein Traum«, sagte sie leise und erinnerte sich an ein Buch über Traumsymbole. Knapp dreihundert Seiten, blauer Leineneinband, Silberlettern, ein rubinrotes Lesebändchen.

War das nicht seltsam? Da verlor sie die Erinnerungen an ihr komplettes Leben und erinnerte sich an ein *Buch*?

»In Träumen«, sagte Marleen, »haben die winzigsten Kleinigkeiten oftmals die größte Bedeutung. An was erinnerst du dich noch?«

»Ich glaube, ich bin Studentin.«

Ebenso gut hätte der Traum behaupten können, sie sei Friseurin oder arbeite in einer Werbeagentur. Das alles sagte Ivy nichts.

»Damit können wir doch was anfangen«, rief Marleen. »Damit sind wir doch schon einen guten Schritt weiter.«

Es war Ivy nicht entgangen, dass Marleen das Wort *wir* verwendet hatte. Sie lehnte sich auf ihrem Stuhl zurück und hielt das Gesicht in die Sonne. Genoss die Wärme und fühlte sich für einen Moment aufgehoben. Dennoch zwang sie sich dazu, weiter nachzudenken.

Was hatte sie in der Hand?

Sie hieß Ivy, kannte sich mit Yoga aus, hatte einen Bezug zu der Gegend um die Mohnetalsperre und war Studentin.

Vielleicht.

Und dann gab es vermutlich noch einen Mann in ihrem Leben. Der hatte eine zärtliche und eine toxische Seite, war wie zwei völlig unterschiedliche Männer in einer Person. Und was immer Ivy auch zugestoßen sein mochte – er hatte etwas damit zu tun.

*

Niklas erwischte Nayla am späten Vormittag. Den Hintergrundgeräuschen nach saß sie in irgendeiner Cafeteria auf dem Unigelände oder hing sonst wo in einem Café rum, wo sie vermutlich häufiger anzutreffen war als in einem Hörsaal.

Nayla war die Tochter eines türkischen Restaurantbesitzers und einer deutschen Rechtsanwältin. Sie kleidete sich betont sexy, Leggings wie auf den Leib geschneidert, hautenge Miniröcke, superknappe Blusen und Shirts. Ihr langes Haar war schwärzer als schwarz und glänzte verführerisch.

Sie war selbstbewusst und intelligent und hielt mit ihren Ansichten nicht hinterm Berg. Zu selbstbewusst, dachte Niklas, zu intelligent und eine große Klappe, als gehörte ihr die Welt.

»Keine Ahnung, wo Ivy ist. Wieso willst du das wissen? Schiss, dass sie einen andern hat?«

Ihr perlendes Lachen machte Niklas im Handumdrehen zu einem Trottel. Er hasste das an Nayla, ihr Reiche-Tochter-Gehabe und die arrogante Ironie, mit der sie ihm begegnete.

»Vielleicht beantwortest du einfach mal meine Frage?«

»Warum?«

Niklas befand sich in einer Zwickmühle. Er hätte Nayla gern nach allen Regeln der Kunst eingeschüchtert, um sie zum Reden zu bringen, durfte aber nicht ihr Misstrauen wecken. Das Problem musste erledigt sein, bevor sich herumsprach, dass irgendwas nicht in Ordnung war.

»Wenn Ivy sich nicht bei dir meldet, ist das ihr gutes Recht.« Naylas Stimme wurde zuckersüß. »Ärger im Paradies?«

Nayla war die Letzte, der Niklas etwas anvertrauen würde. Genauso gut könnte er es auf Instagram posten.

»Uiii! Hab ich da etwa ins Schwarze getroffen?«

Ihre Stimme triefte vor Boshaftigkeit.

Niklas kochte vor Wut, doch das ließ er sich nicht anmerken. Diese … diese … sie sollte keine Genugtuung darüber empfinden, dass sie ihn hatte auflaufen lassen.

»Vergiss es, Nayla. Schönen Tag noch.«

Und brich dir das Genick, dachte er, nachdem er das Gespräch beendet hatte. Bevor seine Wut noch größer wurde, wählte er Bahars Nummer.

Bahar besaß ebenfalls türkische Wurzeln. Ihre Eltern, die beide in Deutschland geboren waren, verkauften Hemden und Blusen online und auf Wochenmärkten. Offenbar konnte die Familie mehr als gut davon leben, denn sie besaßen eine protzige Villa mit Seeblick und beschäftigten nicht nur eine Haushälterin, sondern auch einen Gärtner, der das großzügige Anwesen in Schuss hielt.

Man gönnt sich ja sonst nichts, dachte Niklas mit beißender Ironie.

»Weißt du, wo Ivy ist?«, kam er direkt zur Sache.

»Nö.«

»Geht's ein bisschen ausführlicher?«

»Hab sie heute noch nicht gesehen.«

»Und gestern?«

»Gestern?«

Niklas konnte ihr dreckiges Grinsen förmlich hören.

»Auch nicht. Zuletzt vor drei Tagen, wenn du es unbedingt wissen willst. Wieso fragst du? Hat sie dich in den Wind geschossen?«

»Da muss ich dich leider enttäuschen, Bahar. Reines Wunschdenken.«

»Kannst du mir bitte mal sagen, was los ist?«

Vor drei Tagen …

»Schwänzt wahrscheinlich die Vorlesungen«, wich er aus. »Oder so«, setzte er hinzu, als ihm einfiel, dass gerade Semesterferien waren. »Sie braucht das ja manchmal, abzutauchen, um wieder einen klaren Kopf zu kriegen.«

»Abtauchen?« Bahar lachte spöttisch. »Ivy?«

Das war nur ein Versuchsballon gewesen, und er war zerplatzt, bevor er Fahrt aufgenommen hatte.

Ivy war heilfroh gewesen, die Schule endlich hinter sich zu haben, und hatte sich wie verrückt auf ihr Studium gefreut. Sie hatte sogar ein ursprünglich geplantes soziales Jahr im Ausland verschoben, weil sie es nicht abwarten konnte, an die Uni zu gehen. Er kannte kaum jemanden mit einem klareren Kopf.

»Soll ich ihr was ausrichten, wenn sie sich bei mir meldet?«, fragte Bahar, ohne das auch nur im Entferntesten ernst zu meinen.

»Du, da kommt gerade ein Anruf rein«, log Niklas und drückte das Gespräch weg.

Im Kopf hakte er die bisherigen Schritte ab, die er unternommen hatte, um Ivy zu finden.

Krankenhäuser – negativ.

Polizeikollegen im Umkreis – negativ.

Ivys Freundinnen – negativ.

Und währenddessen hielt Ivy sich irgendwo versteckt.

Eine tickende Zeitbombe hatte Marvin sie genannt. Und das war sie. Eine tickende Zeitbombe, die ihnen von Stunde zu Stunde gefährlicher wurde.

Niklas biss die Zähne zusammen. Wenn die Jungs von ihrem Einsatz zurückkamen, würden sie Fragen stellen. Sie erwarteten, dass er es hinkriegte. Dass er gefälligst seine Freundin auftrieb und wieder auf Spur brachte.

Gelang ihm das nicht, würden *sie* es tun.

Niklas hasste es, wenn sich jemand in seine Angelegenheiten einmischte. Und das hier war seine Angelegenheit.

7.

Ivy hatte den Vormittag in dem Strandkorb hinten im Garten verbracht, geschützt von einer mächtigen Rhododendronhecke. Sie hatte nur dagesessen und ihren Gedanken nachgehangen, ein Notizbuch, das Marleen ihr überlassen hatte, und einen Kugelschreiber auf dem Schoß.

»Schreib auf, was dir durch den Kopf geht«, hatte Marleen ihr geraten. »Vielleicht ergibt sich daraus ein Bild, selbst wenn dir die Zusammenhänge im Augenblick gar nicht bewusst sind.«

Das war leichter gesagt als getan. Die Gedanken ließen sich nicht greifen und erst recht nicht in eine Ordnung bringen. Sie schwebten heran und wehten still wieder davon.

Ivy fehlte die Energie, auch nur einen einzigen näher zu betrachten, um abzuschätzen, ob er zu denen gehörte, die es wert waren, aufgeschrieben zu werden, oder nicht. Sie erinnerte sich nicht daran, jemals so fertig gewesen zu sein.

Kein Wunder. Schließlich hatte sie ihr Gedächtnis verloren. Ha. Ha.

Sie musste schmunzeln und schrieb: *Komik funktioniert immer.*

Da stand er, der erste Satz, und er tat gut. Ivy schaute sich ihre Handschrift an, die ein wenig unleserlich war, wie bei jemandem, der daran gewöhnt war, viel und schnell zu schreiben.

Ich schreibe gern, notierte sie, ohne darüber nachzudenken. *Was man aufschreibt, hat Gewicht.*

Sie fragte sich, ob sie einen Laptop besaß. Ein Tablet. Ein Handy.

Was war ihr Studienfach? Wo studierte sie?

Schon wurde der bohrende Schmerz in ihrem Kopf wieder wach, der sich immer dann meldete, wenn sie zu tief in ihrem Gedächtnis grub. Ihr linkes Augenlid fing an zu zucken. Sie legte das Notizbuch beiseite und versuchte, sich zu entspannen.

Ein Film fiel ihr ein. Tom Hanks hatte darin die Hauptrolle gespielt.

Tom Hanks.

Wie elektrisiert richtete sie sich auf und griff nach dem Notizbuch. Sie hatte sich an einen Schauspieler erinnert! An seinen Namen! Und an einen Film, der sie einmal bewegt haben musste!

Darin landet ein Mann nach einem Flugzeugabsturz auf einer unbewohnten Insel, wo er ums Überleben kämpft. Er malt einem Volleyball ein Gesicht und macht ihn so zu seinem Gefährten, der ihm hilft, die Einsamkeit auszuhalten.

Wilson.

Der Mann gab dem Volleyball den Namen Wilson.

Cast Away. So hieß der Film.

Verschollen.

Wie sie. Denn im Grunde war auch Ivy gestrandet. Nur dass sie nicht allein war. Dafür war sie so dankbar, dass ihr beinah die Tränen kamen.

*

»Bist du weitergekommen?«

Marvin war froh, dass sie den Einsatz hinter sich hatten. Sie mussten überlegen, wie sie den Karren aus dem Dreck ziehen konnten. Vor allem mussten sie Niklas wieder mit der Nase auf die Realität stoßen.

Mit einem zerknirschten Blick hatte er ihr Büro betreten. Doch Schuldbewusstsein hielt bei ihm nie lange an.

Dass Schutz- und Kriminalpolizei im selben Gebäude untergebracht waren, gab ihnen die Möglichkeit, engen Kontakt zu halten. Marvin und Alan hatten schon oft versucht, Niklas dazu zu bewegen, zur Kripo zu wechseln, doch dazu fehlte ihm jeglicher Antrieb.

Was sich mitunter allerdings als äußerst praktisch erwies. Der ungehinderte Zugang zu beiden Dienstbereichen hatte ihnen mehr als einmal den Arsch gerettet.

»Du nervst, Mann!«

Niklas wurde selten laut. Er konnte Leute auf die sanfte Tour fertigmachen, darin war er spitzenmäßig. Niemand, der ihn gerade kennenlernte, käme auf den Gedanken, dass er grausam sein konnte, brutal auf die versteckte, elegante Art.

Als er Ivy traf, hatte er ihr, wie er selbst zugab, seinen Beruf zuerst verschwiegen. Sie war nicht das Mädchen, das man mit Uniform und Waffe beeindrucken konnte, das hatte wohl auch Niklas kapiert. Erst nachdem sie sich in ihn verliebt hatte, war er mit der Wahrheit rausgerückt.

Wie erwartet, hatte sie sich nicht begeistert gezeigt. Doch da war es bereits zu spät gewesen. Da hatte sie sich schon mit Haut und Haar auf Niklas eingelassen.

Der hatte offenbar sämtliche Register gezogen, und Ivy schien sich nicht gefragt zu haben, warum er selbst bei ausverkauften Konzerten angesagtester Bands immer noch Karten bekam, Bußgeldbescheide mit einem Anruf rückgängig machen konnte und von etlichen seiner Kollegen im Privatleben gemieden wurde.

Sie schien in einem Paralleluniversum zu leben, in dem die Menschen von Natur aus gut waren, und alles lief wie geschmiert.

»Ich denk ja kaum noch an was anderes.«

»Konkret?«

»Hab ihre Freundinnen durch und die Krankenhäuser gecheckt. Null Ergebnis. Die Kollegen draußen haben auch nichts. Sie halten Augen und Ohren offen.«

»Und als Nächstes?«

»Werd ich nach Kiel fahren und mich in der Uni umhören.«

»Armer Nik.« Alan grinste breit.

Marvin wurde allmählich sauer. Sie kapierten den Ernst der Lage nicht. Ein Wort von Ivy und sie waren geliefert. Was sie getan hatten, war kein Kavaliersdelikt. Dafür kamen sie in den Knast.

Der Supergau.

Es gab etliche Typen, die sie hinter Gitter gebracht hatten und die nur darauf warteten, sie in die Finger zu kriegen.

»Ist euch eigentlich klar, worum es hier geht?«, polterte er.

Sie hatten das Büro verlassen, um sich einen Kaffee an dem Automaten zu ziehen, der vor wenigen Monaten neben dem Aufzug aufgestellt worden war. Ein Kollege begegnete ihnen, grüßte knapp und verschwand in Richtung Toiletten.

Marvin senkte die Stimme.

»Ivy hat uns gesehen!«

Er merkte, dass er kurz davor war, die Kontrolle zu verlieren.

»Keep cool«, raunte Alan ihm zu und warf einen besorgten Blick über den langen Flur, auf dem sich eine Tür an die andere reihte und die Wände Ohren hatten.

Keep cool … wie denn?

Sie hatten ein Geräusch gehört – und es nicht ernst genommen, verflucht noch mal! Auf dem Land, hatte jeder von ihnen sich gesagt, gab es ja ständig irgendwelche Geräusche von irgendwelchen Tieren. Man achtete schon gar nicht mehr darauf.

Doch später, nachdem alles vorbei gewesen war, hatten sie Ivys Handy im Gras gefunden.

Sie war also dort gewesen. Voller Entsetzen musste sie weggelaufen sein und das Handy in ihrer Hast verloren haben.

Es gab keine andere Erklärung.

Marvin donnerte mit der Faust gegen den Kaffeeautomaten, und ein Plastikbecher löste sich aus der Halterung, ohne dass er Geld eingeworfen hätte. Mit einem dünnen Ploppen landete er auf dem Abstellgitter und wartete auf seine Füllung.

»Wenn du Ivy nicht auftreibst, können wir einpacken«, schnauzte er Niklas an, verbrühte sich an dem ersten Schluck Kaffee den Mund und fluchte. »Wir müssen rausfinden, ob sie *alles* beobachtet hat.«

Davon hing ihre Zukunft ab. Und die von Ivy …

Alan warf fünfzig Cent ein und wählte Kakao.

Weichei, dachte Marvin.

Obwohl es verdammt viel zu überlegen gab, verfielen sie in unbehagliches Schweigen und mieden den Blick der andern.

»Okay«, sagte Marvin. »Vertagen wir es auf später.«

Er warf seinen leeren Becher in den Abfallbehälter und wandte sich zum Gehen. Sie hatten genug Zeit vertrödelt.

»Sieh zu, dass du die Kleine so schnell wie möglich auftreibst«, warf er Niklas über die Schulter hin.

Niklas nickte.

Dieser treuherzige Hundeblick! Wahrscheinlich glaubte der Idiot ernsthaft, alles würde wieder gut, wenn er Ivy erst gefunden hätte …

*

Die Kantine des Polizeipräsidiums war auch für die Öffentlichkeit zugänglich. Eine Regelung, die Niklas entgegenkam. Er hatte absolut keinen Bock, ständig nur von Kollegen umgeben zu sein.

Es waren hauptsächlich Rentner, die hier zu Mittag aßen. Das Essen war ganz anständig und vor allem bezahlbar.

Das war all die Jahre ein Geheimtipp geblieben, vielleicht auch, weil es nicht wenige Menschen gab, die niemals freiwillig ein Polizeipräsidium betreten hätten, selbst wenn es sich nur um die Kantine handelte. Die geballte Anwesenheit von Polizisten machte nervös, selbst diejenigen, die ein reines Gewissen hatten.

Die Kantine hatte den Glanz des Neuen längst verloren und zeigte deutliche Gebrauchsspuren. Aber eine Renovierung schien nicht in Sicht. Vor einigen Wochen hatten sie in den Büros moderne Schreibtischstühle bekommen, ergonomisch geformte, die den Rücken schonten, und es war auch die Rede davon, dass man in absehbarer Zeit die alten Schreibtische gegen höhenverstellbare Exemplare auswechseln würde.

Da blieb für die Kantine wohl kein Geld übrig.

Niklas war das gleichgültig. Er hörte sich das Gemaule der Kollegen an, ohne es nachvollziehen zu können. Oder zu wollen. Seiner Meinung nach gab es Wichtigeres.

Er lebte recht bescheiden in dem kleinen blauen Haus am Stadtweiher, das er von seiner Tante geerbt hatte. Sie hatte keine Kinder gehabt und Niklas immer als eine Art Ersatzsohn betrachtet. Nach ihrem ersten Herzinfarkt hatte sie ihn als Alleinerben eingesetzt. Den zweiten Infarkt hatte sie nicht überlebt.

Als Niklas achtzehn geworden war, hatte er über das Erbe verfügen können. Das Vermögen, das sie ihm hinterlassen hatte, war nicht riesig gewesen, schenkte ihm jedoch Unabhängigkeit. Es hatte ihm ermöglicht, am Tag nach dem Geburtstag aus seinem Elternhaus auszuziehen und das

Gezänk, das seine gesamte Kindheit bestimmt hatte, hinter sich zu lassen.

Er begriff immer noch nicht ganz, dass ihm das Haus, das er als Kind so sehr geliebt hatte, nun wirklich und wahrhaftig gehörte. Dadurch, dass er die meisten Möbel seiner Tante behalten, sie nur ein wenig umgestellt hatte, war es manchmal, als wäre die Frau, für die er stets der Nabel der Welt gewesen war, noch immer lebendig.

Niklas mochte es, sie in den Räumen zu spüren. Manchmal schwebte ein kaum wahrnehmbarer Hauch ihres Parfums in der Luft und hin und wieder hörte er ihre Schritte auf den Holzdielen.

Vielleicht lag es daran, dass er sich in seinem Haus nie einsam fühlte.

»Hey, Nik!«

Kurt Schwenter war nicht der Chef, den man sich wünschte. Aalglatt, eitel, cholerisch und nachtragend, das waren die Charakterzüge, die ihn hauptsächlich ausmachten. An einem Tag verhielt er sich leutselig und aufgeräumt, am andern rastete er wegen der geringsten Kleinigkeit aus.

Kollegen, mit denen er nicht auskam, drangsalierte er so lange, bis sie sich versetzen ließen. Allerdings achtete er peinlich genau darauf, dass es für seine Schikanen keine Zeugen gab.

»Welche Laus ist dir denn über die Leber gelaufen, Junge? Du guckst, als würde die Welt untergehn.«

Politisch war Kurt okay. Kein ewig Gestriger, sondern einer, der die Zeichen der Zeit erkannte. Zu wissen, dass er hinter einem stand, wenn mal die Pferde mit einem durchgingen, war beruhigend. Er tat das jedoch nur, um als Gegenleistung irgendwann einen Gefallen einfordern zu können.

»Alles paletti«, antwortete Niklas, setzte sein Tablett auf dem langen Tisch ab und rückte sich einen Stuhl zurecht. »Ist gestern spät geworden.«

Kurt zwinkerte den andern zu. Er hatte heute einen dieser Tage, an denen er sich leutselig gab.

Vier Kollegen und zwei Kolleginnen, dabei hätte Niklas seine rechte Hand für eine ruhige Mittagspause gegeben. Meistens setzte er sich mit Marvin und Alan zusammen, doch heute war er froh, ihnen ausweichen zu können.

Über zwei Tische hinweg begegnete er Marvins finsterem Blick und versuchte, sich auf das Gespräch zu konzentrieren, das die andern wieder aufgenommen hatten. Doch er bekam nur Satzfetzen mit.

Dann hat er mit voller Wucht … Migrantenfreunde, logisch … zum Kotzen … starke Hand … neulich erst …genau … hahaha … dann würden die sich zwei Mal überlegen … wo leben wir denn …

Und Marvin starrte ihn immer noch an.

Wie waren sie bloß in diese Lage geraten? Wie hatte das alles so aus dem Ruder laufen können?

Ein bisschen Spaß haben, hatte Marvin gesagt.

Wie so oft.

Spaß gehörte zu ihrem Leben. Er war das verbindende Element zwischen den Freunden, hielt sie zusammen. Als Polizisten besaßen sie die Macht, sich jede Art von Spaß zu gönnen. Jedes Spiel zu spielen.

Und die Regeln selbst festzulegen.

Wie sie mit wem umgingen, das bestimmten sie allein. Und wenn sie den einen oder andern mal härter anfassten, stand später im schlimmsten Fall Aussage gegen Aussage. Ein Spiel mit dem Feuer, das sie beherrschten.

Nun aber war alles anders. Aus dem Spiel war im wahrsten Sinne des Wortes blutiger Ernst geworden.

Niklas legte die Gabel auf den Teller. Er bekam keinen Bissen runter. Sein Magen hob sich beim bloßen Gedanken an das, was passiert war.

Und noch passieren konnte.

Ivy …

Drei Buchstaben, die ihnen den Boden unter den Füßen weggezogen hatten.

*

Die Kopfschmerzen waren ganz plötzlich explodiert. Das Blut schien nur so durch Ivys Adern zu schießen. Sie spürte einen starken Druck hinter den Augen. Als würden sie aus ihren Höhlen quellen.

Stöhnend massierte sie sich die Schläfen. Der Traum von dem schrecklichen Segelflug klebte hartnäckig an ihr. Sie hatte geglaubt, ihn losgeworden zu sein, doch das war ein Irrtum gewesen. Er hatte sich nur zurückgezogen, um danach umso heftiger wieder über sie herzufallen.

Dieser Mann in dem Traum …

Wenn sie mit jemandem zusammen war, würde er dann nicht nach ihr suchen?

Ganz sicher.

Und was war mit ihrer Familie? Ihren Freunden? Irgendjemand würde sie vermissen.

Kein Mensch fiel vom Himmel und war einfach da. Jeder hatte einen Ursprung. Eine Vergangenheit. Irgendjemand würde sie finden.

Willst du das wirklich? Dass sie dich finden?

Erschrocken schnappte Ivy nach Luft. Nein! Sie wollte nicht gefunden werden. Allein die Vorstellung ließ sie schaudern.

⋆

Marleen Husmann war besorgt. Das Mädchen brauchte Hilfe. Es tat ihr in der Seele weh, sie so im Garten im Strandkorb sitzen zu sehen, die Schultern vorgebeugt, als wollte sie sich in sich selbst verkriechen.

Was nur hatte sie so verstört?

Das war eine Sache für die Polizei.

Im Grunde verstand Marleen sich selbst nicht mehr. Wie konnte sie seelenruhig abwarten, dass Ivy sich wieder fing? Würde das Mädchen sich überhaupt wieder fangen? Immerhin musste das, was ihr zugestoßen war, so entsetzlich gewesen sein, dass es eine Amnesie ausgelöst hatte.

Konnte es sich um einen Unfall gehandelt haben? War sie überfallen worden? Oder hatte etwas, das sie selbst getan hatte, zu dem Verlust ihrer Erinnerungen geführt?

Bei alldem wäre die Polizei die richtige Adresse. Dort verfügte man über die Möglichkeiten, solche Fälle aufzuklären.

Zunächst aber musste Ivy sich durchchecken lassen.

Bisher hatte Marleen dem Drang widerstanden, ihre beste Freundin und Dorfärztin Klara anzurufen. Klara hatte sich aus Überzeugung für eine Praxis auf dem Land entschieden, obwohl sie in einer Stadt wesentlich mehr verdienen würde. Sie mochte das Leben zwischen Kühen und Schafen, und wenn sie zum Shoppen in die Kreisstadt fuhr, hatte sie immer wieder für eine Weile genug Stadtluft geschnuppert, wie sie sagte.

Marleen konnte sich hundertprozentig auf die Freundin verlassen. Sie schätzte ihr Urteil und vertraute ihr bedingungslos. Es musste ihr nur noch gelingen, Ivy davon zu überzeugen, dass Klara keine Gefahr für sie darstellte.

Seufzend legte sie das Lokalblatt beiseite und trug ihre Kaffeetasse zur Spülmaschine. Sie hatte die Seiten gründlich nach einer Meldung durchsucht, die Ivy betreffen könnte, jedoch nichts gefunden. Kein Wort über einen mysteriösen Unfall oder darüber, dass ein psychisch krankes Mädchen aus einer Klinik entflohen wäre.

Auch im Netz war sie nicht fündig geworden.

Marleen sah aus dem Fenster. Ivy saß noch immer im Strandkorb und hatte ihre Haltung nicht verändert. Vielleicht war sie sogar noch ein wenig mehr in sich versunken.

Nein. Das Mädchen war so normal wie sie selbst. Wahrscheinlich sogar normaler, denn Marleen war nicht gerade der Mensch, der in die üblichen Kategorien passte. Sie hatte es nie für erstrebenswert gehalten, dem gängigen Bild des Normalbürgers zu entsprechen.

Man musste sich ja nur ihr Haus und ihren Garten anschauen.

Wild. Ungezähmt.

Oder ihre Gäste!

Keiner von denen war massentauglich. Jeder hatte mehr als genug Ecken und Kanten und lebte mit seinen Macken und Unzulänglichkeiten.

Marleen konnte noch so oft über Ivy nachdenken, sie würde zu keinem Ergebnis kommen. Nur das Mädchen selbst war in der Lage, Licht ins Dunkel zu bringen, und Zeit war in ihrem Fall wahrscheinlich der beste Arzt.

Abgesehen natürlich von Klara, doch Marleen hatte sich vorgenommen, nichts über Ivys Kopf hinweg zu entscheiden. *Die Zeit heilt alle Wunden*, hatte ihre Mutter immer gesagt. Marleen hatte die Erfahrung gemacht, dass das in der Regel tatsächlich stimmte.

Sie beschloss, zunächst einmal auf diese Lebensweisheit zu vertrauen. Ivys Gedächtnis konnte von einer Sekunde auf die andere wieder funktionieren. Darauf baute sie.

Aber was würde die Folge sein? Was würde passieren, wenn Ivy sich auf einmal an das erinnerte, was sie in einen dermaßen erbärmlichen Zustand versetzt hatte? Eine Welle neuer Probleme würde auf sie zurollen.

Und auf Marleen.

8.

Niklas verstand nicht, wieso jemand Kunstgeschichte studierte. Und dann noch in Verbindung mit Philosophie. Aber Ivy tat es. Nebenher studierte sie Kreatives Schreiben am *Institut Pegasus*. Die miesen Berufsaussichten kümmerten sie nicht.

Sie dachte nicht über die Zukunft nach.

»Ich hab genug mit der Gegenwart zu tun«, sagte sie, wenn er sie darauf ansprach, und lachte seine Einwände einfach weg.

Oft hatte Niklas das Gefühl, als liege das ganze Gewicht der Welt auf Ivys Schultern. In solchen Momenten nahm sie sich alles zu Herzen und brach bei jedem rührseligen Film in Tränen aus.

Dann wieder strahlte sie vor Lebensfreude.

Sie besuchte Ausstellungen und Theateraufführungen, schleifte Niklas und ihre Freundinnen in Konzerte und Opern, kannte jeden Maler, jeden Bildhauer und jeden Fotografen.

Eigentlich passten sie überhaupt nicht zusammen. Er selbst interessierte sich nicht die Bohne für diese Dinge. Sie waren ihm fremd und er empfand sie als überflüssig.

Einmal hatte er einen Blick in eines der Bücher aus Ivys Regal geworfen. *Geschichte der Philosophie.* Nach zwei Seiten hatte er aufgegeben. Viele Worte um nichts, hatte er gedacht. Zu viele.

Was ihn faszinierte, war Sport. Er joggte, sooft er Zeit dafür fand, besuchte zwei Mal wöchentlich *Jokos Fitnessclub* und verbrachte neuerdings jede freie Minute auf dem Segelflugplatz.

Anfangs hatte er sich häufig gefragt, wann Ivy mit all den Unterschieden zwischen ihnen nicht mehr klarkommen würde. Und nun hatte sich seine Befürchtung, ihre wenigen Gemeinsamkeiten würden ihr irgendwann nicht mehr genügen, von einem Tag auf den andern erledigt.

Sie hatte ihn verlassen.

Verlassen? So kann man das auch nennen. Verlogener Mistkerl!

Niklas gab sich alle Mühe, seinen Selbsthass zu unterdrücken. Er machte ihn fertig, denn er hatte recht: Ivy war nicht einfach gegangen.

Sie war um ihr Leben gerannt.

Und keiner von ihnen wusste, wie lange sie da im Dunkeln gestanden hatte, was und wie viel sie tatsächlich gesehen hatte.

Was hatte sie überhaupt bei dem alten Gutshof zu suchen? Die Gebäude waren dermaßen runtergekommen, dass aus den eingesunkenen Dächern schon junge Birken wuchsen und anderes Grünzeug spross.

Längst waren sie als einsturzgefährdet eingestuft und mit einem Bauzaun gesichert.

Der Hof stand außerhalb der Stadt und moderte vor sich

hin, weil die Erbengemeinschaft sich nicht einigen konnte, was mit ihm geschehen sollte. Der eine wollte verkaufen, der andere blockierte, verfügte jedoch nicht über die Mittel, das Anwesen restaurieren zu lassen.

Der ideale Ort für Niklas, Marvin und Alan, wenn sie nicht gesehen und nicht gehört werden wollten.

Die ideale Umgebung, um Dr. Jekyll zu vergessen und Mr. Hyde rauszulassen.

Und dann hatte Ivy ihr Geheimnis entdeckt. Anders ließ sich nicht erklären, dass sie dort ihr Handy gefunden hatten und dass sie verschwunden war.

Niklas fuhr über Odenstadt und Lünneburg und am Sedener See vorbei. Er brauchte für die knapp siebzig Kilometer zwei Stunden und verfluchte jeden einzelnen Urlauber, der im Schneckentempo über die Landstraßen kroch und den gesamten Verkehr aufhielt.

Normalerweise setzte er in solchen Situationen Blaulicht ein, auch wenn er mit seinem Mazda privat unterwegs war, doch heute wollte er so wenig Aufmerksamkeit wie möglich auf sich ziehen. Er war zwar niemandem Rechenschaft schuldig, wo und mit wem er seine Freizeit verbrachte, aber streng genommen hatte er gerade gar keine Freizeit.

Er hatte sich mit Zahnschmerzen abgemeldet, eine Entschuldigung, die bei Kurt immer zog, weil der ständig irgendwas an den Zähnen hatte.

Sein schlechtes Gewissen hielt sich in Grenzen. Er war einer der engagierteren Kollegen, die nicht auf die Uhr sahen, wenn sie gebraucht wurden. Und eigentlich, dachte er bitter, gehörte die Suche nach Ivy streng genommen sogar zu seinem Job, denn sie war vermutlich Zeugin eines Verbrechens.

Bloß, dass er nicht nach ihr forschte, weil er hinter ihrer Aussage her war, sondern um zu *verhindern*, dass sie aussagen konnte.

Als Nächstes würde er die Hotels in der Gegend checken müssen. Aber da gab es auch noch die Pensionen und unzählige Ferienhäuser und -wohnungen.

Ivy konnte überall sein.

Sogar ganz woanders.

In Kiel brummte der Bär. Man hatte den Eindruck, halb Deutschland hätte sich hier versammelt. Niklas konnte nicht nachvollziehen, was die Touristen an dieser Stadt so anzog. Er selbst fuhr nur dorthin, wenn es unbedingt sein musste.

Er bevorzugte Hamburg und sogar Lübeck, auch wenn man beide Städte nicht in einem Atemzug nennen durfte. Zwischen ihnen lagen Welten, und niemand, dachte er oft, würde Lübeck ohne seine Marzipangemütlichkeit und die Verbindung zum Thomas-Mann-Haus überhaupt zur Kenntnis nehmen.

Bahar und Nayla wohnten in einer Zweier-WG im Kieler Studentendorf, mitten auf dem Campus der Uni. Sobald sich eine Möglichkeit ergab, wollten sie mit Ivy und Marcie in eine Vierer-WG ziehen.

Solange das noch nicht der Fall war, wohnte Ivy mit Marcie ebenfalls in einer Zweier-WG.

Niklas sah sie nur an den Wochenenden, wenn überhaupt. Seit sie angefangen hatte zu studieren, wusste er, dass er eifersüchtig war. Wie lange würde er neben den Typen bestehen können, die sie hier kennenlernte? Mit denen sie über Gott und die Welt fachsimpeln konnte? Die sich für all den Kram interessierten, der ihr wichtig war?

Er fühlte sich oft klein in seiner Eifersucht. Es war kein gutes Gefühl, und er beneidete Marvin und Alan, die sich nicht mit Selbstzweifeln plagten, für die ihr Beruf das Größte war.

Wir sind die Cops. Halleluja.

Und das waren sie ja schließlich auch.

Die Cops.

Das Gesetz.

Sie hielten die Macht in den Händen.

Niklas spreizte die Finger. Dann ballte er die Faust.

Man konnte sie spüren, diese Macht.

Dem Studentendorf gelang das Kunststück, gleichzeitig modern und behaglich zu wirken. Die Gebäude waren im skandinavischen Stil erbaut, der an die dänische Vergangenheit Kiels erinnerte. Viel Grün, viel Holz und lauter kleine Terrassen und Balkone, auf denen jetzt, in den Semesterferien, deutlich weniger los war als sonst.

Den Besuch bei Ivy hätte Niklas sich sparen können. Nie im Leben wäre sie so dumm gewesen, sich in ihr Zimmer zu flüchten, wo er sie zuallererst suchen würde. Trotzdem klopfte er an ihre Tür. Man konnte nie wissen. Unter Druck verhielten sich Menschen oft unberechenbar.

Auch ihre Mitbewohnerin öffnete nicht, was Niklas ebenfalls nicht anders erwartet hatte. Ivy hatte ihm erzählt, dass Marcie, die Englisch und Französisch studierte, für die gesamte Dauer der Semesterferien einen Job als Au-pair in der Bretagne angenommen hatte.

Niklas legte das Ohr an die Tür und lauschte.

Nichts.

Nicht das leiseste Geräusch.

Er streifte ein Paar der Latexhandschuhe über, die er immer bei sich trug, sah sich dabei rasch um, öffnete die Tür mit seiner Kreditkarte, betrat die kleine Wohnung und drückte die Tür leise hinter sich zu. Endlich zahlte sich Ivys lockerer Umgang mit Fragen der Sicherheit mal aus.

Selbst ohne schon hier gewesen zu sein, hätte er ihr Zimmer auf Anhieb erkannt. Wer sonst hätte über seinem Bett ein XXXL-Poster vom Gesicht eines Clowns aufgehängt? Abstrakt und mit grobem Strich in Weiß, Blau und Rot gemalt.

Ivy liebte Clowns.

»Sie verstecken sich hinter ihrer Fröhlichkeit und ihrem Witz«, hatte sie ihm erklärt. »Und sind doch so verletzlich.«

Seitdem hatte Niklas sich ab und zu gefragt, ob auch Ivys Lachen ein Versteck war.

Er erinnerte sich augenblicklich an die Behaglichkeit dieses Zimmers, in dem er Ivy hin und wieder besucht hatte. Ohne wesentlich mehr wahrzunehmen als ihren Körper, ihre Haut, ihren Duft, ihre Lust und ihre Zärtlichkeit.

Sie hatten weder Hunger noch Durst verspürt und erst recht nicht das Verlangen, das Haus zu verlassen. Waren einander genug gewesen. Eine Zeit lang. Die Erinnerung daran versetzte ihm einen Stich.

Er hob eines der Bücher auf, die überall herumlagen (ein Thriller, was ihn wunderte, weil Ivy ihm nie erzählt hatte, dass sie sich für Mord und Totschlag interessierte), und legte es wieder hin. Er setzte sich auf das ausziehbare Sofa und stand nervös wieder auf. Fuhr mit dem Finger über Ivys unaufgeräumten Schreibtisch und zog die Schublade auf.

Krimskrams.

Nichts von Bedeutung.

Er öffnete die linke Tür des Schreibtischs, dann die rechte. Ordner, Notizbücher, ein Ladekabel für Tablet und Handy, Papier für den Drucker, Briefumschläge. Niklas blätterte in den Ordnern, die neben Referaten, Manuskripten und Unterlagen für die Uni Zeugnisse, Garantien und Kaufquittungen enthielten.

Danach warf er einen Blick in den Schrank, in dem, sofern er sich nicht irrte, noch sämtliche Kleidungsstücke hingen. Auch die ordentlich zusammengelegten T-Shirts, Pullis und die Wäsche schienen noch so gut wie komplett zu sein, und auf dem Schrank lag der Koffer, deutliches Indiz dafür, dass Ivy keine Reise geplant hatte.

Nachdem er ihr Zimmer mit gründlicher Vorsicht durchsucht hatte (er ließ sogar die Handschuhe an, obwohl es nur logisch war, dass seine Fingerabdrücke hier ohnehin überall verstreut waren), stattete er Marcies Zimmer einen Besuch ab.

Im Gegensatz zu Ivys Zimmer war es peinlich aufgeräumt, was sich dadurch erklärte, dass die Mitbewohnerin sich im Ausland befand.

Auf der Ablage unter dem großen Wandspiegel im Badezimmer das typische Sammelsurium weiblicher Toilettenartikel, wie Niklas es bei Einsätzen hundertfach gesehen hatte. Elektrische Zahnbürste und Zahncreme, Gesichtspflegemittel, Körperlotion, Sonnenschutzmilch, Lippenstifte, Wimperntusche, Puderdose, Make-up, Tampons und Slipeinlagen, winzige Probefläschchen mit Parfum.

In der Dusche Apfelshampoo, ein halb aufgebrauchtes Stück Seife und ein Massagehandschuh. Im Regal unter dem Waschbecken Föhn, Reinigungsmittel, Klopapier und andere Vorratsartikel.

Die schmale Küche vollgestellt mit schmutzigem Geschirr. Hinter den Glastüren der einfachen Hängeschränke bunte Gläser, Becher und Teller von Ikea, unten Kochgeschirr und ein knapper Vorrat an Lebensmitteln. Im Kühlschrank Milch und Joghurt mit abgelaufenem Haltbarkeitsdatum, zwei Käsesorten und reichlich Obst und Gemüse.

Als wäre Ivy nur mal kurz rausgegangen und käme gleich zurück. Lediglich der verschimmelte Spaghettirest in einem Topf zeigte, dass es nicht so war.

Niklas fand keinerlei Hinweis auf Ivys Aufenthaltsort, keine Notiz, kein Garnichts. Jedoch hatte er auch nicht wirklich damit gerechnet. Er setzte sich an ihren Schreibtisch und klappte den Laptop auf.

Natürlich hatte sie ihn nicht gesichert. Sie gehörte zu den vertrauensseligen Menschen, die noch im grausamsten Mörder den guten Kern vermuten.

Worüber Niklas heute ausnahmsweise froh war.

Als Hintergrundbild hatte sie ein Foto gewählt, das sie selbst aufgenommen hatte: im Vordergrund Dünen und Strandhafer, in der Mitte ein Streifen Sandstrand und dahinter das Meer mit einem Schiff am Horizont, kaum größer als ein weißer Punkt.

Geübt fuhren seine Finger über die Tasten, ohne dass seine Augen etwas entdeckt hätten, das ihm weitergeholfen hätte. Es gab keine Geheimnisse zu lüften. Sein geschulter Blick bestätigte Niklas bloß, was er bereits wusste – Ivy tummelte sich nicht in seltsamen Foren, folgte keinen absonderlichen Neigungen, hinterließ keine verräterischen Spuren.

Nachdem er den Laptop wieder ausgeschaltet hatte, lehnte er sich zurück und verschränkte nachdenklich die Hände hinterm Kopf. Er hätte sich diese Durchsuchung sparen können. Wenn Ivy untergetaucht war, hatte sie das in aller Eile und unvorbereitet getan.

Er entsorgte die verschimmelten Spaghetti, spülte den Topf, packte einige der Toilettenartikel im Bad zusammen und warf sie in den Kulturbeutel, der auf der Fensterbank stand. Offenbar gehörte er Ivy, denn Marcie hatte ihren garantiert mitgenommen, doch Niklas erinnerte sich nicht an das Dschungelpflanzenmuster.

Als Nächstes nahm er Ivys Koffer vom Schrank, warf ein paar Klamotten und Wäsche hinein, dazu den Kulturbeutel und ein Paar Sneakers. Zuletzt verstaute er Ivys Laptop und ihr Tablet darin.

Alles musste aussehen, als sei sie weggefahren. Irgendwohin.

Nichts durfte auf ein panisches Verschwinden hindeuten.

Sie brauchten Zeit, um nach ihr zu suchen. Und die Sache in Ordnung zu bringen.

Nach einem letzten prüfenden Blick in die Zimmer verschwand er aus der Wohnung. Draußen zog er die Handschuhe aus, die sich mit einem leisen Schnappen von seinen Fingern lösten. Er stopfte sie in die Hosentasche und trug den Koffer in aller Eile zu seinem Wagen.

Den Besuch bei Bahar und Nayla hatte Niklas nicht angekündigt, um zu vermeiden, dass sie ihm auswichen. Sie bewohnten eine Wohnung im Erdgeschoss eines der Häuser und besaßen eine kleine Terrasse, auf der sie sich jedoch zurzeit nicht aufhielten.

Es war Bahar, die die Tür aufmachte und Niklas mit einer Mischung aus Verwunderung und Missfallen ansah. Widerwillig trat sie zur Seite, um ihn einzulassen.

Sie trug einen kurzen blauen Sommerrock aus einem leichten Flatterstoff und ein ärmelloses weißes Blusentop mit roten Punkten, das sie am Bauch geknotet hatte. Offenbar hatte sie sich gerade die Haare gewaschen, denn sie glänzten noch feucht und dufteten nach einem fruchtigen Shampoo.

»Wir haben dir doch schon gesagt, dass wir nicht wissen, wo Ivy ist«, beschwerte sie sich.

Niklas steuerte schnurstracks die kleine Küche an.

Leer.

Er drängte sich an Bahar vorbei, die ihm empört gefolgt war, und stieß die Tür des Badezimmers auf.

»Was soll das? Glaubst du, weil du ein Bulle bist, kannst du dich benehmen wie der letzte Arsch? Verzieh dich!«

Niklas wandte sich um und prallte fast gegen sie. Mit verschränkten Armen stand sie da und versperrte ihm den Weg. Ein Zwerg, der sich mit einem Berg anlegen wollte …

Er verschwendete keine Sekunde darauf, mit ihr zu diskutieren, schob sie beiseite und betrat das erste Zimmer.

Klamotten überall verstreut, dazwischen Schuhe, Ketten, Ringe. Als hätte sie gerade alles aus Schrank und Schubladen gerissen, was ihr in die Finger gefallen war. Jede Hose, jedes Kleid und jeden Pulli anprobiert und dann einfach auf den Boden geworfen.

Ivy war manchmal auch so drauf. Dann fühlte sie sich in gar nichts wohl und war mit der Kneifzange nicht anzufassen.

»Verschwinde aus meinem Zimmer!«, schrie Bahar ihn an. »Oder ich rufe …«

»Die Polizei?« Niklas reizte sie mit einem verächtlichen Grinsen, obwohl er ihr lieber eine geschmiert hätte. »Ich *bin* die Polizei. Vergessen?«

Mit raschen Schritten stürmte er auf die nächste Tür zu.

Naylas Zimmer.

Sie war nicht da. Das gleiche Chaos.

Es roch nach kaltem Zigarettenrauch. Auf dem Schreibtisch stand zwischen einem Haufen alter Bücher und Stapeln bekritzelten Papiers ein überquellender Aschenbecher.

»Du sollst abhauen!«

»Wo ist Ivy?«

Drohend baute Niklas sich vor Bahar auf und musterte forschend ihr Gesicht.

Was wusste sie? Was hatte Ivy ihr erzählt?

Ihr und Nayla.

Wie viel hatte sie ihren Freundinnen anvertraut?

Es war, als entglitte ihm Ivy von Minute zu Minute mehr. Er musste hier raus.

Seine Finger krallten sich in Bahars schmale Schultern.

Wie die dünnen Knochen eines Huhns, dachte er. Genauso zerbrechlich.

»Hör auf! Du tust mir weh!«

»Wo ist Ivy?«

»Selbst *wenn* ich es wüsste …« Plötzlich verlor sie jede Angst, richtete sich auf und sah ihm herausfordernd in die Augen. »Selbst *wenn*, würde ich es *dir* garantiert nicht verraten. Und Nayla, falls sie hier wär, ebenso wenig.«

Der Bann war gebrochen.

Niklas verfügte über kein Mittel mehr, sie in die Enge zu treiben. Es sei denn … Nein. Er würde ihr kein Haar krümmen, und wenn er es noch so gern getan hätte.

Sanft legte er ihr die Hände um den Hals und drückte leicht zu. Sofort glomm Panik in ihren schönen dunklen Augen auf.

»Sollte ich herausfinden, dass ihr mich belogen habt«, zischte er, »dann mach ich euch fertig. Kapiert?«

Bahar versuchte, seine Finger zu lösen. Schlug um sich. Trat nach ihm.

»Ob das in deinem dummen kleinen Schädel angekommen ist?«

Er drückte ein wenig fester zu, doch nicht so fest, dass seine Finger Spuren hinterlassen hätten.

Sie krächzte ein kaum hörbares »Ja«.

Niklas stieß sie von sich und verließ die Wohnung, ohne zurückzublicken.

Ein völlig vergeblicher Ausflug, der ihn den halben Tag gekostet hatte. Als hätte er nicht genug zu tun. Und zudem hatte er Bahars Argwohn geweckt. Was nicht gut, was absolut nicht gut war.

*

Nach Dienstschluss fuhr Marvin bei Niklas vorbei. Es war ein spontaner Entschluss, den er gefasst hatte, nachdem Niklas ihn mit einer knappen SMS darüber informiert hatte, dass seine Fahrt nach Kiel ein Schuss in den Ofen gewesen war.

Nichts erreicht. Sprechen uns morgen.

So unklar formuliert, dass niemand ihnen einen Strick daraus drehen konnte.

Niklas war offenkundig nicht erfreut, Marvin zu sehen. Dennoch bat er ihn herein, was nicht selbstverständlich war. Ab und zu ließ er ungebetene Besucher nämlich gern mal draußen stehen.

»Bier?«, fragte er, schon auf dem Weg in die Küche, auf deren Arbeitsfläche sich ein unvorstellbares Durcheinander stapelte. Benutzte Teller und Tassen, die noch nicht den Weg in die Geschirrspülmaschine gefunden hatten, gebrauchte Teebeutel, die in Resten von grauem Tee schwammen, ein angebissener Apfel mit braunem Fruchtfleisch, über dem winzige Fruchtfliegen aufwölkten, dazwischen abgelegte Briefe, die sich unter Wasserflecken wölbten, und ein paar leere Bierflaschen.

Marvin grunzte zustimmend. Bei einem Bier redete es sich leichter.

Er sah sich um. Niklas war eigentlich nicht der unorganisierte Typ. Was war ihm dermaßen unter die Haut gegangen, dass er derartig die Kontrolle über seinen Alltag verlor?

Ivys Verschwinden?

Oder der Grund dafür?

Kurz flammte Panik in Marvin auf. Der Kerl war ein nicht zu unterschätzender Risikofaktor. Wenn er sich nicht in den Griff kriegte, waren sie geliefert.

Als sie in dem kleinen Wohnzimmer saßen, das relativ aufgeräumt wirkte, bis auf die überall verteilten Espressotassen und zerknitterten Sportmagazine, erzählte Niklas von seinem Abstecher in die Wohnung, die Ivy mit einer Mitbewohnerin teilte, und dann von seinem Besuch bei ihren Freundinnen.

»Bist du sicher, dass sie jetzt nicht ins Grübeln kommen?«, fragte Marvin, als Niklas mit seinem Bericht fertig war. »Sich nicht darüber wundern, dass du eigens nach Kiel fährst, um nach Ivy zu suchen?«

Darauf, dass Niklas gegen Bahar handgreiflich geworden war, ging er nicht ein. Was passiert war, war passiert. Und er hatte sie ja nicht verletzt.

»Hältst du mich für einen Anfänger?«, gab Niklas verärgert zurück. »Jetzt hör aber auf zu spinnen.«

Niklas war ein verdammt guter Polizist mit sicherem Instinkt, der Situationen einzuschätzen wusste. Dennoch. Ihre Lage war äußerst heikel.

Und Niklas nicht objektiv.

Er konnte es nicht sein.

Marvin betrachtete ihn nachdenklich, während die gekühlte Flasche in seiner Hand vom Schwitzwasser glitschig wurde. Er wischte sich die Finger an der Hose ab und nahm einen Schluck.

Niklas erschien ihm blass und angestrengt. Unter seinen Augen lagen Schatten und sein Blick irrte rastlos hin und her.

Er kann mir nicht in die Augen gucken, dachte Marvin, was ihn mehr alarmierte als die zusammengesunkene Haltung seines Freundes, der die Bierflasche umklammert hielt wie einen Rettungsanker.

»Was ist los, Nik?«

Niklas richtete sich auf und drückte das Kreuz durch. Als könnte ihn nichts auf der Welt erschüttern und als wäre er nicht das Nervenbündel, das er tatsächlich war.

»Alles okay. Ich krieg das hin.«

»Sie war ein Junkie, Nik. Niemand wird sie mit uns in Verbindung bringen. Außerdem – sie hat auf der Straße gelebt. *Kein Hahn kräht nach ihr.*«

»Sicher?«

Natürlich nicht. Aus irgendeiner Ecke konnte jemand kommen und nach diesem Mädchen fragen. Ihre Mutter, falls sie eine hatte, konnte urplötzlich ihren eingemotteten Mutterinstinkt hervorkramen und nach ihrer Tochter suchen.

Das Mädchen konnte Freunde haben, Schicksalsgenossinnen. Es konnte Sozialarbeiter geben, die sich Gedanken über ihr Verschwinden machten.

Aber dieses ganze Wenn und Aber führte zu nichts.

»Wir haben gründlich aufgeräumt«, sagte Marvin.

Niklas nickte abwesend.

Reiß dich zusammen, dachte Marvin wütend. Es bringt uns in Teufels Küche, wenn du jetzt schlappmachst. Solange wir zusammenhalten, kann uns nichts passieren.

»Drei gegen den Rest der Welt«, erinnerte er Niklas.

Solange wir die Weiber keine zu große Rolle spielen lassen, dachte er, hütete sich jedoch, es auszusprechen.

Niklas grinste ihn an und Marvin atmete auf. Sie stießen mit den Flaschen an.

»Komm, Junge.« Marvin wischte sich die Lippen mit dem Handrücken. »Es wird nichts so heiß gegessen, wie es gekocht wird.«

Während er beobachtete, wie Niklas sich in den alten Kumpel zurückverwandelte, fragte Marvin sich, seit wann er solche Plattitüden drosch. Doch im Grunde war es ihm egal. Hauptsache, Niklas war wieder er selbst.

*

Den Abend verbrachten Bahar und Nayla auf der Geburtstagsparty einer Freundin. Während ringsum die Stimmung explodierte, saßen sie nebeneinander auf zwei äußerst unbequemen, bunt angestrichenen Stühlen vom Sperrmüll, hielten sich an ihren Drinks fest und behielten die Tür im Blick.

Bei jedem neuen Gast, der hereinkam, zuckte Bahar unwillkürlich zusammen. Noch immer fühlte sie Niklas' harten Griff an ihren Schultern und seine Hände um ihren Hals. Ständig musste sie sich räuspern, ohne das Gefühl loszuwerden, gleich zu ersticken.

Sobald Nayla nach Hause gekommen war, hatte Bahar von dem Überfall berichtet und ihr Entsetzen in den Augen der Freundin gespiegelt gesehen.

Ich bin die Polizei.

Fast wäre Bahar bei ihrem Bericht in Tränen ausgebrochen, aber den Gefallen wollte sie diesem Arschloch nicht tun. Und sie wollte Nayla nicht noch mehr ängstigen. Der Plan war jedoch nicht aufgegangen. Sie waren einander zu nah, empfanden zu ähnlich.

»Dieser Wichser!«

Nayla hatte Bahars Schultern und Hals behutsam nach Druckstellen abgesucht. Natürlich hatte sie keine gefunden, ebenso wenig wie Bahar vorm Spiegel welche entdeckt hatte.

Ich bin die Polizei.

Niklas wusste verdammt gut, wie man es vermied, Spuren zu hinterlassen.

Bahar durfte gar nicht daran denken, dass sie irgendwann in dieser Nacht zu ihrer Wohnung aufbrechen würden. Was, wenn Niklas zurückkam, diesmal vielleicht in Gesellschaft von Marvin und Alan?

»Wo könnte Ivy bloß sein?«

Nayla stellte die Frage jede halbe Stunde, und jede halbe Stunde schüttelte Bahar den Kopf. Sie hatte keine Ahnung.

Es war untypisch für Ivy, nicht auf dieser Party zu erscheinen, zu der die Freundinnen fest verabredet waren. Wäre sie aufgehalten worden, hätte sie abgesagt.

Klar, keine von ihnen war den andern Rechenschaft schuldig. Jede war schon irgendwo versackt und am nächsten oder übernächsten Morgen mit einem glückseligen Lächeln wieder aufgetaucht.

Aber man verschwand nicht, ohne kurz mitzuteilen, wohin. Das hatten sie vereinbart.

Alles okay.

Zwei kleine Wörter.

Sofern man die Gelegenheit dazu hatte …

Wieder schüttelte Bahar ratlos den Kopf. Zum hundertsten Mal checkten sie ihre Handys.

Nichts.

Anfangs hatten sie versucht, ihre Befürchtungen zu zerstreuen. Ivy steckte in einer Gegend mit lauter Funklöchern fest. Ihr Handy war kaputt. Verloren gegangen. Geklaut worden. Oder hatte schlicht keinen Saft mehr.

Doch obwohl sie zu gern an eine dieser Möglichkeiten geglaubt hätten – ein Rest von Unbehagen blieb und wurde immer stärker.

Wieso war Niklas eigens nach Kiel gekommen?

Es konnte doch nur bedeuten, dass er sich ebenso große Sorgen machte.

Nayla zog die Schultern zusammen. Als wär ihr kalt.

Bahar konnte das nachempfinden. Ihr selbst klapperten die Zähne aufeinander.

Nicht vor Kälte.

Vor Angst.

9.

Sie ist meine beste Freundin«, hatte Marleen versichert. »Du kannst ihr vertrauen.«

Fasziniert hatte Ivy bemerkt, dass Marleens graue Augen in der Sonne die Farbe gewechselt hatten und in einem reinen Blau leuchteten. Vielleicht hatte sie den Sinn der Worte aus diesem Grund verspätet wahrgenommen.

Und irgendwie war es passiert, dass sie genickt hatte.

Voreilig.

Und nun war daran nichts mehr zu ändern, und Klara kam über den Rasen auf sie zu, leichtfüßig, in einem bunten Sommerkleid mit schwingendem Rock, eine fröhliche, lachende Marleen am Arm, blieb vor dem Strandkorb stehen, sagte: »Hallo, ich bin Klara«, und streckte die Hand aus.

Der Strandkorb war zu Ivys Lieblingsplatz geworden. Er bot Schutz vor Wind und neugierigen Blicken.

Und Schutz vor dem Unbekannten.

Nach dem Frühstück hatte sie sich hineingekuschelt, bewaffnet mit Notizbuch und Kugelschreiber. Doch sie hatte nichts aufgeschrieben.

Zu früh. Alles viel zu früh.

Lieber hatte sie sich ein bisschen mit Jojo unterhalten, der träge zu ihren Füßen lag, jedoch vorgab, ihr aufmerksam zuzuhören, und ab und zu mit einem Schnauben antwortete.

Klaras Hand war verschwitzt von der Hitze, die wieder mal Rekorde brach. Die weißblonden Haare hatte sie sich offenbar selbst geschnitten oder es war der neueste Schrei. Wie gerupft standen sie ihr vom Kopf ab. In Verbindung mit ihrem lebhaften, freundlichen Gesicht passte das.

Ivy hätte sie für eine leicht durchgeknallte Künstlerin gehalten, für ein Model oder eine Influencerin, nicht jedoch für eine Ärztin.

Sie musste an die Ärztin ihrer Kindheit denken. Schweigsam, solide und autoritär. Ein Fels in der Brandung. Uralt aus der Sicht eines Kindes und hinter einer Brille mit dicken Gläsern prüfende Augen, denen man nichts vormachen konnte.

Jeden Bauchschmerz entlarvte sie zuverlässig als Angst vor dem nächsten Diktat, dem drohenden Mathetest und manchmal einfach als Unlust am Unterricht.

Dagegen wirkte Klara ungewöhnlich jung und lebhaft. Als würde sie eine Ärztin bloß spielen. Sie schob die rote Sonnenbrille ins Haar, ließ sich auf einem der Gartenstühle unter dem sandfarbenen Sonnenschirm nieder und schlug die gebräunten Beine übereinander.

Entspannt sah sie Marleen nach, die im Haus verschwand, um Getränke zu holen.

»Sie ist ein toller Mensch«, sagte sie. »Wir sind seit Jahrhunderten befreundet.«

»So lange schon«, antwortete Ivy, was Klara zum Lachen brachte.

»Auf jeden Fall hast du Humor.«

Wieder etwas, das Ivy über sich selbst erfuhr. Sie nahm sich vor, es später in ihrem Notizbuch festzuhalten.

»Marleen hat mir von dir erzählt«, kam Klara ohne Umschweife zur Sache. »Ich würde mich freuen, wenn ich dir helfen könnte, auf welche Weise auch immer.«

»Du könntest mir mein Gedächtnis zurückgeben«, scherzte Ivy und merkte, wie verdammt ernst es ihr im Grunde damit war.

Marleen kam zurück und stellte ein Tablett mit einer Karaffe Zitronenlimonade und drei Gläsern auf den Bistrotisch. Wenige Schritte entfernt badeten zwei Spatzen im Teich, ohne sich um Jojo zu scheren, der ihr Treiben kritisch beäugte.

Ivy seufzte. Die Schonzeit war vorbei.

Sie würde reden müssen.

Tasten. Suchen. Tief vorstoßen in sich selbst und nach Erinnerungen schürfen.

»Okay«, sagte sie und hoffte, es klang nicht zu verzagt. »Ich kann jede Hilfe brauchen.«

An das erste Gespräch mit Klara schlossen sich weitere Treffen an. Jedes Mal setzten sie sich in den Garten, Ivy in den Strandkorb, Klara auf einen der bequemen Stühle. Ein gutes Stück entfernt, machte es sich ab und zu der eine oder andere der übrigen Pensionsgäste bequem. Sie wahrten höflich Abstand, wozu Marleen sie bestimmt aufgefordert hatte.

Ivy wunderte sich darüber, dass die Ärztin so viel Zeit zu haben schien.

»Hier auf dem Land«, erklärte Klara ihr, »ticken die Uhren anders. Was einer der Gründe für meine Entscheidung gewesen ist, die Stadt zu verlassen. Mach dir darüber keine Gedanken. Das geht in Ordnung so.«

Wahrscheinlich, vermutete Ivy, entsprang Klaras Hilfsbereitschaft einer Mischung aus Freundschaftsdienst für Marleen und medizinischem Interesse an Ivys Fall. Eine Dorfärztin kam sicherlich nicht jeden Tag mit Menschen zusammen, die das Gedächtnis verloren hatten.

Obwohl Klara keine Wald-und-Wiesen-Dorfärztin war.

Sie hatte eine Klasse übersprungen, früh Abitur gemacht und erst nach einem absolvierten Psychologiestudium beschlossen, auch noch Medizin zu studieren. Ein wahrer Glücksfall für Ivy, für die es eine Horrorvorstellung war, Marleens sicheres Haus zu verlassen, um irgendwo bei irgendwem eine Therapie zu beginnen.

»Unsere Gespräche sind ein Anfang«, hatte Klara gesagt. »Wenn wir nicht weiterkommen, wirst du die Unterstützung eines Kollegen oder einer Kollegin beanspruchen müssen.«

Ivy hatte zu allem Ja gesagt. Sie hatte sich vorgenommen, sich anzustrengen. Alles dafür zu tun, sich wiederzufinden.

Marleen hatte einen gebrauchten Laptop für sie organisiert (»keine Angst, ich hab keinen Cent dafür bezahlen müssen«), und Ivy hatte ihn dankbar angenommen. Endlich fühlte sie sich nicht mehr ganz so abgeschnitten von der Welt.

»Ach, und übrigens«, hatte Marleen hinzugefügt und aus einer der Küchenschubladen ein Päckchen hervorgezaubert, »ein Handy brauchst du ja auch. Für den Fall, dass du … irgendwie in Not gerätst.«

Ein Ausdruck von Verlegenheit war über ihr Gesicht geglitten bei dem Versuch, nicht auszusprechen, was doch deutlich im Raum stand: dass Ivy sich sogar ziemlich sicher in Gefahr befand. Es musste schließlich einen Grund geben für ihren Gedächtnisverlust und den erbärmlichen Zustand, in dem sie wie aus dem Nichts hier aufgetaucht war.

Und für ihre tief sitzende, unerklärliche Angst.

Marleens Großzügigkeit hatte Ivy zu Tränen gerührt, doch Marleen hatte sich bereits zu ihr an den großen Küchentisch gesetzt, um das Handy mit ihr einzurichten. Was relativ schnell vonstattenging, weil beide wussten, was zu tun war.

Ivys Finger arbeiteten rasch und offenbar geübt, ohne dass ihr Kopf ihnen für jeden Schritt den Befehl geben musste. Und es war ja auch nicht viel zu tun. Das Anlegen von Kontakten beispielsweise war ein Klacks – es gab nur zwei: Marleen und Klara.

Sonst kannte Ivy niemanden.

Niemanden, an den sie sich erinnerte.

Sie googelte stundenlang. Gab ihren Namen ein in der verzweifelten Hoffnung, etwas über sich selbst zu finden, einen Bericht über einen Unfall vielleicht oder eine Vermisstenmeldung.

Sie erfuhr jedoch lediglich, dass *Ivy* die englische Bezeichnung für Efeu war (was sie entweder nicht gewusst oder vergessen hatte). Dass es Orte gab, die so hießen. Familien mit dem Nachnamen *Ivy* und eine Sängerin mit dem Vornamen. Es gab einen Film mit dem Titel *Ivy* und eine amerikanische Indiepop-Band, die so hieß.

Ballast.

Keine der Informationen hatte mit ihr selbst zu tun.

Im näheren und weiteren Umkreis wurde keine junge Frau vermisst. Es hatte keinen Unfall mit ungeklärtem Hintergrund gegeben. Das schwatzhafte Netz posaunte alles und jedes über alles und jeden aus, bloß nichts, was Ivy auch nur einen Schritt weitergebracht hätte.

Es war zum Heulen.

»Ist er schon wieder ausgebüxt!«, rief Charlotte Plettenberg und sah kopfschüttelnd ihrem West Highland Terrier nach, der vor ihr in den Garten gestürmt war und ausgelassen Haken schlug. »Roooman! Hiiierher!«

Ihr Atem ging schwer. Sie war ziemlich füllig und eindeutig nicht dazu in der Lage, ihrem Hund hinterherzulaufen.

»Dieser kleine Teufel bringt mich noch ins Grab.«

Sie ließ sich schnaufend auf einen Stuhl fallen, während Roman Wasser aus dem Teich schlabberte.

»Darf ich ein Weilchen bei Ihnen sitzen bleiben?«, fragte Charlotte und tupfte sich mit einem Stofftaschentuch den Hals. »Ivy, nicht wahr?«

Heute war kein Besuch mit Klara vereinbart, und Ivy genoss es, Zeit zu haben und ihren Gedanken nachzuhängen. Sie nickte und hoffte, es würden keine Fragen kommen, die sie nicht beantworten konnte.

»Ein schöner Name«, sagte Charlotte. »Er passt zu Ihnen.«

Roman scheuchte zwei Tauben auf, die mit gemächlichem Nicken übers Gras gewandert waren, ohne sich um die schwarze Kunststoffkrähe zu scheren, die Marleen aufgestellt hatte, um Tauben fernzuhalten.

»Er tut immer wahnsinnig gefährlich«, sagte Charlotte schmunzelnd. »Dabei müssten die Tauben bloß einmal stehen bleiben und ihn streng angucken und er würde den Schwanz einziehen und sich trollen.«

Übermütig raste der Hund durch den Garten, kriegte die Kurve nicht und purzelte ins Gras, wo er sich knurrend wälzte und gleich wieder aufsprang, um einen Schmetterling zu jagen.

Charlotte hielt das Gesicht in die Sonne. Sie hatte die Augen geschlossen, und Ivy war sich nicht sicher, ob sie vielleicht eingenickt war.

Leise öffnete sie den Laptop, rief den Tagebuchtext auf, mit dem sie vor ein paar Tagen begonnen hatte, und notierte: *Ich mag Hunde, zumindest kleine. Und ich mag alte Damen, zumindest Charlotte. Sie hat mir erlaubt, sie beim Vornamen zu nennen.*

Sie schrieb den ganzen Tag. Reihte Beobachtungen aneinander und probierte Worte aus. Passte beides zusammen, war sie zufrieden. Das Schreiben tat ihr gut.

Nachts träumte sie.

Von Menschen, die sie nach dem Aufwachen nicht zuordnen konnte. Von Orten, die sie nicht erkannte, obwohl sie ihr vertraut schienen. Von Straßen und Häusern, die sie anzogen und ihr dennoch Angst einflößten. Bedrohlichen Zimmern mit knarzenden Bodendielen und geöffneten Fenstern, vor denen sich wie lange Brautschleier weiße Gardinen bauschten …

»Wo ist Roman?« Charlotte saß plötzlich kerzengerade. »Roman? Roman!«

Ivy hob den Kopf und lauschte, doch sie registrierte nur die üblichen Laute: das Summen der weit entfernten Hauptstraße, Vogelgezwitscher, das Klappern von Geschirr, Stimmen aus den umliegenden Gärten.

Von dem Hund keine Spur.

Charlotte war jetzt hellwach. Ihr Blick wanderte durch den Garten und blieb an dem Gerätehäuschen hängen.

»Wieso steht die Tür vom Holzhaus offen?«, fragte sie. »Die ist doch sonst immer verschlossen.«

Ivy hatte nicht darauf geachtet. Tatsächlich hatte sie das Häuschen noch gar nicht richtig wahrgenommen.

»Schauen Sie mal nach, Kindchen? Roman ist furchtbar neugierig. Er schnüffelt überall herum. Nicht dass er sich an irgendwas verletzt.«

Ivy klappte den Laptop zu und erhob sich widerstrebend. Sie hatte absolut keine Lust darauf, nach dem Hund zu suchen. Aber wenn sie Charlotte damit beruhigen konnte, bitte sehr.

Als sie vor dem Gartenhäuschen stehen blieb, hörte sie ihn drinnen bellen.

Plötzlich spürte sie ihren Herzschlag bis in den Hals. Die Luft, die sie einatmete, erreichte ihre Lunge nicht, sondern schien irgendwo in ihren Atemwegen stecken zu bleiben. Die Tür war einen Spaltbreit geöffnet und gewährte keinen Einblick in das Dunkel des Inneren.

Ivy musste an sich halten, um nicht panisch die Flucht zu ergreifen.

»Was ist los, Kindchen?«

Hör auf, mich Kindchen zu nennen, dachte Ivy. Guck lieber selbst nach, wenn du wissen willst, was sich hinter der Tür verbirgt.

Oder wer.

Mit einem Mal sah sie sich vor einer anderen Tür stehen. Einer hohen, breiten Tür, eher einem Tor. Die Scharniere angerostet, das Holz alt und zum Teil verfault. In einem Reflex kniff sie die Augen zusammen.

Derselbe Türspalt.

Diffuses Schattenlicht.

Umrisse von Personen. Männerstimmen. Lachen.

Doch alles unklar, wie von Nebel verhüllt. Die Stimmen bloßes Murmeln, die einzelnen nicht voneinander zu unterscheiden.

Und dann der markerschütternde Schrei einer Frau.

Erschrocken fuhr Ivy zurück, als eine schwarz-weiß gefleckte Katze aus dem Gartenhaus geschossen kam und sich unter der Hecke verkroch, Roman auf den Fersen.

»Was ist mit Ihnen?«

Das besorgte Gesicht Charlottes. So nah, dass ihr Atem über Ivys Gesicht strich. Er roch nach den Pfefferminzbonbons, die sie ständig lutschte.

»Sie sind ja ganz bleich. Hier. Nehmen Sie meinen Arm. Und kippen Sie mir bloß nicht um.«

Brav ließ Ivy sich zum Strandkorb führen, lehnte den Kopf zurück und beobachtete teilnahmslos, wie Charlotte in kleinen, hektischen Schritten zum Haus eilte und in der Küche verschwand.

Roman folgte ihr nicht. Geduldig wartete er dort, wo er die Katze aus den Augen verloren hatte, auf ihre Rückkehr.

Ivys Atem erzeugte ein Pfeifen in ihrer Brust. Kalter Schweiß stand auf ihrer Stirn und ihr war speiübel.

Was war das eben gewesen?

Hatte sie den Resten eines Traums gegenübergestanden?

Warum war ihr diese Szene, so undeutlich sie auch gewesen sein mochte, dermaßen vertraut? Sie hatte die Stimmen schon einmal gehört. Hatte schon einmal vor diesem mächtigen Tor gestanden.

Aber wann? Und wo?

Eilig kam Charlotte mit Marleen aus dem Haus. Beiden sah man von Weitem an, wie besorgt sie waren.

»Hier, Ivy. Du musst trinken.«

Marleen hielt ihr ein Glas Wasser an die Lippen und Ivy trank gehorsam und verschluckte sich prompt. Keuchend rang sie zwischen den Hustenanfällen nach Luft.

Charlotte klopfte ihr den Rücken und murmelte unentwegt: »Atmen, Kindchen, atmen. Sie müssen atmen.«

»Ich hab was gesehen«, krächzte Ivy, nachdem sie endlich wieder Luft bekam.

»Was?«, fragte Marleen, die neben ihr saß, den Arm um Ivys Schultern gelegt. »Was hast du gesehen?«

»Es war bloß eine Katze«, raunte Charlotte Marleen ins Ohr.

»Was?«, wiederholte Marleen, ohne auf Charlottes Bemerkung einzugehen.

»Es war wie … eine Szene aus einem Traum«, antwortete Ivy.

»Und die Katze«, beharrte Charlotte störrisch.

»Pscht«, versuchte Marleen die alte Dame zum Schweigen zu bringen.

Charlotte lehnte sich auf ihrem Stuhl zurück und verschränkte beleidigt die Arme vor dem kräftigen Leib.

»Eine Erinnerung vielleicht«, sagte Ivy. »Und sie jagt mir eine entsetzliche Angst ein.«

*

Bisher war nirgendwo eine Vermisstenanzeige aufgetaucht. Das beruhigte Marvin ein wenig, doch sie waren längst noch nicht auf der sicheren Seite.

»Keiner wird die Leiche finden«, wiederholte Alan zum x-ten Mal.

Wenn einer wusste, wie man Spuren beseitigte und sogar einen Mord vertuschte, dann einer, der sich täglich mit Mord und Totschlag beschäftigte. Dennoch. Marvin hasste es, sich in diesem unheilvollen Schwebezustand zu befinden.

Was, wenn es doch jemanden gab, der etwas beobachtet hatte? Der sich die Dinge zusammenreimen konnte? Immerhin hatte Ivy das offenbar auch getan. Was, wenn sie redete?

Sie war einer dieser Menschen mit Gewissen, die stets versuchten, das Richtige zu tun. Niemals würde sie eine Versicherung betrügen, eine Falschaussage machen oder nach einem Unfall Fahrerflucht begehen. Solche Verhaltensweisen kamen in ihrem moralischen Kompass nicht vor. Sie war so süß, so naiv, so ehrlich.

Und genau das konnte ihnen zum Verhängnis werden.

WAS HATTE SIE GESEHEN?

Alles stand und fiel mit dieser Frage.

Hatte Ivy bloß einen Teil dessen gesehen, was passiert war? Oder alles vom Anfang bis zum Ende beobachtet?

Weitere Fragen schlossen sich an.

Konnte es wirklich sein, dass sie abgetaucht war?

Ohne rasch ein paar Sachen zusammenzupacken?

Was sie, laut Niklas, nicht getan hatte.

Soweit er sich überhaupt an ihre Klamotten erinnern konnte, dachte Marvin spöttisch, denn Niklas interessierte sich hauptsächlich für sich selbst. Fürs Joggen. Segelfliegen. Autos. Und wieder für sich selbst.

Obwohl sie Freunde waren – diese Ichbezogenheit fand Marvin zum Kotzen. Es wunderte ihn, dass Ivy die Beziehung nicht längst beendet hatte.

Sie hätte mich haben können, dachte er wie so oft, und wie so oft verwünschte er sich dafür, dass er zu spät bemerkt hatte, wie Niklas vorgeprescht war und sie ihm vor der Nase weggeschnappt hatte.

Sein Blick begegnete dem von Niklas und er nahm Zuflucht zu seinem üblichen Grinsen.

Hinter seiner Maske kam ungefragt die Erinnerung zurück. An den Schreibkurs im *Institut Pegasus*, wo er Ivy zum ersten Mal begegnet war.

Es war ein gutes Jahr her. Der Sommer hatte richtig aufgedreht und den Asphalt schmelzen lassen. Luftspiegelungen über den Straßen gaukelten eine zweite Wirklichkeit vor, die leicht zu sein schien und verführerisch.

Marvin hatte eine ganze Weile mit sich gehadert, bis er sich tatsächlich im Institut angemeldet hatte. Er bezweifelte, dass seine Texte dorthin passten. Dass sie überhaupt irgendwohin passten. Dass sie Qualität besaßen und nicht nur der Versuch waren, das Chaos in seinem Kopf zu beschwichtigen.

Der Unterricht fand nach Dienstschluss statt, und am ersten Tag war Marvin so nervös, dass er auf dem Weg dahin beinah einen Unfall gebaut hätte.

Vor dem Eingang zum *Institut Pegasus* hatten sich die ersten Teilnehmer versammelt und standen plaudernd in Grüppchen zusammen. All seine Zweifel holten Marvin ein, und er war kurz davor, wieder umzukehren, als er Ivy erblickte.

Sie lehnte ein wenig abseits an der Hauswand, und ihr Kupferhaar glühte in der Sonne, die noch immer Kraft hatte und am Tag festhielt. Als Marvin näher kam, lächelte sie ihn an, als hätte sie auf ihn gewartet.

»Hi«, sagte sie, und ihre Stimme gab ihm den Rest.

Sie war nicht zu hell und nicht zu dunkel, nicht zu leise und nicht zu laut, und es schwang eine Sinnlichkeit in ihr, die kaum auszuhalten war.

»Hi«, antwortete er und lehnte sich ebenfalls an die Wand, die überraschend warm war.

Worte waren nicht nötig. Stumm standen sie da und warteten, bis die Dozentin sie einließ.

Der Unterricht fand im Wintergarten statt, dem schönsten Raum im Institut. Nur Glas und Stahl und der unverstellte Blick in den Garten. Die reine Inspiration.

Ivy setzte sich neben ihn und die Haare an seinen Armen richteten sich auf. Sie war anders als die Mädchen, die er in sein Bett holte. Anders als alle Frauen, die er kannte. Versuchte nicht, ihm zu gefallen, war sich ihrer Wirkung auf ihn offenbar überhaupt nicht bewusst.

Sie war einfach da.

Er atmete ihren Duft. Spürte sie.

War angekommen.

Erinnerungen führten zu nichts. Marvin streifte sie ab.

Das Gespräch beim Griechen um die Ecke zu führen, war nicht besonders klug, andrerseits war das Lokal um die Mittagszeit, im Gegensatz zu den Abenden, nur mäßig besucht und die Gefahr, belauscht zu werden, deshalb gering. Vielleicht bekam man am Nachbartisch das eine oder andere Wort mit, womöglich sogar einen Satzfetzen, aber daraus würde sich niemand eine Information basteln können.

Es waren hauptsächlich Angestellte aus den umliegenden Büros, die hier ihre Mittagspause verbrachten, geschniegelte Typen mit Redebedarf, die Handys neben den Tellern und ihr Lachen zu laut.

Normalerweise machte Marvin sich einen Spaß daraus, ihre Berufe zu erraten, doch heute hatte er dazu keine Lust. Heute ging es um Ivy.

Neben einem Teil ihrer Kleidung und ihrer Toilettenartikel hatte Niklas auch ihren Laptop und das Tablet aus ihrer Studentenwohnung mitgehen lassen, damit es so aussah, als wäre sie weggefahren.

Wenigstens etwas, das er hingekriegt hatte. Ihre Freundinnen würden also nicht so leicht Verdacht schöpfen.

Niemals hätte Ivy sich freiwillig von ihrem Laptop getrennt. Den sie für ihr Studium und insbesondere zum Schreiben nutzte und den sie liebte, als wär er ein lebendiges Wesen.

Nie.

Neben dem am Tatort verlorenen Handy ein weiterer Beweis dafür, dass sie unter Schock geflohen sein musste.

Marvin nannte den Ort für sich bewusst *Tatort*. Um Abstand zu gewinnen und ihn so nüchtern wie möglich betrachten zu können. Nichts an sich heranlassen, das hatte er schon während seiner Ausbildung gelernt, erst recht später, bei der Ausübung seines Berufs.

»Was, zum Teufel, denkt sie sich dabei?«, fragte Niklas. »Einfach abzuhauen?«

»Hast du eigentlich nichts kapiert?«, fuhr Marvin ihn an, darauf achtend, Kopf und Stimme gesenkt zu halten. »Von *einfach* kann echt keine Rede sein.«

»Was soll das?«, regte Niklas sich auf. »Die ganze Zeit stichelst du rum. Auf welcher Seite stehst du eigentlich?«

Ganz sicher nicht auf deiner, dachte Marvin und erschrak. Die Geschichte fing an, einen Keil zwischen ihn und die Freunde zu treiben.

»Es geht nicht um uns«, fauchte er. »Es geht um alles! Wir können einpacken, wenn wir aus diesem Schlamassel nicht heil rauskommen.«

»Er hat recht«, sagte Alan auf seine bedächtige Art. »Wir sollten einen Gang zulegen, um Ivy zu finden. Also lasst uns gefälligst überlegen, wie wir weiter vorgehen.«

Das, was sie hier machten, nannte Alan Brainstorming. Nur steckte allein in dem Wort tausend Mal mehr Tempo und Energie, als sie aufbrachten. Sie befanden sich in einer seltsamen Schockstarre. Zum ersten Mal standen sie mit dem Rücken zur Wand.

Wieder drifteten Marvins Gedanken ab.

Stunde um Stunde hatte er neben Ivy im Schreibkurs gesessen und es war ihm vorgekommen wie der natürlichste Zustand der Welt. Sie sahen sich einmal die Woche und versäumten keinen einzigen Termin.

Marvin liebte Ivys Texte, die poetisch waren und klar. Sie gingen ihm unter die Haut, schienen oft eine Antwort auf seine eigenen zu sein.

Er sprach nicht darüber, erst recht nicht mit ihr. Und auch sie rührte das Thema nicht an.

Hätte man ihre Zeilen aneinandergereiht, wären sie wie ein Gespräch gewesen.

leb in deinem schatten
du in meinem
sag wann zeigst du dich
mir im licht

Damals war das, was er schrieb, noch voller Zuversicht gewesen. Er hatte Ivy gefunden, und ihm war gar nicht in den Sinn gekommen, dass sie daran zweifeln könnte, für ihn bestimmt zu sein.

Ein verliebter Idiot, der die Kontrolle verlor. Der sich

nicht nahm, was er wollte, sondern darauf wartete, es geschenkt zu bekommen. Und während er wartete, entglitt sie ihm.

Was siehst du, wenn du mich siehst?
Wen liebst du, wenn du mich liebst?
Wen willst du, wenn du mich willst?
Wen fürchte ich, wenn ich dich fürchte?

Bei aller Nähe hatte Ivy Angst vor ihm gehabt.

Von Anfang an.

Von Anfang an hatte er deshalb auf verlorenem Posten gestanden. Und es erst gemerkt, als es zu spät gewesen war. Er hatte sie Niklas vorgestellt und der hatte nicht gezögert und seine Chance ergriffen.

Energisch schob Marvin die Gedanken an die Vergangenheit beiseite und versuchte, sich auf das zu konzentrieren, was Alan gerade sagte. Und das Bedürfnis zu unterdrücken, Niklas an die Gurgel zu gehen.

10.

Acht Tage waren vergangen, seit Ivy in Marleens Pension gestrandet war, acht Tage nur und doch eine Ewigkeit. Klara hatte sich ihrer angenommen in der Hoffnung, dass ihre Erinnerungen nach und nach zurückkehren würden. Geschah das nicht, sollte Ivy ihr Versprechen einlösen und einen Psychotherapeuten oder eine Psychotherapeutin aufsuchen.

Obwohl sich alles in ihr dagegen sträubte, hatte Ivy in den Handel eingewilligt. Sie war in Gefahr, das spürte sie deutlich. Und dieser Gefahr war sie hilflos ausgeliefert, wenn sie nicht herausfand, von wo sie ausging.

Nachdem sie zu Klara Vertrauen gefasst hatte, war Ivy bereit gewesen, sich in ihrer Praxis untersuchen zu lassen. Klara hatte sie auf den Kopf gestellt, sie auf Herz und Nieren geprüft, jedoch keine Verletzungen gefunden – außer den oberflächlichen Kratzern und Schrammen, die sie sich wahrscheinlich auf ihrer Flucht zugezogen hatte.

Wahrscheinlich.

Vermutlich.

Anscheinend.

Womöglich.

So viele Begriffe, die allesamt doch bloß eines bedeuteten: Niemand wusste, was passiert war, erst recht nicht Ivy selbst. Sie reihten Mutmaßungen aneinander, die nicht mal den Zipfel des Schleiers lüften konnten, der über Ivys Gedächtnis lag.

Ivy unterstützte Marleen bei der Arbeit in der Küche und im Garten, um sich zumindest ein bisschen für ihre Großzügigkeit zu revanchieren und für ihre Freundschaft, die ihr Wärme vermittelte, sooft ihr kalt war bis ins Mark.

Manchmal unterhielt sie sich mit Charlotte oder spielte mit Roman und Jojo, die einander bestens verstanden. Im Spiel mit den beiden vergaß Ivy für kurze Zeit ihre Probleme und fühlte sich beinah unbekümmert. Es war offensichtlich, dass sie im Umgang mit Hunden erfahren war, und sie hoffte, sie hatte in ihrem alten Leben kein Tier zurückgelassen, das nun hilflos irgendwo verendete, weil es von niemandem versorgt wurde.

Obwohl Ivy kaum Gemeinsamkeiten mit Charlotte hatte, empfand sie eine sonderbare Zärtlichkeit für sie, die sie sich nicht erklären konnte. War es eine Art von Mütterlichkeit, die sie bei ihr spürte? War es das Gefühl, ohne Wenn und Aber von ihr akzeptiert zu werden? War es das lange Leben mit seinen unzähligen Erfahrungen, das aus jeder Falte in Charlottes Gesicht sprach?

Da war eine Vertrautheit, für die es keinen erkennbaren Grund gab. Und mehrmals hatte Ivy bei einer von Charlottes Bewegungen, Gesten oder Worten ein Déjà-vu erlebt, das auf der einen Seite wunderbar tröstlich, auf der andern jedoch äußerst schmerzlich gewesen war.

Ohne es zu wollen, suchte sie Charlottes Nähe, und sei es nur für kurze Momente.

»Vielleicht erinnert sie dich an jemanden, den du kennst«, sagte Klara bei ihrem nächsten Treffen.

Das hatte Ivy sich auch schon überlegt. Aber warum war das nicht bei den anderen Menschen so, die sie hier kennengelernt hatte?

Bei dem Businesstypen, der zwei Tage geschäftlich unterwegs gewesen und für eine weitere Woche wieder hierhergekommen war. Bei dem mittlerweile leider abgereisten Pärchen, das sich als sehr nett entpuppt hatte.

Beim Briefträger, der jeden Morgen pünktlich um neun am Zaun hielt, die Tür seines Wagens aufschob, Briefe und Päckchen heraushob, das quietschende Gartentörchen öffnete und die Post auf den rostigen kleinen Eisentisch legte, der zur Dekoration neben der überdachten Haustür stand. Und dann mit einem freundlichen Winken wieder in sein gelbes Auto stieg und zum nächsten Haus fuhr.

Bei der Putzhilfe, die zwei Mal in der Woche kam, einer jungen Frau, die ihr Juraexamen zwei Mal vergeigt hatte und sich mit diversen Jobs über Wasser hielt, bis sie entschieden hatte, wie es weitergehen sollte.

Und schließlich bei Marleen und Klara.

Wieso erinnerte keiner von denen Ivy an jemanden, den sie kannte? Jemanden aus ihrem früheren Leben?

Nein, mit Charlotte verband sie etwas Besonderes. Ivy empfand es jedes Mal, wenn sie die alte Dame anschaute, ihre Stimme hörte – und der Duft ihres Parfums ihr in die Nase stieg.

Es hatte eine frische Note mit einem Hauch von Vanille. Ivy war sich sicher, dass sie es schon oft gerochen hatte.

Nicht an sich selbst. An jemand anderem.

Aber an wem?

Obwohl Charlotte nicht die Frau zu sein schien, die sich die Butter vom Brot nehmen ließ, hatte Ivy das Gefühl, sie beschützen zu müssen. Verrückt! War nicht sie selbst es, die Schutz brauchte?

»Kann sein, dass deine Erinnerungen bruchstückhaft auftauchen«, erklärte Klara ihr. »Im Bereich der Amnesie gibt es nichts, was es nicht gibt. Bei dem einen ist mit einem Mal alles wieder da, als wär es nie verschüttet gewesen, bei dem andern kommen Erinnerungen an Gerüche, Geräusche und Berührungen an die Oberfläche und verbinden sich erst nach und nach zu einem Ganzen.«

»Wie lange …«

»Eine Amnesie kann Stunden, Tage, Wochen, Monate andauern«, sagte Klara. »Sogar Jahre. Da gibt es keine Regel. Der Verlauf einer Amnesie ist so unterschiedlich wie der Mensch, der darunter leidet – und so unterschiedlich wie ihr Auslöser.«

Tränen stiegen Ivy in die Augen und Klara legte ihr tröstend den Arm um die Schultern.

»Eine Amnesie ist ein Schutzmechanismus, Ivy, also eigentlich etwas Positives. Deine Psyche blendet aus, was dich belastet, und gibt es erst wieder frei, wenn du dafür bereit bist.«

»Ich *will* mich ja erinnern. Ich *bin* bereit«, behauptete Ivy und spürte, wie die Gänsehaut, die ihr über die Arme lief, ihre Worte Lügen strafte.

»Dann lass dir helfen«, bat Klara. »Von einem guten Psychotherapeuten oder einer guten Psychotherapeutin. Marleen …«

Den Rest von Klaras Worten nahm Ivy wie aus großer Entfernung wahr. Sie hörte die Sprachmelodie, doch der Inhalt drang nicht zu ihr vor. Sie war zu sehr damit beschäftigt, in sich hineinzuhorchen.

»Ich … erinnere mich … an das Parfum, das Charlotte benutzt. Ich kenne es«, sagte sie verwundert, und in dem Moment, in dem sie es aussprach, wusste sie, dass es stimmte.

Eine Erinnerung! So unspektakulär sie auch sein mochte.

»Was haben wir?«, fragte Marleen wie eine Tatortkommissarin, nachdem Klara wieder in ihre Praxis gefahren war. Sie zählte an den Fingern ab:

»Erstens: Du hast dich an deinen Namen erinnert.

Zweitens: Du hast in dem Traum mit dem Segelflugzeug eine Gegend erkannt.

Drittens: Der Blick ins Gartenhaus mit seinem schummrigen Licht hat dich offenbar in eine frühere Situation zurückversetzt. Du hast Stimmen von Männern gehört und den Schrei einer Frau.

Viertens: Charlottes Parfum hat etwas in dir ausgelöst, das mit einer Person zu tun haben kann, die du kennst.

Das ist für eine Woche doch keine magere Ausbeute, meinst du nicht?«

Sie saßen im Strandkorb und beobachteten die Libellen bei ihrem schillernden Flug über den Teich. Der Frosch stimmte mit Knattern, Knarzen und Quaken sein Konzert an, um Weibchen anzulocken. Nachdem er sich an Ivy gewöhnt hatte, war er nicht mehr scheu und machte nur dann einen Satz ins Wasser, wenn sie sich zu rasch näherte.

»An einen Film hab ich mich auch erinnert«, ergänzte Ivy. »*Cast Away* mit Tom Hanks und Wilson, dem Volleyball mit dem aufgemalten Gesicht.«

»Läuft doch«, freute sich Marleen.

»Aber ich kann nicht wirklich sicher sein, dass ich Ivy heiße«, entgegnete Ivy. »Die Männer im Dunkeln und der Schrei der Frau können ebenso gut aus einem Traum stammen oder aus einem Buch, das ich irgendwann gelesen habe, und Charlottes Parfum ist *Roma* von Laura Biagotti. Es ist weltbekannt. Etliche Frauen verwenden es.«

»Und Wilson? Und die Mohnetalsperre? Und woher weißt du überhaupt, dass es sich bei dem Parfum um *Roma* handelt?«

Eine gute Frage. Ivy hatte nie gesehen, wie Charlotte es aufgetragen hatte.

»Vielleicht habe ich es in meinem früheren Leben ja selbst benutzt?«

»Es scheint mir eher ein Duft für reifere Damen zu sein.«

Eine Weile saßen sie schweigend nebeneinander.

»Gehen wir doch mal davon aus, dass du außer Charlotte noch jemanden kennst, der diesen Duft verwendet«, sagte Marleen, »dann solltest du versuchen herauszubekommen, wer das ist.«

»Nichts leichter als das«, bemerkte Ivy mit einem schiefen Lächeln.

»Das ist es nicht, Ivy, ich weiß.«

Wieder betrachteten sie eine Weile schweigend das Wasser und den kleinen schwimmenden Solarspringbrunnen, der leise vor sich hin plätscherte.

»Ich hab Angst, mich zu erinnern«, gestand Ivy tonlos. »Angst, ein Ungeheuer auszugraben.«

Marleen hob Ivys Kinn an und sah ihr in die Augen.

»Wir werden dem Ungeheuer gemeinsam zu Leibe rücken«, versprach sie. »Sobald es auftaucht, gehen wir zusammen zur Polizei und ...«

Entsetzt rückte Ivy von ihr ab.

»Ivy ...« Marleen musterte sie nachdenklich. »Warum fürchtest du dich dermaßen vor der Polizei?«

»Keine Ahnung.« Ivy umschlang den Oberkörper mit den Armen. »O Gott, ich weiß es einfach nicht.«

*

Selten hatte Nayla sich über eine WhatsApp-Nachricht so gefreut. Doch je öfter sie die Worte las, desto unsicherer wurde sie.

Hi, ihr Süßen, alles okay. Brauche Zeit zum Nachdenken. Hab mich spontan entschlossen wegzufahren und deshalb nicht verabschieden können. Sorry und bis bald! xoxo

Nayla schickte Bahar eine Reihe von Fragezeichen und hängte ein Emoji an, das ein nachdenkliches Gesicht machte.

Bahars Antwort folgte prompt. *Hab's auch gerade gelesen. Bin gleich zu Hause. Dann können wir reden.*

Den halben Abend saßen sie zusammen und versuchten, aus Ivys Worten schlau zu werden.

»Will sie uns ernsthaft mit dieser Erklärung abspeisen?«, fragte Bahar. »*Spontan entschlossen*? Hallo? Geht's noch?«

»Spontan ist sie ja wirklich«, murmelte Nayla.

»So spontan, dass sie uns ohne Erklärung auf der Geburtstagsparty einer Freundin sitzen lässt und sich jetzt erst meldet? Ohne im Grunde was auszudrücken? Na toll.«

»Nachdem wir sie mit Fragen bombardiert haben«, regte Nayla sich ebenfalls auf. »*Wo steckst du? Bist du okay? Was ist los? Melde dich.* Ich kam mir ja schon vor wie eine Stalkerin.«

»Diese Geheimniskrämerei passt nicht zu ihr.« Bahar zündete sich eine von Naylas Zigaretten an, obwohl sie eigentlich Nichtraucherin war. Sie inhalierte nicht, paffte bloß und sah dem Rauch mit gerunzelter Stirn nach. »Irgendwie stimmt das hinten und vorne nicht.«

Wieder lasen sie die Nachricht, obwohl sie die paar Worte längst vorwärts und rückwärts runterbeten konnten.

Und das ist alles?, hatten sie zurückgeschrieben, jedoch keine Antwort darauf erhalten.

»Normalerweise hätte sie uns angerufen«, sagte Nayla, »und nicht mit ein paar läppischen Zeilen abgespeist.«

»*Brauche Zeit zum Nachdenken.*« Bahar hob die Schultern. »Worüber?«

Das fragte Nayla sich auch. Bisher hatte sie geglaubt, sie hätten keine Geheimnisse voreinander. Erst recht keine, über die man nur nachdenken konnte, wenn man wegfuhr.

Bahar hatte recht – etwas stimmte hier nicht.

»Sollen wir uns mal in ihrem Zimmer umgucken?«, schlug sie schließlich vor. »Vielleicht finden wir da einen Anhaltspunkt.«

Darum musste sie kein zweites Mal bitten. Bahar drückte hastig die Zigarette aus und lief zur Tür.

Es war nicht weit. Die Hitze hatte sich zurückgezogen, es war aber noch immer so warm, dass Nayla schwitzte. Ihre Nerven spielten verrückt. Sie befürchtete, in Ivys Zimmer auf etwas zu stoßen, das ihre Fragen nicht nur unbeantwortet ließ, sondern im Gegenteil neue Fragen aufwarf.

Keiner von ihnen war nach Reden zumute. Einige Male hatte Nayla einen halbherzigen Vorstoß gemacht, doch Bahar hatte sie lediglich mit einem vagen »Mhmm« auflaufen lassen.

Die Spannung, unter der sie standen, war mit Händen zu greifen.

Kleine Gruppen von Studenten und Studentinnen hatten sich auf den Rasenflächen niedergelassen. Ihr Gelächter zerstob in der Abendluft.

»Hey! Wollt ihr was trinken?«

Nayla und Bahar lehnten die Einladung mit einem kurzen Winken ab und eilten weiter. Bahar keuchte vor Anstrengung, was Nayla nicht verwunderte. Nicht umsonst war Bahars häufig geäußertes Motto: *Sport ist Mord*.

Allerdings hatte sich auch ihr eigener Atem beschleunigt und das lag kaum an ihrem Tempo. Sie war an regelmäßiges Joggen gewöhnt, nicht jedoch daran, Detektivin zu spielen. Es widerstrebte ihr, Ivy hinterherzuspionieren.

Hatte sie nicht das Recht, sich für eine Weile zurückzuziehen, wenn ihr danach war?

Ein Kommilitone, der Nayla in der Vorlesung über die

Kunst in der Urgesellschaft mit seinen plumpen Annäherungsversuchen entsetzlich genervt hatte, kam ihnen entgegen, und sie schnappte sich ihr Handy und tat so, als würde sie telefonieren.

Zwar war sie an der Kunst in der Urgesellschaft nicht sonderlich interessiert, doch sie hatte von Anfang an gewusst, dass sie nichts anderes studieren wollte als Kunstgeschichte. Sie hatte sich dafür entschieden, weil es in ihrem Elternhaus kaum eine Wand ohne Bilder gab und sie sich als Kind stundenlang in sie hineingeträumt hatte.

Es waren hauptsächlich Werke türkischer und deutscher Maler, und sie hatte gespürt, dass sie in ihrem Kunstgeschmack zwischen zwei Kulturen hing, von denen sie nicht annähernd genug verstand, um zu wissen, welche sie am meisten geprägt hatte.

Ivy und Bahar hatte sie das nie erklären müssen, sie hatten es sofort verstanden. Wie jede von ihnen fast alles verstand, was eine von ihnen betraf.

Deshalb war es umso schwerer zu begreifen, dass Ivy einfach weggefahren sein sollte. Es gab keinen Grund für Heimlichkeiten. Sie hatten einander alles anvertraut, daran hatten nicht mal ihre Liebesgeschichten etwas geändert.

Ivy hatte ihren und Marcies Wohnungsschlüssel bei den Freundinnen hinterlegt und hütete umgekehrt den von Nayla und Bahar.

Für den Notfall.

Der bislang nicht eingetroffen war. Keine hatte geglaubt, eine von ihnen könnte spurlos verschwinden.

Nayla fröstelte. Nie war es in Ivys und Marcies Wohnung so still gewesen, hatte sie so unbelebt gewirkt. Der Eindruck milderte sich ein wenig, nachdem sie überall das Licht eingeschaltet hatte. Doch auch in der künstlichen Helligkeit klebte mit der Hitze gleichzeitig etwas Unheimliches an den Wänden.

Ihr erster Weg führte sie zu Ivys Schrank. Der Koffer, der immer darauf lag, war nicht mehr da. Sie öffneten die Türen und entdeckten, dass ein Teil der Klamotten fehlte, ein paar Hosen, einige Blusen und Kleider.

Nayla zog ein weites Männerhemd aus schwarzem Leinen heraus und hielt es hoch.

Ivys Lieblingshemd.

Ohne das sie niemals weggefahren wäre, egal wohin. Sie trug es ständig, ob drinnen oder draußen, ob als Hemd über Jeans, als geraffte Bluse zu Röcken oder als schlichtes Minikleid. Ein cooles Teil und das einzige, das sie nur widerstrebend an Bahar oder Nayla auslieh.

Es dauerte eine Weile, bevor es ihnen gelang, sich von dem Anblick loszureißen und dem Zimmer zuzuwenden.

Sie entdeckten gleich, dass Laptop und Tablet fehlten.

Lediglich der Vollständigkeit halber sahen sie zuletzt im Bad nach, aus dem Ivys Kulturbeutel und die meisten Toilettenartikel verschwunden waren, wie sie erwartet hatten.

»Vielleicht hat sie das Hemd in der Eile vergessen«, sagte Bahar.

»Eile?«, fragte Nayla. »*Spontan* bedeutet nicht gleichzeitig *eilig* oder?«

»Ob mit ihrer Oma irgendwas nicht stimmt?«

»Das hätte sie uns doch erzählt, Bahar.«

Garantiert hätte sie das getan. Ihre Großmutter war Ivys Ein und Alles. Aus welchem Grund sollte sie ihnen vormachen, Zeit zum Nachdenken zu brauchen, wenn es in Wirklichkeit ein Problem mit der alten Dame gab?

»Schwierigkeiten mit Niklas?«, tastete Bahar sich weiter vor.

»Hätte sie nie im Leben allein mit sich ausgemacht.«

Sie waren Freundinnen. Echte Freundinnen.

Eine für alle und alle für eine.

Selbst das hatte Nayla Ivy bereits auf den Anrufbeantworter gesprochen.

Ohne dass sie reagiert hatte.

Frustriert schalteten sie das Licht aus, verließen die Wohnung, schlossen die Tür ab und machten sich auf den Heimweg. Es gab eine Person, die ihnen vielleicht eine Antwort geben konnte, und das war Ivys Großmutter.

11.

Mia Rothenbaum lebte in Grafenberg, einem Dorf, das gewirkt hätte, als sei es in einen Dornröschenschlaf gefallen, wenn es nicht in der Nähe einer Schnellstraße und einer großen Kiesgrube gelegen hätte. War man jedoch erst einmal angekommen, vergaß man fast, dass es da draußen noch eine andere Welt gab.

Sie bewohnte ein altes Sandsteinhaus, dessen Garten von Obstbäumen bestanden war. An seinem Ende sprudelte ein Bach, der in den Wintermonaten gelegentlich über die Ufer trat, sich jedoch glücklicherweise meistens friedlich verhielt.

Ivy war hier aufgewachsen, nachdem ihre Mutter bei einem Verkehrsunfall ums Leben gekommen waren, als sie ein Jahr alt gewesen war. Bald darauf war ihr Großvater gestorben und ihre Großmutter hatte die Enkeltochter allein aufgezogen.

Bahar wusste das von Ivy, die sehr an ihrer Großmutter hing. Sie hatte eine abenteuerliche und dennoch behütete Kindheit gehabt. Mia Rothenbaum war eine bekannte Malerin. Weil sie beruflich viel unterwegs sein musste, hatte

Ivy schon früh einen eigenen Schlüssel besessen, der ihr jede Menge Freiraum ermöglichte. War ihre Großmutter längere Zeit auf Reisen gewesen, hatte sich eine Kinderfrau um Ivy gekümmert.

Bahar und Nayla waren in Nachbardörfern aufgewachsen und die drei Freundinnen hatten sich auf dem Gymnasium kennengelernt. Obwohl Bahars Eltern, wie die von Nayla auch, Ivy und ihr Pippi-Langstrumpf-Leben anfangs ziemlich skeptisch betrachtet hatten, war sie ihnen nach kurzer Zeit ans Herz gewachsen.

Am liebsten hatten die Mädchen sich bei Ivy getroffen. Sie hatten am Bach gespielt, hatten Biberdämme errichtet und eine gemütliche Hütte im Unterholz eines nahe gelegenen Waldes gebaut. Im Sommer und Herbst hatten sie Ivys Großmutter bei der Obsternte geholfen und anschließend beim Einfrieren der Früchte und beim Marmeladekochen.

»Ivys Oma ist doch irgendwie auch unsere«, sagte Bahar, nachdem sie ihren roten Fiat abgestellt hatte und die letzten Meter mit Nayla zu Fuß ging. »Wieso haben wir sie so lange nicht besucht?«

Weil ihre Kindheit abgeschlossen war, gab sie sich selbst die Antwort, und weil mit dem Studium die große Freiheit begonnen hatte. Keiner mehr da, der sie zurechtwies, wenn sie spät in der Nacht nach Hause kamen, eine Vorlesung schwänzten oder ein Referat vor sich herschoben. Eigentlich, dachte Bahar, hatte das wahre Leben mit dem Auszug von zu Hause erst angefangen.

»Ich mag sie sogar lieber als meine eigene Oma«, gestand

sie. »Die äußert ihre Zuneigung höchstens dadurch, dass sie mir ab und zu wortlos über die Wange streicht. Echt gruselig.«

Rasch schüttelte sie die Vorstellung ab.

Das Haus hatte sich kaum verändert, seit Bahar es zuletzt gesehen hatte. Regen und Wind hatten ihre Spuren auf dem alten Mauerwerk hinterlassen und aus dem schmalen Steinweg, der zum Eingang führte, wuchsen Taubnesseln, Mohn und Kamille.

Die Vögel zwitscherten um die Wette, und die Sträucher im Vorgarten waren so ins Kraut geschossen, dass sie einen grünen Baldachin bildeten, der in den Garten führte. Bahar wurde augenblicklich in ihre Kindheit zurückkatapultiert. Sie hatte das Gefühl, einen Zauberwald zu betreten.

Sie drückten mehrmals vergeblich auf den Klingelknopf und legten das Ohr an die Tür, ohne etwas zu hören. Gerade wandten sie sich ab, um es am Hintereingang zu versuchen, als ihnen geöffnet wurde.

Die Freude über ihren Besuch ließ Mia Rothenbaum erröten. Sie machte die Tür weit auf, umarmte die Mädchen und ging in die Küche voraus, um Tee zu machen.

»Wie schön, dass ihr mich besuchen kommt«, sagte sie. »Aber warum habt ihr Ivy nicht mitgebracht?«

Bahar wandte den Kopf und begegnete Naylas unsicherem Blick. Sie wusste nicht, dass Ivy verschwunden war?

»Sie ist für ein paar Tage weggefahren«, sagte sie zögernd. »Sie wollte sich ein bisschen erholen. Frischen Wind um die Nase wehen lassen, wissen Sie?«

Ivys Großmutter nickte und füllte den Wasserkocher. Bahar und Nayla holten wie früher unaufgefordert Tassen und Unterteller aus dem Schrank und deckten den Tisch, auf dem eine mit zarten Blüten bestickte Decke lag.

Bahar fiel auf, wie schwerfällig Mia Rothenbaum sich bewegte.

»Rheuma«, erklärte die. »An manchen Tagen spüre ich jeden einzelnen Knochen im Leib, und dann gibt es Zeiten, in denen ich glatt Bäume ausreißen könnte.« Sie stellte einen Teller mit Keksen auf den Tisch und setzte sich. »Und ihr wolltet Ivy nicht begleiten?«

»Sie hat sich ziemlich spontan entschlossen«, erklärte Bahar. »Wie sie eben so ist.«

Mia Rothenbaum lächelte.

Für Mitte sechzig sah sie umwerfend aus. Streichholzkurzes weißgraues Haar, starke Hände, die zupacken konnten, und blitzende grüne Augen in einem braun gebrannten Gesicht.

Sie sah die Freundinnen prüfend an. Mit diesem Blick, dem man nichts vormachen konnte.

»Was ist los? Ihr habt mich nie ohne Ivy besucht. Aus welchem Grund seid ihr wirklich hier?«

»Wir haben gehofft, Sie wüssten vielleicht Genaueres«, antwortete Bahar ehrlich. »Oder Ivy wär vielleicht sogar hier.«

»Sie hat gesagt, sie braucht ein bisschen Zeit für sich selbst«, ergänzte Nayla. »Wohin sie gefahren ist, wissen wir nicht.«

»Zeit für sich selbst? Das hat sie gesagt?«

»Nicht direkt. Sie hat uns eine Nachricht geschickt«, erklärte Bahar.

Mia Rothenbaum schüttelte den Kopf. Sie griff nach ihrer Tasse und starrte nachdenklich hinein.

»Ist etwas vorgefallen, von dem ich nichts weiß? Muss ich mir Sorgen machen?«

»Nein«, sagten Bahar und Nayla wie aus einem Mund und wichen ihrem Blick aus.

»Ich habe mich nie in Ivys Angelegenheiten eingemischt.« Mia Rothenbaum setzte ihre Tasse an die Lippen und nahm einen Schluck. »Und ich werde jetzt nicht damit anfangen. Sie ist eine selbstbewusste junge Frau, die weiß, was sie tut. Ich vertraue ihren Entscheidungen.«

Genau das sollten wir auch tun, dachte Bahar, doch wohl war ihr dabei nicht. Sie tranken ihren Tee und redeten über andere Dinge, bis es an der Zeit war aufzubrechen.

Auf der Heimfahrt knabberten Bahar und Nayla an ihrer Enttäuschung. Der Besuch hatte nichts gebracht. Er hatte ihr Unbehagen nur verstärkt.

*

»Ivy kann sich nicht in Luft aufgelöst haben«, fluchte Marvin. »Irgendwer *muss* was wissen. Sie gesehen haben. Verdammt! Sie ist irgendwo untergekrochen. Irgendjemand versteckt sie.«

Im *Suzie* war es rappelvoll. Eli zapfte ein Bier nach dem andern, ihre Aushilfe schlängelte sich mit vollen Tabletts zwischen den Tischen hindurch, tiefer Ausschnitt, kurzer Rock, hauteng, das Gesicht unter Schichten von Make-up verborgen.

Niklas hob gereizt den Kopf.

»Keiner hindert dich daran, sie zu finden, großer Meister«, provozierte er mit bereits leicht unsicherer Zunge.

Marvin kniff die Augen zusammen.

»Was mich daran hindert«, entgegnete er eisig, »ist deine Unfähigkeit. Hättest du Ivy im Griff, wär das …«

»Hört auf«, fuhr Alan dazwischen. »Es bringt nichts, wenn wir uns gegenseitig an die Kehle gehen.«

»Was ist mit ihrer Familie?«, fragte Marvin mühsam beherrscht.

»Gibt es offenbar nicht, wie du weißt«, antwortete Niklas sichtlich genervt. »Nur die Großmutter.«

»Und?«

»Was – und?«

»Hast du überprüft, ob Ivy bei ihr ist?«

»Bei wem?«

»Ihrer Großmutter, Mensch!«

Hatte er nicht. Marvin erkannte es an seinem zerknirschten Blick. Als hätte man einen Achtjährigen mit einer geklauten Chipstüte erwischt.

»Ja oder nein?«

»Ich glaub nicht, dass sie da ist.«

Er *glaubte* es nicht. Ein Polizist. Glaubte es nicht.

Großartig.

»Und woher stammt diese Eingebung?«

»Mia Rothenbaum hat ihr mehrmals Nachrichten aufs Handy geschickt. Das würde sie wohl kaum tun, wenn ihre Enkelin bei ihr zu Hause wäre.«

»Du hast die Nachrichten beantwortet?«

»Bin noch nicht dazu gekommen. Mach ich morgen. War's das endlich?«

Marvin fasste es nicht. Ihr Leben konnte von einem Moment zum andern in Scherben gehen und diese Deppen saßen da wie betäubt.

»Name und Adresse«, verlangte er.

»Die Frau kennt dich überhaupt nicht. Willst du etwa als Bulle da aufkreuzen? Grandioser Einfall. Häng es doch gleich an die große Glocke!« Niklas trank aus und knallte das Glas auf den Tisch. Er erhob sich schwankend und zog seine Jacke an. »*Ich* kümmere mich darum. Ivy ist *mein* Mädchen.«

Was dich nicht davon abhält, jede zu vögeln, die dir über den Weg läuft, dachte Marvin. Aber Niklas hatte recht. Er konnte sich als Einziger nach Ivy erkundigen, ohne dass ihre Großmutter misstrauisch wurde.

Dennoch beschloss Marvin, zukünftig nicht mehr auf Niklas oder Alan zu vertrauen, sondern ausschließlich auf den einzigen Menschen, auf den er sich hundertprozentig verlassen konnte: sich selbst.

*

Der Thriller hieß *Tod der Stille* und die Handlung hatte mit dem Titel rein gar nichts zu tun.

»*Tod der Stille.*« Marleen grinste. »Warum nicht *Drei Tote kämpfen um ihr Leben?* Das wär wenigstens lustig.«

Ivy liebte es, mit ihr fernzusehen. Obwohl oder gerade weil Marleen dazu neigte, alles zu kommentieren. Das holte Ivy immer wieder in die Wirklichkeit zurück und verhinderte, dass sie sich in der Geschichte verlor.

Es war wichtig für sie, das bisschen Kontrolle zu behalten, das sie sich mit Marleens und Klaras Hilfe schmerzhaft erarbeitet hatte. Sie irrte durch die Tage, immer darauf gefasst, von einer Situation überwältigt zu werden. Oder von einem Geräusch, einem Geruch. Die kleinste Kleinigkeit ging ihr unter die Haut, als wär sie ein Schwamm, der alles aufsaugte.

Klara hatte ihr unter anderem einen Hochsensibilitätstest vorgelegt, den ihr ein befreundeter Psychologe zur Verfügung gestellt hatte. Ivy hatte die Antworten auf die gefühlt tausend Fragen gewissenhaft angekreuzt, und es hatte sich gezeigt, dass sie zu den etwa zehn, zwanzig Prozent hochsensibler Menschen weltweit zu gehören schien.

Was das Leben intensiver – und wesentlich schwieriger machte.

»Okay«, seufzte neben ihr auf dem gemütlichen Sofa Marleen, »das war jetzt der vierte Mord.«

Ivys Nerven lagen bereits seit dem ersten blank, während zu ihren Füßen leise schnarchend ein völlig unbeeindruckter Jojo schlief. Sie streifte die Schuhe ab und vergrub die Zehen in seinem Fell. Vor Behagen grunzend, ließ er es sich gefallen.

»Das darf nicht wahr sein! Latscht die tatsächlich mutterseelenallein durch den Wald!« Marleen raufte sich die Haare. »Kann ein Mensch so blöd sein? Ein Psychopath macht die Stadt unsicher und dieses Weib kürzt mitten in der Nacht ihren Nachhauseweg durch den Wald ab …«

Ein Kälteschauer kroch plötzlich über Ivys Körper. Sie wollte sich vom Bildschirm abwenden, saß jedoch da wie erstarrt, den Bildern hilflos ausgeliefert. Der Atem des Mädchens wurde zu ihrem Atem, die Furcht des Mädchens zu ihrer eigenen.

Die Musikuntermalung steigerte sich dramatisch und verstärkte die düstere Stimmung.

»…Zweige knacken, ein Vogel schreckt auf, was diese dumme Nuss nicht dazu bewegt, endlich die Beine in die Hand zu nehmen und wegzulaufen!«, stöhnte Marleen, zog die Füße aufs Sofa und umklammerte ihre Knie, weil sie es offenbar kaum noch aushielt.

Was sie sonst noch sagte, hörte Ivy nicht. Sie war vollkommen in den Sog der Handlung geraten und zu dem Mädchen auf dem Bildschirm geworden, dem allmählich die Gefahr bewusst wurde, in der es sich befand.

Als es irgendwo raschelte und eine undeutliche Gestalt im Mondlicht auftauchte, schien Ivys Herz zu explodieren.

»Ivy?«

Eine Stimme, weit entfernt.

»Ivy! Hörst du mich?«

Irgendwo bellte ein Hund. Jojo, dachte Ivy. Jojo …

Doch er konnte ihr nicht helfen. Niemand konnte das. Schreiend versuchte sie aus eigener Kraft, den Mann abzuwehren, der sie zu Boden geworfen hatte und ihr nun mit seinem Gewicht die Luft abschnürte. Sie wand sich, trommelte mit den Fäusten auf ihn ein, doch er schlug ihr ins Gesicht, presste ihre Arme auf die Erde und drückte mit dem Knie ihre Beine auseinander.

Der Schmerz war ungeheuerlich.

Ihre Stimme wurde heiser von ihrem Schreien.

Der Mann hörte nicht auf.

Als ihr Widerstand erlahmte und sie ohnmächtig zu werden drohte, schlug er sie wieder. Dann küsste er sie und machte weiter und weiter.

»Ivy!«

Bis sie aufgab und sich nicht länger wehrte. Da rollte er von ihr runter und ein Schatten näherte sich aus dem Dunkel, warf sich auf sie und machte weiterweiterweiter …

12.

»Ja? Bitte?«

Niklas hatte Mia Rothenbaum noch nie gesehen. Allerdings hatte Ivy oft von ihr erzählt und er hatte sie sich genau so vorgestellt. Sie trug lässig gekrempelte Jeans, ausgetretene Sneakers und eine weiße Schlabberbluse mit gelben Mohnblüten darauf. Der Duft nach frisch gebackenem Kuchen stieg Niklas in die Nase.

»Mein Name ist Niklas Herzog. Guten Tag, Frau Rothenbaum. Ich …«

»Ach, wie schön, Sie endlich kennenzulernen, Herr Herzog. Irgendwie hat es ja nie geklappt. Kommen Sie doch herein.«

Sie weiß nichts.

Oder sie verstellt sich gut.

Wenn sie etwas wüsste, hätte sie …

Was? Die Polizei gerufen? Haha!

»Nennen Sie mich Niklas.«

»Das ist sehr freundlich … Niklas.«

Umgekehrt bot Ivys Großmutter ihm nicht an, sie beim Vornamen zu nennen, was Niklas völlig in Ordnung fand.

Er hatte nicht vor, Teil ihres Lebens zu werden, denn er beabsichtigte nicht, ihre Enkelin zu heiraten. Doch das würde er ihr nicht auf die Nase binden.

Während er ihr in die Küche folgte, ließ er den Blick umherwandern, ohne jedoch ein Anzeichen dafür zu finden, dass Ivy sich hier irgendwo versteckte.

»Ich habe gebacken«, sagte Mia Rothenbaum, »wozu ich leider nur selten Zeit finde. Mögen Sie ein Stück Kuchen?«

»Gerne.« Warum nicht, dachte Niklas. Bei Kaffee und Kuchen kommt man leichter ins Plaudern. »Darf ich Ihnen helfen?«

»Vielen Dank.«

Sie reichte ihm Teller, Becher, Kaffeelöffel und Kuchengabeln und er verteilte sie auf dem Tisch. Dann setzte er sich und ließ die Umgebung auf sich wirken, in der Ivy aufgewachsen war.

Die milde Morgensonne schien in eine feminine, freundliche und praktische Küche. Helle Lamellen an den beiden Fenstern, vor Gesundheit strotzende Pflanzen auf den breiten Fensterbänken, sogar ein Mini-Gewächshaus, in dem fröhlich etwas Grünes spross.

Auf schmalen Gewürzregalen an den Wänden reihten sich Kräutergläschen aneinander, auf dem Herd stand ein offenbar eben aus dem Ofen genommenes Backblech.

Es gab Streuselkuchen, den Niklas seit seiner Kindheit hasste, doch er würgte sich ein mächtiges, staubtrockenes Stück runter und spülte mit Kaffee nach.

Gleich in den ersten Minuten wurde klar, dass Small-Talk bei dieser Frau nicht funktionierte. Sie kam sofort zur Sache.

»Ivy lässt sich gar nicht blicken, dabei bin ich bloß für einige Tage zu Hause und hätte mich über einen kurzen Besuch sehr gefreut. Danach geht es nämlich direkt weiter nach Stockholm, wo ich eine Ausstellung aufbaue, und anschließend nach Kopenhagen.«

»Hört sich spannend an.«

»Das ist es auch.« Sie lächelte. »Nur wird es zurzeit ein bisschen viel.« Das Lächeln verschwand. »Ich dachte, Ivy wär vielleicht mit Ihnen unterwegs.«

»Unterwegs?«, fragte Niklas.

In ihren Augen glomm etwas auf, das Argwohn sein konnte oder einfach Vorsicht. Schließlich hatte sie ihn nie zuvor gesehen.

»Irgendwohin, dachte ich. Für ein paar Ferientage.«

»Anscheinend braucht sie ein bisschen Zeit für sich«, sagte Niklas, sich an den Text haltend, den er Bahar und Nayla aufs Smartphone geschickt hatte.

»Zeit für sich«, wiederholte Mia Rothenbaum nachdenklich. »Das haben ihre Freundinnen auch gesagt.«

Es wunderte Niklas nicht, dass Nayla und Bahar ebenfalls darauf gekommen waren, Ivys Großmutter einen Besuch abzustatten. Er nickte zustimmend, obwohl es in ihm brodelte.

Mia Rothenbaum musterte ihn unangenehm lange.

»Haben Sie beide Probleme miteinander?«

Niklas wusste von Ivy, wie direkt ihre Großmutter sein konnte. Jetzt erlebte er es aus erster Hand.

»Nein.« Er schüttelte den Kopf. »Sie scheint bloß etwas überlastet zu sein.«

»Schwierigkeiten mit dem Studium?«

Himmel, war die hartnäckig. Es gefiel Niklas ganz und gar nicht, wie sie ihm das Heft aus der Hand nahm. So hatte er sich den Verlauf der Unterhaltung nicht vorgestellt.

»Das nicht. Sie hat in letzter Zeit nur viel gearbeitet«, sagte er. »Kunstgeschichte, Philosophie und Schreiben. Da hat sie sich eine Menge aufgeladen.«

Sie hat nicht den Funken einer Ahnung, dachte er verärgert. Den Weg hätte ich mir sparen können. Er nahm einen Schluck Kaffee und spülte damit die letzten Streusel runter. Schaute demonstrativ auf seine Uhr. Horchte, ob er irgendwo im Haus ein Geräusch hörte.

Und wenn Ivy mucksmäuschenstill von ihrem alten Zimmer aus lauschte?

Die Vorstellung machte ihn verrückt.

Mia Rothenbaum gewann den Wettbewerb im Schweigen um Längen. Niklas knickte bereits nach wenigen Sekunden ein. Erneut sah er auf die Uhr.

»Oh, schon so spät.« Er kam sich vor wie ein Idiot. »Also, dann entschuldigen Sie bitte den Überfall. Ich muss los.«

Sie versuchte nicht, ihn zurückzuhalten, und begleitete ihn zum Gartentor. Dort gab er ihr seine Karte.

»Rufen Sie mich an, wenn Sie von Ivy hören?«, bat er.

Sie blickte forschend in den wolkenverhangenen Himmel, als wollte sie abschätzen, wie das Wetter würde.

»Wenn Ivy sich melden möchte, wird sie das von sich aus tun, meinen Sie nicht?«

Sie reichte ihm die Hand und ging mit energischen Schritten zum Haus zurück. An der Tür drehte sie sich noch einmal um, winkte ihm beiläufig zu und verschwand im Haus.

Bevor Niklas den Motor startete, schrieb er Bahar und Nayla eine weitere Nachricht:

Hallo, beste Freundinnen von allen, das war genau die richtige Entscheidung. Die Ruhe tut mir wahnsinnig gut. Merke jetzt erst, wie kaputt ich eigentlich bin. Bis bald und haltet die Ohren steif.

Das würde den Schnüfflerinnen für eine Weile den Wind aus den Segeln nehmen. Grimmig schickte er die Nachricht ab und fuhr los.

⋆

Ivy wurde davon wach, dass Jojo ihr hingebungsvoll die Zehen leckte. Sie lag im Bett und spürte Sonne auf dem Gesicht.

»Hey«, sagte sie blinzelnd und zog die Füße unter die Decke. »Das kitzelt!«

Mit einem Satz war Jojo neben ihr und stupste sie ungestüm an. Kichernd drehte Ivy den Kopf weg.

Und da merkte sie es.

Etwas hatte sich verändert.

Sie musste eine Weile in sich hineinhorchen, bis sie begriff, was es war. Und weitere Sekunden, bis sie sicher sein konnte, dass sie es sich nicht bloß einbildete. Ungläubig blickte sie in Jojos Augen und sah sich darin gespiegelt.

Der Hund musste sie gar nicht weiter dazu auffordern, endlich aufzustehen. Ihre Beine taten es von ganz allein. Auf nackten Füßen lief sie zum Fenster und atmete die frische Morgenluft in tiefen Zügen ein.

Das Wattegefühl im Kopf war verschwunden. Die Gedanken kamen und gingen ohne Anstrengung. Bilder des Abends tauchten auf.

Sie hatte sich mit Marleen einen Thriller angeguckt. Darin war ein Mädchen vergewaltigt und ermordet worden. Und plötzlich war es gewesen, als wäre sie mit dem Mädchen verschmolzen. Sie hatte empfunden, was das Mädchen empfand, ihre Panik, ihre Todesangst, ihre Schmerzen.

Ivy erinnerte sich an jede Einzelheit. Und nicht nur daran. Ihre Erinnerungen führten sie weiter zurück. Und weiter.

Männer hatten ein Mädchen vergewaltigt.

Und sie hatte es beobachtet.

In der Realität …

War das möglich?

Sie sank auf die Bettkante und streichelte geistesabwesend das warme Fell des nervös tänzelnden Hundes, der sie dazu bewegen wollte, mit ihm nach unten zu gehen.

Laute tauchten aus dem Dunkel auf. Ivy hörte das Weinen und Flehen des Mädchens, ihre Schmerzensschreie und das Lachen und Stöhnen ihrer Vergewaltiger.

Es waren drei.

Ivy sah sie, wie man Menschen in Träumen sieht – ohne erkennbares Gesicht. Drei Männer, die sich der Reihe nach über das Mädchen hermachten und einander gegenseitig anfeuerten.

Wie erstarrt sah sie mit an, wie einer von ihnen das Mädchen würgte, von ihrem reglosen Körper abließ und sich die Hose zuknöpfte.

Als er sich umwandte, zwang Ivy sich, hinzuschauen.

Nichts.

Sein Gesicht war ein blinder Fleck.

Wie ausradiert.

Schaudernd schlüpfte sie in ihre Sachen und flüchtete nach unten, wo Marleen sie mit einem Lächeln empfing, das ihr bei Ivys Anblick auf den Lippen gefror.

»Was ist mit dir?« Sie blieb am Küchentisch stehen, die Teekanne in der Hand. »Geht es dir noch nicht besser? Soll ich Klara anrufen?« Sie setzte die Kanne auf das silberne Stövchen, in dem ein Teelicht flackerte. »Ich wollte sowieso gleich nach dir schauen und dir eine Tasse Tee bringen. Du hast mir gestern Abend einen ziemlichen Schreck eingejagt.«

Ivy setzte sich an den Tisch, während Jojo hinausstürmte, um die Spatzen aufzuscheuchen, die sich frech in seinem Garten tummelten.

»Hast du Hunger?«, fragte Marleen.

Ivy nickte. Dann schüttelte sie den Kopf. Sie würde keinen Bissen runterkriegen.

Marleen holte zwei Tassen aus dem Schrank, setzte sich zu ihr und schenkte ihnen ein.

»Tee ist mein Allheilmittel«, sagte sie mit einem Zwinkern. »Das weißt du ja. Er hilft bei jedem Wehwehchen, sogar bei richtigen Schmerzen. Dies ist ein ayurvedischer Tee aus Kräutern und Gewürzen.«

Ivy schmeckte Zimt, Nelken und Ingwer heraus. Obwohl die Schärfe ihr in der Kehle brannte, nahm sie einen zweiten und dritten Schluck.

»Und nun erzählst du mir, was los ist.«

Ivy suchte nach Worten. Wie sollte sie die Unsicherheit beschreiben, die sie empfand? Die Erleichterung über die wiedergefundenen Erinnerungen und die Zweifel daran? Das Grauen, das die Bilder in ihr auslösten? Was war Einbildung, was Wirklichkeit? Wie sollte sie das unterscheiden?

Marleen hörte ihr zu, ohne sie zu unterbrechen.

»Du kannst es nicht erzwingen«, sagte sie, als Ivy sich alles von der Seele geredet hatte. »Du musst Geduld haben.«

»Woher soll ich wissen, ob ich diese entsetzlichen Dinge wirklich beobachtet habe?« Ivy verschränkte die Arme vor der Brust, damit das Zittern aufhörte. »Und was, wenn ich tatsächlich Zeugin eines Verbrechens geworden bin?«

Marleen war nicht der Typ, der Beschwichtigungen aus dem Hut zauberte, sobald es Probleme gab. Sie packte eher an, um die Probleme mit der Wurzel auszurupfen.

»Dann solltest du deine Beobachtungen unbedingt der Poli…« Sie unterbrach sich, als sie sah, dass Ivy zusammenzuckte, und legte ihr die Hand auf die Schulter. »Ivy, es muss einen Grund haben, dass du davor zurückschreckst, zur Polizei zu gehen. Willst du nicht in Ruhe darüber …«

Ivy schüttelte heftig den Kopf. Sie spürte, wie Angst in ihr hochkroch und eine Panikattacke vorbereitete. Doch Marleen hatte ja recht. Irgendeinen Grund musste es für diese Angst geben.

Sie räusperte sich, um den Kloß im Hals loszuwerden.

»Kriminelle«, sagte sie. »Kriminelle haben Angst vor der Polizei.«

»Das können wir ausschließen. Du bist mit hundertprozentiger Sicherheit keine Kriminelle.«

»Woher willst du das wissen?«

»In diesem Haus gehen seit Jahren alle Sorten von Gästen ein und aus. Mittlerweile besitze ich Menschenkenntnis, das darfst du mir glauben.«

»Und wenn ich unfreiwillig in irgendwelche unsauberen Machenschaften verwickelt bin und mich deshalb vor der Polizei verstecke?«

»Gut«, sagte Marleen nach kurzem Überlegen. »Von der Logik her können wir das nicht ausschließen, aber dann kann es sein, dass du einen guten Grund hast, die Polizei zu meiden.«

»Wie meinst du das?«

»Vielleicht hast du wirklich einen Mord beobachtet. Und kennst womöglich sogar den Täter. Und der steht in irgendeiner Verbindung zur Polizei.«

»Und es kann sein, dass er mich gesehen hat!«

Stöhnend massierte Ivy sich die Schläfen.

Marleen stand auf und lief rastlos hin und her. Jojo kam aus dem Garten herein. Die Spatzen waren wieder schneller gewesen als er. Sie hockten draußen im höchsten Baum und machten sich lauthals über ihn lustig.

»Du lieber Gott«, flüsterte Marleen. »Wir sollten …«

In diesem Augenblick wurden sie von der Ankunft eines neuen Gasts unterbrochen. Marleen ging in die Diele, um ihn zu begrüßen und die Formalitäten zu erledigen, während Ivy in der Küche blieb und in kleinen Schlucken ihren Tee trank.

»Wie war die Fahrt?«, hörte sie Marleen freundlich fragen.

»Von einem Stau in den nächsten«, erklärte eine genervte Männerstimme. »Macht keinen Spaß mehr bei diesem Wahnsinnsverkehr.«

»Sind Sie viel unterwegs?«

»Unterschiedlich. Ich bin bei der Kripo Köln. Zurzeit arbeiten wir an einem grenzübergreifenden Fall, bei dem wir eng mit den Kollegen aus anderen Bundesländern zusammenarbeiten.«

Ivy erstarrte, die eine Hand auf Jojos Nacken, in der anderen Hand die Teetasse. In ihren Ohren rauschte es.

Kripo.

Was suchte der Mann hier? Hinter wem war er her? Wieso stieg er ausgerechnet in dieser Pension ab?

Niemand wusste, dass sie hier war, beruhigte Ivy sich selbst. Niemand außer Marleen und Klara. Und wenigen Gästen, die jedoch nicht den Grund für Ivys Anwesenheit kannten.

Sie hörte Marleen sagen: »Nummer neunzehn, zweiter Stock. Frühstück ab sieben Uhr. Ich wünsche Ihnen einen schönen Aufenthalt.«

Anderes Stockwerk, registrierte Ivy erleichtert. Weit weg von Nummer sieben. Das hatte Marleen gut gemacht.

Langsam verschwand das Rauschen aus ihren Ohren.

»Zufall«, sagte Marleen und goss ihnen Tee nach. »Reiner Zufall.«

Ivy nickte ohne Überzeugung.

»Mein Gott, Ivy. Du siehst aus, als wärst du einem Gespenst begegnet.«

Ivy antwortete nicht. Alles war möglich. Schon morgen konnte sie dem nächsten Gespenst begegnen. Und irgendwann würde eines dieser Gespenster die Maske fallen lassen und Rache nehmen. Für was auch immer.

13.

Ivy und Klara setzten sich wieder an den Teich, den Ort im Garten, der Ivy der liebste war. Sobald sie aufs Wasser schaute, das halb von den üppigen weißen Blüten der Seerose bedeckt war, kam sie zur Ruhe und dachte für einen Moment über gar nichts nach, nicht mal über den neuen Gast.

Doch im nächsten Augenblick war es damit vorbei.

Timo Henkel.

Kripo Köln.

Beruflich unterwegs.

»Ich kenne ihn nicht«, sagte sie. »Hab ihn noch nie gesehen, nie von ihm gehört. Warum macht er mir Angst?«

»Allein das Wort *Polizei* macht dir Angst«, entgegnete Klara. »Das muss einen Grund haben und den müssen wir herausfinden.«

»Aber wie? Ich grüble die ganze Zeit vergebens darüber nach.«

»Das ist das Problem. Es ist wie bei einem bestimmten Begriff, nach dem man sucht. Je mehr man darüber nachdenkt, desto weniger kommt man darauf. Erst wenn man sich mit etwas anderem beschäftigt, fällt es einem plötzlich wie selbstverständlich ein.«

Ivy beobachtete die Libellen, die über das Wasser sirrten. Es schien, als würden sie planlose Schleifen ziehen, doch das täuschte. Sie befanden sich auf ihrem Brautflug und paarten sich an den Stängeln der Wasserpflanzen.

Ein jäher Flashback nahm ihr die Luft.

»Ivy?«, holte Klara sie sanft zurück.

Es hatte bereits Dutzende dieser Erinnerungsschübe gegeben und jeder einzelne hatte Ivy vorangebracht. Dennoch waren sie ihr unheimlich, weil sie meistens aus heiterem Himmel auf sie einstürzten.

»Niklas«, sagte sie erstaunt.

Geduldig wartete Klara darauf, dass sie weitersprach.

»So heißt mein Freund …«

Brautflug, dachte Ivy. So ein schönes Wort. Sie fragte sich, ob man es überhaupt auf das Paarungsverhalten von Libellen anwendete. Oder kam es aus ihrem Unterbewusstsein, wie viele der Bilder, die sie überfielen?

Sie dachte an den Albtraum, den sie neulich gehabt hatte.

Braut. Flug.

Niklas.

»Du klingst nicht glücklich«, sagte Klara.

»Weil irgendwas nicht stimmt.«

Ivy versuchte, tiefer in der noch schwammigen Erinnerung zu schürfen, doch sie sah lediglich sein Gesicht vor einem blauen Himmel, seine lachenden Augen und die leicht schiefen Schneidezähne.

Die hatten sie immer gerührt, das wusste sie auf einmal

mit absoluter Klarheit. Die hatte sie geliebt. Sie hätte sie ewig ansehen mögen.

»Kann man jemanden wegen seiner schiefen Zähne lieben?«, fragte sie weniger Klara als sich selbst.

»Und ob.« Klara lächelte. »Man kann ihn wegen seiner schiefen Zähne lieben, wegen seiner abstehenden Ohren oder seiner Angewohnheit, die Augen zusammenzukneifen, weil er sich weigert, eine Brille zu tragen. Es gibt tausend Gründe, die mehr Gewicht haben als die offensichtlichen – wie gutes Aussehen, Erfolg oder Macht.«

»Zärtlichkeit«, murmelte Ivy.

»Erinnerst du dich an seine Zärtlichkeit?«

Klaras Frage stand in der Luft, die heute klar war und still. Ivy horchte in sich hinein. Was sie fand, war ein Gefühl von Unbehagen.

»Irgendwas stimmt nicht«, wiederholte sie und rieb sich die Arme, dabei war es selbst unter dem Sonnenschirm ziemlich heiß. »Ich würde mir gern einen Pulli holen«, erklärte sie, stand auf und ging zum Haus.

Obwohl sie ahnte, dass auch der Pulli sie nicht wärmen würde.

Als sie den Schrank in ihrem Zimmer öffnete, tauchte Niklas ein zweites Mal in ihrer Erinnerung auf. Er trug Hose, Hemd und Sakko, und als er sich über einen Schreibtisch beugte, verrutschte das Sakko und gab den Blick auf ein Holster mit Waffe frei.

Als Ivy nach dem Mittagessen mit Marleen in der Küche klar Schiff machte, gab es bloß dieses eine Thema.

»Sollte dein Niklas Polizist sein – wer sonst trägt eine Waffe in einem Holster? –, dann kann deine Angst vor der Polizei nur bedeuten …«

Ivy wollte es nicht wissen. Lange, quälende Tage hatte sie unter ihrem Gedächtnisverlust gelitten, und nun wollte sie die Zweifel, die sich aus den auftauchenden Erinnerungen ergaben, am liebsten wieder verscharren.

Marleen führte ihren Gedanken nicht zu Ende. Die Situation schien sie zu überfordern. Ivy wünschte sich Klara zurück, die ihr Treffen am Vormittag für einen Termin hatte unterbrechen müssen.

Und als hätte das Wünschen geholfen, trat sie auf einmal, früher als erwartet, wieder in die Küche. Marleen bot ihr einen Kaffee an, sichtlich erleichtert, die Freundin an ihrer Seite zu haben.

»Es wäre verfrüht, endgültige Schlüsse aus den Erinnerungsschnipseln zu ziehen«, meinte Klara. »Aber keine Sorge, Ivy, sie werden sich ohne dein Zutun zusammenfügen.« Sie nahm die Tasse Kaffee dankbar entgegen. »Der Anfang ist gemacht. Das ist hervorragend.«

Keine Sorge?

Ivy konnte Klaras Begeisterung nicht teilen. Es verwirrte sie, dass sie offenbar einen Freund hatte, mit dem sie kein positives Gefühl verband, von Liebe ganz zu schweigen. Dass er möglicherweise Polizist war und damit kein Vertrauen bei ihr auslöste, sondern einen instinktiven Fluchtimpuls.

Vor was war sie weggelaufen? Vor wem?

Was würden die weiteren Erinnerungen zutage fördern?

Ihr graute vor dem nächsten Schub.

Der ließ nicht lange auf sich warten, doch sie hatte Glück, weil er sie überrollte, als sie noch mit Marleen und Klara zusammensaß. Sie sah das Mädchen und die schattenhaften Umrisse der Männer. Hörte das Johlen und die Pfiffe. Die Schmerzensschreie und das vergebliche Bitten und Flehen des Mädchens.

Ihr Blick fiel auf einen Tisch, auf dem das Sakko lag, an das sie sich zuvor erinnert hatte, darauf das Holster mit der Waffe.

»Er ist dabei gewesen«, flüsterte sie.

Marleen und Klara starrten sie an.

»Wer?«, fragte Marleen.

»Niklas.«

»Bist du dir sicher?«

»Sicher?« Ivys Augen füllten sich mit Tränen. »Wie kann ich mir denn bei irgendwas sicher sein?«

Das Schweigen, das sich in der angenehm kühlen, noch immer unaufgeräumten Küche ausdehnte, war kein gutes Schweigen. Es lastete wie ein Felsbrocken auf Ivys Schultern.

*

Niklas, dieser Idiot, hatte am Morgen nichts erreicht. Er hatte, wie so oft, zu schnell aufgegeben. Deshalb beschloss Marvin am Nachmittag, einen zweiten Anlauf bei Ivys Großmutter zu unternehmen.

Er würde es so deichseln, dass sie die beiden Besuche nicht miteinander in Verbindung brachte.

Als er den Wagen abgestellt hatte und auf das kleine Haus zuging, nahm er jede Einzelheit in sich auf. Hier war Ivy aufgewachsen. In diesem Wald hatte sie gespielt. Über diese Wiesen war sie gelaufen. Hatte Pusteblumen gepflückt, Walnüsse gesammelt und Knallerbsen zertreten.

Sie war garantiert kein pflegeleichtes Kind gewesen, sondern ein unbeugsamer Wildfang, und das bei einer alleinerziehenden Großmutter, die als Malerin und Aktionskünstlerin in der Welt herumreiste und deshalb eine Kinderfrau eingestellt hatte, die für die Dauer ihrer Abwesenheit ins Haus einzog.

Vor einiger Zeit hatte Ivy im Schreibkurs einen Text über ihre Kindheit vorgetragen. Die kleine poetische Erzählung und die Art und Weise, wie Ivys Stimme sich beim Lesen verändert hatte, würde Marvin niemals vergessen. Obwohl leise und zurückgenommen, hatte ihre Intensität ihn mitten ins Herz getroffen.

Es war augenblicklich still geworden. Keiner hatte sich auch nur bewegt. Alle hatten gebannt gelauscht. Selbst die Dozentin hatte nach den ersten Sätzen aufgehört, rastlos hin und her zu gehen, was sie während des Unterrichts meistens tat.

Die Bühne gehörte Ivy.

Marvin konnte sich nicht sattsehen an ihrem konzentrierten Gesicht. Sie hielt den Blick auf ihren Laptop gerichtet, blickte nicht ein einziges Mal auf. Doch Marvin war sich sicher, dass sie den Text auswendig kannte. Wort für Wort.

Er war eine Liebeserklärung an ihre Großmutter.

Du hast mir die Welt geschenkt. Mit vollen Händen Glück verteilt. Hast die Schönheit unsterblich gemacht und mir gezeigt, was Liebe ist …

Marvin erkannte das gepflegte alte Spitzdachhaus mit den weißen Fensterläden und der blauen Tür aus Ivys Beschreibung sofort wieder. Es machte einen freundlichen, einladenden Eindruck. Aber er durfte sich nicht davon einlullen lassen.

Er schaltete sein Handy aus.

Seine Hand lag schon auf der Klinke des Gartentors, als Mia Rothenbaum unerwartet aus dem Haus trat. Sie beschattete die Augen mit einer Hand und sah zu ihm herüber.

»Ich wollte eigentlich … egal. Was kann ich für Sie tun?«

Ihre verwaschene Latzhose und ihr helles T-Shirt waren von Farbspritzern gesprenkelt. Das kurze weißgraue Haar hatte einen modernen, pflegeleichten Schnitt und strahlte in der Sonne. Diese Frau machte nicht den Eindruck, sich mit Nichtigkeiten aufzuhalten.

Reise in der Welt herum, so viel du willst, hatte Ivy in ihrem Text geschrieben, *doch begib dich niemals auf die Reise ins Vergessen*. Und Marvin hatte fröstelnd gedacht, dass selbst die schlimmsten Dinge wunderbar klangen, wenn Ivy sie beschrieb.

»Ich suche die Familie Förster«, improvisierte er. »Anscheinend hab ich mir die falsche Hausnummer gemerkt oder die falsche Straße.«

»Eine Familie Förster gibt es hier nicht.« Mia Rothenbaum kam zu ihm und Marvin nahm den zarten Duft eines Parfums wahr. »Tut mir leid.«

»Zu dumm.« In gespielter Unschlüssigkeit kratzte Marvin sich am Kopf. »Und ausgerechnet jetzt hat mein Handy sich abgemeldet, sodass ich nicht nachfragen kann.«

Er zog es aus der Gesäßtasche und hielt es hoch wie zum Beweis. Mia Rothenbaum überlegte keine Sekunde und öffnete das Törchen.

»Kommen Sie.«

Die überraschend geräumige Diele war in ein Museum verwandelt worden. An den Wänden hingen großformatige abstrakte Gemälde, die Marvin die Luft anhalten ließen. Er wusste, dass Mia Rothenbaum eine sehr gefragte Künstlerin war, allerdings hatte er noch nie Originale ihrer Bilder gesehen.

Die Farben besaßen die Leuchtkraft eines Emil Nolde, eines Van Gogh oder eines Chagall. Nie hatte er so ein Rot gesehen, so ein Gelb, so ein Blau. Es fiel ihm schwer, nicht stehen zu bleiben und nur zu schauen.

Das Festnetztelefon stand auf einer Ladestation im Wohnzimmer, das man ebenso gut eine Bibliothek hätte nennen können, denn drei der vier Wände waren hinter reich bestückten Bücherregalen verschwunden.

Kein Wunder, dass Ivy die Literatur entdeckt hatte. Sie war eine Kindheit lang von ihr umgeben gewesen.

»Vielen Dank.« Marvin nahm das Telefon, das Mia Rothenbaum ihm reichte, und revanchierte sich mit seinem charmantesten Lächeln. »Damit retten Sie mir den Tag.«

Sie verließ das Zimmer, damit er in Ruhe sprechen konnte. Er wartete eine Weile, während er aus der Küche das Klappern von Geschirr hörte. Dann folgte er den Geräuschen.

»Ich komme nicht durch«, behauptete er. »Das kann dauern. Ich kläre mein Problem später im Büro. Auf jeden Fall danke ich Ihnen, Frau …«

»Rothenbaum«, sagte sie lächelnd. »Ich hätte Ihnen gern geholfen.«

»Rothenbaum? *Mia* Rothenbaum? Die Malerin?« Er zeigte zur Tür. »Und die Bilder in der Diele sind Ihre Werke? Wow!«

Sie schmunzelte.

Er suchte Ivys Züge in ihrem Gesicht. Vielleicht lag die größte Ähnlichkeit in der ruhigen Energie, die beide ausstrahlten.

»Es ist mir eine Ehre, Frau Rothenbaum.«

Sie wies auf den Tisch, auf dem zwei Tassen und eine Kanne auf einem Stövchen standen.

»Mögen Sie?«

»Ich möchte Sie nicht stören.«

»Ich freue mich immer, wenn ich meinen Tee nicht allein trinken muss«, sagte sie lächelnd. »Das Malen ist eine einsame Tätigkeit, da tut angenehme Gesellschaft manchmal sehr gut.«

Sie setzten sich und Mia Rothenbaum goss ihnen ein.

»Haben Sie denn keine Angst, einen Fremden ins Haus zu lassen?«, fragte Marvin.

»Meine Enkelin warnt mich auch immer davor«, verriet sie ihm. »Sie würde mich am liebsten in Watte packen und unter eine schusssichere Glasglocke stellen.«

Klar, dachte er, Ivy Rothenbaum, die Weltenretterin. Er zog sich einen Stuhl heran.

»Aber das Leben ist zu kurz, um es sich mit Ängsten zu vergiften«, fuhr ihre Großmutter fort. »Ich bin viel unterwegs und schon in weitaus gefährlichere Situationen geraten. Außerdem kommt mich hier zu Hause täglich eine reizende Kampfkatze besuchen. Die würde sich kamikazemäßig auf jeden Angreifer stürzen.«

Er folgte ihrem verschmitzten Blick und bemerkte erst jetzt die Tigerkatze, die auf einer zusammengefalteten Wolldecke bei der Heizung lag und ihn aus schmalen Augen beobachtete. Sie bestand nur aus Haut und Knochen und dünnem Fell und schien uralt zu sein.

»Sie leidet unter Arthrose, hat die meisten Zähne verloren, ist schwerhörig und geht höchstens bei schönem Wetter ab und zu für ein Stündchen nach draußen. Eigentlich gehört sie den Nachbarn, was sie offenbar anders sieht.«

Kampfkatze.

Den Humor hatte Ivy also von ihrer Großmutter.

»Sie wohnen weit draußen.« Marvin sah zum Fenster. »Wie kommen Sie von hier in die Stadt?«

»Mit dem Bus«, erklärte sie. »Das ist wesentlich einfacher bei dem Parkplatzmangel in der Innenstadt. Überhaupt bin ich am liebsten mit Bus und Bahn unterwegs und lasse meinen Wagen eigentlich immer in der Garage, bei langen Strecken ohnehin.«

Ihre Stimme war dunkel und weich. Ob Ivy im Alter ähnlich klingen würde? Es war schwer, sie sich alt vorzustellen, sie war so lebhaft, so neugierig, so voller Geschichten.

»Meine Enkelin benutzt ihn ab und zu. Von mir aus könnte sie ihn ganz haben, aber sie will ihn nicht mit nach Kiel nehmen, wo sie studiert. Es ist ein älteres Modell und leider nicht immer zuverlässig.«

Eine Weile plauderten sie so dahin, ohne dass es Marvin

gelang, Mia Rothenbaum brauchbare Informationen zu entlocken. Er war froh darüber, dass sie ihm umgekehrt keine neugierigen Fragen stellte, denn er wollte sich aus Prinzip nicht mehr Lügen aus den Fingern saugen als nötig, denn später konnte jede Lüge zu einem Fallstrick werden.

Bevor er aufbrach, bat er sie darum, die Toilette benutzen zu dürfen, was ihm die Möglichkeit verschaffte, einen kurzen Blick in die Zimmer im Erdgeschoss zu werfen, deren Türen sämtlich offen standen.

Bilder. Bilder. Bilder.

Und Bücher ohne Ende.

Kein Anzeichen für Ivys Gegenwart.

Er wollte gerade wieder in die Küche zurückkehren, als er ein Telefon klingeln hörte und dann Mia Rothenbaums Stimme. Das verschaffte ihm ein wenig Zeit. Zwei Stufen auf einmal nehmend, hechtete er nach oben und warf auch hier einen schnellen Blick in die Zimmer.

Nichts.

Kein Koffer, keine Klamotten, die Ivy gehören könnten, und erst recht keine Ivy.

Als er verstohlen die Treppe hinunterstieg, hörte er, wie Mia Rothenbaum das Telefongespräch beendete. Er kam gerade unten an, als sie in die Diele trat, das Telefon noch in der Hand.

»Ich habe schon Bilder von Ihnen gesehen«, sagte er und wies auf die Gemälde ringsum, »aber noch nie ein Original. Ich bin beeindruckt.«

Sie quittierte seine Bemerkungen mit einem Lächeln und begleitete ihn zur Tür.

Marvin verabschiedete sich und ging langsam zu seinem Fahrzeug. Niemand ließ sich auf der Straße blicken. Er hörte, wie Mia Rothenbaum die Tür schloss, kurz darauf sprang in ihrem Garten ein Rasenmäher an.

Das bedeutete, dass sie für eine Weile beschäftigt sein würde.

Gemächlich schlenderte er zu der Garage, spähte durch das kleine Fenster, das in der rechten Mauer eingelassen war, und sah einen älteren silbergrauen Golf. Marvin merkte sich das Kennzeichen – wie erwartet *I* für *Ivy* plus Ivys Geburtsjahr – und kehrte mit federnden Schritten zu seinem Wagen zurück.

Da der Golf ihrer Großmutter in der Garage stand, war Ivy aller Wahrscheinlichkeit nach nicht weggefahren, es sei denn, sie hätte die Bahn genommen. Doch das würde sie nicht tun, solange es eine Alternative gab.

Sie hasste Zugfahren, Bahnhöfe und Ansammlungen von Menschen, anders als ihre Großmutter. Außerdem musste ihr klar sein, dass sie rausfinden würden, wohin sie die Fahrkarte gelöst hatte.

Nein. Zug fiel aus. Sollte Ivy an dem bewussten Tag *alles* beobachtet haben, wär sie ohnehin nicht in der Verfassung gewesen, *irgend*eine Entscheidung zu treffen.

Wie bei einem neuen Fall begann sein Kopf mechanisch zu arbeiten. Es war an der Zeit, die Sache selbst in die Hand zu nehmen, statt sie Niklas zu überlassen, dessen Blick von Emotionen getrübt war.

Auf der Rückfahrt hörte Marvin so laut Musik, dass er das Gefühl hatte, im nächsten Moment abzuheben. Er versuchte, in Ivys Haut zu schlüpfen. Was hatte sie gesehen? In welchem Zustand befand sie sich? Wo war sie untergekrochen?

Wie ein Wahnsinniger warf er zu Meatloafs *I would do anything for love* den Kopf vor und zurück.

Er würde Ivy finden. Und wieder zur Ruhe kommen. Fast euphorisch gab er Gas.

★

Hallo, beste Freundinnen von allen, das war genau die richtige Entscheidung. Die Ruhe tut mir wahnsinnig gut. Merke jetzt erst, wie kaputt ich eigentlich bin. Bis bald und haltet die Ohren steif!

Nayla las die Nachricht immer wieder. Ebenso wie Bahars und ihre eigenen Fragen, mit denen sie Ivy daraufhin gelöchert hatten.

Geht's ein bisschen präziser, Süße? Wo bist du? Wieso machst du aus allem so ein Geheimnis? (Bahar)

Bist du sauer auf uns? (Nayla)

Haben wir dich irgendwie verärgert? (Bahar)

Was Falsches gesagt vielleicht? Und wieso erreichen wir dich nicht? (Nayla)

Der Ton war von Mal zu Mal schärfer geworden, weil Ivy die Nachrichten zwar las, jedoch keine einzige beantwortete.

Ivy! Lass den Scheiß!!! (Nayla)

Allmählich fühlen wir uns echt vorgeführt. (Bahar)

Freundinnen sind Freundinnen sind Freundinnen! Vergessen? (Nayla)

Ivy reagierte mit Schweigen.

Und unser Ferienjob? Findest du es in Ordnung, da einfach nicht aufzutauchen? (Nayla)

Schon vor Semesterende hatten sie sich um einen Aushilfsjob im Bauhaus beworben und waren tatsächlich angenommen worden. Doch lediglich Nayla und Bahar waren am ersten Tag zur Arbeit erschienen.

Da sie sich nicht gemeinsam beworben hatten, mussten sie sich zu Ivys Fernbleiben glücklicherweise keine Entschuldigung aus den Fingern saugen.

Allerdings waren sie mit ihrer Geduld allmählich am Ende. Sie hatten vergeblich versucht, sich Ivys seltsames Verhalten zu erklären. Ihre Freundin war der verlässlichste Mensch auf der Welt und stand zu ihrem Wort.

Was war plötzlich in sie gefahren?

Nicht mal Stress mit Niklas wäre ein Grund gewesen, sich ohne Ankündigung zurückzuziehen, erst recht nicht von den Freundinnen. Es war nicht Ivys Stil. Sie hielten zusammen, egal, was passierte.

Das alles sollte plötzlich Schnee von gestern sein und keine Bedeutung mehr haben?

»Wir hätten sie niemals im Stich gelassen«, sagte Nayla, als sie zum hundertsten Mal sämtliche Argumente drehten und wendeten.

Bahar nickte stumm.

Was hatte Ivy so umgekrempelt, dass sie sang- und klanglos von der Bildfläche verschwunden war? Die ganze Situation wurde immer unverständlicher, und sie hatten keine Ahnung, was sie tun sollten.

Der Job im Bauhaus war eine willkommene Ablenkung.

Heute war ihr erster Tag gewesen und man hatte sie in der Gartenabteilung eingesetzt. Nayla hatte sich darüber gefreut. Das sogenannte *Gartenparadies* bot eine verschwenderische Vielfalt an Blumen, Kräutern, Bäumen und Sträuchern. Springbrunnen plätscherten in fantasievoll gestalteten Fertigteichen aller Größen. Es gab sogar eine Abteilung, in der neben Wasserpflanzen auch Fische angeboten wurden.

»Schreib es Ivy«, sagte Bahar, die das Gesicht träge in die Sonne hielt. »Vielleicht fällt ihr dann auf, was sie verpasst.«

Doch dazu verspürte Nayla nicht die geringste Lust. Es gab Dinge, die konnte man nicht in einer lapidaren Nachricht mitteilen.

Enttäuschung machte sich in ihr breit. Sie sträubte sich gegen dieses passive Gefühl, hätte es lieber in etwas Aktives wie Wut verwandelt, was ihr leider nicht gelang.

Seufzend schob sie das Thema Ivy beiseite. Vielleicht konnten sie sich nach dem anstrengenden Arbeitstag noch dazu aufraffen, irgendwo was trinken zu gehen.

14.

Ivy war nicht danach, mit den übrigen Pensionsgästen zu Abend zu essen, deshalb toastete sie sich in der Küche zwei von den übrig gebliebenen Frühstücksbrötchen, belegte sie mit Käse, nahm sich eine Banane, goss sich ein Glas Milch ein und nahm alles auf einem Tablett mit nach draußen.

Sie setzte sich in den Strandkorb und beobachtete beim Essen den Himmel, dessen Rand sich allmählich rosa verfärbte.

Wenn der Himmel glüht, backen die Engel Kekse.

Wenn der Himmel glüht, der Himmel …

Das Glas fiel ihr aus der Hand und klatschte auf das Kopfsteinpflaster. Es regnete Milch und Scherben. Sämtliche Geräusche verstummten.

»Wenn der Himmel glüht, backen die Engel Kekse«, sagte Granny und lächelte dabei auf eine Weise, die zeigte: Sie meinte das nicht ernst. Es war eine der Legenden, die sich um Weihnachten rankten und die man den Kindern bei Lebkuchen und Kakao erzählte.

Dennoch lösten ihre Worte in Ivy ein Gefühl von Wärme und Geborgenheit aus. Sie glaubte an Engel. Auch Mama hatte sich in einen Engel verwandelt und beschützte sie vor allem Bösen. In einen wunderschönen Engel.

Andere Kinder hatten eine Mutter. Ivy hatte eine Schutzengel-Mama und die coolste Großmutter der Welt.

Granny steckte voller Geschichten. Ihre Liebe war unerschöpflich.

Ihr Atelier Zauberland.

Ein Paradies an Farben und Gerüchen und an der einen Wand ein Sofa, auf dem Ivy schlafen durfte, wenn sie schlecht geträumt hatte. Sie schaute Granny dann beim Malen zu, und die Augen wurden ihr schwer und schwerer, bis sie mehr wogen als die Angst.

Zu ihrem sechsten Geburtstag bekam sie eine eigene Staffelei.

»Sie ist extra für Kinder gemacht«, erklärte Granny. »Daran kannst du malen, ohne dich auf die Zehenspitzen zu stellen. Komm, wir probieren es gleich mal aus.«

Sie malten nebeneinander, bis es an der Zeit war, die Geburtstagstorte anzuschneiden. Granny malte ein großes Bild, bunt wie ein Regenbogen, Ivy ein kleines. Sie malte ein rotes Haus und eine Sonnenblume, die übers Dach ragte und in den Himmel wuchs.

»Möchtest du dein Bild signieren?«, fragte Granny. »So, wie ich es bei meinen Bildern tue?«

Ivy konnte ihren Namen längst schreiben. Und viel mehr als ihn. Sie konnte auch lesen, bevor sie in die Schule kam. Sie hatte es sich selbst beigebracht.

Granny reichte ihr einen Stift.

Und mitten in das schönste Himmelsblau schrieb Ivy ihren Namen.

Ivy Rothenbaum.

Benommen tauchte Ivy aus dem Flashback auf. Es war nicht nötig, den Laptop zu öffnen und Granny zu googeln. Die Erinnerung an sie hatte lediglich in ihrem Innern geschlummert. Jetzt war sie wieder da.

Granny. Der wichtigste Mensch auf der Welt.

Ivy zögerte. Neben … Nayla … und … Bahar …

Und Niklas?

Sollte nicht er ihr Lieblingsmensch sein?

Ein dumpfer Schmerz umklammerte ihren Schädel. Als wollte er sie davon abhalten, genauer hinzusehen. Sie schützen und vor schlimmerem Schmerz bewahren.

Aber was konnte schlimmer sein, als nicht zu wissen, wer sie war? Ivy würde sich nicht in den Erinnerungslücken verkriechen, die noch vorhanden waren.

Aus dem Haus drang das Klappern von Geschirr. Ivy hörte Marleens Stimme. Sie konnte nicht unterscheiden, ob sie sich mit einem der Gäste unterhielt oder telefonierte.

Diesmal erwischte der Flashback sie ohne Vorwarnung.

»Ist es wahr?«, fragte Marvin. »Du bist mit Niklas zusammen?«

»Zusammen«, sagte Ivy. »Das ist ein großes Wort.«

»Ich hab's auch kleiner, falls dir das lieber ist.« Marvin starrte sie unverwandt an. »Vögelt er dich?«

»Was?«

»Eine einfache Frage.« Er beugte sich so weit zu ihr vor, dass sie in seinen Augen hätte ertrinken können. »Treibt ihr's miteinander?«

»Das geht dich nichts an.«

Sie saßen im Institut Pegasus. *Allein. Die andern verbrachten die Pause im Garten. Ivy hörte sie reden und lachen. Es war ein heißer Tag gewesen, doch Marvins Fragen rieselten ihr kühl über die Haut.*

»Warum sprichst du so mit mir?«, fragte sie.

»Wie spreche ich denn mit dir?«

Er zündete sich eine Zigarette an und trat ans Fenster, blies zornig den grauen Rauch hinaus, der in der Luft zerwehte. Dass Alleinsein mit Marvin stürzte Ivy jedes Mal in Verwirrung, selbst wenn er nicht solche Fragen stellte.

»Tu das nicht«, sagte sie leise.

Er schnippte die Zigarette aus dem Fenster und war im nächsten Moment bei ihr.

»Es tut mir leid. Verzeih mir.«

Er hob die Hand, als wollte er ihr Gesicht berühren, ballte sie jedoch im letzten Moment zur Faust und zog sie zurück.

Wenig später war die Pause vorbei und die andern strömten herein. Ivy fühlte sich ertappt, ohne zu wissen, wobei. Sie spürte, wie sie errötete.

Marvin, der mit seinem neuen Text an der Reihe war, klappte seinen Laptop auf und las vor:

mein scheißleben
hätt ich gegeben
grad noch
die kurve gekriegt
woanders geliebt
bild dir nichts ein
nichts leichter als
ohne dich
zu sein

Betroffenes Schweigen. Marvin lehnte sich auf seinem Stuhl zurück und verschränkte lässig die Arme vor der Brust.

»Darf ich fragen…«, fing die Dozentin an.

»Nein«, sagte Marvin, packte zusammen und verließ den Raum.

In dem es schlagartig dunkler zu werden schien.

Konnten Erinnerungen trügen? Wie sonst sollte sie einordnen, was ihr Gedächtnis da andeutete?

Marvin …

In ihr kämpften widerstreitende Gefühle: die Erleichterung darüber, dass ihre Amnesie im Begriff zu sein schien, sich aufzulösen – und die Angst vor weiteren verwirrenden Erinnerungen.

Mehr denn je war ihr bewusst, wie dünn der Boden war, auf dem sie sich bewegte. Überall konnten sich dunkle Löcher auftun.

Sie erinnerte sich jetzt auch an Alan. Den Stillen. Freundlichen. Den man jedoch nicht unterschätzen durfte. Den Dritten im Bunde.

Kumpels. Freunde. Polizisten.

Es ist an der Zeit, dachte Ivy.

Selbst hier war sie nicht sicher.

*

Marleen fuhr rechts ran.

»Soll ich dich wirklich nicht begleiten?«, fragte sie. »Oder wenigstens hier auf dich warten? Du solltest nicht allein gehen.«

Ihr war nicht wohl zumute, das konnte Ivy sehen. Sie war

blass und blinzelte nervös, und als irgendwo ein Auto hupte, zuckte sie erschrocken zusammen.

»Nein.« Ivy schüttelte entschieden den Kopf. »Du musst so schnell wie möglich weg von hier.«

»Aber …«

»Bitte, Marleen!« Sie stieg aus und schlug die Tür zu.

Marleen startete den Motor und fuhr davon. Ivy sah den Rücklichtern nach, bis sie verschwunden waren, blickte sich um und huschte, als sie niemanden bemerkte, eilig zum Haus hinüber. Ihre Schlüssel hatte sie auf der Flucht wahrscheinlich ebenso verloren wie alles Übrige.

Doch das konnte sie nicht aufhalten.

An der Himbeerhecke entlang schlich sie zur Terrasse und lugte durchs Wohnzimmerfenster. Es war noch Nacht und sie konnte nichts erkennen. Wahrscheinlich herrschte drinnen die wohlvertraute, gemütliche, ungeordnete Lässigkeit wie immer.

Würde sie jemals wieder herkommen können?

Sie wandte sich zu dem Geräteschuppen, an dessen Wand bereits das Brennholz für den Winter gestapelt war. Der Sessel vor dem Kamin im Wohnzimmer war der Lieblingsplatz ihrer Großmutter. Stundenlang konnte sie lesend am Feuer sitzen, ab und zu auf die Flammen blicken und später dem Erlöschen der Glut zuschauen.

In ihrem Atelier, das zum Garten hin angebaut war, gab es einen schwedischen Kaminofen, damit sie auch dort nicht auf den Luxus eines prasselnden Feuers verzichten musste. Bei Kälte wurde ihre Arthrose schlimmer, und die Aussicht auf wärmende Kaminfeuer machte ihr den Abschied vom

Sommer, in dem sie sich wesentlich besser fühlte, halbwegs erträglich.

Wie hatte sie das alles vergessen können?

Den wunderbaren Geruch nach Farbe und Terpentin, die kreative Unordnung im Atelier, die faszinierende Menge der Malutensilien, die zahllosen, an jede freie Stelle der Wände gelehnten Bilder, eine noch unbemalte Leinwand auf der einen Staffelei, ein halb fertiges Werk auf der zweiten … und mittendrin Granny, Farbkleckse auf ihren Malsachen und den Händen, mitunter auch in den Haaren oder im Gesicht.

Bis in diesen Winkel des Gartens reichte der Schein der Straßenlaterne nicht, und Ivy knipste die Taschenlampe an, die sie mitgenommen hatte. Erleichtert stellte sie fest, dass der Haustürschlüssel in seinem gewohnten Versteck lag, unterste Reihe, zwischen dem zweiten und dritten Holzscheit von links. Sie klaubte ihn auf, huschte zurück zur Haustür und betrat wenig später leise die Diele.

Vier Uhr früh, da würde Granny, wie sie hoffte, noch schlafen. Genau wusste man das bei ihr nie, weil sie nachts oft durch das Haus geisterte, todmüde und doch hellwach. In den Morgenstunden dann fiel sie in einen erschöpften, tiefen Schlaf.

Ivy hoffte, dass es auch heute so war. Granny war sicher, solange sie von nichts wusste.

Polizisten kannten die Methoden, mit denen man Geheimnisse aufdeckte. Niklas hatte offen damit geprahlt, dass sie jeden zum Reden brachten. Da würden sie vor einer alten Frau nicht haltmachen.

Es war Ivy ein Rätsel, was sie mit Niklas verbunden haben mochte. Anscheinend hatte sie die skrupellose Seite an ihm doch gesehen. Hatte sie etwa geglaubt, sie müsse nur lange genug suchen, um einen guten Kern in ihm zu entdecken?

Eine noch größere Beklemmung lösten die Gedanken an Marvin in ihr aus. Sie spürte seinen Blick auf sich ruhen, als stünde er neben ihr. Dunkel. Drängend. Wie seine Texte, die sie aufgewühlt und in Bereiche geführt hatten, die sie nicht betreten wollte.

Ivy erinnerte sich, dass einige der Dozenten seine Songs mit spitzen Fingern anzufassen schienen, als hätten sie Angst, sich daran zu verbrennen. Oder sich in ihnen aufzulösen.

Alan war die trügerisch sanfte Seite des Trios. Er besaß ein Talent, Menschen zu beeinflussen. Sein schönes, engelsgleiches Gesicht wirkte unschuldig und verführerisch zugleich. Bei ihm war das kein Gegensatz.

Es gab auch böse Engel.

Rasch schüttelte Ivy die Gedanken ab.

Nachdem sie die Haustür behutsam geschlossen und eine Weile mit angehaltenem Atem gelauscht hatte, wagte sie es, die Taschenlampe wieder hervorzuziehen. Langsam wanderte sie in ihrem sachten Schein durch die Räume, in denen sie ihre Kindheit verbracht hatte.

Sie betrachtete die langen Regalreihen mit den unzähligen Büchern, die kleine Küche, in der es nach Kräutern und Apfelsinen duftete, den Tisch, an dem sie mit Granny gegessen, gebastelt, Teig ausgestochen und etliche *Oma-Enkelin-Gespräche* geführt hatte, und von Schritt zu Schritt wurde ihr schwerer ums Herz, denn von Schritt zu Schritt verwandelte sich die Gegenwart mehr in Vergangenheit.

Sie war gekommen, um Abschied zu nehmen.

Doch nicht nur das.

Als sie die schwere grüne Stahlkassette aus dem Wohnzimmerschrank hob und mit dem zierlichen Schlüssel aufschloss, der wie immer in der antiken Wanduhr versteckt gewesen war, musste sie schlucken. Wie eine Einbrecherin hatte sie die Absicht, Granny zu bestehlen und danach klammheimlich zu verschwinden.

Übelkeit stieg in ihr hoch. Sie atmete mehrmals tief durch, bis ihr Magen sich wieder beruhigt hatte, dann beugte sie sich über die Kassette.

Granny war eine moderne Frau, die Kind und Beruf ihr Leben lang miteinander vereinbart hatte, ohne dass ihre Arbeit oder Ivy dabei zu kurz gekommen wären. Aus Sicherheitsgründen, wie sie sagte, lehnte sie jedoch Onlinebanking ab und bewahrte zudem aus Bequemlichkeit immer eine gewisse Menge an Bargeld zu Hause auf.

In einer Kassette, die jeder Einbrecher einfach aus dem Schrank heben und unter den Arm klemmen konnte, um mit ihr zu verschwinden.

So viel zu den Sicherheitsgründen.

Ivy musste unwillkürlich lächeln.

Es sind die Widersprüche, die einen Menschen interessant machen, hörte sie ihre Großmutter sagen und empfand eine Zärtlichkeit für sie, die beinah wehtat.

Offenbar war Granny gerade bei der Bank gewesen, denn in der Kassette fand Ivy zweitausendfünfhundert Euro. Mit schlechtem Gewissen verstaute sie die Scheine in ihrer Bauchtasche, verschloss die Kassette, legte den Schlüssel zurück in die Uhr und drückte die Schranktür leise zu.

Eigentlich hatte sie vorgehabt, Granny eine kurze Nachricht zu hinterlassen und unbemerkt wieder zu verschwinden, und nun brachte sie es nicht fertig. Langsam stieg sie die Treppe zum Schlafzimmer hinauf, wobei sie die knarrenden Stellen vermied, und warf einen prüfenden Blick in den dunklen Raum.

Am Fuß der Treppe hatte sie die Taschenlampe ausgeschaltet, damit sie Granny nicht aufweckte. Nun musste sie eine Weile warten, bis ihre Augen sich an die Dunkelheit gewöhnt hatten.

Ihre Großmutter lag in tiefem Schlaf und schnarchte leise. Unschlüssig blieb Ivy vor dem Bett stehen. Sie durfte nichts von ihrer Flucht erzählen und nichts über den Grund dafür. Erst recht durfte sie nichts über ihre Pläne verraten.

Marvin, Alan und Niklas würden eine Mitwisserin nicht dulden.

Wie ein Kind rieb sie sich die aufsteigenden Tränen mit den Fäusten aus den Augen. Es drängte sie danach, sich auf die Bettkante zu setzen und Granny zumindest mitzuteilen, dass sie für eine Weile verschwinden würde. Doch wie sollte sie ihr das sagen, ohne sie zu beunruhigen?

Wenigstens einen Kuss auf die Stirn, dachte sie. Einen vorsichtigen, nur hingehauchten, kaum spürbaren Kuss.

Doch die Vernunft sprach dagegen. In Zeitlupe drehte sie sich um und schickte ein Stoßgebet zum Himmel.

Bitte, lieber Gott, lass die Dielen nicht knarren!

»Ivy?«

Ivy erstarrte mitten in der Bewegung.

»Bist du das?«

Wenn sie einfach stehen blieb und sich nicht regte, nicht mal atmete, würde Granny vielleicht wieder einschlafen.

Bitte! Lass sie denken, sie hätte bloß geträumt!

Doch das Bettzeug raschelte und die kleine Nachttischlampe leuchtete auf.

»Ivy?«

Ein Hauch von *Roma* stieg Ivy in die Nase und sie blinzelte gegen Tränen an. Ihr Gefühl hatte sie nicht getrogen. Zwar hatte sie ihre Großmutter vergessen, nicht aber die Liebe zu ihr. Das Parfum war ein Fingerzeig gewesen.

Keine Viertelstunde später hatte Granny sich etwas übergezogen, und sie saßen am Küchentisch und redeten, während draußen der Tag über die Dächer kroch. Es war wie bei Ivys Besuchen und ein bisschen wie früher. Nur dass bei jedem Wort leise die Angst mitschwang.

Keine Frage, kein Vorwurf. Kein *Warum hast du mich so lange nicht besucht?* Kein *Wieso tauchst du mitten in der Nacht hier auf?*

»Du siehst bedrückt aus, Ivy.«

»Das täuscht, Gran. Ich bin nur müde.«

»Möchtest du dich ein bisschen hinlegen?«

»Ich hab keine Zeit. Tut mir leid.«

»Nichts muss dir leidtun. Ich bin so froh, dich hierzuhaben, auch wenn es bloß für eine kleine Weile ist.«

Ivy kämpfte mit sich. Sie hatte das dringende Bedürfnis,

sich Granny anzuvertrauen, wie sie es als Kind getan hatte, wenn sie mit einem Problem nicht zurechtgekommen war. Sie sehnte sich danach, ihre Hand auf der Schulter zu spüren und sie sagen zu hören: *Mach dir keine Sorgen, alles wird gut.*

»Gran …«

»Pschsch. Du musst dich nicht entschuldigen. Ich bin ja auch ständig unterwegs. Übermorgen breche ich wieder auf. Nach Stockholm diesmal, wo eine Ausstellung stattfinden wird. Ich hab dir doch davon erzählt.«

Ivy nickte. Ihre Großmutter wusste ganz genau, dass irgendwas vorging, das sie nicht durchschaute und nicht durchschauen wollte. Deshalb lenkte sie ab.

»Deine neuen Arbeiten?«

»Ja. Ich bin gespannt, wie sie ankommen. Das Museum hat sie abholen lassen, und ich fahre hin, um den Aufbau zu beaufsichtigen.«

»Du wirst die schwedische Kunstwelt rocken.«

Granny ging nicht darauf ein.

»Ich hatte Besuch von deinem Freund«, fuhr sie fort, »diesem Niklas.«

Erschrocken hielt Ivy den Atem an.

»Er hoffte, dich hier zu finden.«

Ivy überlegte fieberhaft, wie viel sie ihrer Großmutter verraten durfte, ohne sie in Gefahr zu bringen.

»Ich hab mich ein bisschen zurückgezogen, weißt du. Und damit muss er jetzt mal klarkommen.«

Es fiel ihr schwer, Granny anzulügen und das Chaos, in das ihr Leben sich verwandelt hatte, zu verschweigen – die

Flucht, den Gedächtnisverlust, die Zeit bei Marleen, das Wissen um die Gefahr, in der sie schwebte, und dass es etwas unvorstellbar Schreckliches geben musste, das all dies ausgelöst hatte und an das sie sich noch immer nicht erinnerte.

»Tut er dir nicht gut?«

Nein, dachte Ivy. Das tut er nicht.

Und wenn sie sich irrte und die Gefahr, die sie spürte, aus einer ganz anderen Richtung kam?

Ihr Kopf begann zu schmerzen.

Tut er dir nicht gut?

»Beziehungskram, Gran. Ich brauch ein bisschen Abstand.«

»Wie viel ist ein bisschen Abstand?«

»Ich muss die Brücken abbrechen und eine Zeit lang mit mir allein sein.«

»Sämtliche Brücken?«

Ivy senkte den Blick. Sie konnte ihrer Großmutter kaum in die Augen schauen.

»Also ja. Wie lang ist ›eine Zeit lang‹?«

»Ich weiß es nicht.«

Verdammt, jetzt fing sie auch noch an zu heulen.

Die Hand ihrer Großmutter legte sich auf ihre und der Trost dieser Berührung floss Ivy durch den ganzen Körper. Als sie ein Kind gewesen war, hatte allein diese Geste sie immer wieder ganz gemacht, sooft sie nicht mehr ein noch aus gewusst hatte.

»Das ist in Ordnung, Liebes. Nimm dir die Zeit, die du brauchst. Wirst du zurecht kommen?«

»Klar. Ich werde einen Job annehmen. Das machen viele während der Semesterferien. Eigentlich hatte ich in Kiel schon eine Zusage für so einen Job, aber mir ist nach Tapetenwechsel, nach Weite. Kannst du das verstehen?«

»Machst du Witze? Warum, glaubst du, habe ich nie wieder geheiratet, nachdem dein Großvater gestorben war?«

»Weil du ein Sonderling bist?«

Endlich lachten sie wieder.

»Genau. Und du bist ebenfalls ein Sonderling, mein Schatz. Ein ganz besonderer Sonderling. Du musst mir versprechen, dass du dich niemals, hörst du, *niemals* verbiegen lässt.«

»Ich? No way!«

Für eine Weile saßen sie in einträchtigem Schweigen am Küchentisch und Ivy betrachtete ihr Spiegelbild in der schwarzen Fensterscheibe. Es war, als sähe sie sich selbst und den Menschen, der sie in vielen Jahren sein würde.

Das machte sie gleichzeitig glücklich und traurig.

Es fiel ihr schwer, den Zauber zu durchbrechen, doch es musste sein. Die Nachbarn sollten nicht sehen, wie sie das Haus verließ. Widerstrebend zog sie die Hand unter der ihrer Großmutter hervor.

»Kann ich das Auto haben?«

Den Gedanken daran, dass sie auch ihren Führerschein verloren hatte, schob sie beiseite. Ebenso den, dass Niklas das Kennzeichen des Wagens kannte. In einem Zug geschnappt zu werden, war viel wahrscheinlicher, als in eine Verkehrskontrolle zu geraten. Sie würde bloß diese eine Fahrt mit dem Golf machen und dann versuchen, ihn loszuwerden.

Niklas würde Himmel und Hölle in Bewegung setzen, um sie zu finden.

Vor allem die Hölle.

»Natürlich. Ich brauche es nicht. Du weißt, wo die Papiere sind.«

Sie steckten vermutlich hinter der Sonnenblende, wo sie immer aufbewahrt wurden. Als sei das ein sicheres Versteck. Wie die Kassette im Wohnzimmerschrank.

Ivy hätte sich gewünscht, als eine der bedeutendsten Künstlerinnen des Landes würde ihre Großmutter umsichtiger sein, aber sie verschwendete nur selten einen Gedanken an Dinge, die nichts mit Kunst zu tun hatten. Bei diesem Thema redete Ivy gegen eine Wand.

»Ich muss los.« Sie stand auf und beugte sich über ihre Großmutter. Atmete ihren vertrauten Duft. »Toi, toi, toi für deine Ausstellung, Gran.«

»Danke, mein Schatz.«

Arm in Arm gingen sie zur Haustür.

»Du kannst mehr haben als das Geld aus der Kassette.«

Ivy schluckte und schüttelte beschämt den Kopf.

»Versprich mir, dass du dich meldest, solltest du mehr brauchen.«

»Hab ich dir je gesagt, wie froh ich bin, dich zu haben, Granny?«

»Hunderttausend Mal. Mindestens.«

»Ach, du!« Ivy küsste die unglaublich weiche Wange ihrer Großmutter. »Ich hab dich lieb.«

Bevor sie es sich anders überlegen konnte, wandte sie sich ab und holte das Auto aus der Garage.

Durch die Morgendämmerung fuhr sie zur Pension zurück. Sie hatte kaum einen Blick für die Schönheit des Himmels, der sich von Minute zu Minute veränderte, die nächtliche Schwere abstreifte und der Leichtigkeit Platz machte.

Obwohl sie sich wünschte, ihr neues Leben behalten zu dürfen, bis sie wieder sicher mit beiden Füßen auf der Erde stand, wusste sie, dass sich alles ändern musste.

»Man kann nur vorwärts leben«, sagte sie laut, um sich selbst zu überzeugen. »Rückwärts funktioniert das nicht.«

Ihre Stimme klang verzagt, was in Ordnung war. Immerhin hatte sie keine Erfahrung darin, ihr Gedächtnis zu verlieren und auf der Flucht zu sein.

Sie machte das Radio an, und ihr kamen beinah die Tränen, als sie Udo Lindenbergs unverwechselbare Stimme hörte.

Hinterm Horizont geht's weiter, ein neuer Tag, hinterm Horizont immer weiter, zusammen sind wir stark. Das mit uns ging so tief rein, das kann nie zu Ende sein, so was Großes geht nicht einfach so vorbei …

Der Song brachte sie zum Heulen. Es würde weitergehen und sie würde es schaffen.

Sie musste lediglich sich selbst vertrauen.

Dies war der Augenblick, den sie gefürchtet hatte. Der Schritt ins Ungewisse. Und das zu einem Zeitpunkt, in dem sie sich verwundbarer fühlte als je zuvor. In der die Zukunft war wie ein zugefrorener See, von dem man nicht wusste, ob die Eisschicht trug.

Ihr Magen rebellierte.

Sie hielt an, stürzte aus dem Auto und erbrach sich in den Abwassergraben neben der Landstraße. Ein Lastwagen donnerte vorbei und der Luftzug ließ die Blätter der Sträucher erzittern. Ivys Mageninhalt begrub Grashalme unter sich und unscheinbare farblose Blüten.

Nachdem sie sich den Mund notdürftig mit einem Papiertaschentuch abgewischt hatte, kehrte sie auf wackligen Beinen zum Auto zurück.

Sie war der einsamste Mensch auf der Welt und ihr war sterbenskalt.

TEIL ZWEI

15.

Ivy hatte sich bewusst keinen Plan zurechtgelegt, denn Niklas kannte sie vermutlich zu gut, um ihre Gedankengänge nicht nachvollziehen zu können. Sie hatte sich nur eines vorgenommen: keinesfalls an einen Ort zu fahren, mit dem sie irgendetwas verband.

Sie würde sich nicht von Erinnerungen leiten lassen, nicht von Vorlieben oder Abneigungen und nicht von einer Sehnsucht, die sie eventuell irgendwann jemandem anvertraut hatte.

Und sie würde mit niemandem über ihre Reise reden, niemanden einweihen. Lediglich Marleen wusste, dass sie überhaupt wegfahren würde. Mehr wusste selbst Ivy nicht. Vielleicht konnte sie so ihre Spuren verwischen und die Menschen schützen, die ihr geholfen hatten, als sie vergessen hatte, wer sie war.

Auf der Rückfahrt von ihrer Großmutter zur Pension hatte sie den Wagen vollgetankt, sodass sie umgehend aufbrechen konnte.

»Hast du dir das wirklich gut überlegt?«, fragte Marleen, als sie sich voneinander verabschiedeten.

Beide waren den Tränen nah. Jojo saß neben ihnen und ließ die Ohren hängen.

Ivy nahm Marleen in die Arme, ohne ihr zu antworten. Sie hatten lange darüber gesprochen. Nun konnten sie sich bloß wiederholen.

Jemand aus dem Nachbarort hatte erzählt, Kriminalbeamte führten in den Hotels, Pensionen und Vermietungsbüros von Ferienobjekten weiträumig Befragungen zu einer vermissten Person durch. Einzelheiten hatte er nicht gewusst, aber Ivy war sofort klar gewesen, um wen es bei diesen Befragungen ging und dass die Schlinge um ihren Hals sich zuzog.

Sie hätte die Abreise gern hinausgeschoben, denn sie war noch nicht bereit, den mittlerweile vertrauten Boden unter ihren Füßen zu verlassen. Möglicherweise stand sie knapp davor, ihr Gedächtnis vollständig zurückzugewinnen. Wie sollte sie Erinnerungsschübe aushalten, ohne mit Klara darüber reden zu können? Ohne einen einzigen Menschen zu haben, der sie auffing?

»Willst du nicht doch lieber meinen Wagen nehmen?«, fragte Marleen. »Dein Kennzeichen wird dich verraten.«

»Auf keinen Fall. Über kurz oder lang würden sie die Verbindung zwischen uns entdecken. Ich bringe dich nicht in Gefahr. Du hast genug für mich getan.«

Ivy ging vor Jojo in die Hocke. Er leckte ihr übers Gesicht und winselte leise. Die Tränen ließen sich nicht länger aufhalten. Ivy heulte sein Fell nass und rappelte sich schniefend wieder auf.

Es war immer noch früh am Morgen. Die Gäste durften

sie nicht wegfahren sehen, damit später keiner der Polizei einen Hinweis geben konnte.

Jojo trottete neben Ivy zum Auto und sprang, als sie die Tür öffnete, wie selbstverständlich hinein. Wie er es bei Autofahrten gewohnt war, zwängte er sich durch den Spalt zwischen den Vordersitzen auf die Rückbank.

»Mach es mir nicht so schwer«, bat Ivy und sah Hilfe suchend zu Marleen, die wie aus dem Nichts einen prall gefüllten Leinenbeutel hervorgezaubert hatte. »Rufst du ihn bitte mal?«

»Jojo!«, tat Marleen ihr den Gefallen. »Hierher!«

Er drehte den Kopf weg und blieb, wo er war.

»Das habe ich erwartet.« Marleen reichte Ivy den Beutel. »Ich habe seinen Wasser- und den Fressnapf eingepackt, Futter für die ersten Tage und ein paar Leckerlis. Und natürlich das hier.«

Sie hielt Ivy die geflochtene rote Hundeleine hin.

»Was …«

»Er hat sich entschieden«, erklärte Marleen. »Er wird dich beschützen. Und jetzt macht, dass ihr wegkommt!«

Sie drehte sich um und eilte mit großen Schritten zum Haus, ohne sich noch einmal umzudrehen.

»Norden, Süden, Westen oder Osten, was meinst du?«

Jojo legte den Kopf schief.

»Norden, Süden, Westen oder Osten?«, wiederholte Ivy.

Beim dritten Mal reagierte Jojo und bellte bei *Norden*.

»Deine Entscheidung«, sagte Ivy und fuhr los.

Jojo hatte eine kluge Wahl getroffen. Insgeheim, das wurde Ivy in diesem Moment klar, hatte sie nie in Erwägung gezogen, Hunderte von Kilometern zurückzulegen. An der Ostseeküste kannte sie sich aus. Das konnte von Vorteil sein.

Im Ruhrgebiet oder in den Bergen wäre sie nicht sicherer. Niklas und seine Freunde waren extrem gut vernetzt. Sie würden sie überall finden. Allerdings würden sie Ivy zuallerletzt in der Nähe vermuten. Sie würden davon ausgehen, dass sie nur einen Wunsch hatte: so weit wie möglich zu fliehen.

»Da machen wir ihnen aber einen Strich durch die Rechnung, was?«

Jojo grunzte zustimmend. Im Rückspiegel sah Ivy, dass er sich gemütlich an ihre Jacke gekuschelt hatte und kurz davor war, einzunicken. Genau wie sie hatte er sich auf ein Wagnis eingelassen. Genau wie sie.

*

Bisher waren ihre Nachforschungen erfolglos geblieben, was nicht bedeutete, dass Marvin die Flinte ins Korn warf. Im Gegenteil. Wenn sich die Dinge schwierig gestalteten, legte er in der Regel eine Schippe drauf und strengte sich doppelt und dreifach an.

Im Gegensatz zu Alan und Nik, die wie die Maus vor der Schlange saßen und das Schlimmste erwarteten. Falls das so weiterging, würde er die Sache im Alleingang beenden müssen. Doch noch gab es keinen Grund, das Handtuch zu werfen.

Zusammen mit Alan hatte er an diesem sonnigen Samstagvormittag bereits eine beträchtliche Anzahl von Hotels und Pensionen abgeklappert, während Niklas sich für heute eine endlose Liste von Ferienhäusern und -wohnungen vorgenommen hatte.

Unmerklich hatte sich der Himmel bezogen.

Eine drückende Schwüle breitete sich aus.

»Nach der nächsten Adresse gehen wir was essen«, schlug Marvin vor und wischte sich den Schweiß von der Stirn, »einverstanden?«

»Bin schon halb verhungert«, stimmte Alan zu und wies bald danach auf ein schmuddeliges Schild, das in einem verlotterten Vorgarten auf einem verlotterten alten Herd stand.

Marleen Husmann.

Pension.

Normalerweise prangten die Namen der Unterkünfte stolz an den Häusern. *Meeresrauschen, Strandflieder, Klabautermann* und wie sie alle hießen. Der Fantasie waren keine Grenzen gesetzt, und wo wenig Fantasie vorhanden war, behalf man sich mit dem Vornamen der Besitzerin.

Die *Erikas, Gabrieles, Gudruns* und *Ulrikes* starben allmählich aus und machten den *Janinas, Chloés* und *Samiras* Platz. Auch die alten deutschen Namen waren wieder im Kommen. *Paula, Viktoria, Mathilda, Sophie.*

Marleen Husmann bevorzugte es offenbar sachlicher.

Sie wirkte nicht wie eine Pensionswirtin, die ohne Weiteres bereit war, Auskunft über die Belegungen zu geben. Erst nachdem Alan ihr auf seine unterschwellig drohende Art erklärt hatte, sie seien nicht an ihren Gästen oder ihren Geschäften interessiert, sondern lediglich auf der Suche nach einer vermissten Person, ließ sie sie ohne großes Palaver einen Blick in ihre Belegungsunterlagen werfen.

»Ihr Name ist Ivy Rothenbaum«, sagte Marvin. »Neunzehn Jahre, mittelgroß, schlank, schulterlanges rotes Haar, dunkelblaue Augen.«

Er fing einen seltsamen Blick von Alan auf. Hatte er sich verraten?

»Wenn sie Gast in meinem Haus wäre, stünde ihr Name in diesem Buch«, antwortete Marleen Husmann unerschrocken.

»Sie wird seit knapp zwei Wochen vermisst.«

Marleen Husmann verschränkte die Arme vor der Brust und schwieg, während sie Marvin beim Blättern beobachtete. So oder ähnlich erging es ihnen bei allen Adressen. Keiner, der am Tourismus verdiente, ließ sich gern in die Karten gucken.

»Sie haben die junge Frau auch nicht irgendwo gesehen?«, hakte Alan nach. »Ihnen ist niemand aufgefallen, auf den die Beschreibung passt? Der sich eventuell merkwürdig verhalten hat? Irgendwo hier auf der Straße, in einem Lokal, einem Laden?«

»Nicht dass ich wüsste.«

Ihre Antwort kam zu schnell. Sie überlegte ja nicht mal. Und beschwerte sich mit keinem Wort über die Belästigung, was alle bisher Befragten getan hatten. Sie hatten Marvin und Alan nicht rasch genug loswerden können.

Marvins Misstrauen war geweckt.

Draußen machte er ein Kreuz hinter ihren Namen. Das erste auf ihrer Liste.

Kurz darauf saßen sie im Garten eines Landgasthofs und bestellten sich das Tagesgericht und ein Bier.

»Wir suchen die Nadel im Heuhaufen«, stöhnte Alan. »Glaubst du wirklich, Ivy wär so blöd, sich mit Namen und Adresse auf einem Anmeldeformular zu verewigen?«

»Wir haben so wenig in der Hand, dass wir nach jedem Strohhalm greifen müssen. Selbst wenn sie Namen und Adresse falsch angibt, kann sie sich durch ihre Handschrift verraten. Manche vergessen einfach, sie zu verstellen, vor allem, wenn sie unter Druck stehen.«

»Ich kenne Ivys Handschrift nicht«, sagte Alan.

»Aber ich.« Das konnte Marvin gefahrlos zugeben. »Im Schreibkurs hab ich sie etliche Male gesehen.«

Das kalte Bier rann ihm erfrischend durch die Kehle. Sie durften Alkohol trinken, so viel sie wollten, denn sie waren nicht im Dienst. Offiziell gab es keinen Fall Ivy und sie erledigten das Klinkenputzen in ihrer Freizeit.

Merkwürdigerweise empfand Marvin bei diesem Gedanken eine grimmige Befriedigung.

Es dauerte nicht lange, und die magere Serviererin, die ein Dirndl trug, das ihr um die Taille schlackerte, stellte jedem einen Teller mit dem köstlich duftenden Tagesgericht hin: Königsberger Klopse mit Kartoffeln und Salat.

Die hohe Küche durfte man in Landgasthöfen wie diesem nicht erwarten. Wusste man hingegen einfache, deftige Gerichte zu schätzen, war man hier genau richtig. Sie kauten schweigend, während der erste Donner in dem mittlerweile fast schwarzen Himmel grummelte.

»Hattest du auch den Eindruck, dass die Husmann etwas verschweigt?«, fragte Marvin, nachdem der erste Heißhunger gestillt war.

»Die haben doch alle Dreck am Stecken«, erwiderte Alan. »Ich möchte nicht wissen, wie viele Zimmer in solchen Pensionen vermietet werden, ohne in den Büchern aufzutauchen.«

»Ihre Reaktion war aber eigenartig. Sie wirkte kein bisschen betroffen, als wir von einer vermissten jungen Frau gesprochen haben. Normalerweise fragt man nach, bemerkt irgendwas dazu. Die nicht.«

»Sie scheint nicht der empathische Typ zu sein. Mich würde es auch nicht jucken, wenn jemand vermisst würde, den ich nicht kenne.«

Marvin bestellte sich ein zweites Bier und Alan schloss sich an. Die ersten Tropfen fielen, geräuschlos und sacht. Marvin hatte große Lust, durch den Regen zu laufen.

Wie früher als Kind.

Die Klamotten auszuziehen und sich nass regnen zu lassen.

Oder darüber zu schreiben.

»Mein Gefühl täuscht mich nie«, beharrte er. »Und ich traue der Frau nicht über den Weg.«

»Wir können ja nächste Woche noch mal bei ihr aufkreuzen«, schlug Alan vor. »Lass uns jetzt unsere Liste abarbeiten, damit wir uns nicht verzetteln.«

Sie zahlten und brachen wieder auf. Sie sollten nicht zu lange warten. Ein zweiter Besuch würde in Marleen Husmanns Schutzpanzer Risse entstehen lassen.

Darauf hoffte er.

*

Als Ivy ausstieg, konnte sie die Ostsee riechen. Der Wind strich ihr durchs Haar und für einen Moment durchflutete sie das reine Glück. Für einige kostbare Sekunden fühlte sie sich leicht und unbeschwert.

Jojo sprang aus dem Auto und schüttelte sich. Ivy füllte ihm Wasser in seinen Trink- und eine Handvoll Trockenfutter in seinen Fressnapf. Gierig fiel er darüber her.

Ivy nutzte die Zeit, um sich umzusehen.

Sie waren in Heiligenhafen gelandet und standen auf einem Parkplatz am Rand des Binnensees. Rechter Hand lag der Yachthafen mit seinen Booten, die weiß in der Sonne blitzten. Geradeaus verstellte eine Ansammlung von Ferienhäusern den Blick auf das Meer.

Hinter dem Hafen begann das Naturschutzgebiet und Vogelschutzreservoir mit seinen von Wasser durchzogenen Salzwiesen und dem schiefen hölzernen Beobachtungsturm, der aussah wie ein Bauwerk von einem anderen Stern.

Ivy erkannte Dünen. Und eine Handvoll alter Strandhäuser. Sie schloss die Augen und atmete tief ein.

Sie erinnerte sich daran, einmal mit ihrer Großmutter für ein paar Tage hier gewesen zu sein, doch die Erinnerung war verschwommen. Ivy war damals noch ein Kind gewesen, nicht älter als fünf oder sechs Jahre alt.

Hatte ihr Unterbewusstsein sie hergeführt? Wenn ja, dann musste sie sich als kleines Mädchen hier aufgehoben gefühlt haben, warum sonst wäre sie ihrem inneren Kompass zu dieser Stelle gefolgt?

Ivy war sich nicht sicher, ob sie an Schicksal glaubte. Woran sie jedoch glaubte, war ihr sechster Sinn. Zu oft passierten ihr seltsame Dinge.

Sie nahm beispielsweise ihr Handy, um jemandem eine Nachricht zu schicken, und im selben Moment klingelte es, und derjenige war dran. Oder sie wusste, was ihr Gegenüber sagen würde, und prompt sagte er es tatsächlich. Und ab und zu spürte sie die Anwesenheit ihrer toten Mutter, meinte sogar, von ihr berührt zu werden.

»Also Heiligenhafen.« Sie kraulte Jojo im Nacken. »Einverstanden?«

Er leckte sich das Maul und gab einen undefinierbaren Laut von sich. Ivy beschloss, ihn für Zustimmung zu halten.

»Gut. Gucken wir uns mal um.«

Sie schlenderten am Hafen vorbei. Das Wasser glitzerte in der Sonne. Die Leute saßen an Deck der Yachten, allein oder mit Gästen, sie unterhielten sich, lachten, tranken, die Gesichter von Wind und Wetter gebräunt, das Haar von Sonne und Wasser gebleicht.

Manche sonnten sich, andere lasen. Auf dem Wasser zankten sich Enten um Brotkrumen, die ein Kind aus einer Papiertüte fischte und ihnen hinwarf. Hin und wieder stießen Möwen aus der Luft herab, um ihnen die fettesten Brocken wegzuschnappen.

Ivy und Jojo gelangten in eine Shoppingzone mit Läden, in denen man Klamotten, Segelzubehör und Geschenkartikel kaufen konnte, Bettwäsche, Geschirr oder Dekoartikel. Es gab einen kleinen Lebensmittelladen, eine Bäckerei mit

Selbstbedienungscafé und diverse Bistros, vor denen sich die Leute drängten, um einen Platz zu ergattern.

»Und nun?«, fragte Ivy

Jojo sah sie ratlos an.

»Wir brauchen eine Unterkunft, eine hundefreundliche. Eine, die wir uns leisten können.«

Doch das hatte Zeit.

Denn da war das Meer.

Weit bis zum Horizont.

Links begann der Badestrand mit seinen Strandkörben und den Urlaubern, deren Rufen und Lachen sich mit dem Kreischen der Möwen mischte, auf der rechten Seite erstreckte sich das Naturschutzgebiet. Ivy setzte sich auf eine Bank und Jojo ließ sich zu ihren Füßen nieder und checkte die Lage.

»Hier gibt's bestimmt ein Vermietungsbüro«, sagte Ivy. »Oder eine Touristeninformation.«

Sie holte das Handy hervor, das Marleen ihr geschenkt hatte, und gab *Heiligenhafen Ferienwohnungen* ein, als ein Typ vor ihnen stehen blieb.

»Schöner Hund«, sagte er mit einer angenehmen Stimme und hielt Jojo die Hand hin, damit er sie beschnuppern konnte. »Unseren mussten wir vor ein paar Tagen einschläfern lassen. Er war so krank, dass es nicht mehr ging.«

Er schien das Herz auf der Zunge zu tragen. Soweit Ivy sich erinnerte, kannte sie nicht viele Männer, von denen man das behaupten konnte.

Der Typ trug Shorts und abgewetzte Sandalen. Ivy schätzte ihn auf Anfang zwanzig. Seine Haut war vom häufigen Aufenthalt im Freien gebräunt. Am linken Handgelenk trug er ein schmales geflochtenes Armband aus bunten Lederschnüren, um den Hals eine glänzende Silberkette.

»Darf ich?«

Ivy nickte und er setzte sich neben sie. Eine Minute später kraulte er einen hingerissenen Jojo hinter den Ohren und strich ihm mit hundeerfahrenen Händen übers Fell.

»Du hast ihn im Sturm erobert«, stellte Ivy fest und betrachtete den Fremden eingehender.

Surfertyp. Schlank, mit muskulösen Beinen. Lockige blonde Haare, in die er eine Sonnenbrille mit großen spiegelnden Gläsern gesteckt hatte. Beine und Arme von hellen Härchen bedeckt. Gute Hände, die nicht an körperliche Arbeit gewöhnt zu sein schienen, bestimmt jedoch zupacken konnten.

Seine Augen waren von einem so hellen, intensiven Blau oder Grün, dass sie …

»Jaaa«, sagte er grinsend, als würde er ständig darauf angesprochen. »Sie sind tatsächlich türkisfarben.«

Ivy fühlte sich ertappt, was ihr ziemlich peinlich war.

»Und nein, keine Kontaktlinsen. Sonst noch Fragen?«

»Hab ich dir irgendeine Frage gestellt?«

»Stimmt. Die Macht der Gewohnheit, entschuldige. Die meisten sprechen mich auf meine Augenfarbe an. Allein deswegen liebe ich meine Sonnenbrille.«

Er zog sie aus dem Haar und setzte sie auf. Ivy konnte seine Augen jetzt nicht mehr erkennen, dafür umso deutlicher ihr eigenes Spiegelbild.

»Das ist ja, als würde ich mich mit mir selbst unterhalten«, sagte sie.

Lachend schob er die Brille wieder ins Haar.

Ivy nahm sich vor, sich bei nächster Gelegenheit ebenfalls so eine Sonnenbrille zuzulegen. Sie wusste nicht, ob sie früher eine besessen hatte oder nicht. Auf jeden Fall war es sinnvoll, die Augen hier am Meer vor dem Sonnenlicht zu schützen. Und wenn die Gläser groß genug wären, könnte sie ihr Gesicht dahinter verstecken.

»Machst du Urlaub?«, erkundigte er sich.

Sofort klappte etwas in Ivy zu.

»Semesterferien«, antwortete sie knapp.

»Du verlierst nicht gerne unnötig Worte, was?«

»Da gibt's nicht viel zu sagen. Ich bin gerade angekommen, suche einen Ferienjob und eine Unterkunft. Hab mich ganz spontan dazu entschlossen.«

»Samu.« Er streckte die Hand aus. »Eigentlich Samuel, aber Samu ist mir lieber.«

»Ivy.«

Sie nahm seine Hand und überlegte erst in diesem Moment, dass sie sich einen anderen Namen hätte zulegen sollen. Zu spät.

»An welche Art Job hast du denn gedacht?«

»Ich nehme, was ich kriegen kann. Büro, Putzen, Kellnern, egal. Hauptsache, es bringt Jojo und mich über die Runden.«

»Klingt gut. Jojo. Gefällt mir.«

Jojo, der sich auf dem Boden ausgestreckt hatte, stellte kurz die Ohren auf und döste weiter.

»Hast du schon mal gekellnert?«

»Nach dem Abi. In einem Eiscafé.«

»Dann wüsste ich vielleicht einen Job für dich.« Samu musterte Ivy mit einem prüfenden Blick. »Es wär ein bisschen von allem.«

War das möglich? Da lief sie durch die Gegend und traf ausgerechnet den einen Menschen, der ihr weiterhelfen konnte?

»Ein paar Meter weiter gibt es ein Hotel plus Restaurant plus Bistro, in dem für die Dauer der Saison Hilfskräfte eingestellt werden, die überall mit anpacken, wo es nötig ist. Sie bekommen ein Apartment gestellt, einen nicht üppigen, aber durchaus fairen Lohn und kostenlose Verpflegung. Wär das was für dich?«

Fragte er das im Ernst? Es wär der Jackpot!

»Das klingt wunderbar. Nur …«

Er war ein Wildfremder. Durfte sie ihm trauen?

Er interpretierte ihr Zögern anders.

»Jojo wäre kein Problem. Im Gegenteil. Ich hab dir doch von unserem Hund erzählt, der eingeschläfert werden musste. Das war unser Haushund, der zu niemandem speziell gehörte, sondern irgendwie zu uns allen. Ich schätze, die werden sich ein Loch in den Bauch freuen, wenn ich mit dir und Jojo auftauche.«

»Dürfte er in meinem Apartment schlafen?«

»Klar. Wo er will.«

Das klang nicht so, als hätte er Hintergedanken. Sie konnte sich das Hotel ja wenigstens mal ansehen.

Allerdings gab es ein Problem: Sie besaß keine Papiere mehr. Ohne Personalausweis, Führerschein oder Studentenausweis würde ihr niemand eine Arbeit geben.

Es sei denn, sie brach ihr Schweigen.

16.

Samu spürte, dass dieses Mädchen sich in einer schwierigen Lage befand. Ihre Körpersprache, ihre Zurückhaltung, alles an ihr verriet es ihm. Hätte sie nicht einen so verlorenen Eindruck gemacht, hätte er sie wahrscheinlich nicht angesprochen. Sie berührte etwas in ihm, das er sich selbst nicht erklären konnte.

Das gute alte Helfersyndrom, dachte er.

Vielleicht war es aber auch einfach Neugier. Welche Geschichte steckte hinter diesem ernsten Gesicht?

Als sie die Wildnis hinter dem Hotel betraten, die sich standhaft dagegen wehrte, ein Garten zu werden, und aus wenig mehr als magerem Gras, Sand und ein paar widerstandsfähigen Sträuchern bestand, sprangen Dunja und Rieke von ihren Stühlen auf und ließen ihren Cappuccino stehen.

Samu hatte nichts anderes erwartet.

Ein Hund!

Noch dazu einer, der eine gewisse Ähnlichkeit mit Lana besaß, der betagten Hundedame, die ihr Leben lang der gute Geist des Hotels gewesen und von allen geliebt worden war, selbst von denen, die eigentlich keinen Draht zu Hunden hatten.

»Ist Lars in seinem Büro?«, fragte Samu.

»Ja«, antwortete Rieke über die Schulter.

Sie drehte sich nicht nach ihm um, hatte für nichts Augen als für Jojo. Dunja allerdings warf Samu einen langen Blick zu. Wahrscheinlich hatte der aktuelle Lover ihr den Laufpass gegeben, und sie suchte Trost, wie jedes Mal.

Der Blick, mit dem sie Ivy bedachte, war weniger freundlich. Dunja war gern die Königin im Ring und ließ sich diesen Rang nicht kampflos streitig machen.

»Neu?«, fragte sie und musterte Ivy unverhohlen.

»Hoffentlich«, antwortete Samu, um Ivy aus der Schusslinie zu nehmen. »Ich versuche gerade, Ivy und Jojo die Arbeit hier schmackhaft zu machen.«

»Jojo«, murmelte Rieke zärtlich und ließ den Hund an ihrer Hand schnuppern. »Cooler Name. Genauso cool wie du, mein Süßer.«

»Das sind Rieke und Dunja«, stellte Samu die beiden vor. »Sie arbeiten während der Semesterferien hier. Wie die meisten andern. Unser Personal ist jung und die Zusammensetzung verändert sich ständig. Manche jedoch kommen immer wieder zurück.«

»Ich bin schon zum zweiten Mal hier«, sagte Rieke und reichte Ivy die Hand. »Wir sind alle eine große Familie.«

»Und ich war bereits drei Mal an Bord. Das schwarze Schaf, das in jede anständige Familie gehört.«

Dunja hielt Ivy ebenfalls die Hand hin, mit großer Geste, als würde sie einen Handkuss erwarten.

»Komm«, sagte Samu und führte Ivy zum Hintereingang des Hotels, der hauptsächlich von den Mitarbeitern und Lieferanten benutzt wurde.

»Ich gehöre mittlerweile zum Inventar«, erklärte er, während er zur Treppe vorausging. »Von Anfang an hat es mich immer wieder hierhergezogen. Nicht bloß in den Sommerferien. Ich bin besonders gern im Winter hier, wenn der Urlaubsrummel vorbei ist, die Strandkörbe im Lager verschwunden sind und der Strand wieder atmen kann.«

»Wo studierst du?«, fragte Ivy.

»In Kiel.«

Zuckte sie zusammen oder bildete er sich das ein?

»Medizin«, verriet er ihr. »Wobei ich mich in letzter Zeit frage, ob ich wirklich Arzt werden möchte.«

»Was hat deine Einstellung verändert?«

Samu blieb stehen. So etwas besprach man nicht zwischen Tür und Angel. Er würde Zeit brauchen, das zu erklären. Dennoch versuchte er es.

»Zum einen die Arbeit und zum andern das Leben am Meer. Beides gefällt mir, und ich ertappe mich dabei, dass ich immer größere Schwierigkeiten habe, am Ende der Saison wieder wegzufahren.«

Bei vielen, die hier hängen blieben, war es ähnlich. Man fiel ein bisschen aus der Welt und richtete sich dort ein, weil man seinen Alltag nicht ohne Grund verlassen hatte.

Andere wollten hauptsächlich Party machen, wozu sie am Abend jedoch oft zu müde waren. Er selbst fiel häufig ins Bett wie ein Stein und wurde erst morgens vom Klingeln des Weckers aus tiefstem Schlaf gerissen.

Und du?, dachte er. *Was hat dich hierhergeführt?*

Sie würde ihm die unausgesprochene Frage beantworten. Später. Wenn es für sie an der Zeit war.

Lars saß am Schreibtisch und telefonierte, als Samu und Ivy sein Büro betraten. Das war seine Hauptbeschäftigung. Er schien mit seinem Handy förmlich verwachsen zu sein. Mit seinen knapp vierzig Jahren hatte er es bereits zum Leiter des Hotels gebracht, was man von seinem jungenhaften Äußeren her nie vermutet hätte und was er auch nicht an die große Glocke hängte.

Er war schlank und sportlich, trug eine John-Lennon-Brille, einen Brillantohrring und meistens Jeans und T-Shirt, bei wichtigen Anlässen abwechselnd eines von zwei Sakkos.

Ständig war er in Eile, immer unterwegs, unentwegt telefonierend. Er teilte die Arbeit ein, guckte in der Küche vorbei, war sich nicht zu schade, die Sauberkeit der Toilettenräume zu kontrollieren, ging Beschwerden nach, schlichtete Auseinandersetzungen, war überall und nirgends.

Er beendete das Telefongespräch, legte das Handy hin und wandte sich seinen Besuchern zu.

»Das ist Ivy«, sagte Samu, »Studentin aus Kiel. Sie sucht einen Ferienjob. Ivy, das ist unser Chef, Lars Lechtenbrink.«

»Wunderbar! Du kommst wie gerufen.« Über den Schreibtisch hinweg reichte Lars Ivy die Hand und wies auf die beiden Stühle, die an einem kleinen runden Tisch an der Wand standen. »Gerade sind zwei Mitarbeiterinnen ausgefallen, und das für die komplette Saison. Wir können also Verstärkung brauchen.«

Ivy tat es Samu nach und setzte sich.

»Wir duzen uns hier. Ich hoffe, das ist dir recht?«

Er hatte den Satz kaum ausgesprochen, als sein Handy klingelte. Nach einem Blick auf das Display drückte er das Gespräch weg. Er beugte sich über den Schreibtisch.

»Das ist ein Hund!«

»Frappierende Beobachtungsgabe«, zog Samu ihn auf. »Wie du siehst, hat Ivy an alles gedacht. Sie bringt freundlicherweise direkt Lanas Nachfolger mit. Sein Name ist Jojo.«

»Hallo, Jojo«, sagte Lars. »Lanas Tod hat uns ziemlich mitgenommen. Einen wie dich schickt der Himmel.«

Er wandte sich an Samu.

»Über die Einzelheiten habt ihr euch verständigt?«

»Yep.«

»Du machst den Vertrag?«

»Wie immer.«

»Und wann kannst du anfangen, Ivy?«

»Meinetwegen sofort«, antwortete Ivy nach einem unsicheren Seitenblick zu Samu.

»Prima. Also dann ab morgen, würde ich vorschlagen. Auf gute Zusammenarbeit, Ivy. Und Jojo natürlich.«

Wieder meldete sich sein Telefon.

»Den Rest erledigst du?«, fragte Lars, wartete kurz Samus Bestätigung ab und nahm das Gespräch an.

»Ist er immer so?«, fragte Ivy, nachdem sie das Büro verlassen hatten.

»Allerdings.« Samu musste grinsen. »Er hat Hummeln im

Hintern, ist ununterbrochen in Action. Als Kind muss er unerträglich gewesen sein.«

»Ich hatte ein … Vorstellungsgespräch erwartet.«

»Das ist nicht sein Job. Es gehört zu meinen Aufgaben, Leute einzustellen und mich um das Team zu kümmern. Nachdem Lars sein Okay gegeben hat, klar. Er hat allerdings bislang niemanden abgelehnt, den ich empfohlen habe.«

»Samu …«

»Du willst hoffentlich keinen Rückzieher machen?« Er stieß die Tür zu seinem eigenen Büro auf und ließ Ivy und Jojo vorangehen. »Setz dich.«

Ivy versank beinah in dem braunen Ledersessel am Fenster. Das Sonnenlicht spielte auf ihrem roten Haar und ließ ihre Haut schimmern wie Porzellan.

Samu lehnte sich gegen die Schreibtischkante und wartete.

Sie öffnete den Mund und schloss ihn wieder, schien um die richtigen Worte ringen zu müssen.

»Es … gibt ein Problem. Ich …« Sie verschränkte die Finger ineinander, dass es knackte. Schließlich gab sie sich einen Ruck und sah ihm in die Augen. »Ich habe meine Handtasche verloren, mitsamt Personalausweis und Führerschein und … kann im Augenblick auch keine Papiere beantragen. Mein Leben …«

Samu sah, wie sie gegen Tränen ankämpfte.

Es war nicht das erste Mal, dass er jemandem einen Job anbot, der ein Risiko darstellte. Er besaß jedoch eine gute Menschenkenntnis und hatte bisher noch keine seiner Entscheidungen bereut.

»Was hältst du davon, wenn wir es einfach versuchen?«, schlug er vor. »Du kannst jederzeit wieder aussteigen, wenn dieser Job nichts für dich sein sollte, und wir umgekehrt auch.«

»Danke«, sagte sie, und ihre Hände kamen zur Ruhe. »Ich werde euch nicht enttäuschen.«

*

Marleen Husmann konnte ihre Überraschung nicht verbergen, als Marvin und Alan ein zweites Mal an diesem Tag vor ihrer Tür standen. Aber Marvin entdeckte unter der Überraschung eine weitere Regung: Angst.

Ihre Augen weiteten sich, einen winzigen Moment nur und kaum wahrnehmbar. Dann hatte sie sich wieder im Griff.

Allein dafür hatte es sich gelohnt, zurückzukommen und sie zu überrumpeln. Verdächtige, die glaubten, die Polizei losgeworden zu sein, und sich in Sicherheit wähnten, machten Fehler. Darauf bauten sie.

Marleen Husmann drückte den Rücken durch und führte sie in einen kleinen Raum, dessen schmucklose Einrichtung aus einem Schreibtisch, einem Regal mit Ordnern und einem honiggelben Zweiersofa bestand. Sie bot ihnen jedoch keinen Platz an, sondern blieb demonstrativ mitten im Raum und bei weit geöffneter Tür mit ihnen stehen.

»Womit kann ich Ihnen diesmal helfen?«

»Bisher haben Sie uns gar nicht geholfen.«

Marvin war genervt. Den halben Tag waren sie mittlerweile auf den Beinen, stellten immer dieselben Fragen und bekamen immer dieselben Antworten. Dennoch klammerte er sich nach wie vor an die Hoffnung, dass Ivy irgendwo untergekrochen war.

Das Auto ihrer Großmutter stand in der Garage. Das gab ihm Zuversicht. Weggefahren war sie mit hoher Wahrscheinlichkeit nicht.

Schlurfende Schritte näherten sich auf dem Flur und eine korpulente alte Frau erschien im Türrahmen. Sie stützte sich auf einen Stock aus glänzend schwarzem Ebenholz mit silbernem Knauf, was darauf schließen ließ, dass sie nicht arm sein konnte.

Sie sah aus wie eine der alten Damen in einem gemütlichen englischen Krimi. Und wie in einem solchen Roman kam Marvin sich mit einem Mal vor.

Ihr beträchtliches Gewicht ließ die Alte schnaufen. Der weiße West Highland Terrier, der voller Energie und Tatendrang ins Zimmer gesprungen kam, wirkte dagegen nahezu hyperaktiv.

»Oh, Verzeihung! Ich wollte nicht stören.«

Mit einem betretenen Blick zu Marleen Husmann hinüber wollte sie sich zurückziehen, doch Marvin hielt sie auf.

»Frau …«

»Plettenberg«, sagte sie. »Ich wollte Ihr Gespräch wirklich nicht unterbrechen.«

»Tun Sie nicht«, schmeichelte Alan. »Sie können uns vielleicht sogar helfen. Wir sind auf der Such nach einer vermissten jungen Frau. Ihr Name ist Ivy Rothenbaum.«

»Polizei?«

Hilfe suchend sah sie zu Marleen Husmann.

Marvin und Alan zeigten ihren Dienstausweis. Sie ging so nah heran, dass ihre Nase die Ausweise fast berührte. Als Nächstes hielt Marvin ihr sein Handy mit einem Foto von Ivy hin, aufgenommen auf der Feier zu Niklas' letztem Geburtstag.

Sie zuckte zurück wie von der Tarantel gestochen.

»Vermisst? Wieso ...«

Ihr Blick schnellte erneut zu Marleen Husmann, die ihn auffing und stumm beantwortete.

»Tut mir leid«, stotterte die alte Frau. »Die kenne ich nicht.«

»Sie haben sie nie gesehen?«

»Nein.«

Das abrupte Nein und ihre plötzliche Blässe verrieten sie. Sie wandte sich zur Tür und wollte wieder gehen.

»Einen Moment, Frau Plettenberg«, hielt Alan sie zurück. »Wir sind noch nicht fertig.«

Sie drehte sich zu ihm um. Ihre Befangenheit war verflogen. In ihren Augen blitzte Belustigung auf.

»Meinen Sie, ich hätte die junge Frau entführt? Sie mit meinem Stock bedroht und von meinem abgerichteten Höllenhund bewachen lassen? Womöglich hier in der Pension? In meinem Zimmer?«

»Haben Sie das Mädchen gesehen?«, fragte Alan seelenruhig.

Obwohl es in ihm kochen musste. Er ließ sich nicht gern veralbern, erst recht nicht von Weibern wie diesen, die einem frech ins Gesicht logen. Marvin wusste genau, was er in diesem Augenblick empfand. Das Gleiche wie er selbst.

»Ach, wissen Sie, meine Augen sind nicht mehr das, was sie einmal waren«, wich sie aus.

»Ja oder nein?«

»Nein, wenn Sie es genau wissen wollen. Und versuchen Sie nicht, mich einzuschüchtern, mein Junge. Ich bin zu alt, um Angst vor Ihnen zu haben.«

Sie starrte Alan in die Augen, ohne mit der Wimper zu zucken.

Und tatsächlich wich er ihrem Blick aus.

Weichei, dachte Marvin und hätte ihn am liebsten geschüttelt. Ihre schlurfenden Schritte und das Klacken ihres Stocks entfernten sich, bis beides nicht mehr zu hören war.

»Hat sie die Wahrheit gesagt?«, fragte Marvin die Wirtin.

»Sie hat sie nicht gesehen«, antwortete Marleen Husmann. »Jedenfalls nicht hier. Und ich auch nicht. Ich habe keine Ahnung, wer dieses Mädchen ist.«

»Sind Sie sicher?«, fragte Alan ruhig.

»So sicher man nur sein kann.«

Sie kamen nicht weiter. Nicht heute. Aber sie würden diese Pension im Blick behalten.

17.

Ivy folgte Samu über die Ladenstraße hinweg ins Bistro gegenüber. Es gehörte zum Hotel, war jedoch offenbar auf Laufkundschaft ausgerichtet und bot einfache, schnelle Gerichte an, wie man einer großen Schiefertafel vor dem Haupteingang entnehmen konnte. Diverse Baguettes. Sandwiches. Salate. Burger. Milchreis. Kuchen. Torten. Eis.

Die Einrichtung war einfach und modern, während die des Hotels bereits beim flüchtigen Blick durch eines der großen Fenster einen eleganten, teuren Eindruck machte.

Was sich in den Preisen niederschlug, wie Samu erzählte.

»Und natürlich in der Küche. Im Hotelrestaurant ist die Speisekarte wirklich erlesen. Da bleiben selbst bei den anspruchsvollsten Gästen keine Wünsche offen.«

Er führte Ivy zu einem Tisch am Ende des Bistros, verschwand hinter der Theke und brühte unter viel Klappern und Zischen einen Cappuccino und einen Kaffee Crema auf.

Ihr gefiel, dass er nicht bei einer der Bedienungen bestellte, die eifrig beschäftigt waren, sondern sich wie einer von ihnen verhielt. Der Cappuccino war Weltklasse. Samu wirkte tatsächlich verlegen, als sie ihm das sagte.

Er erklärte ihr, was sie wissen musste. Wechselnde Arbeitszeiten. Acht Stunden pro Tag. Es waren auch weniger möglich, das konnte individuell geregelt werden. Die Bezahlung wurde von Fall zu Fall angepasst.

»Da wir hauptsächlich mit Studenten und Studentinnen arbeiten, ist es wichtig, flexibel zu sein. Man möchte bei so einem Ferienjob am Meer ja gerne ein bisschen Spaß haben.« Er grinste. »Ich weiß, wovon ich rede.«

Ivy glaubte ihm aufs Wort. Die Lebensfreude, die er ausstrahlte, war beinah mit Händen zu greifen.

»Zwischen zwanzig und dreißig Hilfskräfte werden jeweils für die Hauptsaison eingestellt. Sie arbeiten in den unterschiedlichsten Bereichen. Im Service. In der Küche. Als Zimmermädchen oder Roomboys im Hotel. Als …«

»Roomboys?«, unterbrach Ivy seine Aufzählung erstaunt. »Heißen die tatsächlich so?«

»Ob die überall so genannt werden, weiß ich nicht. Wir tun es jedenfalls.«

Schon wieder hatte er dieses jungenhafte Grinsen im Gesicht, das man einfach mögen musste. Seine lockere Art tat Ivy gut, und sie war dankbar dafür, dass er nicht darauf beharrte, hier und jetzt ihre Geschichte zu erfahren.

»Hört sich …«

»Sexy an?«

»Eindeutig.«

»In Richtung Callboys?«

Ivy musste lachen. Jojo, der geduldig unter dem Tisch ausgeharrt hatte, stupste sie an. Er hatte genug vom Rumliegen. Er brauchte Bewegung.

Hinter dem Bistro gab es, wie hinter dem Hotel, ein kleines, eingezäuntes Stück Land, das vielleicht einmal ein Rasen gewesen war. Mittlerweile bestand es aus platt getretener Erde und vereinzelten Grasbüscheln, ein wenig Strauchwerk, einer Menge Moos und Scharen von in der Sonne leuchtenden Gänseblümchen.

Jojo sprang hin und her, buddelte in der schwarzen Erde, dass es nur so spritzte, und wälzte sich knurrend im Moos. Als er sich ausgetobt hatte, blickte er schwanzwedelnd von Ivy zu Samu.

»Fein gemacht«, lobte Samu ihn.

»Fein? Er ist völlig verdreckt.«

»Ja. Und? Für das Sauberhalten der Apartments seid ihr selbst verantwortlich. Da regt sich keiner auf.«

Wieder dieses Grinsen, an das Ivy sich allmählich gewöhnte.

»Zeigst du mir jetzt meine Unterkunft?«, fragte sie. »Und wo ich mein Auto am besten unterstellen kann?«

Das Apartment lag, ebenso wie die Unterkünfte der übrigen Mitarbeiter und Mitarbeiterinnen, im Dachgeschoss des Hotels und war trotz der schrägen Wände geräumiger, als Ivy vermutet hatte.

Das kleine Schlafzimmer war mit Bett, Nachttischchen und Schrank ausgestattet. Im Wohnraum gab es einen Esstisch mit zwei Stühlen, einen schmalen Schrank voller Geschirr, ein Regal mit einem Sammelsurium an zerfledderten Taschenbüchern, ein Sideboard mit Fernseher und ein rotes Sofa mit einem zierlichen Couchtisch davor.

Die Miniküche bot Herd, Kühlschrank, Spüle und zwei Hängeschränke für Lebensmittel. Das Bad mit Dusche und WC verfügte über einen schlichten Wandspiegel über dem Waschbecken und reichlich Ablagemöglichkeiten an den Wänden.

Hier würde sie sich wohlfühlen, das spürte Ivy sofort. Sie mochte die großen Fotografien, die unter Glas an den Wänden hingen. Sie alle zeigten Ostseemotive. Den Sandstrand. Das Meer. Die Dünen. Einen winterlichen Steg, der auf eisgraues Wasser hinausführte. Eine Buhne mit schwarzen Vögeln auf den dunklen Steinen.

Dann trat sie auf den schmalen Balkon hinaus.

Und sah das Meer.

Blau, so weit der Blick reichte, an manchen Stellen eine Ahnung von Grün, an andern ein Hauch von Türkis. Am Horizont ein spielzeugwinziges Schiff. Rufe wehten aus dem Strandkorbgewimmel herauf. Urlauber in Badezeug warfen Frisbeescheiben, spielten Strandtennis und Beachvolleyball. Ein Windstoß strich Ivy durchs Haar, und für einen kostbaren Moment vergaß sie, was sie hergeführt hatte. Erinnerte sie sich daran, wie es sich anfühlte, glücklich zu sein.

Samu, der sie kurz allein gelassen hatte, kam mit einer Decke zurück, breitete sie neben dem Sofa auf dem Boden aus und lockte Jojo, der sie beschnupperte und sich zufrieden darauf niederließ.

»Wo hast du deinen Wagen abgestellt?«, erkundigte sich Samu. »Ich kann dir helfen, das Gepäck reinzutragen. Bei der Gelegenheit zeige ich dir gleich einen Platz in unserer Hotelgarage, in der du parken kannst.«

Eine Garage.

So viel Glück. Konnte das Unglück bringen?

Als hätte Samu den sechsten Sinn, dirigierte er sie zu dem entlegensten Stellplatz in der Garage. Er war verdeckt von einem hölzernen Verschlag, in dem Müllcontainer standen, die lediglich einmal die Woche bewegt wurden, wie er erklärte.

»Das ist übrigens mein Platz, aber ich überlasse ihn dir gerne. In der Regel parke ich sowieso draußen. Das ist bequemer, weil ich dauernd unterwegs bin.«

Ivy fielen Felsbrocken vom Herzen. Es müsste mit dem Teufel zugehen, wenn jemand den Golf hier entdecken würde. Sogar vor Niklas und seinen Kumpanen, die sich überall Zugang zu verschaffen wussten, war er an dieser Stelle so gut wie sicher. Wer würde schon hinter Müllcontainern nachsehen?

Niklas, dachte sie.

Alan.

Und Marvin.

Sie verdrängte den Gedanken sofort. Zunächst müssten sie ja auf Heiligenhafen kommen und das war äußerst unwahrscheinlich. Einzig die Tatsache, dass sie als Kind einmal mit Granny hier gewesen war, verwies auf diesen Ort. Nichts sonst.

Ivy hatte Niklas nie davon erzählt. Daran würde sie sich erinnern.

Sie zuckte zusammen.

Würde sie das?

Sich an etwas erinnern, das sie irgendwann irgendwem erzählt hatte? Wo ihr immer noch die Erinnerung an das fehlte, was ihren Gedächtnisverlust ausgelöst hatte?

Falls Samu sich darüber wunderte, dass sie nur eine Reisetasche bei sich hatte (geschenkt von Marleen), eine Allwetterjacke (geschenkt von Marleen) und einen Leinenbeutel voller Hundefutter (geschenkt von Marleen), so zeigte er das nicht.

Er hob die Tasche und das Futter für Jojo aus dem Kofferraum und lehnte weitere Hilfe mit einem rigorosen Kopfschütteln ab. Ivy stiefelte nutzlos neben ihm her, lediglich die Jacke überm Arm, und fragte sich, aus welchem Grund manche Männer an der Vorstellung festhielten, Frauen seien Wesen, denen man die Welt erklären und die man vor Anstrengungen schützen musste.

Auch Niklas hatte sie beiseitegeschoben, wenn sie etwas Schweres heben wollte. Wie damals, als er sie von der Unibibliothek abgeholt hatte.

»Lass mich das machen.«

»Nicht nötig, Niklas. Die paar Bücher schaff ich alleine.«

Wortlos hatte er ihre Tasche geschultert und war losmarschiert.

»Das ist lächerlich, Niklas. Behandle mich nicht so … von oben herab.«

Er war stehen geblieben und hatte sie angesehen, als hätte er sich eben erst wieder an sie erinnert. Mit einem seltsamen Lächeln hatte er ihr die Tasche vor die Füße geknallt und war weitergegangen.

Ivy hatte die rausgefallenen Bücher in die Tasche zurückgestopft und vergeblich versucht, mit ihm Schritt zu halten. Damals hatten sie ihren ersten richtigen Krach gehabt und Niklas hatte sich in seinen Wagen gesetzt und war mit quietschenden Reifen losgebraust und nach Hause gefahren.

Er hatte sie eiskalt stehen lassen.

Wieder eine Erinnerung, die wie ein Blitz aus dem Dunkel ihrer Vergangenheit aufgeleuchtet war. Diese spontanen Erinnerungen waren immens wichtig, das war Ivy klar. Sie hätte sich jedoch gewünscht, sie würden sie nicht immer hinterrücks überfallen.

Als Samu die Reisetasche abstellte, um die Tür des Fahrstuhls zu öffnen, schnappte Ivy sie sich.

»Ich bin nämlich schon groß«, sagte sie, und sie fingen an zu lachen.

Sie fragte sich, ob es mit Niklas je so leicht gewesen war.

Jojo, den sie im Apartment zurückgelassen hatte, sprang an ihr hoch und überhäufte sie mit seiner geballten Liebe. Danach erhielt Samu seine Begrüßung.

»Ich muss noch ein paar Stündchen arbeiten«, sagte er, die Hand auf Jojos Kopf. »Und ihr wollt euch bestimmt ein bisschen einrichten, ausruhen oder umsehen. Solltest du meine Hilfe brauchen, melde dich.«

Sie tauschten ihre Handynummern aus und Samu verschwand. Den Papierkram, hatte er gesagt, könnten sie am Abend noch erledigen. Erschöpft sank Ivy auf das Sofa und betrachtete Jojo, der sich auf seine Decke kuschelte, als hätte er das schon Dutzende Male getan.

Sie dachte darüber nach, dass tatsächlich ALLES, was sie

besaß, jedes einzelne Teil und jeder Faden, den sie am Leib trug, ein Geschenk von Marleen war. Sie besaß nichts, das aus ihrem früheren Leben stammte.

Rein gar nichts.

Sie verstaute ihre Habseligkeiten in dem Schlafzimmerschrank und entdeckte bei dieser Gelegenheit, in einem der Fächer versteckt, einen kleinen Safe. Manchmal ging alles schief, aber ab und zu lief es zum Ausgleich wie geschmiert.

Seit sie am Meer angekommen war, hatte sie einen Job gefunden, eine Unterkunft und nun sogar eine halbwegs sichere Aufbewahrungsmöglichkeit für die zweitausendfünfhundert Euro ihrer Großmutter.

Das verschaffte ihr Zeit, um in Ruhe über die nächsten Schritte nachzudenken.

Sie benötigte dringend Papiere. Doch um die beantragen zu können, hätte sie zuerst ihre alten als verloren melden müssen. Beides hätte schöne, deutliche Spuren hinterlassen. Niklas und seine Kumpel hatten oft genug damit geprahlt, dass es für sie ein Klacks war, jeden beliebigen Menschen an jedem beliebigen Ort ausfindig zu machen.

Sackgasse.

Ohne Personalausweis konnte Ivy kein Konto eröffnen.

Ohne ihn existierte sie offiziell überhaupt nicht.

Und ohne Führerschein durfte sie nicht Auto fahren. Auf der Fahrt hierher hatte sie Glück gehabt und war in keine Verkehrskontrolle geraten. Dieses Glück durfte sie nicht überstrapazieren.

Sie wählte einen ruhigen Platz in der Küche aus, an dem Jojo ungestört fressen konnte, und füllte seine Näpfe mit

Wasser und Trockenfutter. Er verschlang sein Fressen, als hätte er seit Tagen nichts in den Magen gekriegt. Ivy begann unterdessen, sich einen Überblick über die Ausstattung des Apartments zu verschaffen.

Es war an alles gedacht. Im Schrank unter der Spüle standen drei kleine Eimer für Abfall, farblich unterschieden in Schwarz, Gelb und Braun. Sie fand Müllbeutel, Spülmittel, Putzschwämme, Mikrofaser- und Trockentücher.

Geschirr und Besteck war reichlich vorhanden. Es gab eine Kaffeemaschine, einen Toaster und ein Handmixgerät und in einer der Schubladen Brot- und Schälmesser, Schere, Teesieb und Knoblauchpresse.

Die Gewürzschublade war großzügig bestückt, doch Ivy bezweifelte, dass sie häufig Gebrauch davon machen würde. Kochen hatte sie noch nie interessiert. Für Granny bedeutete es eine willkommene Entspannung, in die sie sich nicht reinreden ließ, und das war Ivy immer ganz lieb gewesen.

Deshalb empfand sie es als absoluten Glücksfall, dass das Personal hier verpflegt wurde. Drei Mahlzeiten am Tag und zwischendurch durften sie kostenlos Getränke und Snacks zu sich nehmen. Samu hatte ihr den langen Tisch im Bistro gezeigt, der für das Team reserviert war und an dem sie gemeinsam essen konnten.

Bisher hatte das neue Leben vielversprechend begonnen. Nach Samu, Dunja, Rieke und Lars freute Ivy sich darauf, den Rest des Teams kennenzulernen.

»Und?«, fragte sie Jojo. »Lust, die Gegend zu erkunden?«

Sie nahm hundertfünfzig Euro vom Geld ihrer Großmutter, legte den Rest in den Safe und sicherte ihn mit einem

Zahlencode. Die Scheine stopfte sie in die Tasche ihrer Jeans, schnappte sich die Leine und öffnete die Tür.

Zuerst würden sie sich Heiligenhafen ansehen.

Für alles andere war später Zeit genug.

*

Niklas war um jede Minute froh, die er Marvin und Alan aus dem Weg gehen konnte. Er war ihre ständigen Vorwürfe leid. Dauernd machten sie ihn an, weil er mit der Suche nach Ivy nicht weiterkam, obwohl sie selbst null Erfolge aufzuweisen hatten.

Was hatte es ihnen denn gebracht, sich einzumischen?

Nichts.

Trotzdem rissen sie die Klappe auf und stempelten ihn als Loser ab. So war es immer gewesen.

Doch sie hatten sich nicht bloß eingemischt. Wie bei jedem Problem hatte Marvin das Ruder an sich gerissen und die Aufgaben verteilt: Marvin und Alan nahmen sich die Hotels, Pensionen und Vermietungsbüros vor. Niklas durfte die Ferienunterkünfte in der Gegend abklappern.

Eine Mammutaufgabe, der er ohne Hilfe nicht gewachsen war, nicht gewachsen sein *konnte*. Ein Herumstochern im Heuhaufen, das ihre ganze Ratlosigkeit offenbarte.

Okay, dass er nicht auf die Idee gekommen war, einen Blick in Mia Rothenbaums Garage zu werfen, wurmte ihn maßlos. Den Schluss allerdings, den Marvin aus der Tatsache gezogen hatte, dass sich das Auto der alten Dame an Ort und Stelle befand, konnte Niklas nicht teilen.

Ivy musste so überstürzt weggelaufen sein, dass sie in der

unmittelbaren Nähe des Gutshofs ihr Handy verloren hatte. Das bedeutete, dass sie eine Weile blindlings durch den Wald geirrt sein musste, ohne ihre Freundinnen oder sonst jemanden anrufen und um Hilfe bitten zu können.

Vielleicht hatte sie sich irgendwo versteckt, bis sie wieder klar denken konnte. Oder sie hatte auf der Straße ein Auto angehalten. Dann konnte sie weiß Gott wo sein. Der Worst Case, denn in dem Fall wäre es nahezu unmöglich, ihre Spur zu verfolgen, weil sie nicht offiziell ermitteln konnten, ohne sich selbst ans Messer zu liefern.

Seine Wut auf Ivy wuchs von Tag zu Tag.

Sie hatte ihn in diese beschissene Lage gebracht.

Er atmete tief durch und beschloss, Nayla und Bahar ein weiteres Lebenszeichen ihrer verschwundenen Freundin zukommen zu lassen.

Ivys Handy in der Hand zu halten, erfüllte ihn mit Genugtuung. Auf gewisse Weise hatte er sie damit noch immer unter Kontrolle. Er schloss die Augen und überlegte kurz, bevor er anfing zu tippen.

Irgendwie machte ihm dieses Verwirrspiel Spaß. Es gab ihm Macht zurück. Bahar und Nayla waren die Ratten und er baute ihnen das Versuchslabyrinth.

Unglaublich, dass sie keinen Verdacht schöpften. Er durfte nur nicht aufhören, sie unter Druck zu setzen.

18.

Ivy bummelte mit Jojo durch das unscheinbare Zentrum der kleinen Stadt und nahm die Eindrücke in sich auf. Den irischen Sänger mit der Reibeisenstimme, der gleichzeitig sein eigenes Orchester war mit Trommel, Fußschelle, Gitarre und Mundharmonika. Die beiden Möwen, die es sich auf der Markise eines Schmuckladens gemütlich gemacht hatten und von oben das Treiben der Urlauber beobachteten. Die Farbenpracht der Pflanzen, die vor einem kleinen Blumenladen aufgebaut waren.

Am Marktplatz setzte sie sich in einen der Strandkörbe eines Eiscafés und bestellte sich einen Früchtebecher, den sie voller Behagen genoss. Die Bedienung brachte Jojo einen Napf mit Wasser und er schlabberte ihn auf der Stelle leer.

Mit den Erinnerungen war die Sehnsucht gekommen. Ivy hätte sich gern bei Nayla und Bahar gemeldet, bei Granny und Marleen, aber nur Marleen war in ihrem neuen Handy gespeichert, und selbst wenn sie die übrigen Nummern auswendig gewusst hätte – sie hätte es nicht gewagt.

Niklas, Marvin und Alan konnten ihre Handys überwachen, und sie kannten Mittel und Wege, Menschen unter

Druck zu setzen. Es war besser, wenn die Menschen, die Ivy wichtig waren, nichts wussten.

Sie war auf sich allein gestellt.

Wenig später stöberte sie in der Auslage eines Antiquariats und erwarb zwei Psychothriller. In der Boutique nebenan fand sie eine schwarze Kappe, unter der sie ihr Haar verstecken konnte, und beim Optiker gegenüber eine Sonnenbrille mit großen spiegelnden Gläsern, die nicht nur ihre Augen, sondern ein Drittel ihres Gesichts bedeckte.

Damit würde niemand sie auf Anhieb erkennen.

Nicht mal Niklas.

Jojo blieb draußen und wartete geduldig. Ivy kaufte ihm ein hübsches rotes Halsband und legte es ihm gleich um. Das alte, das ziemlich lädiert aussah, entsorgte sie in einem der Abfallkörbe, von denen mehrere rund um den kopfsteingepflasterten Marktplatz aufgestellt waren.

Nachdem sie ihre Einkäufe erledigt hatte, schlug sie den Weg zum Strand ein. Ein Abschnitt war für Hunde erlaubt, die dort nicht angeleint werden mussten. Sobald sie dort angekommen waren und Ivy ihn von der Leine gelassen hatte, nahm Jojo Kurs auf das Wasser und stürzte sich übermütig hinein.

Während er sich austobte, schaute Ivy sich um. Die meisten Hunde verhielten sich friedlich. Gerieten zwei Tiere aneinander, wurden sie eilig getrennt.

Ivy setzte sich an den Fuß einer Düne, zog die Schuhe aus und vergrub die Zehen im warmen Sand. Ab und zu kam Jojo zu ihr gelaufen, vergewisserte sich, dass sie noch da war, und schoss wieder davon.

Die Wärme ließ Ivy schläfrig werden und drehte die Geräusche runter. Die Rufe der Möwen. Die Stimmen der Urlauber. Das Bellen der Hunde ...

Als sie wieder zu sich kam, lag sie zusammengerollt im Sand, und Jojo hielt neben ihr Wache, die Pfoten ausgestreckt, den Kopf erhoben, die Augen zu schmalen Schlitzen verengt. Sie rappelte sich auf, rubbelte sich den Sand aus den Haaren und legte ihm den Arm um den Hals.

Unmerklich veränderte sich das Licht zum Abend hin. Die Geräusche waren ermattet, ebenso wie die Hunde, die sich zu den Strandkörben ihrer Menschen zurückgezogen hatten.

Ivy klopfte sich den Sand aus den Kleidern, Jojo schüttelte ihn sich aus dem Fell. Dann kehrten sie zum Hotel zurück.

Es gab ein großes Hallo, als Samu Ivy und Jojo vorstellte. Zehn, fünfzehn Mitarbeiter saßen um den langen Abendbrottisch versammelt und die meisten von ihnen hatten nur Augen für den Hund. Er ließ die geballte Aufmerksamkeit gutmütig über sich ergehen.

Samu nannte die Namen, die zu den Gesichtern gehörten. Anita. Meret. Tonio. Julian. Brian. Anneke. Sam. Ela. Nazan. Elias. Andries. Ivys Kolleginnen und Kollegen für die nächsten Wochen.

»Rieke und Dunja hast du ja bereits kennengelernt«, sagte Samu. »Und mich natürlich.« Er zauberte sein unwiderstehliches Grinsen aus dem Hut. »Einige arbeiten gerade, wie du siehst.« Er lächelte einem Mädchen zu. »Viola zum Beispiel.«

Der Name war Programm, denn Viola hatte violette Haare, die ihr in sämtliche Richtungen vom Kopf abstanden. Ivy hätte sie sich gut als Leadsängerin einer Punkband vorstellen können, aber auch in dieser Umgebung wirkte sie nicht fehl am Platz. Das gesamte Team war jung und schien ein wenig schräg zu sein.

»Hi«, sagte Viola und entblößte eine schmale Lücke zwischen den Schneidezähnen, die wohl so einige Typen um den Verstand brachte. Sie stellte das Tablett mit den Getränken auf dem Tisch ab und beugte sich hingerissen über den armen Jojo, dem die gehäufte Bewunderung allmählich unangenehm zu werden schien.

»Ich weiß«, flüsterte Ivy ihm wenig später zu, nachdem Viola mit ihrem Tablet weitergezogen war. »Mir wird's langsam auch zu viel.«

Diejenigen, die Dienst taten, trugen lange schwarze, locker um die Hüften geschlungene Schürzen. An Viola wirkte die Schürze wie ein Designermodell.

Einige servierten, andere werkelten hinter der Theke und in der Küche. Ivy fragte sich, wie lange es wohl dauern mochte, bis sie sich sämtliche Namen eingeprägt hätte.

Nach und nach verschwand das Fremdheitsgefühl und machte einer vorsichtigen Erleichterung Platz. Vielleicht war das hier der Ort, an dem sie Schutz und Geborgenheit fand. Und vielleicht – Violas Haare hatten sie darauf gebracht – sollte sie ihr Aussehen verändern.

Um ganz sicherzugehn.

»Hast du dich schon umgeguckt?«, fragte Anneke, die sich neben sie gesetzt hatte.

Ihr niederländischer Akzent war unverkennbar und Ivy ging das Herz auf. Granny hatte sie früher oft zu Besuchen bei einer alten Freundin mitgenommen. Diese Freundin, eine Malerin und Bildhauerin, hatte bis zu ihrem Tod in einem urigen kleinen Häuschen am Ijsselmeer gelebt, das vollgestopft war mit Bildern und Skulpturen.

Stunde um Stunde hatte Ivy in dem wunderbar unaufgeräumten Atelier gestöbert, in dem haufenweise gesammeltes Treibgut lag – schwarzes Holz, glatt geschliffene Steine, angerostetes Metall. Wo die wundervollsten Farben in großen, durchsichtigen Plastikeimern auf ihren Einsatz warteten und unberührte Leinwand darauf vorbereitet war, sich in Landschaften, Gesichter, Körper und Formen zu verwandeln.

Annekes Akzent rief nicht nur diese Erinnerung in Ivy wach, sondern auch das Glücksgefühl von damals.

»Een beetje«, antwortete sie spontan.

»Super! Je spreekt mijn taal!«

»Leider nicht«, wehrte Ivy ab. »Nur ein paar Sätze.«

»Welkom bij deze Crazy Group«, fuhr Anneke dennoch auf Niederländisch fort. »En leuk dat je de hond hebt gebracht.«

»Hij is de beste hond ter wereld.«

»Behalve Lana.«

»Ja, außer Lana. Samu hat mir von ihr erzählt. Es tut mir sehr leid.«

»Wir sind alle noch traurig«, wechselte Anneke ins Deutsche. »Jojo wird unsere düsteren Gedanken sicherlich vertreiben.«

»Bestimmt. Er ist ein richtiger Clown.«

»I love clowns!«

Nach diesem kurzen Wortwechsel wusste Ivy, dass sie miteinander klarkommen würden.

*

Das *Black Angel* platzte fast aus den Nähten, und in das Durcheinander der Stimmen mischte sich ohrenbetäubende Musik, die aus den Lautsprechern quoll. Langweiliges Zeug, das absolut nicht Marvins Geschmack entsprach.

Er fragte sich, ob er mit seiner Vermutung, Ivy habe in der Pension von Marleen Husmann Unterschlupf gefunden, auf der richtigen Fährte war. Niklas hatte, wie er behauptete, den Namen *Husmann* zwar nie zuvor gehört, das musste jedoch nicht bedeuten, dass Ivy keine Verbindung zu der Wirtin und ihrer Pension hatte.

Der gute Nik schien so einiges über Ivy nicht gewusst zu haben.

Sie konnte aber auch durch Zufall dort gelandet sein. Es gab nur eine Möglichkeit, das herauszufinden.

»Einer von uns sollte das Haus überwachen«, schlug er vor und ließ keinen Zweifel daran, dass nicht er die Aufgabe übernehmen würde. »Alan?«

»Niks Sache, nicht meine.«

Niklas verzichtete ausnahmsweise mal auf eine Diskussion und ergab sich zähneknirschend.

»Welche Laus ist euch denn über die Leber gelaufen?«

Die Bedienung knallte ihnen das zweite Bier auf den Tisch. Offenbar war sie es, die schlechte Laune hatte, was häufiger vorkam. Marvin durchbohrte sie mit einem finsteren Blick. Sie hatte zu servieren und die Klappe zu halten, statt plump vertraulich zu werden.

»Zisch ab«, fuhr er sie an. »Deine Meinung ist hier nicht gefragt.«

Ohne ein weiteres Wort sammelte sie die leeren Gläser ein und schlängelte sich durch die Trauben zusammenstehender Gäste zur Theke zurück.

Wie hypnotisiert starrte Niklas ihr nach. Einem knackigen Hintern hatte er noch nie widerstehen können.

Als hätten sie nicht genug Probleme.

Marvin hätte ihn zu gern am Kragen gepackt, doch er beherrschte sich. So eine Scheiße, dachte er. So ein gottverdammter, verfluchter Mist, in den wir da geraten sind.

Er überlegte, ob er dieser alten Schachtel mit ihrem kleinen Kläffer einen Extrabesuch abstatten sollte. Bei ihr hätte er leichteres Spiel als bei der Husmann.

Morgen, nahm er sich vor. Dann hätte Niklas seinen Überwachungsposten bezogen und würde mitkriegen, ob Marvins Erscheinen in der Pension jemanden, im besten Fall natürlich Ivy, aufschreckte.

Alles Klinkenputzen, jeder Versuch, ihre Kontakte anzuzapfen, hatte nichts gebracht. Ivy schien wie vom Erdboden verschluckt.

Marvin schwankte zwischen Wut und Verlangen. Schon immer hatte er begehrt, was schwer zu haben war. Und gehasst, was er nicht besitzen konnte.

Er hatte nie aufgehört, darauf zu hoffen, dass Ivy irgendwann begreifen würde, dass es nicht Niklas war, den sie wirklich wollte.

Sie hatte ihm erzählt, dass sie das *Institut Pegasus* gewählt hatte, weil es sich in der Kieler Innenstadt befand und sie schon im letzten Schuljahr beschlossen hatte, in Kiel zu studieren. Dafür hatte sie bis zum Beginn ihres Studiums die dreiviertelstündige Fahrt in Kauf genommen.

Marvin hatte sich für das *Pegasus* entschieden, weil Kiel weit genug vom üblichen Kollegentratsch entfernt war.

Ein Mädchen regelmäßig zu sehen, mit ihr zu reden, zu lachen und zu diskutieren, ohne sie gleich in sein Bett ziehen zu wollen, war für ihn eine neue Erfahrung. Nicht, dass er nicht scharf auf Ivy gewesen wäre – es war viel mehr als das.

Er wollte sie, wie er nie ein Mädchen gewollt hatte.

Ganz und gar.

Ohne Spielchen. Ohne Geplänkel.

Und dann musste er mit Niklas ausgerechnet diese Geburtstagsparty besuchen, zu der auch Ivy eingeladen war …

Damals hatte er geglaubt, Ivy verloren zu haben. Dabei war das nichts gewesen im Vergleich zu dem, was er empfand, seit sie verschwunden war.

Der Ton in seinen Texten veränderte sich. Die Liebe, die ihn beflügelt, gequält und beglückt hatte, war anders geworden.

will dich
mehr denn je
dir meine liebe
einbläuen
auf ewig

Er musste raus.

Schreiben.

Seine Gedanken loswerden.

Hier drinnen kriegte er keine Luft. Das Gequatsche, das Gelächter, der Gestank nach Bier und Blödheit drehte ihm den Magen um.

»Hey«, sagte Alan. »Bleib locker, Kumpel.«

Marvin schob seinen Stuhl mit solcher Kraft zurück, dass er umkippte.

»Steck dir deine Sprüche sonst wohin«, zischte er, versetzte dem Stuhl einen Tritt und stürmte an die Luft.

Die jedoch nicht frisch war, sondern von Abgasen und Essensgerüchen gesättigt. Jeder schien an diesem schönen Abend unterwegs zu sein. Man konnte die Urlauber leicht von den Einheimischen unterscheiden. Sie benahmen sich, als hätten sie die ganze Stadt gekauft.

Für drei Wochen waren sie wer.

»Was ist?«, raunzte er zwei ältere Frauen in identischen rosafarbenen Jogginganzügen an, die mit Nordic-Walking-Stöcken unterwegs waren.

Die reine Pest. Überall liefen sie einem vor die Füße. Das Klacken ihrer Stöcke kündigte sie bereits von Weitem an, und ihr Geschnatter hörte man noch, nachdem sie um die nächste Ecke gebogen waren.

Die Frauen wichen vor ihm zurück, als sei er der Leibhaftige.

WO WAR IVY?

Marvin setzte sich in sein Auto, schloss die Tür, schlug auf das Lenkrad ein und schrie seinen Frust hinaus.

UND WAS HATTE SIE VOR?

Die zweite Frage sollte die eigentlich wichtige für ihn sein, denn von ihr hing womöglich sein ganzes zukünftiges Leben ab. Alles jedoch drehte sich einzig um die erste.

Wo war Ivy?

WO?

19.

Ivy hastete über einen menschenleeren Parkplatz. Sie war auf der Flucht vor einem Verfolger, den sie lediglich hören, nicht sehen konnte. Das Geräusch seiner harten Schritte zerschlug die Stille. Es kam näher.

Ivys Atem gefror vor ihrem Gesicht und fiel zu Boden, wo er zersplitterte. Sie wäre gern stehen geblieben, um sich das genauer anzusehen, aber sie hatte keine Sekunde zu verlieren.

Die wenigen Autos, die hier standen, waren von Frost überzogen und glitzerten im Mondlicht. Vollmond, wie Ivy mit Erschrecken registrierte. Sie musste an die alten Gruselgeschichten denken, die sich um Vollmondnächte rankten. Tote, die aus ihren Gräbern stiegen, Menschen, die sich in Ungeheuer verwandelten, Mädchen, die ihrem Mörder begegneten.

Als sie um Hilfe schreien wollte, löste sich kein Ton aus ihrer Kehle. Verzweifelt drehte sie sich um sich selbst, um in dem blauen Nachtlicht irgendwen zu finden, der sie retten könnte. Doch da waren lediglich die Parkbuchten, gesäumt von schattenhaften Sträuchern und Blumenbeeten, die erst der Tagesbeginn wieder zum Leben erwecken würde.

Ihr Verfolger setzte die Füße präzise wie ein Uhrwerk. Ein Mann, das wusste Ivy instinktiv. Sie wusste auch, dass sie diese Nacht nicht überleben würde, es sei denn, sie fand ein Versteck.

Die Fenster der Häuser, die sie nun erreichte, waren schwarz, kein Anzeichen davon, dass die Bewohner zu Hause waren. Wieder versuchte sie vergeblich zu schreien. Hämmerte mit beiden Fäusten an die Türen und drückte auf sämtliche Klingelknöpfe gleichzeitig.

Sie hörte jetzt seinen Atem, der einen geübten Läufer verriet, nicht wie ihr eigener, der vor Angst rasselte und pfiff. Sie ließ von den Häusern ab, begrub die Hoffnung auf Hilfe.

Rannte um ihr Leben.

Als sie hochschreckte, keuchte sie noch immer, und Jojo lag neben ihr und winselte leise. Es dauerte einige Sekunden, bis ihr Gehirn einordnen konnte, wo sie war: Sie befand sich in Heiligenhafen und in Sicherheit. Lag unverletzt im Bett ihres Apartments, und rechts und links gab es weitere Apartments, in denen der Rest des Teams schlief.

Oder auch nicht.

Das gedämpfte Stöhnen und die kleinen spitzen Schreie gehörten eindeutig zu einem Liebesspiel. Ivy betrachtete den Mond zwischen den Wolken, den sie offenbar mitgenommen hatte in ihren Traum.

Sie stand auf, tappte barfuß in die Küche und trank ein Glas Wasser. Dann kroch sie zurück ins Bett und kuschelte sich an Jojo, statt ihn auf seine Decke zurückzuschicken, wo er eigentlich schlafen sollte.

»Mit dir kann mir nichts passieren«, sagte sie leise.

Das klang gut, obwohl es nicht der Wahrheit entsprach.

Sie schrieb den Traum auf. Vielleicht stimmte, was Marleen glaubte: dass in Träumen alles enthalten war. In Bruchstücken zwar und verzerrt, und vielleicht war man nie in der Lage, einen Traum vollständig zu lesen, aber das Träumen konnte Anstöße geben und einen mit der Nase auf verdrängte Wahrheiten stoßen.

Ihr erster Arbeitstag, ein Sonntag, begann mit einem Ansturm von Frühstücksgästen. Ivy war neben Viola für den Service eingeteilt. Sie war froh, in ihrem früheren Leben erste Erfahrungen mit dem Kellnern gemacht zu haben. Nach einer kurzen Anleitung arbeitete sie selbstständig, brachte die Getränke und Speisen zu den Tischen, räumte ab, wischte mit einem feuchten Tuch über die Tischplatten und rückte die Stühle für die nächsten Gäste zurecht.

»Das hier ist nicht das Steigenberger«, hatte Viola sie zuvor beruhigt und an Ivys Schürze gezippelt, bis sie richtig saß. »Du hast die Abläufe schnell drauf. Kein Grund, nervös zu sein.«

Es ging ziemlich lebhaft zu an den Tischen. Viele Urlauber kamen in Gruppen zum Frühstück, mit der Familie, im Freundeskreis. Die Kinder verzogen sich nach dem ersten Brötchen in die Spielecke oder nach draußen, während die Erwachsenen sich Zeit nahmen.

Manche unterhielten sich lebhaft über die Tische hinweg und ärgerten sich, wenn sie von der Bedienung unterbrochen wurden. Andere waren höflich und zuvorkommend.

Wie im richtigen Leben, dachte Ivy und balancierte ein Tablett mit vier Tassen Kaffee durch das Chaos. Eine Gruppe hatte zwei Hunde mitgebracht, größere Exemplare, die Ivy Respekt einflößten und sie zwangen, einen Umweg zu gehen, um ihnen auszuweichen.

»Gegen Abend wird's ruhiger«, sagte Viola und pustete sich eine Haarsträhne aus der Stirn, die sich in ihren Wimpern verfangen hatte. »Dann fahren die meisten der Wochenendurlauber nach Hamburg zurück. Da kommen sie nämlich her. Sie reisen am Freitagnachmittag an und bleiben zwei Nächte.«

Wieder pustete sie sich die Strähne aus der Stirn und wieder fiel sie zurück. Ein violetter Vorhang zwischen ihr und der Welt.

»Und dann gibt es die Tagestouris aus der näheren Umgebung. Pärchen. Eltern mit ihren pubertierenden Sprösslingen. Familien mit Oma und Opa und Sack und Pack. Die trudeln meistens gegen Mittag ein und bleiben nur ein paar Stunden.«

Kellnern war wie Fahrradfahren, dachte Ivy erleichtert, das verlernte man nicht. Nach den ersten Bestellungen hatte sie sich einen Überblick verschafft, wusste, wie man Kaffeemaschine und Kasse bediente, und bald war Violas Hilfe kaum noch nötig.

Das Einzige, was sie beunruhigte, war der Gedanke, dass irgendwer sie erkennen könnte. Es wäre ihr lieber gewesen, in der Küche zu arbeiten oder hinter der Theke. Obwohl sie darauf hätte vorbereitet sein müssen, erwischten die vielen Blicke sie kalt.

»Ach ja«, sagte Viola, nachdem sie ihre vorwitzige Strähne genervt mit einer Haarklammer gebändigt hatte, »achte darauf, dass dir die Haare nicht so ins Gesicht fallen. Vielleicht bindest du sie besser zusammen.«

Sie reichte Ivy ein Gummiband und Ivy befolgte ihren Rat.

»Cool«, sagte Viola. »Steht dir. Du siehst total verändert aus.«

Ivy nahm die beiden Schalen mit Milchreis in Empfang und stürzte sich erneut in den Trubel. *Verändert* war gut. Sie musste sich verändern, so viel sie konnte.

⋆

Niklas saß in seinem Wagen und langweilte sich zu Tode. Sein Tablet lag unberührt auf dem Beifahrersitz, ebenso die neueste Ausgabe von *auto motor sport*. Er hatte auch ein Buch über Segelfliegen dabei, doch ihm fehlte der Elan, auch nur einen Blick hineinzuwerfen. Missmutig streckte er sich.

Was sollte an einem Sonntagvormittag denn passieren?

In einem Kaff wie diesem?

Auf dem platten Land?

Er hätte wahrlich Besseres mit dem Wochenende anzufangen gewusst. Er hätte Stunden auf dem Segelflugplatz abarbeiten und zur Belohnung ein paar Runden drehen können. Die Windverhältnisse waren günstig – und er saß hier blöd rum.

Niemand verließ die Pension, niemand betrat sie. Hinter den Fenstern im Erdgeschoss wurde offenbar gefrühstückt.

Schatten bewegten sich hin und her, wahrscheinlich zum Buffet und zum Tisch zurück.

Gegen fünf Uhr früh hatte Niklas seinen Beobachtungsposten bezogen. Er war spät ins Bett gekommen und hatte keinen Schlaf gefunden. Also, hatte er gedacht, konnte er ebenso gut mit der Überwachung beginnen. Er hatte sich ein paar aufgebackene Brötchen mitgenommen und eine Thermoskanne Kaffee, genügend Zigaretten und einen mittelgroßen Aschenbecher mit Deckel, der für solche Aktionen äußerst praktisch war.

Eines der ersten Dinge, die er in seiner Ausbildung gelernt hatte: Man durfte keine Spuren hinterlassen. Es war ihm in Fleisch und Blut übergegangen. Nie im Leben hätte er eine Kippe weggeworfen.

Er nahm sein Handy und rief die Nachrichten auf, die Ivy ihm im Laufe der Zeit geschrieben hatte. Anfangs waren sie voller Zärtlichkeit gewesen. Dann waren sie sachlicher geworden. Sie sagte eine Verabredung ab, verschob sie oder verspätete sich.

Was immer häufiger vorgekommen war.

Anfangs hatte sie Kosenamen für ihn verwendet. *Liebster. Mein Alles*. Oder einfach *Du* mit einem Herz- oder Kuss-Emoji. Für jemanden, der Kreatives Schreiben studierte, verwendete sie überraschend viele Emojis. Sie gestaltete komplette Nachrichten damit.

Nie zuvor sei jemals mehr geschrieben worden als heutzutage, hatte neulich ein Professor in einer Talkshow behauptet. Es sei ein Gerücht, dass junge Menschen kaum noch lesen oder schreiben würden. Das Gegenteil sei der Fall.

Niklas hatte es nicht so mit Literatur, doch dass dieser Typ Unsinn redete, war ihm klar. Das Verfassen von Kurznachrichten konnte man ja wohl kaum als Schreiben bezeichnen. Erst recht nicht, wenn sie hauptsächlich aus Emojis bestanden.

Als hätte man nichts Vernünftigeres zu tun.

Wie heute, sagte sich Niklas mit einer Prise Selbstironie.

Ivy war seit mittlerweile fast zwei Wochen unauffindbar. Was ihn verwunderte, war die Erkenntnis, dass sie ihm nicht sonderlich fehlte. Okay, er hatte sie seit Beginn ihres Studiums ohnehin selten zu Gesicht bekommen, aber sie hatten zumindest miteinander telefoniert, bisweilen mehrmals am Tag.

In einem schleichenden Prozess hatte sie das Band zwischen ihnen durchtrennt. Hatte er zunächst noch gehofft, das Alleinleben in Kiel würde ihr Probleme bereiten und sie vor Sehnsucht nach ihm umkommen lassen, musste er sich bald eingestehen, dass er sich geirrt hatte.

Sie genoss es, frei und unabhängig zu sein und ihren Tagesablauf gestalten zu können, ohne auf ihn Rücksicht nehmen zu müssen. Ihre Anhänglichkeit verschwand. Sie ging Konflikten nicht länger aus dem Weg. Im Gegenteil. Oft suchte sie geradezu die Auseinandersetzung.

Im Streit schnellte ihre Stimme eine Oktave höher und überschlug sich beinah. Dann besaß sie keine Ähnlichkeit mehr mit dem Mädchen, in das er sich verliebt hatte. In solchen Augenblicken erkannte er sie kaum wieder.

Sie löste Gefühle in ihm aus, die ihm unheimlich waren. Wie den unwiderstehlichen Drang, ihr den Mund zuzuhalten, um sie zum Schweigen zu bringen.

Die guten Phasen wurden immer seltener. Natürlich blieb das bei Marvin und Alan nicht unbemerkt. Sie verzichteten nicht darauf, den Zustand der Beziehung genüsslich zu kommentieren.

Wieso suchst du dir keine Frau, die du unter Kontrolle hast?

Mit mir würde die nicht den Molly machen.

Zeig mal Eier, Mensch, und lass dir nicht auf der Nase rumtanzen!

Niklas warf das Handy auf den Beifahrersitz und zündete sich eine Zigarette an. Das Nikotin tat seine Wirkung und beruhigte ihn. Er legte den Kopf zurück und dachte nach. Versuchte, sich in Ivy zu versetzen.

Was würde sie tun?

Sie war nicht der Typ, der unter Schwierigkeiten zusammenbrach. Sie stellte sich ihnen und brachte sie zur Sprache. Damit hatte sie ihn ja mehr als einmal genervt.

Was würde sie tun?

Es hing davon ab, *wie viel* sie beobachtet hatte.

Sie war Hals über Kopf weggerannt. Darauf deutete das verlorene Handy hin. Sie war davongestürzt, voller Abscheu und Panik und total durcheinander.

So weit bereitete es ihm keine Mühe, sich das vorzustellen. Aber dann? War sie in dieser Pension untergetaucht, wie Marvin glaubte? Konnte sie tatsächlich an die fünfzig Kilometer zurückgelegt haben? Zu Fuß? Verwirrt und verängstigt? Unter Schock?

Oder war es ganz anders gewesen?

Hatte jemand sie aufgegabelt und in seinem Auto mitgenommen?

Eifersucht regte sich in ihm, als er sich das ausmalte. Was, wenn es keine Frau gewesen war, sondern ein Mann? Der ihre Lage ausgenutzt hatte.

Niklas wäre gern ausgestiegen, um ein paar Meter zu gehen. Den Druck loszuwerden, der seinen Kopf zu sprengen drohte. Früher hatte er nie unter Eifersucht gelitten, nicht so, wie es bei Ivy war.

Sie hatte diese Art, einen anzusehen, die Männer verrückt machte.

Ein Unschuldslamm, dachte er bitter.

Nur dass sie absolut nicht unschuldig war. Alles an ihr war Verführung, jeder Blick, jede Geste. Die Art, wie sie sprach, sich bewegte, lächelte. Sogar die Art und Weise, wie sie sich entzog, ihre Zurückhaltung und ihre Gelassenheit.

Sie hatte ihm hundert Gründe zur Eifersucht gegeben.

Niklas fuhr die Fensterscheibe runter, damit der Zigarettenrauch abziehen konnte. Er nahm die letzten beiden Züge, drückte die Kippe in dem Aschenbecher aus und klappte den Deckel zu.

Am eifersüchtigsten war er auf Ivys Schreiben.

Beim Schreiben löschte sie die Welt aus und erschuf eine Ebene, auf der sie sich ohne ihn bewegte. Sie erweckte Figuren zum Leben, die sie liebte und hasste. Die ihr etwas bedeuteten. Mehr, als er es jemals konnte.

Fast hätte Niklas sich einen Nebenbuhler aus Fleisch und Blut gewünscht. Den hätte er bekämpfen können. Doch was sollte er gegen Menschen ausrichten, die lediglich in Ivys Kopf existierten?

Sobald sie am Laptop saß und in ihre Fantasie abtauchte, war sie nicht länger erreichbar für ihn, und er verlor seine Macht über sie.

Niklas fing an zu schwitzen und sein Herzschlag beschleunigte sich. Er kam sich ohnmächtig vor, ein scheußliches Gefühl, das ihn selten überkam und mit dem er nicht umgehen konnte.

»Verdammt!«, fluchte er. »Verdammt! Verdammt! Verdammt!«

In diesem Augenblick sah er Marvins Volvo vorfahren.

Verblüfft kniff er die Augen zusammen. Was hatte Marvin vor? Mit großen Schritten ging der Freund auf das Törchen der Pension zu. Bevor er die Klinke runterdrückte, blickte er sich prüfend um.

Niklas duckte sich unwillkürlich, ohne zu wissen warum.

Wann war das Misstrauen in ihre Freundschaft gesickert?, fragte er sich. Hatte er es je zuvor Marvin oder Alan gegenüber empfunden?

War es entstanden, als Ivy und er ein Paar geworden waren?

Oder an dem Abend, als Ivy etwas gesehen hatte, das sie nie hätte sehen dürfen?

*

Marleen Husmann schien von Marvins Anblick nicht begeistert. Er war daran gewöhnt. Kaum einer freute sich, wenn die Polizei bei ihm anklopfte. Erst recht nicht, wenn sie ein drittes Mal aufkreuzte, nachdem man gehofft hatte, sie losgeworden zu sein.

»Das ist ein äußerst ungünstiger Zeitpunkt«, blockte sie ab, bevor Marvin überhaupt den Mund aufgemacht hatte. »Was gibt es denn noch?«

»Ich bin nicht Ihretwegen hier«, erklärte Marvin. »Ich möchte mich mit Frau Plettenberg unterhalten.«

»Warum?«

In herausfordernder Haltung stand sie vor ihm und starrte ihn an. Marvin genoss es, dass seine Größe Menschen dazu zwang, zu ihm aufzusehen. Es stellte ihr Selbstbewusstsein auf die Probe.

»Das geht Sie nichts an.«

Er war lange genug höflich gewesen, hatte genug Zeit verplempert.

Unsicherheit flackerte in ihrem Blick auf. Sie vollführte eine fahrige Bewegung mit ihren Händen, die schön waren, wie Marvin erkannte, lang und schmal und gleichzeitig voller Kraft. Er mochte Frauen, die anpacken konnten.

»Sie frühstückt gerade. Würden Sie wenigstens warten, bis sie fertig ist?«

»Nein. Also?«

Sie ging voraus in den Frühstücksraum, in dem sich mehrere Gäste zu leiser Musik ihr Frühstück schmecken ließen. Charlotte Plettenberg graste gerade das Buffet ab. Ihr schwarzer Stock hing an der Rückenlehne eines zurückgeschobenen Stuhls, neben dem ihr Hund saß und jede ihrer Bewegungen wachsam verfolgte.

Der Teller, mit dem sie langsam ihren Platz ansteuerte, war gut gefüllt. Kein Wunder, dachte Marvin, dass sie dermaßen übergewichtig ist. Allein ihre Beine anzusehen, schmerzte. Das Fleisch quoll über den Rand ihrer Schuhe, und sie setzte die Füße auf, ohne abzurollen, was ihr wahrscheinlich anders auch gar nicht möglich war.

Als sie den Blick hob und ihn erkannte, glitt ihr der Teller beinah aus den Händen. Diese Frau hatte etwas zu verbergen, und Marvin würde dafür sorgen, dass es ans Tageslicht kam.

»Einen wunderschönen guten Morgen«, begrüßte er sie mit übertriebener Heiterkeit. »Darf ich mich einen Moment zu Ihnen setzen?«

Sie hatte sich wieder im Griff, stellte den Teller auf dem Tisch ab und verabreichte dem freudig fiependen Hund ein paar Streicheleinheiten. Dabei konnte sie sich von Marvin abwenden und ihre Fassung zurückgewinnen, was vermutlich Sinn der Übung war.

Marvin zog sich einen Stuhl heran und winkte Marleen Husmann. Sie eilte herbei und legte Charlotte Plettenberg wie beiläufig eine Hand auf den Rücken. Die Berührung beruhigte die alte Dame offenbar, die sich nach einigem Hin und Her endlich schnaufend auf ihren Platz fallen ließ.

»Einen Kaffee bitte«, sagte Marvin in seinem freundlichsten Tonfall.

Wahrscheinlich galt das Frühstücksangebot nur für die Hausgäste, doch die Pensionswirtin nickte knapp, wies auf den Kaffeeautomaten und zog sich wieder in die Küche zurück.

»Super Service«, murmelte Marvin, erhob sich und ließ sich am Buffet einen Kaffee einlaufen.

»Sie ist sehr fleißig«, empfing ihn Charlotte Plettenberg,

als er Tasse und Untertasse zum Tisch zurückbalancierte. »Aber sie kann sich nicht um alles kümmern.«

Das Rührei hatte sie schon halb vertilgt. Nun machte sie sich über den Bacon her, der in ganzen Streifen zwischen ihren fettglänzenden Lippen verschwand. Fasziniert sah Marvin ihr zu. Hin und wieder fiel ein Happen für den kleinen Hund unterm Tisch ab, wobei sie sich erst mit verstohlenen Seitenblicken vergewisserte, dass sie dabei nicht beobachtet wurde.

Schließlich wurde ihr wohl klar, dass sie den Kopf nicht ewig in den Sand stecken konnte. Sie starrte Marvin an wie ertappt und wischte sich den Mund mit ihrer Serviette.

Der Kaffee war stark und heiß und stimmte Marvin freundlicher.

»Ich möchte Sie noch einmal nach dieser jungen Frau befragen«, sagte er und hielt ihr sein Smartphone unter die Nase.

Er besaß mehrere Fotos von Ivy. Auch solche, von denen sie nichts wusste. Bei diesem, das in dem kleinen Garten des *Institut Pegasus* aufgenommen worden war, saß Ivy inmitten einer Gruppe von Studenten und Studentinnen. Sie strahlte vor Lebensfreude, und er wünschte sich, er wäre der Grund dafür gewesen.

»Sie leuchtet wie von innen heraus«, murmelte Charlotte Plettenberg und beugte sich tiefer über das Foto. Dann hob sie abrupt den Kopf. »Aber ich kenne sie nicht. Bin dem Mädchen noch nie begegnet.«

Marvin betrachtete sie schweigend. Eine Weile hielt sie das aus, dann begann ihr Blick zu flackern, und sie knickte ein.

»Wirklich«, beteuerte sie. »Ich habe sie noch nie gesehen. Das müssen Sie mir glauben.«

Dieses *wirklich* und das herausfordernde *müssen* waren verräterisch. Marvin erkannte eine Lügnerin, wenn sie vor ihm saß.

»Wo ist sie jetzt?«, fragte er, als hätte sie nicht eben erst abgestritten, Ivy je begegnet zu sein.

»Wie? Was meinen Sie?«

»Sie verstehen mich genau.«

»Ich sehe sie zum ersten Mal in meinem Leben. Nein«, korrigierte sie sich, »zum zweiten Mal. Sie haben mir ja bereits gestern ihr Foto gezeigt.«

Sie wirkte wacher als bei ihrem ersten Zusammentreffen. Auch mit ihrer Angst kam sie besser klar, schaffte es beinah, sie zu überspielen. In ihren Augen steckte jedoch noch ein Rest davon. Den musste Marvin sich zunutze machen.

»Lügen Sie mich nicht an. Sie kennen sie. Sehen sie vielleicht jeden Tag. Verbringen Zeit mit ihr. Essen mit ihr zu Abend, sitzen mit ihr am Teich da draußen. Weil sie nämlich in diesem Haus wohnt, genau wie Sie. Ist es nicht so?«

Ihre Augen weiteten sich von Satz zu Satz mehr. Der Hund hatte sich, als Marvin die Stimme erhob, unter dem Tisch verkrochen.

»Warum sagen Sie so was? Das entspricht nicht der Wahrheit.« Sie zupfte an ihren sorgsam frisierten Haaren, die ihn an die englische Queen erinnerten und an Törtchen mit einer Haube aus cremigem Baiser.

»Dieses Mädchen wird vermisst«, raunzte er sie an. »Wir

wissen nicht, in welchem Zustand sie sich befindet. Aber falls sie hier wohnt und ihr etwas zustößt …«

Einen Satz drohend in der Schwebe zu lassen, war ein bewährtes Mittel, um jemandem die Zunge zu lösen. Marvin hob die Hände und ließ sie wieder sinken.

»Lassen Sie mich noch mal gucken.« Charlotte Plettenberg beugte sich vor und starrte auf das Display. Schüttelte den Kopf. Sah zu ihm auf. »Nein?«

»Ist das eine Frage, Frau Plettenberg?«

Sie lehnte sich zurück und griff sich an den Hals.

»Ich … Gott … ich … bekomme keine Luft …«

Wie aus dem Boden geschossen, stand plötzlich Marleen Husmann an ihrer Seite.

»Denken Sie nicht, es reicht?«, fuhr sie Marvin an.

Er war sich sicher, dass die Alte einen oscarreifen Auftritt hinlegte, aber er konnte nichts machen. Ohne einen offiziellen Fall hatte er nicht mal die Berechtigung, hier zu sein.

»Kommen Sie, meine Liebe«, säuselte die Pensionswirtin, half der Alten auf die Beine und geleitete sie samt Hund aus dem Raum.

Dennoch hatte Marvin das Gefühl, etwas erreicht zu haben.

Ivy war hier gewesen, das war so sicher wie das Amen in der Kirche. Und womöglich versteckte sie sich noch immer hier. Er besaß das Gespür, das einen guten Ermittler ausmachte. Den Instinkt, der ihn noch nie getrogen hatte.

Fast konnte er Ivys Gegenwart riechen. Wie ein Tier seine Beute witterte. Er würde sie aufspüren. Todsicher.

20.

Einen Tag in der Woche hatten die Mitarbeiter des Hotels und des Bistros zur freien Verfügung. Da konnten sie Dinge erledigen, zu denen ihnen sonst die Zeit fehlte. Oder einfach chillen. Am Strand liegen. Schwimmen. Bummeln.

Samu hatte Ivy gleich nach ihrem Start am Sonntag freigegeben.

»Ich weiß, wie das ist«, hatte er ihr erklärt. »Am Anfang muss man sich um alles Mögliche kümmern und sich einrichten. Das ist bei allen so, die bei uns anfangen.«

»Ich kann doch nicht …«

»Und ob du kannst«, hatte er sie unterbrochen. »Jojo darfst du gern hierlassen. Er muss sich ja auch einleben und die Mitarbeiter kennenlernen. Natürlich nur, wenn er will«, hatte er hinzugefügt.

Mit einem Schmunzeln, denn Jojo hatte bereits einen Narren an ihm gefressen und zeigte das deutlich. Und so war Ivy losgezogen, um zur Ruhe zu kommen und nachzudenken. Das gelang ihr am besten beim Spazierengehen.

Gleich nach dem Frühstück, das sie mit den andern zusammen eingenommen hatte, war sie aufgebrochen. Noch war es angenehm kühl, doch der Tag versprach, heiß zu werden.

Der Dunst, der über dem Meer hing, hob sich allmählich. Das Wasser war klar und durchsichtig und schwappte in kleinen Wellen an Land. Tang wehte zwischen den Steinen, von denen die meisten die typische weiß-schwarze Färbung besaßen.

Erst wenige Menschen waren unterwegs, hauptsächlich Urlauber mit ihren Hunden. Die Tagesgeräusche waren noch gedämpft. Die Rufe der Möwen klangen verschlafen.

Der Tag groovt sich ein, dachte Ivy und zog aus alter Gewohnheit das Notizbuch aus ihrer Umhängetasche. Als ihr einfiel, dass dieser Satz gut in Marvins Texte passen würde, zog sich ihr Magen schmerzhaft zusammen.

Der Tag groovt sich ein.

Sie notierte den Satz dennoch. Es war ein kleiner Moment der Auflehnung. Sie wollte vor niemandem mehr Angst haben.

Als würde die Angst sich nach ihren Vorstellungen richten …

Ohne zu überlegen, hatte sie sich nach rechts gewandt und näherte sich dem Naturschutzgebiet Graswarder. Sie lief barfuß und genoss es, das Wasser und den Sand unter ihren Füßen zu spüren. Für ein paar kostbare Minuten war sie ganz in sich und ihre Bewegungen versunken.

Zwei Schwäne zogen ihre Kreise und steckten den Kopf ins Wasser, um nach Futter zu suchen. Bisweilen verschwand ihr gesamter Hals. Sie hatten sich mit den beiden Anglern arrangiert, die in unförmigen Schutzhosen bis zu den Hüften im Meer standen. Am Horizont kreuzten Schiffe.

Ivy wanderte bis zu der Reihe uriger alter Ferienhäuser, die so nah am Wasser standen, dass Betonsockel sie vor Überflutungen schützen mussten. In der Ferne schimmerte die Fehmarnsundbrücke aus dem Dunst, die Fehmarn mit dem Festland verband.

Über diese Brücke war sie damals mit Granny gefahren …

Sie plinkerte die Tränen weg, setzte sich auf einen der mächtigen Findlinge, die an einigen Stellen als Wellenbrecher aufgetürmt waren, und schaute aufs Meer, bis ihre Gedanken mit dem friedlichen Wasser eins wurden.

Dann strich sie sich den Sand von den Füßen und schlüpfte in ihre Schuhe. Sie hatte sich endgültig entschieden und steuerte den Friseurladen an, den sie an ihrem ersten Tag in der Nähe des Marktplatzes entdeckt hatte.

»Ist das wirklich dein Ernst?«, fragte Dette bekümmert Ivys Spiegelbild, griff ihr ins Haar und ließ eine Strähne durch ihre Finger gleiten.

Dette hieß eigentlich Bernadette, doch niemand, hatte sie erzählt, nannte sie so. Was sie offenbar nicht bedauerte. Mit einem Achselzucken war sie darüber hinweggegangen.

»Was ab ist, ist ab«, warnte sie. »Mach dir das klar. Es dauert Jahrhunderte, bis die nachgewachsen sind.«

Ivy hatte schon in den ersten Minuten gemerkt, dass Dette ihren Überzeugungen gern durch Übertreibung Nachdruck verlieh.

»Dieses megamäßige Rot«, schwärmte die Friseurin, die höchstens zwei, drei Jahre älter war als Ivy. Und darüber hinaus eine Freundin von Viola, die Ivy den Tipp gegeben und einen Termin für sie ausgemacht hatte. »Einige unserer Kundinnen würden den rechten Arm dafür hergeben, solche Haare zu haben. Und du willst sie dir echt abschneiden lassen?«

Wenn sie noch lange so redete, würde Ivy der Mut verlassen.

»Ja«, sagte sie trotzig. »Ich brauch mal was Neues.«

Seufzend rollte Dette das mobile Spülbecken heran und begann, Ivy die Haare zu waschen.

»Kann ich verstehen«, seufzte sie. »Aber es bricht mir das Herz.«

Ivy war die einzige Kundin, denn der kleine Salon hatte eigentlich montags Ruhetag. Dette hatte sich ausnahmsweise bereit erklärt, eine Freundin von Viola außer der Reihe zu bedienen. Sie hatte die hellen Lamellen zugezogen, damit es niemandem auffiel.

Verschwörerisch zwinkerte sie Ivy zu.

Dette stellte viele Fragen, die Ivy kurz und knapp beantwortete.

Wie alt sie sei. Woher sie komme. Wie lange sie bleiben wolle. Was sie studiere und wo. Was sie nach dem Studium vorhabe. Und, und, und.

»Für mich wär das nichts … Mathe … nicht mein Ding … überhaupt … außer Sport … ziemlich was drauf.«

Ihre Stimme zerfloss zu einem angenehmen Hintergrundgeräusch, während Ivy sich darauf vorzubereiten versuchte, sich von ihren langen Haaren zu verabschieden.

Sie schloss die Augen.

Als die erste Strähne auf ihre Schulter fiel und federleicht an ihrem nackten Arm entlang zu Boden glitt, wäre sie am liebsten aufgesprungen und aus dem Laden gestürzt. Ihr Atem ging schneller, gleichzeitig bekam sie schlechter Luft.

»Bist du okay?«, erkundigte sich Dette besorgt.

Ivy nickte.

Die zweite Strähne fiel. Die dritte.

Erneut schloss Ivy die Augen. Sie würde nicht heulen. Egal, wie schlimm das Ergebnis ausfallen würde – sie hatte sich geschworen, keine Träne zu vergießen.

Dettes Finger wanderten flink über ihren Kopf, schoben Klammern ins Haar und entfernten sie wieder, strichen, zupften und klapperten mit der Schere. Ivy blinzelte ab und zu durch einen schmalen Spalt und kniff die Augen rasch wieder zu.

»Guck hin«, forderte Dette sie nach gefühlten Stunden auf, und Ivy gehorchte.

Fast hätte sie sich selbst nicht erkannt.

»Sieht das irre aus? Ich bin ein Genie!« Dette wuschelte mit den Fingerspitzen durch Ivys raspelkurzes Haar. »Ich bin der absolute Wahnsinn! Bin ich nicht der Hammer? Boah!«

Ivy musste lachen.

Weil Dette sich so freute. Und weil es stimmte: Sie war eine Zauberin.

Die neue Ivy sah aus wie der Zwilling der alten. Ihre Augen wirkten größer und ausdrucksvoller. Ihr Gesicht rückte ohne die langen Haare, die es umrahmt hatten, in den Fokus. Es war Ivy nie aufgefallen, dass es herzförmig war.

Dette warf den Föhn an, um die letzten losen Härchen wegzupusten, dann kämmte sie Ivy mit bloßen Fingern, zupfte hier ein bisschen und dort ein wenig, bürstete ihr den Nacken aus und entfernte mit dem eleganten Schwung einer Matadorin das rubinrote Tuch, das sie Ivy zuvor umgelegt hatte.

Ivy konnte den Blick nicht vom Spiegel abwenden.

»Und?«, fragte Dette und schien sich an ihrem Wunderwerk nicht sattsehen zu können. »Gefällst du dir?«

Statt einer Antwort stand Ivy auf und umarmte sie.

Den Wind draußen auf der Kopfhaut zu spüren, war fremd, eigenartig und berauschend. Als wäre sie viel mehr Teil der Welt als zuvor. Gleichzeitig fühlte sie sich verletzlicher. Hinter dem Vorhang ihrer Haare hatte sie sich vor ungebetenen Blicken verstecken können.

Egal. Sie würde sich daran gewöhnen. Und sie hatte ihre Kappe.

In jedem Schaufenster bewunderte sie ihr neues Spiegelbild, und als sie an einem Selbstbedienungscafé vorbeikam, suchte sie sich ein Stück Obsttorte aus, bestellte einen Kaffee und trug das Tablett hinaus in die Sonne.

Sie lächelte vor Freude, und ein Typ blieb an ihrem Tisch stehen, zeigte auf einen der grauen Kunststoffstühle und sagte: »Hi. Wartest du auf jemanden oder ist der Platz für mich frei?«

Er sah nett aus mit seinen freundlichen Augen und dem

zerzausten schwarzen Haar, das ihm bis auf die Schultern fiel. Aber nichts lag Ivy ferner, als eine Geschichte mit irgendwem anzufangen.

»Weder noch«, sagte sie und blinzelte gegen die Sonne. »Tut mir leid.«

Die Euphorie durfte sie nicht unvorsichtig werden lassen. Nicht jedes sympathische Gesicht gehörte zu einem friedlichen Menschen, das wusste sie schließlich aus Erfahrung. Er nahm die Abfuhr mit einem bedauernden Achselzucken, warf ihr eine Kusshand zu und schlenderte davon.

Die Torte schmeckte nach Sommer und Urlaub, der Kaffee war genau richtig: stark und heiß. Ivy setzte ihre neu erworbene Sonnenbrille auf, blieb noch eine Weile sitzen, bevor sie das Tablett zurückbrachte, und spazierte weiter.

In einer Drogerie stöberte sie in dem Angebot an Haarfärbemitteln. Wenn schon Veränderung, dann total, das hatte sie sich vorgenommen. Sie entschied sich für ein silbriges Blond.

Doch an der Kasse überlegte sie es sich anders und legte das Päckchen zurück ins Regal.

»Wow!«

Ivy kannte Samu gerade einmal zwei Tage und erkannte bereits seine Stimme. Erfreut drehte sie sich zu ihm um und begegnete seinem fassungslosen Blick. Erschrocken fragte sie sich, was los war, als ihr einfiel, dass sie ja völlig verändert aussah.

»Das ist krass!«

»Gut krass oder schlecht krass?«

Er konnte den Blick nicht von ihr abwenden. Ungläubig schüttelte er den Kopf.

»Du siehst aus wie eine andere.«

Das war der Zweck der Übung, dachte Ivy und strahlte ihn an. Es war nicht wichtig, ob ihm die neue Frisur gefiel oder nicht, dennoch wünschte sie, er würde sie mögen.

»Gut krass oder schlecht krass?«, wiederholte sie.

Statt einer Antwort hob er die Hand und fuhr ihr sanft über den Kopf, als wollte er sich vergewissern, dass seine Augen ihn nicht täuschten.

Ivy musste an sich halten, um nicht zurückzuweichen. Ihr Körper signalisierte Gefahr, und sie hatte sich geschworen, ihre innere Stimme nicht zu ignorieren. Wie konnte sie nach alldem, war ihr widerfahren war, einen Fremden an sich heranlassen?

Oder jemanden, der mir nahesteht, dachte sie bitter.

Sie zog den Kopf zurück und zerstrubbelte ihr Haar, wie um Samus Berührung zu verwischen. Er bemerkte es und trat einen Schritt zurück.

»Lust auf Kaffee und Kuchen?«, fragte er mit einem Lächeln, das um einen neuen Anfang bat.

»Hab ich gerade gehabt«, antwortete Ivy. »Obwohl – für einen Cappuccino ist bestimmt noch Platz.«

Er führte sie zu einem versteckten kleinen Café in einer Nebenstraße, eingerichtet wie eine lebensgroße Puppenstube. Hohe Regale voller Shabby-Chic-Porzellan. Bunte Sammeltassen, von denen keine zur andern passte. Teller mit Blumenmuster und Goldrand. Zuckerdosen, deren Deckel man an einer zarten Porzellanblüte anheben konnte. Milchkännchen auf zierlichen Füßen.

Hinter dem spiegelblanken Glas der Kuchentheke lockten verführerische Torten mit üppigen Baiserhauben, feinen Sahneröschen und kunstvollen Verzierungen aus Obst, Zuckerguss, Schokolade oder Marzipan.

Tische und Stühle stammten aus alter Zeit. Auch sie waren zusammengewürfelt und passten dennoch problemlos zueinander. Auf den Rückenlehnen kleiner Sofas, die kaum größer waren als gewöhnliche Sessel, lagen gehäkelte Spitzendeckchen. In antiken Schränken, deren Türen geöffnet waren, standen Bücher, die man herausnehmen durfte, um sich mit ihnen die Zeit zu vertreiben, solange man sich hier aufhielt.

»Das Café bringt Glück«, sagte Samu schmunzelnd. »Hier bin ich meiner großen Liebe begegnet.«

Glück. Das konnte Ivy wahrhaftig brauchen.

Sie setzten sich ans Fenster.

»Ich habe eigentlich nie daran geglaubt«, sagte Samu, als wäre er noch immer überrascht, sie gefunden zu haben. »Manchmal hab ich Angst, plötzlich aufzuwachen und festzustellen, dass sie bloß ein Traum war.«

»Das kenne ich«, sagte Ivy und wünschte sich inbrünstig genau das: Wach zu werden und alles wär nichts als ein böser Traum gewesen.

Man darf sich alles wünschen, hörte sie Granny sagen. *Hör nie auf, an Wunder zu glauben. Nur so werden sie Wirklichkeit.*

Die Serviererin nahm die Bestellung auf und brachte wenig später Ivys Cappuccino und Samus Kaffee und stellte einen Teller vor Samu ab, auf dem ein mächtiges Tortenstück thronte.

»Himbeer-Sahne, bitte sehr. Lassen Sie es sich schmecken.«

Sie trug ein schwarzes Kleid und eine kurze, gestärkte weiße Schürze. Das Bild, das sie verkörperte, fiel völlig aus der Zeit, war stimmig und passte hierher.

»Mal kosten?« Samu schob Ivy den Teller hin.

Sie nahm einen Löffel voll. Es schmeckte köstlich, und wenn sie nicht satt gewesen wäre, hätte sie sich auf der Stelle das Gleiche bestellt. Wie eine Katze leckte sie sich die Sahne aus den Mundwinkeln.

»Himmlisch«, murmelte sie.

Eine Weile war Samu ganz in den Genuss der Torte vertieft und Ivy sah ihm beim Essen zu. Dann legte er die Kuchengabel auf den Teller.

»Willst du darüber reden?«

Er wies mit einer Kopfbewegung auf ihre neue Frisur.

»Nein.«

»Ich würde niemals über Dinge sprechen, die du mir anvertraust.«

In diesem Moment öffnete sich die Tür und ein sportlicher, durchtrainierter Typ in Jogginghose und T-Shirt trat ein und schaute sich suchend um. Als er Samu erblickte, verwandelte sich sein Gesicht in ein einziges großes Lächeln.

Samu stand auf, breitete die Arme aus und drückte den Neuankömmling an sich, bevor er sich an Ivy wandte.

»Darf ich dir Richie vorstellen? Rich, das ist Ivy, eine neue Mitarbeiterin. Sie ist vorgestern angekommen und hat heute ihren Eingewöhnungstag.«

»Hi, Ivy.«

Richie ließ sich auf den freien Stuhl fallen und stieß erschöpft den Atem aus. Auf seiner Stirn glänzte Schweiß und unter seinen Armen zeichneten sich dunkle Flecken ab.

»Entschuldigt. Bin hierhergejoggt. War eine bekloppte Idee.«

»Er ist bewegungssüchtig«, erklärte Samu. »Verbringt jede freie Minute mit Sport.«

»Nicht jede.«

Richie bestellte ein Stück Schokoladentorte, eine Flasche Wasser und ein Kännchen Tee. Er lehnte sich zurück und verschränkte die Arme vor der Brust.

»Deshalb kann er essen, was er will, ohne zuzunehmen.«

»Der bloße Neid«, stichelte Richie.

Noch bevor er sich vorbeugte, um Samu zu küssen, wusste Ivy, dass dieser Mann die große Liebe war, von der Samu gesprochen hatte. Das Damenkränzchen am Nebentisch, das Richie zunächst mit Wohlgefallen betrachtet hatte, beugte sich verlegen über die Kuchenteller.

Die Kellnerin kam mit der Torte und den Getränken und legte Richie kurz die Hand auf die Schulter, bevor sie zum nächsten Tisch eilte. Die Geste hatte etwas Zärtliches, wirkte jedoch eher wie die Berührung einer Schwester als die einer Frau, die sich für ihn interessierte.

»Studentin?«, unterbrach Richie Ivys Gedanken und versenkte die Kuchengabel in dem braunen Sahnegebirge.

»Ja.«

»Semesterferien.«

»Ja.«

»Wenn ein Gespräch läuft, dann läuft's«, spöttelte Samu. »Ich finde, Mehrwortsätze werden sowieso überbewertet.«

Ihr Lachen brach das Eis, und Ivy erfuhr, dass Richie Fitnesstrainer war und vor Kurzem mit einem Freund einen Sportclub am Hafen eröffnet hatte.

»Ursprünglich hat er Philosophie studiert«, plauderte Samu aus. »Das totale Gegenprogramm.«

»Ich hab das Studium bloß unterbrochen«, korrigierte Richie ihn. »Vielleicht nehme ich es irgendwann wieder auf. Aber im Moment ist mir die Arbeit als Trainer eben wichtiger.«

Ivy fühlte sich wohl in der Gesellschaft der Freunde. Sie wurde nicht genötigt, von sich selbst zu erzählen, was ihr die Möglichkeit gab, sich zurückzulehnen und zu entspannen. Das war exakt die Medizin, die sie gebraucht hatte.

»Richie ist ein hervorragender Trainer«, sagte Samu. »Seine Kurse haben enormen Zulauf.«

»Das liegt an den vielen Urlaubern«, wehrte Richie bescheiden ab. »Im Gegensatz zu ihrem Leben im Alltag finden sie hier die Zeit, etwas für sich zu tun.« Er grinste zufrieden. »Mein Glück.«

»Was für Kurse?«, erkundigte sich Ivy.

»Hauptsächlich Selbstverteidigung.«

Ivy zuckte zusammen, als hätte Richie ihr einen Stromschlag versetzt. Ihr Blick eilte zu Samu, der ihr unbefangen zulächelte. Offenbar war ihm nicht bewusst, dass er ein heikles Thema angesprochen hatte. Wie denn auch, fragte Ivy sich. Sie hatte ihm schließlich nichts von ihren Problemen erzählt.

»Viele haben ja keine Vorstellung davon, wie groß die Ängste sind, die Frauen im normalen Alltag mit sich rumschleppen«, sagte Richie. »Dunkelheit, Parkhäuser, Unterführungen, U-Bahnen, Treppenhäuser, Parks – das alles sind Gefahrenquellen, über die sich Männer höchst selten den Kopf zerbrechen.«

»Früher«, sagte Ivy gedankenverloren, »hatte ich vor gar nichts Angst.«

Richie hob den Kopf und für einen Moment verharrte die Kuchengabel auf dem Weg zu seinem Mund in der Luft. Samu vergaß, die Tasse abzustellen, aus der er gerade getrunken hatte. Schließlich, als hätte jemand den Film angehalten und lasse ihn nun weiterlaufen, führten beide ihre Bewegung zu Ende und kehrten zu dem Gespräch zurück.

Als hätte Ivy sich mit ihrem unbedachten Satz nicht gerade verraten.

21.

Nayla löschte die Nachricht, an der sie gerade gebastelt hatte, und behielt das Handy nachdenklich in der Hand. Sie hatte wieder ein ziemlich komisches Gefühl. Irgendetwas stimmte an der ganzen Sache nicht. Ivy hatte sich noch nie zurückgezogen. Sie war überhaupt nicht der Typ, der die Dinge mit sich allein ausmachte. Dafür hatte man schließlich Freundinnen, dass sie Höhen und Tiefen mit einem teilten.

Bahar spielte ebenfalls mit ihrem Handy herum. Wahrscheinlich versuchte auch sie das Unmögliche: herauszubekommen, was zum Teufel mit Ivy los war. Auch sie schien nach Worten zu suchen. Und sie nicht zu finden.

Die Mittagspause hatte sich heute nach hinten verschoben, weil zu viel los gewesen war. Das herrliche Sommerwetter führte jedes Mal zu einem wahren Ansturm von Kunden, die sich an den Servicestellen sammelten und in langen, ungeduldigen Schlangen an den vier Kassen anstanden.

In dem kleinen Selbstbedienungscafé, das zum Baumarkt gehörte, hatten die Freundinnen sich ein Sandwich und einen Kaffee besorgt und beides mit nach draußen genommen.

Das Büro der Gartenabteilung war in dem größten Gartenhaus untergebracht, das sie auf ihrer Website anboten. Um den Kunden zu zeigen, dass ein Gartenhaus mehr sein konnte als ein bloßer Aufbewahrungsort für Rasenmäher, Spaten und Heckenscheren.

Neben diesem Büro war für die Mitarbeiter ein Tisch mit Stühlen aufgestellt worden, wo sie bei gutem Wetter ihre Pausen verbringen konnten und auf diese Weise gleichzeitig kostenlos Werbung für Gartenmöbel machen durften.

Es wurde von der Baumarktleitung nicht gern gesehen, wenn ihre Angestellten dort saßen und rauchten, weshalb Nayla einen Teil der Pausen anfangs auf dem Parkplatz verbracht hatte.

Sie hatte es als extrem demütigend empfunden, zwischen den Autos zu stehen und sich wie ein Junkie eine Zigarette reinzuziehen. Deshalb hatte sie beschlossen, den Versuch zu machen, sich das Rauchen abzugewöhnen. Bahar, die zur Gesellschaft ab und zu eine mitgepafft hatte, unterstützte sie in ihrem Vorhaben.

Sie saßen an dem Tisch, den sie heute für sich allein hatten, und kehrten zu ihrem Dauerthema zurück.

»Ich weiß nicht mehr, was ich ihr schreiben soll«, begann Nayla.

»Geht mir genauso«, seufzte Bahar. »Ich habe bestimmt schon zehn Ansätze gestartet und wieder gelöscht.«

»Das Zauberwort heißt Akzeptanz«, sagte Nayla. »Hab ich neulich irgendwo gelesen.«

»Ich will aber nicht akzeptieren, dass Ivy abgehauen ist und offenbar keinen Gedanken daran verschwendet, wie wir uns dabei fühlen.«

»Das wissen wir nicht.«

»Was?«

»Ob sie wirklich keinen Gedanken an uns verschwendet. Ich glaube immer noch, dass sie ein Problem hat.«

»Mit Niklas?«

»Mit wem sonst?«

»Ich seh ihn noch vor mir.« Bahars Stimme bebte. »Für einen Moment hab ich echt geglaubt, er bringt mich um.«

»Man sollte ihn anzeigen«, sagte Nayla.

»Guter Witz.«

Doch ihnen war nicht zum Lachen zumute.

»Meinst du, er hat sie misshandelt?«, fragte Nayla.

Sie hatten Ivy nie etwas angemerkt, keine Blutergüsse in ihrem Gesicht, an ihren Armen oder Beinen entdeckt. Und sie hatte ihnen nie etwas Derartiges anvertraut.

Misshandelt? Ivy?

Sie waren stolz und selbstbewusst und brauchten keinen Typen, um sich in seinem Licht zu sonnen. Keine von ihnen hätte es hingenommen, von einem Mann misshandelt zu werden. Hätte ihnen jemand Gewalt angetan, hätten sie Hilfe beieinander gesucht.

Und sie gefunden.

»Nein«, sagten beide wie aus einem Mund.

Ein Paar schob einen quietschenden Einkaufswagen vor sich her, vollgepackt mit hohen Pflanzen, die wie ein kleiner Wald vorbeischaukelten. Dabei stritten sie laut und vernehmlich. Als sie bemerkten, dass Nayla und Bahar sie beobachteten, streckten beide den Mittelfinger aus.

Mit der Temperatur stieg auch die allgemeine Gereiztheit.

»Komm«, sagte Bahar. »Wir schicken Ivy ein Selfie.«

Sie lehnten die Köpfe aneinander und schnitten Grimassen. Die beiden besten Aufnahmen sandten sie Ivy, zusammen mit zwei roten Herzen. Dann war die Pause zu Ende und sie kehrten zu ihrer Arbeit zurück.

★

Niklas fühlte Ivys Handy in seiner Hosentasche vibrieren und zog es heraus. Marvin, der am Steuer saß, warf ihm einen fragenden Blick zu.

Sie waren unterwegs zu einem Gerichtstermin, bei dem sie als Zeugen aussagen sollten. Routine, an der Niklas sich festhielt, damit die miesen Ahnungen nicht übermächtig wurden. Er schlief schlecht, war gereizt und verlor beim geringsten Anlass die Nerven.

Und er war wütend.

Wahrscheinlich saß Ivy jetzt irgendwo und lachte sich ins Fäustchen, weil es ihr gelungen war, ihn aus der Fassung zu bringen. Fast war er froh, dass sie nicht greifbar war, denn in seiner derzeitigen Stimmung hätte er für nichts garantiert.

Eine Sprachnachricht von Nayla. Niklas drückte Ivys Handy ans Ohr und wandte sich zur Seite. Marvin sollte nicht mithören. Er mischte sich schon genug bei allem ein.

»Hey! Hast du uns nicht lange genug schmoren lassen? Du weißt ja nicht, was dir entgeht. Wir könnten jetzt zusammen hier im Gartencenter sitzen und …«

»… so richtig über die Leute ablästern«, mischte Bahar sich ein. »Wir vermissen dich wahnsinnig, Schätzchen!«

Es folgten zwei Fotos, auf denen Nayla und Bahar alberne Faxen machten. Darunter waren zwei rote Herzen gepappt.

»Was Wichtiges?«, erkundigte sich Marvin, als wär er der Chef, dem man Meldung machen musste.

»Der übliche Scheiß.«

Niklas fühlte sich wie in den Träumen, in denen er rannte und rannte und kein Stück vorankam. Träume, aus denen er schweißgebadet aufwachte.

Die Observation der Pension Husmann gestern hatte nichts gebracht.

Allerdings hatte auch Marvin, der große Meister, bei seiner Befragung von Charlotte Plettenberg keinen Hinweis darauf gefunden, dass Ivy in der Pension gewohnt hatte oder sich immer noch dort befand.

Sein ominöser *Instinkt* war wohl doch nicht so zuverlässig, wie er glaubte.

Niklas fluchte innerlich. Wieso akzeptierte er eigentlich, dass Marvin und Alan hauptsächlich ihn dafür verantwortlich machten, dass Ivy nicht zu finden war? Weil sie seine Freundin war?

Bullshit!

An dem Fiasko, in dem sie steckten, waren sie alle beteiligt. Marvin und Alan wollten ebenso wenig auffliegen wie er selbst und täten verdammt gut daran, sich ein bisschen mehr reinzuhängen.

Er schickte eine Reihe Herz-Emojis an Bahar und Nayla und hoffte, das würde sie für eine Weile ruhigstellen. Frustriert zerrte er an seinem Hemdkragen. Sobald sie den Gerichtstermin hinter sich hätten, würde er sich Sakko und Krawatte vom Leib reißen, um wieder Luft zu kriegen.

Sie gerieten in einen Stau. Auch das noch.

»Im Übrigen bin ich dir keine Rechenschaft schuldig«, zischte er mit dem letzten Rest an Selbstbeherrschung. »Du musst deine Nase nicht in alles stecken, klar?«

Offenbar spürte Marvin, dass Niklas kurz vor der Explosion stand, denn er schwieg, bis sie das Gerichtsgebäude erreicht hatten. Da sagte er: »Du Arsch«, und ließ ihn auf der Treppe stehen.

*

»Da bin ich wieder.«

Nachdem Ivy sich von Samu und Richie verabschiedet hatte, war sie durch Heiligenhafen gebummelt. Sie hatte in den Läden gestöbert und sich ein knatschgelb gebundenes Notizbuch gekauft, das förmlich danach schrie, vollgeschrieben zu werden. Dazu hatte sie sich einen Kugelschreiber gegönnt, der wie für ihre Hand gemacht war.

Damit hatte sie sich in die Dünen zurückgezogen.

Anfangs waren die Worte zögerlich gekommen, und sie hatte jedes gedreht und gewendet, um sicher zu sein, dass es das richtige war. Doch nach einiger Zeit hatten sie Ivy geradezu überflutet.

Wann hab ich begriffen,
dass Liebe wehtun kann?
Dass Glück ein Herz zerschneidet
wie Butter?
Wann bin ich erwachsen geworden
und hab aufgehört,
am Tag zu träumen?

Die Stunden waren viel zu schnell vergangen. Als Ivy sich auf den Weg zum Bistro machte, klang der Nachhall der Worte noch in ihrem Kopf.

»Ich werd nicht mehr!«

Viola, die mit einem Smoothie an dem ausgebleichten Gartentisch saß und mit ihrem Tablet beschäftigt war, sprang auf und drehte Ivy an den Schultern im Kreis, damit sie sie von allen Seiten betrachten konnte.

Was nicht einfach war, weil Jojo sich bellend zwischen sie drängte, um Ivy zu begrüßen.

»Da hat Dette ihr Meisterwerk geschaffen! Meeega!« Viola konnte sich gar nicht beruhigen. »Der helle Wahnsinn!« Sie zupfte an Ivys Haaren herum, als wären es ihre eigenen. »Bin ich gut oder bin ich gut? Wer hat dich zu Dette geschickt? Na? Hä? Wer?«

»Du«, tat Ivy ihr den Gefallen.

»Und? War die Idee genial oder nicht?« Sie wartete nicht auf eine Antwort, sondern lief zur Tür. »Hey, komm mal gucken!«

Drinnen war gerade nicht so viel los. Dunja, die das Abendessen vorbereitete, trat aus der Tür.

Sie sah es sofort.

»Wow!«, sagte sie. »Radikaler Schnitt. Steht dir aber.«

Beim Abendessen war Ivys verändertes Aussehen bloß für ein paar Minuten Thema. Das Bistro füllte sich, und das Team beeilte sich, an die unterbrochene Arbeit zurückzugehen.

Ivy half beim Tischabräumen und spazierte danach mit Jojo zum Hundestrand, damit er sich austoben konnte.

Sie setzte sich in den Sand, der die Wärme des Tages gespeichert hatte, zog die Knie an und umschlang die Beine mit den Armen. Draußen konnte sie am besten nachdenken. Da zogen sich die Geräusche zurück zu einer Kulisse, die Ivy nur am Rande wahrnahm.

Es gab einiges zu tun:

Sie musste den Golf verschwinden lassen (wie?).

Sie musste sich Papiere beschaffen (wo?).

Sie musste sich wehren können (ohne verbotene Hilfsmittel).

Sie brauchte Verbündete. (Wem konnte sie trauen?)

Sie musste so viele Kilometer wie möglich zwischen sich und Niklas legen, sobald sie die Papiere hatte.

Ivy blieb noch eine Weile im Sand sitzen und wartete, bis Jojo müde wurde. Als er erschöpft und glücklich angetrottet kam, hatte sie die erste Entscheidung getroffen und fühlte sich nahezu elektrisiert.

Endlich würde sie aktiv werden.

Nicht länger Opfer sein.

Niklas sollte besser nicht den Fehler machen, sie zu unterschätzen.

Das Kämpferische verging so rasch, wie es gekommen war, und als Ivy mit Jojo ihr Apartment betrat, fühlte sie sich wieder wie die Besucherin eines Traums, der behauptete, das Leben zu sein. Machtlos.

Was war eine Liste wert ohne Plan?

Sicherlich war es vernünftig, den Golf loszuwerden. Andrerseits war allein der Versuch, ihn zu verkaufen, womöglich gefährlicher als sein Besitz.

Und dann: Wie gelangte man illegal an Papiere? Wen sprach man an? Wie teuer war das? Wie lief so was ab?

Ohne Vertrauen, wurde ihr klar, trat sie auf der Stelle. Sie war auf die Unterstützung von jemandem angewiesen, der sich in dieser Gegend und mit den Menschen, die hier lebten, auskannte. Der über Kontakte verfügte und Ivy die richtigen Adressen nannte.

Aus Filmen kannte sie Szenen, in denen einer, der Papiere brauchte, über dunkle Hinterhöfe schlich und in schummrigen Bars finstere Gestalten ansprach, die ihn später draußen bei den Mülltonnen zusammenschlugen und beraubten.

Hatte er die Papiere endlich in der Tasche, war er nicht automatisch in Sicherheit, denn andere finstere Gestalten, die auf ihn aufmerksam geworden waren, hefteten sich an seine Fersen.

Ihr wurde kalt, wenn sie sich das ausmalte. Lieber kehrte sie zu der wesentlichen Frage zurück: Wem konnte sie am ehesten vertrauen?

Sie musste nicht lange überlegen. Der Mensch, dem sie sogar Jojo jederzeit bedenkenlos anvertrauen würde, war auch für sie der richtige.

22.

Samu saß noch am Schreibtisch und winkte sie erfreut in sein Büro. Ungestüm stürzte Jojo sich auf ihn und warf ihn fast vom Stuhl.

»Hey, alter Junge! Lass mich leben!«

»Hast du Zeit?«, fragte Ivy. »Ich würde gern mit dir reden.«

»Wollte eh gerade Schluss machen.« Er streckte sich, dass seine Gelenke knackten. »Sollen wir irgendwo was trinken? Meine Kehle ist wie ausgedörrt.«

»Und wenn wir ans Meer gehen und was zu trinken mitnehmen?«

Aufmerksam schaute er sie an und schlüpfte blind in seine Sandalen, die hingepfeffert neben dem Schreibtisch lagen.

»Super Idee. Hab heute viel zu lange gesessen.«

Mit zwei kleinen Flaschen Eistee schlenderten sie wenig später am Meer entlang, das sie fast für sich allein hatten. Lediglich ein paar hartgesottene Wassertreter waren noch unterwegs und einige Hundebesitzer.

Das Licht begann sich zu verändern. Ruhe kehrte ein. Das Meer verwandelte die Geräusche in endlose Stille. Ohne

Absprache hatten sie sich nach links gewandt, um Jojo am Hundestrand von der Leine zu lassen.

Während Samu beim Gehen aufs Wasser schaute, hielt Ivy den Blick auf die zahllosen Fußabdrücke im Sand gerichtet und horchte auf ihre Gefühle. Was sie fand, war ein Hauch von Geborgenheit. Das gab den Ausschlag.

»Das hier ist nicht nur eine Auszeit für mich«, begann sie und nahm aus den Augenwinkeln wahr, dass Samu leicht nickte, als hätte er das gleich gewusst.

Sie sah ihn nicht an, um sich durch nichts von ihrem Vorhaben ablenken zu lassen. Es fiel ihr schwer, sich zu öffnen, denn bei aller Sympathie blieb Samu doch jemand, den sie kaum kannte. Sich ihm anzuvertrauen, bedeutete, ihre Schutzhülle abzustreifen und sich wehrlos zu zeigen.

»Ich habe dir erzählt, dass ich meine Papiere verloren habe. Aber das ist nicht einfach so passiert – ich …«

Er tastete nach ihrer Hand und sie überließ sie ihm zögernd.

»Vor einiger Zeit bin ich offenbar Zeugin eines Verbrechens geworden. Ich habe etwas beobachtet, das ich niemals hätte beobachten dürfen.«

Sie entzog Samu die Hand.

Zu nah. Viel zu nah.

Wie sollte sie sich in diese Nähe fallen lassen? Nach allem, was sie erlebt hatte? Innerhalb dieses Vakuums, in dem sie eingesperrt war?

Sieh nicht her zu mir. Guck mich nicht an. Die Worte würden mir im Hals stecken bleiben.

Samu wurde langsamer.

»Ich weiß nicht, wie lange ich ziellos durch die Gegend geirrt bin. Stunden wahrscheinlich, vielleicht Tage.«

Samu ließ nicht erkennen, welche Wirkung ihre Worte auf ihn hatten, und er unterbrach sie nicht.

»Ich war schmutzig, hungrig, durstig und an meinen Kleidern war Blut. Und … ich habe mein Gedächtnis verloren.«

Samus Schritte gerieten kurz aus dem Takt. Er räusperte sich.

»In einem kleinen Ort hat mich eine Frau angesprochen, Marleen. Sie besitzt eine Pension und hat mich aufgenommen. Sie hat mir ein Zimmer gegeben und Kleidung und für mich gesorgt, als wäre das selbstverständlich. Ihre Freundin, eine Ärztin, hat lange Gespräche mit mir geführt und mir immerzu Mut gemacht. Ich weiß nicht, was ohne die beiden aus mir geworden wär.«

Ivy legte eine Pause ein, in der sie gemächlich weitergingen, während Jojo seine verrückten fünf Minuten hatte und wie der Blitz über den Strand fegte.

»Es war, wie sie vorhergesagt hat: Zuerst kamen kleine Fetzen der Erinnerungen zurück, dann größere, und plötzlich, ganz unerwartet, war auf einmal fast alles wieder da.«

Samu hörte einfach zu.

»Fast alles. Der einzige nach wie vor blinde Fleck ist das Ereignis, das den Gedächtnisverlust ausgelöst hat. Anscheinend versucht mein Unterbewusstsein oder was auch immer mich auf diese Weise zu schützen, bis ich bereit bin, mich an das zu erinnern, was ich beobachtet habe.«

Wind kam auf und blies den Rest der Hitze fort. Vom

Meer wehte eine angenehme Kühle heran. Jetzt erst bemerkte Ivy, dass ihr vor Anstrengung der Schweiß ausgebrochen war. Sie blieb stehen und hob den Kopf.

Hatte Samu Tränen in den Augen oder kam das vom Wind? Er bückte sich und hob ein verwittertes Stück Treibholz aus dem Flutsaum.

»Hey, Jojo!«

Er warf das Holz in hohem Bogen ins Meer.

Jojo flog förmlich durch die Luft und fischte es aus dem Wasser. Mit tropfendem Fell kam er zurück und legte es Samu vor die Füße. Der warf es ein zweites Mal und Jojo glitt davon wie ein Schatten.

Samu drehte sich zu Ivy um und breitete wortlos die Arme aus. Vorsichtig wagte Ivy sich in die Umarmung und schmiegte das Gesicht an seine Schulter.

Wie gut das tat.

Wie unendlich gut.

Mit einem leisen Stöhnen atmete sie aus.

*

Nachdem Samu sich von Ivy verabschiedet hatte, zog er sich in sein Apartment zurück und führte ein paar Telefongespräche. Dann holte er sein Fahrrad aus dem Schuppen und machte sich auf den Weg zu Richie.

Es lohnte sich nicht, für die wenigen Kilometer den Motor seines Wagens anzuwerfen. Obwohl er ein passionierter Autofahrer war, versuchte er, den Klimawandel im Blick zu behalten und ihn zumindest mit seinem Verhalten nicht noch zu befeuern.

Er hatte Ivy um ihre Zustimmung gebeten, Richie einweihen zu dürfen, denn der kannte Hinz und Kunz und hatte über den Sportclub auch Kontakt zu einigen windigen Typen. Wenn einer von jemandem wusste, der Ivy Papiere besorgen konnte, dann er. Zumindest würde er einen Typen kennen, der einen Typen kannte, der einen Typen kannte, der imstande war, ihnen weiterzuhelfen.

Ihnen …

Samu merkte, wie nah ihm dieses Mädchen schon war. Wie die Schwester, die er sich als Junge vergeblich gewünscht hatte, damals, als er gespürt hatte, dass er anders war als seine Freunde. Die Schwester, mit deren Hilfe er es wahrscheinlich nicht so schwer gehabt hätte, zu erkennen, wer er war.

Richie hatte gekocht, und obwohl Samu bereits eine Kleinigkeit mit dem Team zusammen gegessen hatte, lief ihm bei dem Duft, der ihn in der kleinen Wohnung empfing, das Wasser im Mund zusammen. Er küsste Richie und beugte sich über den Herd.

»Wag es nicht!«

Richie rührte in dem einen Topf, während er den Deckel von einem andern hob, um den Inhalt zu kontrollieren. Multitasking vom Feinsten. Er ließ sich beim Kochen äußerst ungern in die Töpfe gucken.

Der Küchentisch war für zwei gedeckt. Samu setzte sich, schenkte Wein ein, nahm den ersten Schluck und sah Richie beim Kochen zu.

»Wenn du mich weiter so mästest, rolle ich bald durch die Gegend«, sagte er.

»Von dem, was ich koche, wirst du nicht fett«, antwortete Richie. »Da ist alles drin, was ein Mensch braucht. Keine leeren Kalorien, nur gesundes Fett, Eiweiß und alles Bioqualität.«

Das hörte sich Furcht einflößend gesund an, schmeckte aber wahnsinnig gut. An Richie war ein Koch verloren gegangen, doch sein Freiheitsbedürfnis und der Arbeitsalltag eines Kochs passten nicht zusammen.

Richie füllte auf und sie begannen zu essen.

»Okay«, sagte er nach einer Weile. »Ich höre.«

Verwirrt hob Samu den Kopf.

»Du stocherst im Risotto rum, als wär's nasses Stroh. Was ist los?«

Jetzt erst bemerkte Samu, dass er das Risotto in einen undefinierbaren Matsch verwandelt und den Salat noch gar nicht angerührt hatte.

»Es geht um Ivy.«

»Was ist mit ihr?«

Samu ließ die Gabel sinken. Auf einmal hatte er überhaupt keinen Appetit mehr. Er lehnte sich auf seinem Stuhl zurück und fing an zu erzählen.

Es war, wie er vermutet hatte. Richie kannte den Freund eines Freunds eines Freundes, der Papiere besorgen konnte.

»Wann?«, fragte Samu.

»Drei Tage. Zwei, wenn es dringend ist. Vielleicht.«

»Wie viel?«

»Personalausweis tausend, Führerschein siebenhundert.«

Es war, als sprächen sie den Text aus einem Theaterstück, nur dass die Umgebung nicht zum Drehbuch passte. Richie schien denselben Gedanken zu haben, denn sie lächelten beide gleichzeitig.

»Das weißt du, ohne nachzuforschen?«, wunderte sich Samu.

»Ja«, war die knappe Antwort.

Samu fragte sich nicht zum ersten Mal, wer dieser Mann war, der sein Herz beim ersten Blick erobert hatte. Richie redete nicht oft über seine Vergangenheit. Er begründete das damit, dass er eines Tages beschlossen habe, einzig in der Gegenwart zu leben.

Als Samu den Grund wissen wollte, hatte Richie behauptet, es gebe keinen. Man müsse irgendwann die Entscheidung treffen, wie man leben wolle, und das habe er getan.

»Hat Ivy so viel Geld?«, erkundigte sich Richie.

»Keine Ahnung. Falls nicht …«

»Helfen wir ihr aus, klar.«

Es waren Äußerungen wie diese, die Samu immer wieder zeigten, dass er den richtigen Menschen liebte. Und dass er alles tun würde, um ihn niemals zu verlieren.

Richie nahm sein Handy von der Fensterbank und zog sich in sein Zimmer zurück. Samu hörte ihn telefonieren, kurz und bündig, dann kam er zurück und schenkte sich Wein nach.

»Alles paletti.«

»Hast du Vertrauen zu diesem … Freund?«, fragte Samu.

»In dem Geschäft bist du nie auf der sicheren Seite«, entgegnete Richie.

»Ist das dann nicht zu riskant?«

»Das ganze Leben ist riskant.« Richie stand auf, gab Samu im Vorbeigehen einen Kuss aufs Haar, öffnete die Kühlschranktür und zog zwei Gläser Erdbeercreme heraus, eine seiner Spezialitäten. »In diese Geschichte sind mehrere Leute involviert, und einer *muss* dem andern bis zu einem gewissen Punkt vertrauen, sonst läuft da gar nichts.«

»Bis zu einem gewissen Punkt?«

»Genau. Eine Garantie hast du nicht. Allerdings haben die Typen, die die Papiere besorgen, einen Ruf zu verlieren. Das wiederum bietet einen gewissen Schutz.«

»Einen *gewissen*«, murmelte Samu. »Aber ein *Gewissen* haben sie nicht?«

»Das ist Wortklauberei«, holte Richie zum Gegenangriff aus. »Was ist mit denen, die sich gefälschte Papiere beschaffen? Die das Ganze erst ins Rollen bringen und zu einem lukrativen Geschäft machen? Haben die denn ein Gewissen?«

»Ivy wär garantiert nie im Leben auf die Idee gekommen, sich falsche Papiere zu beschaffen, wenn sie sich nicht in einer akuten Notsituation befände.«

»Was hat sie vor?«, lenkte Richie ein. »Will sie abhauen?«

»Tja«, sagte Samu, langte über den Tisch und nahm Richies Hand. »An diesem Punkt kommst du ins Spiel, mein Schatz.«

23.

Bis spät in die Nacht hinein hatte Marvin sich an einem Text verausgabt und nichts zuwege gebracht, das einem zweiten Blick standgehalten hätte. Eigentlich gelang es dem Schreiben meistens, ihn mit der Welt zu versöhnen, zumindest für kurze Zeit. Es machte ihn ganz, sooft etwas in ihm zerbrochen oder einfach im Ungleichgewicht war.

Diesmal nicht.

Seit Ivys Verschwinden fühlte er sich wie gelähmt, ein Gefühl, das ihm fremd war. Nie hatte er akzeptiert, dass sie ihm Niklas vorgezogen hatte, nicht eine Sekunde lang. Immer war ihm klar gewesen, dass sie irgendwann begreifen würde, zu wem sie wirklich gehörte.

Und jetzt war sie nicht mehr erreichbar für ihn.

Kurzzeitig hatte er Niklas in Verdacht gehabt, sie aus dem Weg geräumt zu haben, doch der war ein Feigling. Er hatte eine große Klappe und war skrupellos, brauchte aber ständig die Rückendeckung seiner Freunde. Ohne sie versiegte seine Fantasie, erlosch der Funken Mut, der in ihm steckte, schrumpfte er zu dem Kleingeist, der er in Wirklichkeit war.

Marvin hatte ihn stets als seinen Laufburschen betrachtet, seinen Saufkumpan und Kumpel. Nicht mal im Job war Niklas besonders gut.

Es war Marvin, der im Notfall den Karren aus dem Dreck zog, und wenn es noch so schwierig war. Die Situationen, in denen er kopflos reagiert hatte, waren an den Fingern einer Hand abzuzählen.

Und nun hatte er es vermasselt.

Und kriegte es nicht wieder hin.

wer bist du unter deinen schleiern
wer ohne mich
wie kannst du allein
SEIN???

Worte.

Bedeutungslos!

Er löschte sie mit einem wütenden Klick.

Alles verlor seinen Glanz ohne Ivy, alles seinen Grund.

Zornig knallte er den Deckel seines Laptops zu. Es machte ihn fertig, sich jede mickrige Sekunde für das Schreiben stehlen zu müssen.

Er träumte schon lange davon, seinen Job hinzuschmeißen und als Songwriter zu leben, war jedoch zu sehr Realist, um nicht zu wissen, wie schwer es werden würde, sich durchzuboxen und ohne festes Einkommen über Wasser zu halten.

Es gab verschwindend wenige herausragende Songs, aber das war keine Garantie dafür, dass es ihm gelingen würde, sich auf dem überfüllten Markt durchzusetzen.

Marvin kam ein paar Minuten zu spät zur Morgenbesprechung und wurde von Kurt Schwenter demonstrativ übersehen. Das war ihm ganz recht, denn er war froh, seine Ruhe zu haben.

So erging es ihm nach dem Schreiben häufig. Dann war es, als hätte er sämtliche Gedanken und Worte verbraucht. Dieser Zustand der Sprachlosigkeit dauerte einige Minuten. Hatte er die überstanden, merkte ihm kein Mensch mehr was an.

Alan grüßte ihn mit einem Nicken. Marvin setzte sich neben ihn und hörte Kurt zu, der sich gerade mit einem Kollegen anlegte, der irgendeinen Sachverhalt anders zu bewerten schien als er. Mit diesem Kollegen geriet er ständig aneinander, daran hatte sich jeder gewöhnt.

In diesem Fall ging es um ein aktuelles Tötungsdelikt im Drogenmilieu, über das die Presse sich bereits das Maul zerriss. Marvin hatte die Schlagzeile beim Frühstück gelesen.

Die Polizei – kein Freund und Helfer.

»Ich will bei der nächsten Pressekonferenz kein Desaster erleben wie gestern«, wetterte Kurt. »Sonst zerreißen sie uns in der Luft!«

»Die machen doch ständig Stimmung gegen uns«, winkte der Kollege ab.

»Eben«, fuhr Kurt ihn an. »Gerade *weil* sie bei jeder Gelegenheit gegen uns schießen, müssen wir ihnen den Wind aus den Segeln nehmen.«

»Starkes Bild«, lobte der Kollege süffisant.

»Ich bin nicht hier, um zu dichten!« Kurt lief rot an und richtete den Zeigefinger auf ihn. »Du solltest lieber schön stillhalten, bevor du nicht irgendwelche Fortschritte zu vermelden hast.«

In letzter Zeit, dachte Marvin, war der Ton bei den Besprechungen rauer geworden. Zu oft wurden Skandale bekannt: Übermäßige Gewaltanwendung bei Verhaftungen. Brutales Vorgehen bei Demonstrationen. Rechtsextreme Chats in Polizeikreisen. Rassistische Äußerungen von Polizeibeamten.

Gefundenes Fressen für die Reporter.

Die andere Seite wurde nicht annähernd so gründlich beleuchtet. Eine für die Beamten tödlich ausgehende Verkehrskontrolle beispielsweise wurde ein paar Tage lang diskutiert, geriet dann in den Hintergrund und rasch in Vergessenheit.

Dabei mussten sie täglich da raus und sich den wachsenden Aggressionen stellen.

Sie wurden in Fällen häuslicher Gewalt gerufen. Griffen bei Schlägereien und Messerstechereien ein. Hielten den Kopf bei Demos hin. Versuchten bei aus dem Ruder gelaufenen Veranstaltungen zu deeskalieren.

Aber wehe, einer versetzte einem Angreifer einen Stoß. Oder fasste einen Dealer ein bisschen härter an.

Wie sollten sie ihre Arbeit tun, wenn die Rechte derjenigen, die gegen die Gesetze verstießen, höher bewertet wurden als die Rechte derer, die das Gesetz schützten?

Sie lebten in einer verkehrten Welt, in der alles, was gut und richtig war, auf den Kopf gestellt wurde. In der Verbote nichts galten und Straftaten als Kavaliersdelikte angesehen wurden.

Die Öffentlichkeit regte sich über Willkür, Sexismus, Gewalt und Rassismus unter Polizisten auf. Gleichzeitig wurde bei Gerichtsverhandlungen ein entlastendes Gutachten nach dem andern für die schlimmsten Gewaltverbrecher aus dem Hut gezaubert.

Man musste verrückt sein, um Polizist zu werden.

Der Held von früher war endgültig tot.

Marvin merkte, dass er komplett abgedriftet war. Er versuchte, sich zusammenzureißen, doch die Lider wurden ihm schwer, er war kurz davor einzunicken. Um sich wach zu halten, rief er sich den Songtext ins Gedächtnis, den er begonnen hatte. Es war alles noch vorhanden und er lehnte sich auf seinem Stuhl zurück und bastelte in Gedanken daran herum.

wie kannst du allein
SEIN???

Er dachte an Niklas, der seine Texte lesen würde, ohne ein einziges Wort zu kapieren. Er hätte keine Ahnung, um wen es darin ging. Wüsste er es, er würde ausrasten. Das wollte Marvin sich nicht vorstellen. Er versuchte, sich auf die Besprechung zu konzentrieren, und diesmal gelang es ihm.

Interessieren konnte ihn das Gelaber allerdings nicht. Es ödete ihn an. Er hatte Wichtigeres zu tun. Er musste Ivy finden.

Und dann?

Was, zum Teufel, dann?

*

Bis zum Morgengrauen hatten sie geredet, und der fehlende Schlaf setzte Samu zu, als er das Fahrrad im Schuppen abstellte und verspätet das Bistro betrat. Das Team war eben mit dem Frühstück fertig geworden. Sie hatten die heutige To-do-Liste bereits ohne ihn durchgesprochen und die Arbeiten verteilt, ein Zeichen dafür, dass sich in dieser Saison eine tolle, selbstständige Truppe zusammengefunden hatte.

Das lag zum großen Teil daran, dass viele von ihnen zum wiederholten Mal hier angeheuert hatten, was wiederum daran lag, dass das Gesamtkonzept stimmte.

Das Zauberwort war *Verantwortung*.

Und Lars war der richtige Mann am richtigen Platz, um dieses Wort mit Inhalt zu füllen. Er war bereit, Verantwortung an das Team abzugeben, und wurde damit belohnt, dass sein Team sich des Vertrauens als würdig erwies.

Niemand wollte ihn enttäuschen, denn damit hätte er zugleich sich selbst enttäuscht. Es wollte auch keiner hinter den Erwartungen des Teams zurückbleiben. Und so entstand eine Stimmung des Packen-wir's-an, der man sich kaum entziehen konnte und erst recht nicht wollte.

Ivy arbeitete hauptsächlich in der Küche und an der Theke, was sie sich gewünscht hatte. Samu begriff jetzt, warum sie versuchte, sich unsichtbar zu machen. Bloß würde es ihr nicht gelingen. Nicht auf Dauer. Sie konnte nur hoffen, dass niemand, der sie kannte, durch Zufall hier auftauchen würde.

Sich in Heiligenhafen zu verstecken, ausgerechnet in einem der beliebtesten Urlaubsziele der Region, noch dazu nicht weit von Kiel und dem Ort ihrer Kindheit entfernt, fand Samu viel zu gefährlich. Doch Ivy hatte argumentiert, dass ihre Verfolger wahrscheinlich genau das denken und sie deshalb hier zuallerletzt suchen würden.

Dennoch blieb Samu skeptisch.

Egal wo. Sie konnte sich nicht ewig verstecken.

Er ließ zwei Kaffee einlaufen und bat Ivy in sein Büro, wo sie ungestört reden konnten.

»Setz dich«, sagte er, balancierte die Kaffeebecher zu seinem Schreibtisch und schloss die Tür.

Ivy setzte sich in den Sessel, während Samu sich gegen die Schreibtischkante lehnte.

»Es gibt Neuigkeiten. Eine gute und eine schlechte. Welche möchtest du zuerst hören?«

»Entscheide du.«

Ivy schaukelte auf der Sesselkante, die Hände zwischen den Knien. Erwartungsvoll guckte sie ihn an.

»Die gute Nachricht: Papiere zu beschaffen, ist kein Problem. Die schlechte: Ein Personalausweis kostet tausend Euro, ein Führerschein siebenhundert.«

Mit einem erleichterten Lächeln zog sie die Hände zwischen den Knien hervor.

»Du hast das Geld?«, fragte er erstaunt.

»Von meiner Großmutter. Sogar noch ein bisschen mehr.«

»Du weißt, dass die Sache nicht ohne Risiko ist?«

»Keine Papiere zu haben, ist nicht weniger riskant. Was, wenn ich plötzlich abhauen muss und nicht das Glück habe, jemandem wie dir zu begegnen und einen Ort wie diesen zu finden?«

Sie sprach darüber, als hätte sie für sich alles geklärt. Als könnte nichts sie überraschen und aus dem Takt bringen. Aber war das wirklich so?

»Wie läuft das jetzt ab?«, erkundigte sie sich.

»Du gibst Richie das Geld und er macht den Deal klar.«

Sie nickte.

»Du kannst ihm vertrauen, Ivy. Für Rich lege ich die Hand ins Feuer. Er würde niemals jemanden betrügen und dich erst recht nicht. Er hat dich sofort ins Herz geschlossen.«

»Ich ihn auch.«

Das wunderte Samu nicht. Er hatte sie im Café schon gespürt, diese unsichtbare Verbindung zwischen Ivy und Rich, die es nicht oft auf Anhieb gab.

»Darf ich dich was fragen, Ivy?«

»Klar.«

»Meinst du nicht, es wäre besser, dich doch an die Polizei …«

Ivy, die gerade an ihrem Kaffee nippte, stellte abrupt den Becher ab.

»Der Einfluss dieser Männer ist nicht grenzenlos, Ivy. Nicht alle Bullen stecken unter einer Decke.«

»Glaub mir, Samu, die finden jeden, den sie finden wollen. Und sie lassen sich von niemandem aufhalten.«

»Sie sind keine Götter.«

»Nein.« Ivy schüttelte den Kopf. »Das sind sie nicht. Sie sind Teufel.«

Samu fragte sich, aus welchem Grund sie mit einem derart gefährlichen Menschen zusammen gewesen war.

Aus Liebe?

Abhängigkeit?

Wäre sie gegangen, wenn sie früh genug bemerkt hätte, wie er tickte?

»Wenn du diesen Weg wirklich einschlagen willst, braucht Richie deine Daten: ein aktuelles Passfoto, deinen neuen Namen, Geburtstag, Geburtsort, Anschrift, das Übliche.«

Samu stutzte. War er tatsächlich im Begriff, ihr behilflich zu sein, illegalen Boden zu betreten? Er beugte sich zu ihr vor.

»Ivy ...«

»Bitte, Samu. Versuch nicht, mich davon abzubringen. Ich möchte ja hierbleiben. Ich muss mich nur vorbereiten, verstehst du? Damit sie mich nicht überrumpeln.«

»Hier wird dir keiner etwas antun«, versprach Samu, ohne zu wissen, ob er dieses Versprechen würde einhalten können.

Wer waren sie denn? Eine zusammengewürfelte Gruppe harmloser Menschen, die sich eine Auszeit am Meer nahmen. Was konnten sie ausrichten gegen drei korrupte Bullen, die einen ganzen Polizeiapparat hinter sich hatten?

»Hast du Beweise für ihre Machenschaften?«, fragte er. »Falls ja ...«

»Sie sind nicht dumm, Samu.«

»Aber ...« Samu hatte seine Zweifel lange genug zurückgehalten, er musste es wissen. »Warum hast du Niklas nicht verlassen?«

Ivy wich seinem Blick nicht aus.

»Ich habe mich selbst gefragt, wie es sein kann, dass ich die Anzeichen nicht wahrgenommen habe. Sie waren ja da. Niklas war von Anfang an fordernd und … grob. Er wollte, dass ich die Welt mit seinen Augen betrachtete – was ich nicht getan habe. Stattdessen sah ich sie allerdings rosarot.«

Samu hörte ihr reglos zu. War es bei ihm nicht ähnlich gewesen, als er Richie kennenlernte? Hatten die Glückshormone nicht ganze Arbeit geleistet und seinen Verstand ausgeschaltet? In den ersten Monaten hatten sie keinen einzigen Streit gehabt.

»In meiner Gegenwart haben sie sich zusammengerissen«, fuhr Ivy fort. »Zwar brachen ihre Gespräche häufig ab, sobald ich dazukam, aber ich habe ihnen lange geglaubt, dass es um dienstliche Dinge ging, die nicht für meine Ohren bestimmt waren.«

Das konnte Samu nachvollziehen. Er hätte niemals Vertrauliches aus seinem beruflichen Bereich ausgeplaudert, ebenso wenig wie Richie es tun würde.

»Was mich verunsicherte, waren diskriminierende Äußerungen über Menschen, die anders tickten als sie. Obwohl sie die gleich eilig zurechtrückten. Und dass es Leute gab, die offenbar Angst vor ihnen hatten und die Straßenseite wechselten, um ihnen nicht zu begegnen. Zuerst habe ich mir das mit der einschüchternden Wirkung erklärt, die Polizisten auf manche Menschen haben.«

Ivy blickte zum weit geöffneten Fenster, durch das eine angenehm frische Brise hereinwehte.

»Und dann war da Marvin. Der mit mir einen Schreibkurs besucht hat. Seine Texte waren ungestüm, mitreißend, berührend – und gefährlich. Sie gingen unglaublich tief. Ich habe gefürchtet, gehasst und geliebt, was er geschrieben hat. So sehr, dass Niklas eifersüchtig wurde.«

»Hatte er Grund dazu?«

»Ich habe ihn nicht betrogen.«

»Aber …«

»Marvin und ich … vielleicht sind unsere Seelen sich zu nah gekommen.« Sie hob die Hand zum Kopf und ließ sie mit einem verwirrten Lächeln wieder sinken. »Ich muss mich noch daran gewöhnen, dass da nichts mehr zum Zurückstreichen ist.«

Samu hatte Schwierigkeiten mit Begriffen wie *Betrug* und *Seitensprung*. Er glaubte fest daran, dass man die Liebe zerstörte, indem man ihr Fesseln anlegte. Obgleich es ihm ab und zu durchaus einen feinen Stich versetzte, wenn Richies Blick zu lange auf einem attraktiven Typen ruhte.

»Marvin ist aufbrausend und Furcht einflößend«, fuhr Ivy fort, »und er gibt bei seinen Freunden den Ton an. Insgeheim haben sie sogar Angst vor ihm, was beide vehement abstreiten würden. In seinen Texten ist die Macht, die er über die Menschen hat, deutlich spürbar. Er schreibt Rap-Songs mit einem erschreckend dunklen Sog. Dann wiederum entwickeln sie eine solche … Zärtlichkeit und eine so … starke poetische Kraft, dass einem die Tränen kommen.«

Samu betrachtete ihr Gesicht, das einen beinah träumerischen Ausdruck angenommen hatte. Kein Wunder, dass dieser Niklas Eifersucht empfand.

»Er besitzt eine große Anziehungskraft, und vielleicht habe ich mich in Niklas verliebt, um … mich dagegen zu wehren. Gleichzeitig nämlich hat etwas an Marvin mich spüren lassen, dass er mich irgendwann … zerstören würde. Ich habe … ach, ich weiß nicht, wie ich das erklären soll.«

Samu rief sich die Polizeiskandale ins Gedächtnis zurück, die die Gesellschaft in den vergangenen Jahren erschüttert hatten. Korruption. Gewalt. Rechtsradikalität. Antisemitismus. Homophobie.

Es widerte ihn an.

»Ich glaube nicht, dass es reicht unterzutauchen«, sagte er zögernd.

Ivy sah ihn fragend an.

»Selbst mit einem neuen Wohnort, einem neuen Namen, einer neuen Frisur und neuen Papieren bleibst du, was du in diesem Augenblick bist: ein Mädchen auf der Flucht. Spüren sie dich auf, bist du am Ende. Du hast keine Chance.«

Tränen glitzerten in ihren Augen. Samu fragte sich, ob es richtig war, ihr die Wahrheit brutal ins Gesicht zu sagen. Nach allem, was sie durchgemacht hatte, war sie schwerlich belastbar.

»Es gibt keinen Ausweg, Samu. Meinst du denn, ich hätte nicht sämtliche Möglichkeiten erwogen? *Es gibt keinen.*«

Sie wirkte so verloren, dass er sie am liebsten an sich gezogen hätte. Gleichzeitig signalisierte ihre Körperhaltung deutlich, dass sie Abstand brauchte, um ihre Selbstbeherrschung zu wahren.

»Vielleicht nicht«, sagte er. »Vielleicht aber doch. Hör zu.«

TEIL DREI

24.

»Selbstverteidigung beginnt lange vor einem Angriff«, erklärte Richie, während er Ivy im Sportclub herumführte. »Und zwar damit, dass du die Situation einer Attacke gar nicht erst entstehen lässt: Vermeide potenziell gefährliche Orte, wie Unterführungen und Parkhäuser, geh bei Dunkelheit nicht allein aus, mach keine einsamen Spaziergänge und behalte immer die Umgebung im Blick.«

Samu hatte nicht lange reden müssen, um Ivy davon zu überzeugen, dass Richie ihr helfen konnte, sich selbst zu helfen. Er hatte seinen Worten sofort Taten folgen lassen und gleich für den folgenden Vormittag das erste Treffen mit Richie vereinbart.

Ivy sah sich aufmerksam um, während sie langsam den Flur entlanggingen und den einen oder anderen Raum betraten. Und hörte Richie zu.

»Achte auf deine Körpersprache. Geh aufrecht und ohne Eile, guck den Leuten, die dir begegnen, in die Augen und weiche ihrem Blick nicht aus. Das stärkt einerseits deine Aufmerksamkeit und schwächt andrerseits die Position eines möglichen Angreifers.«

»Ich weiß«, sagte Ivy. »Ich habe mit zwölf schon mal einen Selbstverteidigungskurs gemacht.«

»Gut!« Richie war sichtlich erleichtert. »Dann brauchst du ja nur eine Auffrischung, bevor wir loslegen, und wir müssen nicht bei null anfangen.«

»Meine Großmutter hat darauf bestanden. Sie findet es unverzeihlich, Mädchen aufwachsen zu lassen, ohne ihnen beizubringen, wie sie sich wehren können.«

»Eine kluge Frau.«

»Das ist sie. Damals hatte ich überhaupt keine Lust dazu, weil meine Freundinnen nicht mitmachen durften. Doch meine Großmutter ließ nicht mit sich reden.«

»Und heute? Viel vergessen?«

»Bestimmt. Aber Jojo passt ja auf mich auf.«

Obwohl er nicht ständig bei ihr war, so wie hier, wo Hunde nichts zu suchen hatten.

»Ein Hund bietet natürlich einen gewissen Schutz. Bei den Typen, um die es sich in deinem Fall handelt, dürfte Jojo allerdings schlechte Karten haben. Von einem Hund lassen die sich nicht stoppen.«

»Das Problem ist seine Gutmütigkeit«, sagte Ivy. »Er würde einem Einbrecher eher die Hand lecken, als ihn einzuschüchtern.«

»Glaub ich nicht«, widersprach Richie. »Im Ernstfall würde er kämpfen. Bloß hätte er keine Chance. Die würden ihn abknallen, ohne zu zögern.«

Der Duft von Orangenöl überdeckte den Geruch nach abgestandener Luft und Schweiß. Die Klimaanlage war, wie Richie erklärt hatte, ausgefallen, was bei diesen hochsommerlichen Temperaturen einer mittleren Katastrophe gleichkam.

Ein Mann vom Reparaturdienst war bereits vor Ort, um den Schaden zu beheben. Ivy hatte ihn in seinem blauen Overall aus dem Firmenwagen steigen sehen.

Während sich an den Fitnessgeräten durchtrainierte Gesundheitsbewusste abrackerten und solche, die es werden wollten, fand in einem anderen Raum Kickboxen statt.

Nachdem sie zwei, drei Minuten zugesehen hatten, führte Richie Ivy an verschiedenen, wegen der Hitze offen stehenden Türen vorbei in eine Cafeteria, in der man kleinere Gerichte, Kuchen und Getränke bestellen konnte.

Eine Gruppe gut gelaunter Frauen in Sportklamotten saß hier um eine Geburtstagstorte versammelt, die sie unter großem Gelächter direkt vom Teller löffelten. Zwei Kerzen in Form einer Vier und einer Null tropften vor sich hin und hatten sich bereits bedenklich verformt, was unentwegt neues Gelächter auslöste.

»Hier ist es angenehmer als in meinem stickigen Büro.« Richie dirigierte Ivy zu einem Tisch, der ein wenig abseits stand, von einer palmenähnlichen Pflanze halb verborgen. »Was möchtest du trinken?«

»Etwas Kaltes.«

Er bestellte zwei große Gläser Eistee bei dem Typen hinter dem Tresen und nahm Ivy gegenüber Platz.

Es schien ein Sportclub der gehobenen Art zu sein. Beton und Glas, Glas und Beton, die Einrichtung sparsam und schlicht, hier und da ein großformatiges Foto von Wasser, Steinen, Holz und Sand.

Das Ganze wirkte sachlich und kühl.

»Viele Frauen fühlen sich mit einem Messer sicher«, sagte Richie, »mit Pfefferspray oder einer Schusswaffe. Aber wenn ein Angreifer so was in die Hände kriegt …«

»… kann er es gegen sein Opfer richten. Das war das Erste, was ich in dem Selbstverteidigungskurs gelernt habe.«

»Richtig. Außerdem muss man damit umgehen können und das setzt Übung voraus.«

»Ich bin eigentlich immer furchtlos gewesen«, sagte Ivy. »Habe mich mein Leben lang unabhängig und stark gefühlt. Das hab ich meiner Großmutter zu verdanken. Sie hat mich so erzogen.«

»Und das traumatische Erlebnis hat das zerstört?«

In Ivys Schläfen pulsierte der Schmerz, Vorbote einer Migräne, unter der sie neuerdings häufig litt. Sie versuchte, ihn zu ignorieren.

»Ich weiß nicht mehr, wer ich bin.«

Ivy massierte die Schläfen mit den Fingerspitzen.

»Kopfschmerzen?«

»Unwichtig.« Sie ließ die Hände sinken und musterte ihn abwartend. »Wirst du selbst mich trainieren?«

Seine Antwort kam postwendend.

»Ja. Und das bringt uns zum nächsten Thema: Wie viel Zeit haben wir, um dich fit zu machen?«

»Ich weiß es nicht.«

Die Erleichterung, die Ivy eben empfunden hatte, sog sich mit Schwere voll.

»Wir kriegen das hin.« Richie legte ihr die Hand auf

die Schulter. »Ich werde alles tun, um dir zu helfen. Versprochen.«

*

Richie war gut in seinem Job. Sport war sein Leben, und mit dem Club hatte er sich einen Traum erfüllt, ebenso wie sein Freund und Partner Ron. Er kannte Ron schon sein halbes Leben lang, und es hatte ihre Freundschaft nie belastet, dass er schwul war und Ron nicht.

Sie hatten sich während der Schulzeit kennengelernt. Zwei, die nicht ins Raster passten. Richie, weil er damals noch auf der Suche nach seiner sexuellen Identität umherirrte und weil sein Vater zwei Bars im Rotlichtmilieu betrieb. Ron, weil er der Sohn des Bürgermeisters war und außerdem ein Überflieger, der eine Klasse übersprungen hatte und lieber Schach spielte als Fußball.

Niemand konnte sich erklären, warum die beiden Jungen sich zueinander hingezogen fühlten, erst recht nicht sie selbst. Der sensible Ron hatte sich früh eine ruppige, halbstarke Art zugelegt, um sich vor Übergriffen auf dem Schulhof und der Straße zu schützen. Richie dagegen kam ohne Schutzschild zurecht und machte keinen Hehl daraus, dass er freiwillig Bücher las und Geige spielte.

Sein Vater hatte frühzeitig dafür gesorgt, dass er sich verteidigen konnte, und er hätte nicht gezögert, jedem, der seinem Sohn dennoch Gewalt antat, einen Schlägertrupp auf den Hals zu hetzen.

Was nie passiert war.

Glücklicherweise.

Ron und er verstanden einander ohne Worte, das war auch nach der Schulzeit so geblieben.

Ivys Lage zeigte ihm erneut, wie wichtig seine Arbeit war. Er bewunderte ihren Mut und ihre Entschlossenheit. Es war brandgefährlich, sich mit Bullen anzulegen. Sie musste ihren Erinnerungen trauen können, um gegen sie auszusagen, sonst hätte sie keine Chance, gehört zu werden.

Und dabei, dachte er, konnte er ihr helfen.

Er hatte schon die ängstlichsten Menschen von ihren Phobien befreit oder ihnen die Kraft gegeben, sich ihnen zu stellen, und er war nicht dazu bereit, bei Ivy zu versagen. Es passierte nicht oft, dass er jemandem begegnete, der auf den ersten Blick etwas in ihm anrührte. Die Furcht in Ivys Augen hatte ihn, zusammen mit ihrem zögernden Lächeln, mitten ins Herz getroffen.

Nachdem sie den Sportclub wieder verlassen hatte, setzte er sich an seinen Schreibtisch und fing an, einen Trainingsplan auszuarbeiten. In Ivys Fall ging es nicht in erster Linie darum, ihr ein Gefühl von Sicherheit zu verschaffen.

Bei ihr ging es um alles.

Er musste sie dafür fit machen, ihr Leben zu verteidigen.

Im Kampfsport gab es Schläge und Griffe, die tödlich sein konnten. Richie war klar, dass er mit dem, was er ihr beibringen würde, gegen seine Prinzipien verstieß. Doch in manchen Momenten musste man Farbe bekennen. Dies war ein solcher Moment.

Er bereitete sich innerlich darauf vor, seinen Vater irgendwann um Hilfe bitten zu müssen.

Falls Ivy das wollte.

Und falls er es fertigbrachte.

Bisher hatte er alles getan, um sich aus dem Dunstkreis seines Vaters zu befreien, aber irgendwann konnte es unvermeidlich werden, die Verbindungen anzuzapfen, über die sein Vater verfügte.

*

Samu hatte kein Problem damit gehabt, Ivy für das Gespräch mit Richie ein, zwei Stunden freizugeben, und soweit er das beurteilen konnte, war es auch für die andern keines gewesen. Richies Terminkalender quoll über, vor allem während der Hauptsaison. Da fanden sich nicht so schnell Lücken.

Und Ivy hatte keine Zeit zu verlieren.

Er hatte Lars mit ins Boot geholt, der zunächst Bedenken geäußert hatte, Ivy für die nächste Zeit einen Sonderstatus zuzugestehen. Nach einigem Hin und Her war es Samu schließlich gelungen, ihn zu überzeugen.

Gemeinsam mit Ivy hatten sie sich darauf geeinigt, dem Team zunächst eine abgespeckte Version mitzuteilen: Ivy war auf der Flucht vor einem gewalttätigen Freund und nahm Unterricht in Selbstverteidigung.

Punkt. Mehr war für den Augenblick nicht nötig.

Alle hatten solidarisch reagiert und Ivy ihre Unterstützung zugesichert. Dennoch war es wichtig, den Bogen nicht zu überspannen. Solidarität endete meistens bei den eigenen Bedürfnissen. Es durfte keine Konkurrenzsituation zwischen Ivy und den andern entstehen, deshalb musste Samu auf die winzigsten Anzeichen dafür achten, dass die Lage kippte.

Sein geordnetes, von festen, verlässlichen Abläufen bestimmtes Leben hatte sich verändert. Zum ersten Mal fühlte er sich für jemanden verantwortlich, der in Not war, und er hatte Angst davor, einen Fehler zu machen und Ivy in Gefahr zu bringen. Er war froh darüber, dass Richie ihm einen Teil der Verantwortung abgenommen hatte. Das machte die Last für ihn ein wenig leichter.

Als Nächstes würde er dem Team mitteilen, dass Ivy ihren Namen geändert hatte. Sie mussten sich so früh wie möglich daran gewöhnen, damit nicht einem von ihnen bei der Arbeit der richtige Name entschlüpfte. Er hatte sich vorgenommen, das am nächsten Morgen bei der Besprechung der To-do-Liste zu tun.

Beziehungsweise Ivy darum zu bitten.

Es war besser, wenn sie es von ihr selbst hörten.

In der Küche und hinter der Theke war sie vor den Blicken der Gäste weitgehend geschützt. Um die Arbeit in der Küche riss sich in den Sommermonaten niemand, weil es trotz offener Türen und einem leistungsstarken Ventilator zwischen Herd, Backofen und Spülmaschine unerträglich heiß werden konnte.

Ivy nahm das in Kauf. Sie fühlte sich dort geborgen, wie sie beteuerte, und gut bewacht von Jojo, der sich in Lanas gemütlichem Schlafkorb im Flur eingerichtet hatte.

Ein Problem, das sie bisher nicht gelöst hatten, war der Wagen von Ivys Großmutter. Eigentlich war Samu davon überzeugt, dass er hinter dem Verschlag in der Parkgarage sicher war, doch man hatte schon Pferde vor der Apotheke kotzen sehen, wie Lars in Zweifelsfällen gerne sagte.

Zwar hatte Samu vorsichtshalber eine Plane darüber ausgebreitet, aber es wäre in jedem Fall vernünftiger, das Auto verschwinden zu lassen.

Er nahm sich vor, mit Ivy darüber zu sprechen. Möglicherweise konnte er Richie davon überzeugen, mit seinem Vater Kontakt aufzunehmen. Der fände garantiert eine Lösung für das Problem. Er fand für alles eine Lösung.

Was einer der Gründe dafür war, dass Richie die Verbindung zu ihm gekappt hatte.

Samu machte sich hinter der Theke einen Tee zurecht und warf dabei einen Blick in die Küche. Ivy war damit beschäftigt, frisch gekochten Milchreis in Portionen abzufüllen. Milchreis mit Zucker und Zimt oder mit Kirschen war einer der Renner im Bistro. Es waren vor allem Eltern mit Kindern, die ihn bestellten. Die einzelnen Portionen wurden in den Kühlraum gebracht und bei Bedarf später in der Mikrowelle erhitzt.

Ivy war ganz versunken in ihre Arbeit. Ihre Bewegungen waren sparsam und effektiv, und es machte Freude, ihr zuzusehen. Doch dann sanken ihre Hände auf den langen Tisch, sie hob den Kopf und schaute aus dem Fenster.

In diesem Moment wirkte sie so einsam und allein, dass Samu am liebsten hingegangen wäre, um sie in die Arme zu nehmen. Stattdessen kehrte er zu seinem Tee zurück und trug ihn in sein Büro. Es gab Augenblicke, in denen ein Mensch allein sein musste, selbst im Schmerz.

Alles wird gut, dachte Samu. *Alles wird gut*.

Aber wie, wenn es ihm selbst nicht gelang, daran zu glauben?

25.

Hallo, mein Schatz,
dir müssen ständig die Ohren klingeln, so oft, wie ich an dich denke. Meine Ausstellung scheint ein Erfolg zu werden. Stockholm ist eine interessante, lebendige, kulturinteressierte Stadt mit interessanten, lebendigen, kulturinteressierten Menschen. Viele Begegnungen, Interviews und Einladungen in die schönsten Restaurants (Gift für die Figur ☺ *).*

Ich weiß, du brauchst Zeit für dich, Liebes. Ich möchte dir nur ein kleines Update schicken und dir sagen, dass ich dich lieb habe. Von hier bis zum Mond, drei Mal drum herum und zurück. Unser altes Ritual, weißt du noch?
Bis bald! ❤
Gran

Demnach hatte die Rothenbaum wirklich keinen Schimmer, wo ihre Enkelin sich befand. Sie hatte ihn nicht angelogen. Ärgerlich verstaute Niklas Ivys Handy wieder in der Tasche. Insgeheim hatte er gehofft, die Wahrheit aus der Alten rauskitzeln zu können.

Fehlanzeige.

Er verbrachte seine Mittagspause beim Imbiss um die Ecke. Der Betreiber hatte einige Stühle und Tische nach draußen gestellt. Billiges Plastikzeug, so dreckig und fleckig, dass man mit den Armen an der Tischplatte kleben blieb, doch immerhin von Bäumen umstanden, die den Platz mit ihrem flirrenden Laub gegen die grelle Sonne abschirmten.

Und ein kurzes Urlaubsfeeling vermittelten.

Niklas hatte sich einen Riesenburger mit Pommes bestellt, dazu eine große Cola. Dass die Kombination höchst zweifelhaft war, erfüllte ihn mit einem hämischen Vergnügen. Er ließ sich nichts vorschreiben, erst recht nicht von den freudlosen Gesundheitsaposteln, von denen es in den Medien wimmelte.

Ihm kam zugute, dass er ein drahtiger Typ war, der kein Fett ansetzte, egal was und wie viel er aß. Deshalb stopfte er in sich rein, wozu er gerade Lust hatte, und in diesem Moment hatte er Bock auf Fleisch. Und Fett. Und Zucker.

Die Tochter des Besitzers kam mit Eimer und Lappen und fing an, mit langsamen, gelangweilten Bewegungen die Tische abzuwischen. Der Eimer hatte laut Etikett ursprünglich Gewürzgurken enthalten, und Niklas meinte unwillkürlich, einen Essiggeruch in der Nase zu haben, was natürlich blanker Unsinn war.

Er betrachtete das Mädchen, das einen sehr kurzen, sehr engen Rock trug und sich sehr weit vorbeugte. Als sie an seinem Tisch vorbeikam, warf sie ihm einen aufreizenden Blick zu. Er schätzte sie auf sechzehn, höchstens siebzehn, wenn nicht jünger.

Verbotene Zone.

Insbesondere nachdem die Sache mit dem Mädchen, das sie auf der Straße aufgegabelt hatten, aus dem Ruder gelaufen war.

Was Niklas wieder an Ivy erinnerte und an die Nachricht ihrer Großmutter.

Er aß zu Ende, wischte sich die Hände an einer fadenscheinigen Serviette ab, die erwartungsgemäß riss, und zog Ivys Handy aus der Tasche.

Allmählich hatte er Übung als Ghostwriter. Weil er nicht wusste, wie Ivy ihre Großmutter ansprach, ließ er die Anrede weg:

Mir geht es gut, mach dir keine Sorgen. Ich melde mich, sobald ich so weit bin. Lass dich feiern in Stockholm! Du hast es verdient. Ich hab dich auch lieb. Von hier bis zum Mond … hab ich nicht vergessen …

Bla, bla, bla, dachte Niklas, hängte ein Kuss-Emoji an und schickte die Nachricht ab. Man konnte die Menschen nur betrügen, weil sie betrogen werden wollten. Sag ihnen, was sie hören möchten, dachte er, und sie glauben dir aufs Wort.

Prompt kam ein rotes Herz aus Stockholm zurück.

»Tja«, murmelte Niklas grinsend. »Wir verstehen uns eben ohne Worte.«

Er winkte dem Mädchen, zahlte und widerstand der Versuchung, ihr die Hand unter den Rock zu schieben. Mit einem Gefühl des Bedauerns stand er auf und ging. Nach ein paar Schritten drehte er sich um.

Sie stand da und sah ihm nach. Das überraschte ihn nicht.

Im Grunde waren alle Weiber gleich.

Ivy bildete da keine Ausnahme. Sie hatte ihn geschickt ausgehorcht und er war ihr treudoof auf den Leim gegangen. Alles hatte sie wissen wollen. Wie die Abläufe bei der Aufklärung der unterschiedlichsten Verbrechen aussahen, wo Probleme auftauchen konnten, welche Mittel ihnen bei der Suche nach vermissten Personen zur Verfügung standen.

Sie hatte ihn nach seinen Erfahrungen gefragt, ihn ohne Ende gelöchert, und er hatte sich geschmeichelt gefühlt und aus dem Nähkästchen geplaudert. Ivy studierte Schreiben und für ihre Geschichten brauchte sie Informationen. Deshalb hatte er sich zu Anfang nichts dabei gedacht, ihren Wissensdurst zu befriedigen – und seine Eitelkeit. Denn es hatte ihm gefallen, ihr zu imponieren.

Damals, als er frisch verliebt gewesen war.

Zwar hatte er ihr eingetrichtert, dass sie manches von dem, was er ihr anvertraut hatte, für sich behalten musste und für ihre Texte nicht verwenden durfte, aber mit seiner Vertrauensseligkeit hatte er ihr unabsichtlich Tipps gegeben, die sie nun nutzen konnte, um ihnen zu entkommen.

Er hatte komplett den Verstand verloren.

Niklas kehrte an den Schreibtisch zurück und versuchte, seine Emotionen runterzufahren. Doch erst nachdem er im Waschraum den Kopf unter den kalten Wasserhahn gesteckt hatte, beruhigte sich sein Gefühlschaos einigermaßen.

Warte, bis ich dich in die Finger kriege, dachte er in Endlosschleife, *warte*, und regte sich allmählich ab.

⋆

Am Abend würde Ivy zum ersten Mal mit Richie trainieren. Er hatte sie gebeten, bequeme Sachen anzuziehen, in denen sie sich gut bewegen konnte.

»Wir werden langsam anfangen«, hatte er angekündigt.

Dabei hätte Ivy am liebsten mit Volldampf losgelegt. Sie fühlte sich so verwundbar, dass sie es nicht länger ertragen konnte. Das Bild der Kickboxenden im Sportclub ging ihr nicht aus dem Sinn. Ihre präzisen, kraftvollen Bewegungen waren beeindruckend gewesen.

Ihr war klar, dass es jahrelange Übung erforderte, diese Stufe des Könnens zu erlangen, während Richie ihr auf die Schnelle wahrscheinlich lediglich helfen konnte, das zu vertiefen, was sie vor Jahren gelernt hatte.

Außerdem wollte er mit ihr an ihrer Fitness arbeiten.

Das konnte heiter werden.

Ivy sah auf die ulkige Metalluhr an der Küchenwand. Sie stellte eine schwarze Katze dar und das hin und her schwingende Pendel eine fliehende Maus. Passt zu mir, dachte Ivy und hoffte, dass sie, im Gegensatz zu der armen Maus, nicht ihr Leben lang auf der Flucht sein würde.

Erst drei.

Noch ewig hin bis sieben!

Nach der Mittagspause war der Andrang der Urlauber am größten. Reichlich Torten und Kuchen standen im Kühlraum bereit. Eine Auswahl hatte Ivy in der Vitrine ausgestellt. Sie hatte sich Mühe gegeben, alles hübsch herzurichten, und die Teller mit Früchten und Blüten dekoriert.

Der Aufwand hatte sich gelohnt.

»Wow«, hörte sie Annekes Stimme hinter sich. »Da läuft einem ja das Wasser im Mund zusammen.«

Im nächsten Moment hatte sie ihr Handy gezückt und fotografierte Ivys Werk von allen Seiten.

»Und jetzt wir.« Sie stellte sich neben die Vitrine und zog Ivy zu sich heran. »Lächeln!«

Ivy lachte in die Kamera. Es waren diese fröhlichen Augenblicke, die sie auffingen und in denen sie sich fast wie früher fühlte.

Sie alberten ein bisschen herum und schnitten Grimassen und Anneke drückte immer wieder auf den Auslöser. Plötzlich erstarrte Ivy. Auf dem Display entdeckte sie im Hintergrund einen Mann, der ihr vage bekannt vorkam. Sie fuhr herum, doch er war bereits verschwunden.

»Hey! Was soll das?«

Ivy hatte Anneke das Handy aus der Hand gerissen und blätterte durch die Aufnahmen, ohne zu antworten.

»What the fuck are you doing?«

Mit zusammengekniffenen Augen studierte Ivy die Gesichter sämtlicher Personen, die zufällig mit auf die Fotos geraten waren. Schließlich gab sie Anneke das Handy zurück. Der Mann war auf keiner der Aufnahmen zu sehen.

»Entschuldige«, murmelte sie und zog sich verwirrt in die Küche zurück.

»Du bist ganz blass, Ivy. Was ist los?«

Anneke war ihr gefolgt. Sie berührte Ivys Arm.

»Ich dachte, ich hätte jemanden erkannt.«

»Deinen … diesen Typen?«

Ivy hielt sich die Ohren zu, als ließe sich damit alles ausblenden, was gefährlich werden konnte. Vielleicht sollte sie sich auch die Augen zuhalten und den Mund.

Unsichtbar werden.

»Soll ich fragen, ob jemand für dich einspringen kann?«

Die Vorstellung, sich mit Jojo in ihr ruhiges Apartment zurückzuziehen, war verlockend, dennoch schüttelte Ivy den Kopf.

»Nein, nicht nötig. Es tut mir gut zu arbeiten.«

»Und wenn er zurückkommt?«

»Er … ist nicht auf den Fotos«, sagte Ivy kaum hörbar. »Anscheinend werde ich allmählich irre und bilde mir alles Mögliche ein.«

»Wirst du nicht. Deine Augen haben dir einfach einen Streich gespielt.«

Wahrscheinlich hatte sie recht. Ivy wurde ein wenig leichter ums Herz. Sie musste sich geirrt haben. So was kam vor. Auch bei andern, die ein intaktes Erinnerungsvermögen besaßen.

»Danke, Anneke.«

Anneke umarmte sie und kehrte in den Gastraum zurück. Ivy atmete tief durch und machte die ersten Bestellungen zurecht. Jojo hatte sich in seinem Korb zusammengerollt. Hier gab es immer jemanden, der ihn mit nach draußen nahm und ihm Gelegenheit gab, sich auszutoben.

Das machte glücklich.

Und müde.

Doch sobald sich irgendwer Ivy näherte, hob er den Kopf und vergewisserte sich, dass keine Gefahr drohte, bevor er ihn wieder auf die Pfoten sinken ließ. Als hätte er begriffen, was Marleen ihm aufgetragen hatte, als sie ihn Ivy überließ.

Marleen …

Der Gedanke an sie tat weh, und bloß die Befürchtung, dass Niklas und seine Freunde sie mittlerweile vielleicht ausfindig gemacht hatten und überwachten, hielt Ivy davon ab, anzurufen, um wenigstens kurz ihre Stimme zu hören.

Sie sehnte sich danach, mit Granny und den Freundinnen zu telefonieren. Zu erfahren, wie Nayla und Bahar es bei ihrem Job im Bauhaus angetroffen hatten und Marcie als Au-pair in der Bretagne.

Abgeschnitten. Jede Verbindung gekappt.

Ihr früheres Leben fand ohne sie statt.

»Hallo«, riss Annekes Stimme sie aus ihren Gedanken. »Erde an Ivy. Zweimal Himbeer-Joghurt, einmal Apfel, einmal Käse-Kirsch und zweimal Karotte-Nuss.«

»Sorry. Kommt sofort.«

Ivy riss sich zusammen und hob die Himbeer-Joghurt-Torte aus der Vitrine. Als sie bei dem Karotten-Nuss-Kuchen angelangt war, hatte sie sich wieder im Griff.

Braves Mädchen, dachte sie.

Und alles lief wie geschmiert.

*

Richie hatte den letzten Kurs beendet und gönnte sich ein Sandwich im Außenbereich der Cafeteria. Mit ein paar eindrucksvollen Kübelpflanzen und mehreren bunten Sonnenschirmen hatten sie eine Oase geschaffen, die das heiße Augustwetter einigermaßen erträglich machte. Selbst jetzt, am frühen Abend, besaß die Sonne noch eine enorme Kraft.

Glücklicherweise war der Typ, der die Klimaanlage eingebaut hatte, ein guter Kunde des Sportclubs und sofort gekommen, um das Teil wieder ans Laufen zu bringen. Es war keine große Sache gewesen, aber die Wirkung war enorm. Man konnte durchatmen und es brach einem nicht bei der kleinsten Bewegung der Schweiß aus.

Richie hatte sich den Abend freigeschaufelt, damit er die Arbeit mit Ivy nicht unterbrechen musste. Er konnte ihre körperliche und mentale Verfassung nicht einschätzen, ging jedoch davon aus, dass es in beiden Bereichen einiges zu tun gab.

Vor einem Einzelunterricht nahm er sich vorher in der Regel Zeit, um so viel wie möglich über den Kunden in Erfahrung zu bringen. Das Programm musste exakt auf ihn zugeschnitten werden und dafür benötigte er ausführliche Informationen.

Trotz ihres Vorgesprächs am Morgen wusste er ziemlich wenig über Ivy, und er fürchtete, das würde sich so schnell nicht ändern. Samu irrte sich, wenn er glaubte, eine Handvoll guter Ratschläge würde das Mädchen im Ernstfall schützen. Jemand, der durchgemacht hatte, was Ivy zugestoßen sein musste, konnte sich nur verteidigen, wenn er auch von innen stark gemacht wurde.

Und dazu brauchten sie Zeit.

Die sie nicht hatten.

Außerdem war er kein Psychotherapeut. Er war sich ja selbst ein Rätsel.

Richie ließ sich ein zweites Sandwich zubereiten und warf einen Blick in den Raum der Yogagruppe. Die Teilnehmer gehörten zu einem Kursus für Fortgeschrittene. Ihre Bewegungen strahlten Ruhe und Sicherheit aus.

Einige Übungen hatte er in seinen Plan für Ivy eingebettet. Die stille Kraft des Yoga war eine hervorragende Grundlage für die Selbstverteidigung und half, Panik zu vermeiden.

Als Ivy sein Büro betrat, sah sie sich rasch um, und Richie hätte gewettet, dass sie jede Einzelheit in sich aufnahm. Ein gutes Zeichen, denn sie war aufmerksam und schnell.

»Ziemlich bescheiden«, sagte er. »Ich weiß. Und auf den ersten Blick ganz schön chaotisch. Aber unter dem Chaos verbirgt sich jede Menge Ordnung.«

Sie lächelte. Offenbar gehörte sie zu den Menschen, die nicht zwanghaft zu allem und jedem ihre Meinung kundtun mussten.

Richie fragte sich, aus welchem Grund er sich für das Büro entschuldigte. Weil Ron kein Schreibtischmensch war, hatte er selbst den anfallenden Bürokram übernommen und bewältigte ihn mithilfe eines befreundeten Steuerberaters sogar recht gut. Und da er so wenig Zeit wie möglich damit verbringen wollte, gab es in diesem Raum nichts, was ihn ablenken konnte.

Da war lediglich der Schreibtisch mit einem Stuhl dahinter und einem davor, ein Regal für Fachliteratur zu den Bereichen Sport, Medizin und Kulturgeschichte und ein abschließbarer Schrank für diverse Unterlagen.

»Wie fühlst du dich?«, fragte er, als Ivy schließlich vor ihm saß und ihn mit einer Mischung aus Erwartung und Nervosität ansah.

»Aufgeregt.«

»Musst du nicht sein.«

»Ich weiß.«

»Hier passiert nichts, womit du nicht einverstanden bist. Du allein steckst deine Grenzen ab und bestimmst, wie weit du zu gehen bereit bist.«

»Bis ans Limit. Ich habe keine Wahl.«

»Man hat immer eine Wahl.«

»Nicht, wenn man sein Gedächtnis verloren hat.«

Man hat immer eine Wahl. Wie oft hatte er diesen Satz schon von sich gegeben, ohne zu erkennen, wie schrecklich falsch er sein konnte. Richie beschloss, in Zukunft gut zu überlegen, wann und zu wem er ihn sagte.

»Was genau erwartest du, Ivy?«

Ihr Blick irrte umher, blieb an der Birke vor dem Fenster hängen und kehrte zu Richie zurück. Verschwommen. Als wäre sie gar nicht richtig anwesend.

»Dass du mir beibringst zu überleben.«

»Du wirst mehr als eine Grenze überschreiten müssen, um dich wirklich zu schützen.«

Sie hob den Kopf.

»Tu ich es nicht, werden sie mich töten.«

Sie sagte das, als ginge es um etwas Alltägliches, etwas völlig Normales, das man beiläufig erwähnte. Er räusperte sich.

»Unsere Polizeibeamten hier sind in Ordnung«, sagte er behutsam. »Man darf ihnen, glaube ich, trauen.«

»So hab ich auch mal gedacht.«

Plötzlich war er wieder da, der gehetzte Blick, der auf keinem Gegenstand verweilen wollte.

»Ivy …«

»Kannst du mir das garantieren?«

»Nein.« Er schüttelte den Kopf. »Das nicht.«

»Ich kann mich nicht an die Polizei wenden, Richie. Unmöglich.« In ihrer Stimme lag ein Flehen, das ihm Gänsehaut verursachte. »Selbst wenn ich glauben könnte, dass sie versuchen würden, mich zu schützen – und das vor den eigenen Kollegen –, wie kann ich ihnen von einem Verbrechen erzählen, das möglicherweise nur in meinem Kopf stattgefunden hat?«

Entgeistert starrte er sie an.

»Das hältst du für möglich?«

Ivy rang die Hände auf dem Schoß. Sie presste sie so fest zusammen, dass ihre Knöchel weiß hervortraten. Überhaupt führten ihre Hände ein Eigenleben, waren unentwegt in Bewegung. Sie strichen über den Stoff ihrer weißen Leinenhose, zerknautschten den Saum ihres schwarzen T-Shirts, zupften an ihren kurzen Haaren.

Sie war auf der Flucht, das durfte Richie nicht vergessen. Obwohl sie einen Job in einem tollen Team gefunden und sich gut eingelebt hatte, war sie doch immer noch auf der Flucht.

»Ich habe jede Nacht Albträume, beobachte jede Nacht dieselbe Szene, ohne die Gesichter der Männer zu erkennen. Ich höre ein Mädchen schreien und das Lachen der Männer. Aber sie bleiben im Dunkeln.« Tränen schimmerten in ihren Augen. »Selbst wenn ich sie deutlich vor mir sähe – ein

Traum ist ein Traum. Soll ich zur Polizei gehen und sagen: Ich habe von einem Verbrechen geträumt und fühle mich seitdem bedroht? Und zwar von Polizisten, deren Aufgabe es eigentlich ist, die Bürger zu schützen? Bestenfalls schicken die mich in die Psychiatrie.«

Sie hatte recht. Kein Polizist würde aufgrund einer solchen Aussage aktiv werden. Vor allem dann nicht, wenn die Beschuldigten Kollegen waren, gleichgültig, aus welchem Bezirk sie kommen mochten.

Eine Krähe hackt der andern kein Auge aus.

»Okay«, sagte er. »Machen wir das Beste aus der Situation. Einen Selbstverteidigungskursus kann man nicht im Schnellverfahren absolvieren, das wissen wir beide. Eine reale Gefahrensituation ist nicht vergleichbar mit Trainingssituationen. Du musst im Ernstfall nicht bloß anwenden, was du gelernt hast, du musst mit klarem Kopf abschätzen, wie du auf was reagierst. Letztlich ist es unter Umständen deine *Kreativität*, die dich rettet. Allerdings …«

»Ich weiß, was du sagen willst.« Ivy blickte auf die zitternden Blätter der Birke draußen. »Mein Gegner ist kein ahnungsloser Angreifer, sondern ein ausgebildeter, durchtrainierter Polizist.«

»Und nicht nur einer.«

»Richtig.« Ivys Blick kehrte zu Richie zurück und kleine Lachfältchen bildeten sich um ihre Augen. »Unter drei Gegnern tu ich's nicht.«

»Hab ich mir gedacht.« Richie grinste. »Also?«

»Trainieren wir trotzdem. Keiner von ihnen wird erwarten, dass ich mich überhaupt wehre.«

»Das wird ihr erster Fehler sein«, sagte Richie. »Sie werden dich unterschätzen. Darauf arbeiten wir hin.«

»Ja.«

Auf einmal wirkte sie wie befreit. Als hätte sich ein Ausweg vor ihr aufgetan.

Sie ballte die Fäuste.

»Fangen wir an.«

26.

Ivy spazierte am Strand entlang und beobachtete schmunzelnd Jojo, der wie ein junger Hund vor ihr hersprang. Das Wasser umspülte ihre Füße. Es war lauwarm und brachte Steine mit, Tang – und Bernstein, nach dem zahlreiche Urlauber bei ihren Spaziergängen eifrig suchten.

Meist ohne etwas zu finden, denn bevor sie am Morgen loszogen, hatten die professionellen Bernsteinsucher ihre Arbeit längst erledigt.

Seltsamerweise war der Strand menschenleer, und es waren keine Geräusche zu hören, außer dem leisen Hin und Her des Wassers. Richtige Wellen gab es an der Ostsee höchstens bei Sturm, und dann veranstalteten sie einen geradezu ohrenbetäubenden Lärm, der urzeitliche Ängste weckte.

Möwen segelten in der Luft oder ruhten sich auf dem Wasser aus. Um sie aufzuscheuchen, stürzte Jojo sich übermütig ins Meer.

Wo waren die Urlauber? Die anderen Hunde? Wieso fuhr kein einziges Schiff am Horizont?

Ivy hatte gerade begonnen, sich darüber zu wundern, als

sie vor sich die schwarze Gestalt eines Mannes entdeckte, der in dieselbe Richtung ging. Wo war er hergekommen? Es schien, als sei er aus dem Nichts aufgetaucht. Sie hatte ihn nicht aus den Dünen treten sehen und er hatte keine Spur im Sand hinterlassen.

Jojo kam zurück und hielt sich in angespannter Körperhaltung neben ihr. Er knurrte leise, schaute zu ihr auf und konzentrierte sich erneut auf den Mann da vorn, der ohne erkennbare Eile ausschritt.

Der Abstand zu dem Unbekannten verringerte sich unnatürlich rasch, obwohl Ivy von Sekunde zu Sekunde langsamer wurde. Während sie sich noch fragte, wie das zu erklären war, hatte sie ihn beinah erreicht.

Jojo fletschte jetzt die Zähne und lief geduckt, bereit zum Sprung.

»Bleib«, flüsterte Ivy.

Er gehorchte, hielt sich so dicht an ihrer Seite, dass sein Kopf ihr Bein berührte. Das Herz klopfte Ivy bis zum Hals. Ein Wolkenschatten fiel auf den Strand.

In diesem Augenblick drehte der Mann sich um.

Wo sein Gesicht sein sollte, klaffte ein Loch.

Mit einem erstickten Schrei wachte Ivy auf und rang nach Luft. Schweiß hatte sich in ihrem Nacken und auf ihren Handflächen gesammelt. Hektisch sah sie sich in ihrem Apartment um.

Alles in Ordnung. Sie hatte geträumt.

Früher hatte sie selten geträumt und nun waren Träume Teil ihres Lebens geworden. Die meisten waren wie dieser, ein unterschwelliges Gefühl von Bedrohung, das sich unaufhörlich steigerte, bis es sich in reine Panik verwandelte.

Und immer waren die Gesichter der Männer, die darin die Hauptrolle spielten, wie ausgelöscht.

Jojo, der am Fußende lag, hatte den Kopf gehoben.

»Mir fehlt nichts«, sagte sie leise. »Alles gut.«

Sie tapste barfuß ins Bad und sank schlaftrunken auf die Klobrille. Ihr fehlte nichts?

Lächerlich.

Ihr gesamtes Leben fehlte ihr und nichts war gut.

»Granny fehlt mir«, verriet sie Jojo, als sie wieder unter die Bettdecke kroch. »Meine Freundinnen fehlen mir. Der Job, den ich in den Semesterferien machen wollte, fehlt mir. Mein Zimmer in Kiel fehlt mir. Meine Bücher fehlen mir. Marleen fehlt mir. Klara und sogar Charlotte und der kleine Roman fehlen mir. Nichts ist gut. Das einzig Gute an meiner Situation bist du.«

Doch das stimmte nur halb. Sie hatte immerhin das unverschämte Glück gehabt, Samu, Richie und dem Team zu begegnen, einen Job zu ergattern und, falls alles glattlief, an falsche Papiere zu gelangen.

Möglicherweise hatte das erste Training gestern Abend den Albtraum ausgelöst. Das Gespräch mit Richie hatte ihr ihren ganz persönlichen, ganz realen Albtraum drastisch vor Augen geführt. Dabei hinderte sie ohnehin jeder einzelne Tag daran, ihre Lage zu verdrängen, obwohl sie sich verzweifelt danach sehnte.

Die einzigen Gelegenheiten, bei denen sie sich leicht fühlte und ein wenig wie früher, waren die Spaziergänge am

Meer, und sie hoffte inständig, dass kein Albtraum der Welt daran etwas ändern würde.

Jojo zuckte im Schlaf mit den Pfoten, vielleicht unterwegs zu einem neuen Abenteuer. Für einen Moment beneidete sie ihn. Er nahm das Leben, wie es kam, grübelte nicht und lief voller Neugier und Selbstvertrauen durch die Welt.

Oder steckte auch er gerade in einem Albtraum fest? Sie rutschte ans Fußende und streckte sich neben ihm aus. Seine Pfoten kamen zur Ruhe, sein Atem ging gleichmäßig, und Ivy bewachte seinen Schlaf, bis ihr die Augen zufielen.

An diesem Morgen war das gesamte Team zur Frühbesprechung versammelt, was nicht selbstverständlich war. Normalerweise fehlte der eine oder andere, sei es wegen Krankheit oder weil etwas Wichtigeres erledigt werden musste. Heute waren sie wie durch ein Wunder vollzählig.

Nachdem die Arbeiten verteilt waren, hob Ivy die Hand. Ihr Herz schlug schneller, als sie nach den richtigen Worten suchte. Am liebsten hätte sie einen Rückzieher gemacht, doch es war notwendig, dass alle über ihren neuen Namen informiert wurden – und erfuhren, wie gefährlich die Situation werden konnte. Nicht bloß für Ivy, sondern für jeden, der sich zufällig in ihrer Nähe befand.

Für die falschen Papiere hatte sie sich falsche Daten ausdenken müssen. Es war ihr nicht schwergefallen, sich die aus den Fingern zu saugen, doch mit einem neuen Namen hatte es ums Verrecken nicht klappen wollen.

Ihren Namen abzulegen wie ein Kleidungsstück, hatte sie als Ungeheuerlichkeit empfunden, und keiner der Namen, die ihr in den Sinn gekommen waren, hatte ihr gepasst. Am Laptop hatte sie schließlich Liste um Liste der angeblich schönsten Mädchennamen überflogen, ohne sich entscheiden zu können.

Dann hatte sie sich an das Gedicht *Möwenlied* von Christian Morgenstern erinnert, das sie oft von ihrer Großmutter gehört hatte und immer noch auswendig kannte.

Die Möwen sehen alle aus,
als ob sie Emma hießen.
Sie tragen einen weißen Flaus
und sind mit Schrot zu schießen.

Ich schieße keine Möwe tot,
ich lass sie lieber leben –
und füttre sie mit Roggenbrot
und rötlichen Zibeben.

O Mensch, du wirst nie nebenbei
der Möwe Flug erreichen.
Wofern du Emma heißest, sei
zufrieden, ihr zu gleichen.

Wäre es nicht so traurig gewesen, hätte sie sich schiefgelacht. Da verlor man sein Gedächtnis und musste es Stück für Stück mühsam wieder zusammenklauben, behielt jedoch in Erinnerung, dass Zibeben getrocknete Weinbeeren waren.

Verrückt. Vollkommen verrückt.

Zuerst herrschte betroffenes Schweigen. Sie rückten sich auf ihren Stühlen zurecht und schwiegen weiter. Sahen einander an. Schwiegen.

Ivy hatte sich das einfacher vorgestellt.

Irgendwann sagte Anneke: »Emma. Dat is een mooie naam.«

»Find ich auch.« Dunja legte den Kopf schief und musterte Ivy. »Passt irgendwie zu dir.«

Tonio hob seine Teetasse.

»Auf Emma!«

Alle hielten ihr Glas, ihre Tasse oder ihren Becher hoch.

»Auf Emma!«

»Und darauf, dass wir uns den neuen Namen einhämmern, bis wir ihn im Schlaf runterbeten können.« Andries nahm einen großen Schluck aus seinem Becher. »Aber ich werd den alten vermissen.«

»Hast du auch einen neuen … wie heißt das in Deutsch … achternaam?«, erkundigte sich Anneke.

Um einen Nachnamen zu finden, hatte Ivy eine Deutschlandkarte aufgerufen und war bei Bernburg hängen geblieben. Der Name hatte sie an Bernstein erinnert und damit eine Verbindung zu dem Ort hergestellt, der im Augenblick das einzige Zuhause war, das sie besaß, Heiligenhafen.

»Bernburg«, sagte Ivy mit einer Selbstverständlichkeit, als hätte sich ihr Leben in einen James-Bond-Film verwandelt, in dem falsche Papiere und Namen noch die kleinsten Probleme im Kampf ums Überleben waren.

»Emma Bernburg.« Tonio grinste breit. »Krass, Mann.«

»Das ist kein Spiel«, warnte Samu. »Nehmt das nicht auf die leichte Schulter.«

»Kann ich bestätigen.« Ela, die neben Ivy saß, zog eine Zigarette aus einer zerdrückten Camelpackung, erinnerte sich an das Rauchverbot und steckte sie brav zurück. »Hab oft genug mit den Bullen zu tun gehabt.«

Den erstaunten Gesichtern nach zu urteilen, wusste niemand, was sie damit meinte.

»Die Polizei, dein Freund und Helfer«, stieß sie verächtlich aus. »Das kenn ich aber *ganz* anders.« Sie sah sich in der Runde um. »Und nein: Ich will nicht drüber reden.«

»So kann man sich verplappern«, stellte Elias trocken fest.

Das Gelächter war befreiend.

»Tod den Bullen!«

Julian reckte die Faust. Er konnte leicht Witze reißen, dachte Ivy, denn er hatte keinen Schimmer, mit wem er es im Ernstfall zu tun bekommen würde. Nicht den Funken einer Ahnung, in welcher Gefahr jeder schwebte, der sich mit Niklas, Marvin und Alan anlegte.

»Auf Emma«, sagte Samu mit unbewegter Miene, und im selben Augenblick rief draußen eine Möwe.

Manchmal dachte Ivy, passt einfach alles zusammen. Sie nahm es als Zeichen und machte sich daran, das Frühstück für die ersten Gäste vorzubereiten, die bald eintrudeln würden.

*

Im *Institut Pegasus* ging das Leben seinen gewohnten Gang. Im Gegensatz zur Uni gab es hier keine Semesterferien, was Marvin sehr entgegenkam. Er war ein Mensch, der klare Abläufe schätzte, die seinem Alltag Struktur gaben.

Gäbe es keine Dienstzeiten, würde er die Nacht zum Tag machen und käme morgens nicht aus dem Bett. Gäbe es keine Gesetze, würde er komplett abstürzen. Es war eine Sache, die Gesetze kreativ auszulegen, es war eine andere, im Chaos zu versinken.

Auch seine Songs brauchten Struktur, um die er hart kämpfte.

Maßlos hatte die Dozentin sie genannt, und es kam Marvin vor, als würde sie seine Texte nur mit äußerster Vorsicht berühren. Als könnten sie in ihren Händen explodieren oder sie mit einem Virus infizieren, das sie tötete oder in einen Zombie verwandelte.

Marvin wusste mit dieser Frau nichts anzufangen.

Seine Sprache war heftig, ehrlich und konsequent. *Brutal*, wie Frau Dr. Manz es ausdrückte, *an etlichen Stellen grenzwertig*.

Als hätte Marvin Grenzen je anerkannt.

Seine Texte ließen niemanden kalt und das war schließlich seine Absicht. Er riss sich doch beim Schreiben nicht das Herz aus dem Leib, um die Leute zu unterhalten. Er tat es, um ihnen die Tür zu seiner Welt aufzustoßen, die voller Schmerzen war und höllenschwarz.

Frau Dr. Manz, die ihren Titel bei einem Preisausschreiben gewonnen haben musste, bezeichnete sich als Schriftstellerin. Sie behauptete, den Job als Dozentin bloß angenommen zu haben, um nicht von Agenturen und Verlagen abhängig zu sein.

Sie war Mitte vierzig und hatte vor Jahren einen Roman veröffentlicht, dem bislang kein zweiter gefolgt war.

Marvin hatte sich über eine Tauschbörse ein Exemplar

besorgt, da das Werk nicht mehr lieferbar war. Nach den ersten Seiten hatte er begriffen, dass seine Texte und die von Frau Dr. Manz wie Feuer und Wasser waren.

Beim letzten Mal hatte sie ihm die Zeilen, die er sich zu dem vorgegebenen Thema *Klimawandel* abgerungen hatte, kommentarlos zurückgegeben. Ein Schlag ins Gesicht. Sie wählte seine Texte schon eine Weile nicht mehr für die Diskussionsrunden aus, bevorzugte geschniegeltes, gefälliges, zum Gähnen ödes Zeug, wie sie selbst es verfasste.

Marvin fragte sich, was er noch im *Pegasus* verloren hatte. Ohne Resonanz. Ohne Anreiz.

Ohne Ivy.

Allein ihre Anwesenheit inspirierte ihn. Sogar ihre Abwesenheit, wie er feststellen musste.

was wenn du irgendwo liegst halb unter altem laub vergraben in einem wald wie du ihn liebst was wenn vögel an deinen toten augen picken und käfer kriechen dir über die haut was wenn ich dich getötet hab wer weiß das schon der tod ist mir vertrauter als du es je gewesen bist warum du keine sonst – du und dieser schmerz den du in mich gepflanzt hast ...

Er schrieb ohne Punkt und Komma, jede freie Minute. Atemlos. Wie unter Wasser. Das Schreiben erlöste ihn nicht wie sonst. Es quälte ihn.

Die Ergebnisse zeigte er keinem. Sie waren einzig für ihn bestimmt. Er würde keinen Song daraus machen, denn das hieße, sich vollständig auszuliefern.

Und unentwegt spukte ihm Ivy im Kopf herum. Der Gedanke daran, sie vielleicht nie wiederzusehen, trieb ihn in den Wahnsinn.

Irgendwo *musste* sie doch sein. Irgendwer *musste* sie gesehen haben. Kein Mensch löste sich in Luft auf. Jeder hinterließ Spuren. Sie mussten sie nur finden.

Nach Dienstschluss war Niklas am Tag zuvor noch einmal zu Mia Rothenbaums Haus gefahren. Sie wussten ja, dass die alte Dame sich derzeit in Stockholm aufhielt.

Der Golf hatte nicht mehr in der Garage gestanden.

Marvin erinnerte sich daran, dass Mia Rothenbaum ihm erzählt hatte, den Wagen so gut wie nie zu benutzen und auf langen Strecken grundsätzlich nicht. Falls sie ihn also nicht zufällig in eine Werkstatt gebracht oder verliehen hatte, musste Ivy mit ihm unterwegs sein.

Irgendwo.

Der Radius, auf den sich ihre Befragungen konzentrierten, hatte sich damit erledigt.

In der Mittagspause traf Marvin sich mit Niklas und Alan in der Kantine. Obwohl die Klimaanlage auf Hochtouren lief und die kühle Luft sich ihm wie ein Film auf die Haut legte, spürte er die Hitze, die draußen auf den Straßen stand.

Es herrschte nicht viel Betrieb, wie meistens an sehr heißen Tagen. Marvin entschied sich für die Gemüsepfanne, die ihm prompt den Schweiß auf die Stirn trieb, und beneidete Niklas und Alan um ihren leichten Sommersalat.

Sie waren nicht hauptsächlich zum Essen hergekommen, sondern wollten gleichzeitig über ihre Fortschritte reden.

Bei ihren Fällen war das üblich. Doch hier nützte ihnen ihre Routine nichts. Sie ermittelten unter dem Radar, mit einem Fuß in der Illegalität, und das konnte ihnen das Genick brechen, ganz abgesehen von der verdammten Geschichte mit dem Mädchen.

Alan war ungewöhnlich schweigsam.

»Würdest du dich gefälligst an den Überlegungen beteiligen?«, zischte Marvin.

»Was willst du denn überlegen?«, wehrte Alan ab. »Wir sind mit sämtlichen Mitteln durch, die uns zur Verfügung stehen. Wir können bloß hoffen, dass …«

»… Ivy uns zufällig in die Arme läuft?«

Niklas sah aus, als wär er kurz davor, Alan ins Gesicht zu springen.

Sie liefen nicht Gefahr, belauscht zu werden. Die nächsten Kollegen saßen weit genug entfernt. Trotzdem hielt Marvin die Augen auf. Es ging hier nicht um unverhältnismäßige Gewaltanwendung bei einer Verhaftung oder eine weitere Überschreitung ihrer Kompetenzen.

Sie hatten einen Mord begangen.

Und eine potenzielle Zeugin lief irgendwo da draußen herum.

Ivy …

Marvin schob den Teller beiseite. Er brachte keinen Bissen mehr runter. Wenn nicht ein Wunder geschah, waren sie am Arsch.

27.

Es wollte nicht klappen. Auch Samu rutschte immerzu das vertraute *Ivy* heraus. Dachten sie aber daran, den neuen Namen zu benutzen, konnte es sein, dass Ivy nicht reagierte, weil sie glaubte, jemand anders sei gemeint.

»Das wird schon.«

Es war der Satz, den Samu an diesem Tag am häufigsten aussprach. Er sagte ihn zu Lars und zu jedem im Team. Er sagte ihn zu Jojo, zu seinem Laptop und zu sich selbst.

Drei kleine Worte, die Mut machen sollten.

»Emma?«

Ivy war gerade damit beschäftigt, die Spülmaschine auszuräumen, und reagierte nicht.

»Emma!«

Endlich drehte sie sich um, den Besteckkorb in den Händen. Ein resigniertes Lächeln huschte über ihr Gesicht.

»Daran gewöhne ich mich nie.«

»Das wird schon.«

»Dein Wort in Gottes Ohr.«

Wenn Gott nur zuhören würde, dachte Samu.

»Richie kommt jeden Moment«, sagte er. »Möchtest du

noch mal nachsehen, ob du irgendwas im Auto vergessen hast? Das wär jetzt die letzte Gelegenheit.«

Sie nickte und stellte den Besteckkorb in die Spülmaschine zurück. Jojo setzte sich auf.

»Bleib«, sagte Ivy. »Wir sind gleich wieder da.«

Richie erwartete sie an Samus Stellplatz in der Tiefgarage. Misstrauisch lugte er hinter der Trennwand hervor, als er ihre Schritte hörte.

»Wir sind's«, sagte Samu unnötigerweise.

Noch vor wenigen Tagen hätte er niemals erwartet, in so eine Geschichte zu schlittern und auch noch Richie mit hineinzuziehen, indem er ihn überredete, über seinen Schatten zu springen und seinen Vater um Hilfe zu bitten.

»Ich hab ihn schon wegen der Papiere angehauen«, hatte Richie abgewehrt. »Ich bitte ihn garantiert nicht um einen weiteren Gefallen.«

»Rich ...«

»Du kennst ihn nicht, Samu. Reichst du ihm den kleinen Finger ...«

»... nimmt er die ganze Hand.«

»Schön wär's. Nein. Er krallt sich deine Hand und reißt dir den Arm ab. So ist mein Alter drauf.«

»Übertreibst du nicht ein bisschen?«

»Er ist nicht mehr der Daddy von früher, der mir alles erlaubt hat, was andere Väter ihren Kindern verboten haben.«

»Rich ...«

»Und vor dem ich trotzdem schrecklichen Schiss hatte. Weil ich seine andere Seite kenne. Er ist machthungrig und größenwahnsinnig, erträgt keinen Widerspruch und lebt nach dem Motto *Geld regiert die Welt*.«

»Rich«, sagte Samu, jetzt »du kannst jederzeit einen Rückzieher machen.«

»Ich bin nicht der Typ für Rückzieher.«

»Du musst den Wagen doch nur bei ihm abstellen.«

»*Nur* … guter Witz.«

»Soll ich ihn hinfahren? Ich nehm dir das gerne ab.«

»Oder ich«, bot Ivy zögernd an.

»So weit kommt's noch.« Richie schüttelte den Kopf. »Danke, Ivy. Aber wie soll einer den Leuten beibringen, sich zu verteidigen, wenn er selbst sogar Probleme damit hat, sich gegen seinen Alten durchzusetzen?«

»Ich könnte dich begleiten«, schlug Ivy vor.

»Auf gar keinen Fall!«

»Das halte ich auch für keine gute Idee«, sagte Samu. »Richies Vater …«

»… ist ein mieses Schwein!« In Richies Augen glomm der ganze Schmerz seiner Kindheit. »Er kennt bloß seinen eigenen Vorteil, ist ein Lügner, Betrüger und Erpresser. Für ein lukratives Geschäft verkauft der nicht nur seine Großmutter, sondern seine komplette Familie.«

Ivy runzelte die Stirn.

»Ist es dann nicht gefährlich, das Auto ausgerechnet zu ihm zu bringen?«

»Du meinst, weil er versuchen könnte, rauszufinden, aus welchem Grund du es loswerden willst?«

Sie nickte.

»Natürlich habe ich die Fahrzeugpapiere hinter der Sonnenblende hervorgeholt«, sagte Richie, griff in seine Gesäßtasche und reichte sie Ivy. »Und auch sonst ist nichts mehr in dem Wagen, was auf deine Großmutter hinweist. Mein Alter wird also keine Verbindung zu ihr oder dir herstellen können. Es sei denn, er findet andere Wege.«

»Die Nummernschilder«, sagte Ivy.

»Tausche ich gleich aus. Das lernt man bei einem Vater wie meinem. Eine der leichtesten Übungen.«

»Was wird er mit dem Golf machen?«, fragte Ivy.

»Er wird ihn ausschlachten und verschrotten lassen. Irgendwer schuldet ihm immer einen Gefallen. Was an Geld dabei rausspringt, bekommst natürlich du.«

Ivy schüttelte abwehrend den Kopf.

»Das steht dir zu«, mischte Samu sich ein. »Und du kannst es weiß Gott brauchen.«

Eine Urlauberfamilie mit Kind und Kegel, bepackt mit Sonnenschirm, Strandspielzeug und Kühlbox, polterte an der Trennwand vorbei. Samu, Richie und Ivy verhielten sich still, bis sie verschwunden waren.

Samu konnte sich ein Leben auf der Flucht nicht einmal ansatzweise vorstellen. Erst recht nicht bei jemand, der nicht im Vollbesitz seiner mentalen und physischen Kräfte war.

»Hab Vertrauen, Ivy«, sagte er dennoch. »Wir kriegen das hin.«

»Emma.« Ivy grinste.

Samu bewunderte ihren Mut. Er war sich nicht sicher, ob er an ihrer Stelle nicht längst mit der weißen Fahne gewedelt hätte.

Nur hätte ihr das nichts genützt. Die Typen, vor denen

sie geflohen war, mussten sie zum Schweigen bringen. Sie hatten gar keine Wahl. Samu konnte nur hoffen, dass Ivy ihnen nicht in die Hände fiel.

Emma, verdammt! Emma!

»Also gut, Emma«, sagte er. »Packen wir's an.«

»Wir?« Richie zog eine Augenbraue hoch.

»Okay. Du.«

»Und wie kommst du zurück?«, fragte Ivy.

»Bei meinem Vater läuft immer irgendeiner rum, der gerade nichts zu tun hat. Er kann mich fahren.«

»Richie … ich weiß nicht, wie ich dir danken soll.«

»Bleib am Leben. Das ist Dank genug. Und jetzt haut ab. Ich tausche schnell die Nummernschilder und bin dann weg. Sobald alles erledigt ist, melde ich mich. Wir sehen uns heute Abend beim Training.«

Als Samu mit Ivy die Garage verließ, war er grenzenlos erleichtert, dass dieses Auto verschwand und damit ein Problem, das ihm im Nacken gesessen hatte. Gleichzeitig drückte ihn das Schuldgefühl, Richie in die Sache verwickelt zu haben.

Doch hatte er das nicht bereits mit der Bitte getan, Ivy in Selbstverteidigung zu unterrichten? Hatte er nicht das gesamte Team in die Sache hineingezogen, als er Ivy den Job vermittelt hatte?

Vielleicht musste er sich diesen Fragen irgendwann stellen. Aber er hatte seine Entscheidungen noch keine Sekunde bereut.

*

Als Marvin und Alan zu dem Tatort in der Schrebergartenanlage gerufen worden waren, hatte zunächst alles ausgesehen wie ein ganz normaler Mordfall. Einer, bei dem die Schritte vorgegeben waren. Reine Routine.

Doch dann hatte Marvin den ersten Blick auf das Opfer geworfen und für einen Moment die Luft angehalten.

Sie war etwa so alt gewesen wie das Mädchen, das ihnen die ganze verfluchte Scheiße eingebrockt und ihre Welt ins Wanken gebracht hatte. Und sie besaß nicht nur eine unglaubliche Ähnlichkeit mit ihr – selbst die Todesart teilten beide miteinander.

Erwürgt. Misshandelt. Aller Wahrscheinlichkeit nach vergewaltigt. Lediglich die gebrochene Hand machte den Unterschied.

Der Hund eines Spaziergängers hatte den Arm ausgebuddelt. Die Hand und jeder einzelne Finger verdreht, schwarze Erde unter den Nägeln, Hämatome am Handgelenk. Sein Herrchen hatte sich an Ort und Stelle übergeben und, immer noch würgend, die Polizei alarmiert.

Er war dreiundachtzig und herzkrank. Sie hatten gewartet, bis Dr. Jakobi, der Rechtsmediziner, ihn sich angesehen hatte, bevor sie ihm Fragen stellen konnten.

Der Mann hatte mit seinem Border Collie einen Gang durch den Wald gemacht, als der Hund sich plötzlich losgerissen hatte und zwischen den Bäumen verschwunden war. Kurz darauf hatte er angeschlagen.

Die Leiche war hinter einem Gartenhaus verscharrt worden, keine drei Meter vom Wald entfernt. Der Täter hatte sich nicht die Mühe gemacht, eine Grube auszuheben, hatte lediglich wenige Zentimeter tief gegraben und die Leiche flüchtig mit Erde und Laub bedeckt.

Dieser Schrebergarten war zurzeit nicht vergeben und machte einen verwahrlosten Eindruck. Der letzte Pächter war längere Zeit krank gewesen und kürzlich verstorben.

»Wegen seiner Krankheit haben wir sämtliche Augen zugedrückt«, erklärte der stellvertretende Vorstandsvorsitzende des Kleingartenvereins, ein von der eigenen Wichtigkeit aufgeblähter Mittfünfziger, dem weniger das Entsetzen als vielmehr die Empörung ins Gesicht geschrieben stand. »Sie sehen ja, in welch einwandfreiem Zustand die übrigen Gärten sind.«

Die Anlage war absolut unzureichend gesichert. Lachhafte Hängeschlösser an den beiden Eingangstoren, eine Einladung an allerhand seltsame Gestalten, die, wie die Erfahrung zeigte, gern an solchen Orten herumlungerten.

»Das war definitiv keines der Vereinsmitglieder«, behauptete der Mann im Brustton der Überzeugung. »Ich kenne jeden Einzelnen von ihnen und traue das niemandem zu.«

Die Pächterin des Nachbargrundstücks, eine resolut wirkende Frau von etwa vierzig Jahren, die kräftigen Beine in eine hautenge, leuchtend gelbe Capri-Hose gezwängt, berichtete von jungen Leuten, die häufig abends hier Party machten.

»Wie die Wiesel klettern die über die Zäune. Und dann lassen sie die Sau raus und wir können am nächsten Morgen die Schweinerei wegräumen.«

»Schweinerei?«, hakte Alan nach.

»Bierdosen, Schnapsflaschen, Kondome, Gras.« Sie schüttelte angewidert den Kopf. »Sie brechen in die Häuser ein, kacken in die Ecken, pinkeln in Schränke und Schubladen, und Spritzbesteck habe ich auch schon mehr als einmal gefunden. Das musste ja irgendwann mit Mord und Totschlag enden.«

»Solange wir abwechselnd Wache halten«, übernahm der stellvertretende Vorstandsvorsitzende wieder das Wort, »bleiben sie weg. Kaum hören wir damit auf, sind sie wieder da. Wir haben das schon so oft gemeldet, aber es passiert ja nichts. Die Polizei kommt erst, wenn das Kind in den Brunnen gefallen ist. Wie man sieht«, setzte er mit Nachdruck hinzu.

Marvin gingen diese ewigen Besserwisser und Nörgler wahnsinnig auf die Nerven. Er ließ sich eine Liste der Vereinsmitglieder mit Anschrift und Telefonnummer geben, dann entließ er die Kleingärtner und gesellte sich zu Alan und dem Rechtsmediziner, der behutsam den Kopf des Opfers in Augenschein nahm.

Mit diesem Arzt hatten sie nicht allzu gern zu tun. Er war ein alter Hase, äußerst korrekt und nicht besonders auskunftsfreudig, bevor er das Opfer im rechtsmedizinischen Institut der Uniklinik in aller Ausführlichkeit untersucht hatte. Mit ihm ließ sich nicht spekulieren, er hielt sich streng an die Fakten.

»Wir sind hier nicht im *Tatort*«, pflegte er zu sagen. »Den Obduktionsbefund teile ich Ihnen mit, sobald ich so weit bin.«

Diskutieren war zwecklos.

Das Opfer hatte noch nicht lange in seinem Grab gelegen. Der Leichnam war noch nicht von den Tieren entdeckt worden, die sich in Kürze über ihn hergemacht hätten. Sämtliche Spuren waren unversehrt.

Den Coladosen, Zigarettenstummeln und dem übrigen Abfall nach zu schließen, wimmelte es davon, was die Arbeit erheblich erschweren würde.

Marvin hätte sich einen anderen Fall gewünscht. Sie würden Schritt für Schritt das tun, was auch getan werden müsste, wenn das andere Opfer gefunden würde.

Ihr eigenes.

Aber man würde die Leiche niemals entdecken. Dennoch: Um davonzukommen, durften sie sich nicht den kleinsten Fehler leisten.

Marvin musterte Alan, der sich mit einer Kollegin von der Spurensicherung unterhielt. War der Freund zuverlässig? Würde er durchhalten? Oder würde er im Ernstfall einzig daran denken, die eigene Haut zu retten?

*

Ivy war auf dem Weg zum Sportclub. Mit dem Fahrrad und ohne Jojo, der dort ja keinen Zutritt hatte und sich in Richies Büro bloß gelangweilt hätte. Ab und zu legte sie die Hand auf ihre Bauchtasche, in der sich ein schwarzer Kugelschreiber aus Metall befand, den Richie ihr nach dem ersten Training am Abend zuvor geschenkt hatte.

»Man nennt ihn Tactical Pen«, hatte er erklärt. »Es ist ein Selbstverteidigungsstift. Du kannst damit schreiben wie mit einem normalen Kugelschreiber, ihn jedoch auch zur Verteidigung nutzen. Du umfasst ihn mit der ganzen Hand und schlägst oder drückst damit gezielt auf Nervenpunkte an

Brust, Hand, Arm oder Oberschenkel des Angreifers. Das verursacht einen heftigen Schmerz, der dir Zeit verschafft, dich in Sicherheit zu bringen.«

Ivy hatte den Stift kritisch beäugt. Er sah so harmlos aus, war jedoch schwerer als die üblichen Kugelschreiber. Und damit sollte sie einen ausgebildeten Polizisten außer Gefecht setzen? So lange, bis sie sich in Sicherheit gebracht hätte?

In Sicherheit?

Das Wort hatte in Ivys Ohren einen ebenso wunderbaren Klang wie *Freiheit.* Vielleicht gehörte ja beides zusammen.

»Man kann jemandem damit schreckliche Verletzungen zufügen, ihn im schlimmsten Fall sogar töten. Dennoch habe ich einen Stift mit verstärkter Spitze gewählt. Er verfügt über größere Schlagkraft, ohne direkt eine tödliche Waffe zu sein. Tactical Pens sind in Deutschland übrigens nicht verboten. Ich werde dir gleich zeigen, wie man mit dem Teil umgeht.«

Ivy wusste, dass ihre Probleme damit nicht gelöst waren. Ein Niklas, den sie mit diesem Wunderstift für einen Moment außer Gefecht setzte, würde umso wütender werden. Und es an ihr auslassen.

Richie hatte ihr beigebracht, wie man den Stift umfasste und wo man ihn ansetzen musste, um den gewünschten Erfolg zu erzielen. Der Tactical Pen intensivierte die Schlagkraft der Faust und konnte tatsächlich schon durch einfachen Druck (sie hatte es am eigenen Leib ausprobiert) Schmerzen erzeugen, die einem durch und durch gingen.

Am Ende des Trainings wusste Ivy ihn bereits einigermaßen zu handhaben, aber es würde eine Menge Übung brauchen, ihn erfolgreich zur Verteidigung zu nutzen.

Während das Kopfsteinpflaster auf dem Weg zum nächsten Training sie unangenehm durchrüttelte und die Tasche vor ihrem Bauch auf und ab hüpfen ließ, horchte sie in sich hinein. Etwas bei sich zu tragen, das ihr helfen konnte, einen Angriff abzuwehren, vermittelte ihr tatsächlich ein Gefühl von Kraft.

Sie fragte sich, ob sie einen Angreifer töten könnte.

Niklas töten könnte.

Sie fand keine Antwort darauf.

Richie führte sie in einen der Räume für Einzeltraining, der direkt neben seinem Büro lag. Aus den beiden weit geöffneten Fenstern sah man auf lauter Bäume und Sträucher, von denen einige der andauernden Hitze bereits Blätter geopfert hatten. Noch vor dem Herbst würden sie wahrscheinlich fast kahl sein.

Ivy versuchte, sich auf die Aufwärmübungen zu konzentrieren und nicht daran zu denken, wohin es sie wohl als Nächstes verschlagen würde. Falls es für sie überhaupt ein *Nächstes* gab. Nach einer Weile merkte sie, dass Richie mit den Übungen fertig war und angefangen hatte zu reden. Sie hatte nicht zugehört.

»Ich kriege zu viel bei diesen Krimis, in denen Frauen sich wie die geborenen Opfer verhalten«, sagte er. »Da legt ein Mann einem Mädchen die Finger um den Hals und drückt zu, bis ihr die Augen aus dem Kopf quellen – und was tut sie? Strampelt ein bisschen mit den Beinen und schlägt kraftlos nach seinen Armen, statt dem Typen die Daumen in die Augen zu bohren, bis er sie loslässt.«

Seine Reaktion war Ivy vertraut. Sie selbst ärgerte sich oft darüber, dass Frauen in Thrillern auf der Flucht vor ihrem Mörder gern stolperten und hinfielen, als hätten sie nie laufen gelernt.

»Also.« Richie trat auf sie zu. »Immer die Schwachpunkte attackieren: Augen, Kehle, Schritt.«

Er wiederholte das zum dritten Mal.

»Weil es enorm wichtig ist«, sagte er, als hätte Ivy sich beschwert. »Es kann dir das Leben retten.«

Er hatte recht. Solche Dinge musste sie sich so fest einprägen, dass sie bei einem realen Angriff reagieren konnte, ohne nachzudenken.

»Haltung!«

Ivy nahm Schrittstellung ein, ging leicht in die Knie und hob die Hände, um Hals, Gesicht und Kopf zu schützen.

»Wie schlägst du zu?«

»Mit der flachen Hand.«

»Warum?«

»Damit sie nicht bricht.«

»Gut zugehört.«

Richie belohnte sie mit einem breiten Grinsen.

»Ist ja auch nicht so schwer.«

In diesem Augenblick schnellte Richies rechte Hand vor und traf sie an der Schulter. Obwohl er nicht fest zuschlug, verlor sie den Halt und taumelte zurück.

»Was ist mit deiner Deckung?«

Rasch kehrte Ivy in die Ausgangsposition zurück und nahm die Hände hoch.

»Das wär's jetzt gewesen.« Richie trat einen Schritt zurück und sah sie nachdenklich an. »Die wissen, wo die Schwachpunkte liegen und haben keine Skrupel, den Schlag genau dort zu platzieren. Und zwar hart! Du gehst zu Boden und sie haben dich.«

»Mist!«

»Du weißt, was du falsch gemacht hast?«

»Ich hab mich nicht konzentriert.«

»Lass es uns noch mal probieren.«

Sie nahmen beide die Ausgangshaltung ein und starrten einander über ihre Hände hinweg in die Augen.

»Gut«, lobte Richie. »Nie den Augenkontakt vergessen.«

Es fiel Ivy schwer, ihn anzustarren. Seine Augen waren viel zu freundlich, um sie als bedrohlich zu empfinden. In ihnen war so viel Geduld, eine solche Gelassenheit und …

Erneut landete er einen Treffer und brachte sie zum Straucheln.

»Hör auf zu denken! Konzentrier dich auf den Gegner und auf nichts sonst!«

Beim dritten Versuch rannte er sie förmlich über den Haufen und hielt sie fest, damit sie nicht auf dem Boden landete. Die Leichtigkeit, mit der er ihr demonstrierte, wie hilflos sie war, deprimierte sie.

Richie verschränkte die Arme vor der Brust und lehnte sich an die Wand.

»Fester Stand«, predigte er. »Das A und O. Sonst kannst

du gleich aufgeben. Und wie hättest du dich vor dem letzten Angriff schützen können?«

Klar. Wie konnte sie das aus den Augen verlieren? »Ausweichen. Die Kraft des Gegners nutzen und sie gegen ihn wenden.«

»Na bitte.« Richie wirkte ganz zufrieden, im Gegensatz zu ihr selbst. »Du weißt es doch.«

»Aber ich hab's drei Mal vermasselt.«

»Wir sind im Training«, sagte Richie, »und haben außerdem gerade erst angefangen. Sei nicht so streng mit dir.« Er versetzte ihr einen spielerischen Hieb unters Kinn. Lachte. »Haltung!«

Ivy nahm die Hände hoch.

Und wieder, wieder und wieder.

Nach einer Weile klebte ihr das T-Shirt am Körper und der Schweiß tropfte ihr in die Augen. Sie presste die Lippen zusammen und konzentrierte sich.

Was auch passieren mochte – Aufgeben war keine Option.

28.

Endlich saßen sie im Auto, doch an Entspannung war nicht zu denken. Alan spürte Marvins Blicke. Sie warfen ihm mangelnde Solidarität vor und konnten Marvins Wut nicht länger verbergen. Diese Wut schwelte in ihm wie die Glut in einem Vulkan, und Alan hatte oft genug erlebt, was es bedeutete, wenn der Vulkan schließlich Feuer spuckte und mit seinem Ascheregen selbst diejenigen erwischte, denen es gelungen war, der tödlichen Lava zu entkommen.

Es war gefährlich genug, Marvin zum Freund zu haben, doch das Schrecklichste, was Alan sich vorstellen konnte, war es, sein Feind zu sein. Jeder, der Marvins Erwartungen nicht erfüllte, musste irgendwann dafür bezahlen. Etliche Kollegen wussten ein Lied davon zu singen.

Scheiß drauf, dachte Alan und ignorierte Marvins forschenden Blick, ohne mit der Wimper zu zucken.

Eine schier endlos scheinende halbe Stunde hatten sie im Institut für Rechtsmedizin vor der obduzierten Leiche des Mädchens vom Schrebergarten gestanden, während der schmächtige Dr. Jakobi ihnen in seinem eigentümlich hohen Singsang den Todeszeitpunkt mitteilte und ihnen erklärte, wie die Spuren, die er gefunden hatte, einzuordnen waren.

Jetzt hielten sie vor einem Straßencafé.

Alan schlugen solche Termine auf den Magen, was er angestrengt zu verbergen suchte. Leider ohne Erfolg. Sein Gesicht verlor die Farbe, er musste die Finger ineinander verschränken, damit sie aufhörten zu zittern, und in seinem Magen rumorte es.

Diesmal hatte es ihn fast umgehauen.

Dr. Jakobi hatte die Leiche gesäubert und ihr wieder ein Gesicht gegeben. Die Ähnlichkeit mit dem … anderen Mädchen war gespenstisch gewesen und Alans Magen hatte sich gehoben.

Die Tote war mit bloßen Händen erwürgt worden. Schwerste Misshandlungen hatten ihren Körper gezeichnet. Ihr waren büschelweise Haare ausgerissen worden und die Finger ihrer linken Hand waren gebrochen.

Alan hatte auf ihren leblosen, nackten Körper gestarrt und gewusst, er würde die Bilder nicht aus dem Kopf kriegen. Zu sehr deckten sie sich mit den Bildern der bewussten Nacht, die seitdem kaleidoskopartig an seinem inneren Auge vorbeizogen.

Der Alkohol jener Nacht hatte seine Schleier über die Geschehnisse gebreitet, jedoch nicht alles verdecken können.

Alan bestellte sich einen doppelten Espresso, während Marvin sich, offenbar unbeeindruckt, für ein mächtiges Stück Pflaumenkuchen entschied.

Der Espresso beruhigte den Aufruhr in Alans Magen. Im Schatten eines riesigen Sonnensegels kam er sich für ein paar kostbare Sekunden vor wie am Meer. Leider holte die Wirklichkeit ihn schnell wieder ein.

Alan hasste es, Tote anzusehen. Er hasste die Räume, in denen sie seziert wurden. Die Einrichtung. Die Gerätschaften. Den Geruch nach Desinfektionsmitteln, der den Gestank des Todes oft gnädig überdeckte, jedoch längst nicht immer.

Er hasste die Kälte in den Räumen. Die bis an die Decke gekachelten Wände. Den rotbraun gefliesten Boden. Die OP-Kleidung der Mediziner und Medizinerinnen. Ihre abgebrühte, oftmals gelangweilte Art, Obduktionsbefunde zu erläutern, die in helle Begeisterung umschlagen konnte, wenn sie etwas Ungewöhnliches an der Leiche entdeckt hatten.

Alan hasste den Tod.

Das war nicht die schlechteste Voraussetzung für einen Ermittler. Allerdings hasste er nicht das Töten. In seiner Freizeit angelte er, und schon als Kind hatte es ihm nichts ausgemacht, die gefangenen Fische zu töten.

Fische starben leise und still.

Im Gegensatz zu Menschen.

Alan schreckte nicht davor zurück, Gewalt anzuwenden. Im Gegenteil. Er liebte die Macht, die er besaß, und genoss es, sie zu demonstrieren. Von Mord jedoch ließ er die Finger. Was ihnen mit dem Straßenmädchen passiert war, hätte ihnen niemals passieren dürfen. Sie hatten die Kontrolle verloren und das konnte sie alles kosten.

»Du hast bisher wenig zu der Suche nach Ivy beigetragen«, warf Marvin ihm wieder vor. »Ich hab den verdammten Eindruck, du duckst dich weg.«

»Blödsinn. Wir haben sämtliche Optionen durch. Krankenhäuser, Arztpraxen, Hotels, Pensionen, Ferienwohnungen, Reisebüros, Flughäfen …«

»Geschenkt! Wie wär's mit ein paar neuen Impulsen?«

»Uns sind die Hände gebunden, Mann! Alles, was wir darüber hinaus unternehmen könnten, würde Kollegen neugierig machen. Ebenso gut könntest du einen Scheinwerfer auf uns richten. Eine beschissene Situation, aber ich kann es nicht ändern.«

Marvin schlug mit der Faust auf den wackligen Tisch, dass die Tassen hüpften und die übrigen Gäste den Kopf nach ihnen drehten. Er beugte sich zu Alan und senkte die Stimme.

»*Du* hast das Mädchen angeschleppt! *Du!* Vergiss das nicht!«

»Wohl kaum. Weil ihr mich ja *ständig daran erinnert!*«

Alan schaute auf die Uhr. Wenigstens die Zeit war heute auf seiner Seite: Es blieb Marvin nichts anderes übrig, als seine Vorwürfe einzupacken und sich wieder auf ihren neuen Fall zu konzentrieren.

*

Niklas hatte sich daran gewöhnt, Ivys Handy im Blick zu behalten. Er reagierte so schnell wie möglich auf die Nachrichten, die eintrudelten, und blieb strikt bei der Version, Ivy brauche Zeit für sich selbst und habe sich für eine Weile zurückgezogen.

Mittlerweile war Burn-out glücklicherweise zu einer Volkskrankheit geworden, das machte es einfacher. Bisher hatte keiner nachgefragt, wollte keiner Näheres wissen. Sie schickten Ivy gute Wünsche und das war's. Er hatte sich das schwieriger vorgestellt.

Dass Ivy ein kontaktfreudiger Mensch war, wusste er natürlich, doch er war überrascht von dem Ausmaß ihrer Kontakte.

»Sie hat ein Doppelleben geführt«, beklagte er sich in der Mittagspause, als er mit Marvin beim Italiener saß und gerade die neueste WhatsApp-Nachricht an Ivy beantwortet hatte. Zornig warf er das Handy auf den Tisch. »Und ich rede nicht nur von Weibern. Da haben jede Menge Typen mitgemischt.«

Er war hungrig und sauer und wusste nicht, wohin mit seinem Frust.

»Komm mal runter«, pflaumte Marvin ihn seltsam gereizt an. »Dein Gejammer ist ja nicht mit anzuhören.«

Antonio räumte die leeren Vorspeisenteller ab und brachte die Spaghetti marinara, bei deren Anblick Niklas das Wasser im Mund zusammenlief. Marvin hatte sich für eine Pizza entschieden, so fettig, dass auf dem Belag das Öl stand.

Niklas wandte den Blick ab.

Marvin rammte die Gabel in die Pizza wie einen Dolch, und Niklas wünschte, er wär nicht mitgegangen. Offenbar steckte der Freund in einer seiner düsteren Phasen, in denen man ihn am besten nicht ansprach, da er aus dem Stand explodieren konnte.

Alan hatte sich klugerweise ausgeklinkt, weil er die Faxen offenbar dicke hatte.

»Ivy ist Studentin«, fuhr Marvin mit vollem Mund fort. »Sie lebt nicht in einem Kloster.«

»Witzig.« Vorsichtig spießte Niklas eine Muschel auf, als wär sie nicht bereits tot und könnte ihm gleich ins Gesicht springen. »Mag sein, dass du dir Hörner aufsetzen lassen würdest …«

Marvin war mit seiner Pizza beschäftigt und kaute mit geschlossenen Augen.

Niklas hatte das immer an ihm bewundert – die Intensität, mit der er den Moment lebte. Was er auch tat, das tat er mit allen Sinnen. Und würde er sich jemals verlieben, wirklich verlieben, dann mit Haut und Haar und ohne Wenn und Aber.

Es würde im Himmel enden oder in der Hölle.

Nach dem ersten Drittel wischte Marvin sich den Mund, knüllte die Serviette zusammen und legte sie neben seinen Teller. Als hätte er sich eben wieder an Niklas erinnert, wandte er sich ihm zu.

»*Mir* würde *keine* Hörner aufsetzen.«

Damit hatte er recht und das fuchste Niklas enorm. Die Mädchen liefen Marvin nach. Er konnte jede haben.

Bis auf Ivy, dachte er schadenfroh. Die hast du nicht gekriegt.

Doch er war sich nicht sicher, was er davon halten sollte. Ivys Skepsis gegenüber Marvin und die unverhüllte Abneigung, die sie ihm ab und zu entgegenbrachte, hatte ihn schon manches Mal vermuten lassen, dass sie damit lediglich zu verbergen suchte, was sie wirklich für den Freund empfand.

Die beiden hatten so vieles gemeinsam, dass Außenstehende meist sie für das Paar hielten, nicht Ivy und Niklas.

Ivys Handy meldete sich.

Marvin, der sich wieder über seine Pizza gebeugt hatte, blickte auf.

»Ivys Großmutter«, erklärte Niklas, nachdem er die Nachricht überflogen hatte. »Sie will wissen, wie es ihr geht.«

»Blendend natürlich.«

»Sie fragt, ob Ivy nicht für ein paar Tage zu ihr nach Schweden kommen möchte.«

»Mensch, Nik!« Marvin verdrehte die Augen. »Du erwartest nicht wirklich, dass ich dir die Antwort diktiere?«

»Das funktioniert nicht auf Dauer, Marvin. Ivy ist seit drei Wochen verschwunden. Ihre Großmutter, ihre Freundinnen und was weiß ich, wer noch alles, werden irgendwann Lunte riechen.«

Marvin beugte sich so weit vor, dass Niklas seinen Knoblauchatem auf dem Gesicht spüren konnte.

»Lass dir was einfallen.«

Ivys Verschwinden hatte ihre Freundschaft unterhöhlt. Es war offen zutage getreten, wo es zwischen ihnen nicht stimmte. Sie hatten Angst, und Niklas konnte sich nicht erinnern, dass es jemals zuvor so gewesen war.

Nichts und niemand hatte sie bedroht, mal abgesehen von dem einen oder andern Typen, den sie hinter Gitter gebracht oder dem sie auf andere Weise das Leben schwer gemacht hatten. Und mit denen waren sie spielend fertiggeworden.

Gefahr gehörte zu ihrem Job. Sie gab ihnen den Kick, nach dem sie süchtig waren. Andere kraxelten an Hochhausfassaden hoch oder schwammen mit Haien – Niklas, Marvin und Alan legten sich mit Kriminellen an.

Doch jetzt hatte sich das Blatt gewendet. Niklas wachte nachts schweißgebadet auf und lag Stunden wach.

»Sie hat uns in der Hand«, sagte er. »Sie spielt mit uns Katz und Maus.«

Marvin schob seinen Teller beiseite. Der Appetit schien ihm vergangen zu sein. Er rieb sich das Gesicht.

Niklas musterte ihn aus schmalen Augen.

Konnte es sein, dass er blind gewesen war?

Das Offensichtliche nicht gesehen hatte?

Marvin schaute auf seine Uhr. Er wirkte auf einmal nervös.

»Du …«, sagte Niklas argwöhnisch. »Du und …«

»Was?«, herrschte Marvin ihn an. »Wenn du mir was sagen willst, dann sag's. Drucks nicht so rum.«

Nein. Unmöglich. Das hätte Ivy nicht vor ihm verbergen können.

»Ich seh allmählich Gespenster«, lenkte Niklas ein. »Wir müssen gemeinsam da durch. Als Team sind wir unschlagbar.« Er hielt Marvin die Hand hin. »Gimme five!«

Marvin tat ihm den Gefallen.

Manchmal, dachte Niklas, hör ich echt die Flöhe husten. Er nahm Ivys Handy und fing an zu tippen. Die alte Dame musste in Sicherheit gewiegt werden.

Schöne Idee. Wir holen das nach, ja? Mir geht's gut. Die Auszeit bewirkt Wunder. Kann ich empfehlen …

Er hängte ein Luftballon-Emoji an. Die Nachricht war kaum versandt, als Ivys Großmutter antwortete.

Machen wir, Schätzchen. Einstweilen bleibe ich noch ein paar Tage in Stockholm und fahre anschließend für eine Woche ans Meer. Meine schwedische Galeristin hat mir ihr Ferienhaus bei Malmö angeboten, und ich glaube, ich könnte nach dem ganzen Ausstellungstrubel tatsächlich ein bisschen Ruhe brauchen. Melde dich, wann immer dir danach ist.

Mia Rothenbaum hatte einige Fotos von der Ausstellungseröffnung beigefügt, auf denen sie sich in einem farbenfrohen Kleid wohltuend von dem arroganten Einheitsschwarz der Kunstszene abhob.

Tolles Outfit, schrieb Niklas.

Und fügte ein Herz hinzu.

Dabei hätte er Ivys Handy am liebsten gegen die Wand gefeuert.

*

Unten in Ivys Kleiderschrank stand eine Reisetasche, fertig gepackt für den Fall, dass sie überstürzt verschwinden musste. In der Seitentasche befanden sich die neuen Papiere, die sie aus gutem Grund nicht bei sich trug, denn auf diese Weise hatte sie die alten ja verloren.

Wahrscheinlich verrottete ihre Handtasche irgendwo, oder jemand hatte sie gefunden, an sich genommen, was er verwenden konnte, und den Rest entsorgt. Oder sie war Niklas und seinen Freunden in die Hände gefallen.

Nur würde ihnen das nichts nützen, denn sie suchten Ivy Rothenbaum und nicht Emma Bernburg.

»Keiner wird dich auf den Fotos erkennen«, hatte Richie ihr versichert, und Samu hatte ihm zugestimmt.

Durch die kurzen Haare wirkte ihr Gesicht weniger schmal. Sie war ein völlig anderer Typ geworden.

Da müsste sie selbst schon zweimal hingucken, hatte sie gedacht, als der Typ im Fotoshop ihr die Fotos gegeben hatte. Man machte sich ein Bild von den Menschen, und stimmte dieses Bild nicht mit der Wirklichkeit überein, zweifelte man an der Wirklichkeit, nicht an dem Bild.

Das konnte sie retten.

Ihr Gesamtzustand hatte sich stabilisiert, ihr Kopf funktionierte beinah wie früher, die schlechten Träume waren weniger geworden – einzig der Traum, der sie am meisten quälte, wiederholte sich nahezu jede Nacht: Hilflos musste sie dabei zusehen, wie das Mädchen misshandelt und vergewaltigt wurde, ohne ihre Peiniger zu erkennen.

Abend für Abend nahm Ivy sich vor, diesmal genau hinzugucken, um endlich die Gesichter zu erkennen. Ohne Erfolg.

Als sie gerade mit ihrem Studium angefangen hatte, war sie in der Cafeteria der Uni mit einer Studentin ins Gespräch gekommen, die ihre Bachelorarbeit über luzides Träumen geschrieben hatte.

Bei dieser Art des Träumens, das man auch Klarträumen nannte, wusste man, dass man sich in einem Traum befand. Man wurde jedoch nicht wach und konnte mit ein wenig Übung den Verlauf des Traums sogar beeinflussen.

Ivy wünschte, sie hätte damals besser zugehört.

In den vergangenen Tagen hatte sie zu dem Thema gegoogelt. Sie hatte sich gefragt, ob es ihr auf diese Weise gelingen könnte, einen Blick hinter die blinden Flecken der Gesichter aus ihrem Albtraum zu werfen.

Aber zum Üben fehlte ihr die Zeit. Allein das Training mit Richie verschlang einen Großteil ihrer Abende.

Das führte auch dazu, dass sie kaum etwas mit dem Team unternehmen konnte. Setzten die andern sich abends zusammen oder gingen sie ins Kino, übte Ivy im Sportclub den festen Stand, lernte mit dem Tactical Pen umzugehen und trainierte effektives Schlagen und Treten.

Anfangs hatte sie sich von Richie bloß gewünscht, ihr zu helfen, sich gegen einen Angreifer zu verteidigen. Mittlerweile wünschte sie sich mehr – sie wollte die innere Kraft und Stärke zurückgewinnen, die sie verloren hatte.

Längst hatte sie begriffen, dass sie kein Leben im Verborgenen führen und nicht immerzu von der Angst vor Entdeckung getrieben werden wollte. Und von der Frage, was Niklas, Marvin und Alan ihr antun würden, falls sie sie aufspürten.

Sie hatten eigentlich nur eine Möglichkeit.

Sich ihrer zu entledigen.

Und falls sie wirklich die Täter aus ihrem Traum waren, fanden sie dazu auch Mittel und Wege.

»In manchen Augenblicken … sehne ich mich fast nach Niklas«, gestand sie Anneke, als sie wieder einmal gemeinsam Dienst hatten. »Wie ist das möglich? Ihn zu verdächtigen, bei der Vergewaltigung des Mädchens dabei gewesen zu sein, und ihn gleichzeitig zu vermissen?«

»Weil du ihn liebst«, antwortete Anneke prompt. »Und ein Verdacht bloß ein Verdacht ist. Je moet voorzichtig zijn met de interpretatie van dromen, äh … du musst vorsichtig sein mit …«

»Dem Deuten von Träumen, ich weiß.«

Anneke nickte. Sie übersah geflissentlich, dass ein Gast händeringend versuchte, sie auf sich aufmerksam zu machen, weil er es offenbar eilig hatte und zahlen wollte.

»Träume sind Bilder«, sagte sie schließlich. »Und Gefühle. Nichts, um sich darauf zu verlassen.«

Der Gast hatte aufgegeben und unterhielt sich weiter mit seiner Begleiterin, einer Frau, die sehr viel jünger war als er und ihn anhimmelte, als wär er Adonis höchstselbst.

»Kann man jemanden lieben, ohne Vertrauen zu ihm zu haben?«

»Liebe ist schwierig.« Anneke zuckte mit den Schultern, strich Ivy zart über die Wange und machte sich zu dem wartenden Adonis auf, der sie mit einem verärgerten Wortschwall empfing. »Ook gasten«, seufzte sie, als sie zurückkam, und rollte mit den Augen.

Auch Gäste.

Ivy musste lachen. In Annekes Gegenwart war es unmöglich, Trübsal zu blasen. Man konnte gar nicht anders, als sich von ihrem Optimismus, ihrem Humor und ihrer Leichtigkeit anstecken zu lassen. Da zog sich sogar die ewige Vorsicht zurück.

Als Anneke sie bat, sie kurz zu vertreten, weil sie draußen eine rauchen wollte, sagte sie deshalb ohne Bedenken zu. Vielleicht war es ja an der Zeit, aus ihrem Versteck hinter der Theke hervorzukommen wie eine Schnecke aus ihrem Häuschen. Vorsichtig die Fühler auszustrecken und die Umgebung zu erkunden.

Aus der einen Zigarette wurden zwei, oder Anneke nutzte die Zeit, um einen Anruf zu erledigen, was bei ihr schnell mal eine halbe Stunde dauerte, und Ivy brühte Kaffee, Tee und Kakao auf, verteilte Kuchen- und Tortenstücke auf Teller, eilte mit ihrem Tablett von Tisch zu Tisch und merkte, dass es anfing, ihr Spaß zu machen.

Sie badete in dem gemütlichen Stimmengewirr, aus dem Fetzen von Unterhaltungen an ihr Ohr drangen, ihre Schritte waren beschwingt, ihre Hände kräftig und sicher. Für einen Moment wusste sie, dass sie alles schaffen konnte. Dass es einzig bei ihr lag, ihr Leben wieder in den Griff zu kriegen.

Und dass die Welt ihr offenstand. Warum nicht für ein Jahr nach England gehen? Nach Norwegen oder Italien?

Sie war noch nie in Venedig gewesen.

Egal wohin, dachte sie, und der Gedanke verlieh ihr Flügel. Sie schwebte auf einer Woge der Zuversicht. Als hätte sie irgendwas eingeworfen, wie Nayla es dann und wann tat. Als sei sie unbesiegbar. Und obwohl sie wusste, dass das nicht stimmte, fühlte es sich so an.

Ein Wahnsinnsgefühl.

»Entschuldige«, sagte Anneke atemlos. »Ich hab die Zeit vergessen.«

»Kein Problem. Hat geklappt wie geschmiert. Ich mache gerne ein bisschen weiter.«

»Super! Ich bin stolz auf dich.«

Anneke knuffte sie in die Seite. Das *Zeitvergessen* hatte ihr rosige Wangen gezaubert, und Ivy war sich sicher, dass es jemanden gab, der dafür verantwortlich war.

»Wie heißt er, wo lebt er, was macht er?«, fragte sie lachend.

»Konstantin. Hamburg. Student.«

Und schon war Anneke zwischen den Tischen unterwegs, ein seliges Grinsen auf den Lippen, und Ivy beeilte sich, die nächste Bestellung aufzunehmen.

Die Familie saß an der langen Fensterfront, mit Blick aufs Meer. Vater, Mutter und zwei Jungen im Grundschulalter, acht, neun Jahre alt. Zwillinge offensichtlich. Sie sahen nahezu identisch aus, bloß dass der eine längere Haare hatte als der andere.

Es gab ein bisschen Hin und Her, bis sie sich für das Himbeer-Tiramisu entschieden hatten und die Eltern für den Rhabarberkuchen, den sie sich an der Vitrine ausgesucht hatten. Ivy bereitete die Portionen vor, stellte sie auf ein Tablett, ließ zwei Kaffee einlaufen und holte für die Jungen Kakao aus dem Kühlschrank.

Sie glitt vorsichtig zwischen den Tischen hindurch und gelangte ans Ziel, ohne etwas zu verschütten. Als sie das Tablett mit einer Ecke auf dem Tisch abstellte und die Speisen und Getränke verteilte, fiel ihr auf, dass der Mann sie musterte.

Idiot, dachte sie. Merkst du eigentlich nicht, dass du deine Frau in Verlegenheit bringst, indem du andere Frauen anstarrst? Sie strafte ihn mit Verachtung, lächelte die Frau und die Kinder besonders freundlich an und machte sich zum nächsten Tisch auf.

Es war voll geworden, und Viola kam, um Anneke und Ivy zu unterstützen.

»Ich kann übernehmen«, sagte sie, ein wenig verwundert, Ivy beim Servieren zu sehen.

Ivy zog sich wieder hinter die Theke zurück, nun doch ganz froh, in ihren eigenen kleinen Bereich zurückzukehren, in dem die Hektik sich in Grenzen hielt. Sie war mit sich zufrieden. Das Experiment war gut gelaufen. Keine Sekunde lang hatte sie befürchtet, eine Begegnung mit jemandem aus ihrem früheren Leben zu riskieren.

Sie hatte die Gefahr schlichtweg vergessen.

Wenn das kein Fortschritt war.

Eine Stunde später wurde Ivy von Rieke abgelöst. Sie hatte sich vorgenommen, auf eine Pause zu verzichten und nicht zu trödeln, weil sie vor dem Training noch einen Spaziergang mit Jojo machen wollte. Rasch streifte sie die Schürze ab und hängte sie an den Haken hinter der Küchentür, als sie einen Mann ihren Namen sagen hörte.

»Ivy?«

Sie erstarrte von den Haarwurzeln bis zu den Zehen. Aber sie widerstand dem Impuls, auf ihren Namen zu reagieren und sich umzudrehen.

Die Stimme gehörte niemandem aus dem Team und auch sonst keinem, den sie kannte, zumindest glaubte sie das. Fieberhaft kramte sie in ihrem Kopf, um eine Erinnerung zu finden, die ihr helfen konnte, die Stimme einzuordnen.

Fehlanzeige.

Hastig ging sie zur Hintertür, wo Jojo bereits schwanzwedelnd auf sie wartete.

»Na los«, sagte sie mit klopfendem Herzen und schnappte sich die Leine.

An der Tür drehte sie sich um und spähte zurück. Da war niemand, der ihr nachsah oder gar folgte. Hatte sie sich geirrt? Hatte der Mann gar nicht ihren Namen genannt, sondern ein Wort ausgesprochen, das ähnlich klang?

Was klang wie *Ivy*?

Ihr fiel nichts ein.

Dem Meer mit seinem leisen Wellenschlag gelang es diesmal nicht, seinen Zauber auf sie auszuüben. Was, wenn der Typ sie von früher kannte? Und wegen der kurzen Haare unsicher war? Was, wenn er erneut aufkreuzte, um sich zu vergewissern?

Sie behielt den Strand im Blick, scannte jeden Spaziergänger und jeden, der in einem der Strandkörbe saß oder es sich auf einem Badetuch bequem gemacht hatte. Jedem, der ihr begegnete, sah sie misstrauisch in die Augen.

Allmählich wurde sie ruhiger. Gut möglich, dass sie sich verhört hatte. Bestimmt sogar. Kein Wunder bei dem Lärm, der im Bistro herrschte.

Nachdem sie Jojo zurückgebracht hatte und das Fahrrad aus dem Schuppen holte, um zum Training zu fahren, hatte sie die Sache abgehakt und war fast schon in der Lage, darüber zu lachen.

»Hirngespinste«, murmelte sie. »Nichts als Hirngespinste.«

»Man muss vor der Angst keine Angst haben«, meinte Richie, als sie ihm von dem Vorfall berichtete. »Angst hilft dir. Sie warnt dich vor gefährlichen Situationen.«

»Dabei hab ich mich zum ersten Mal seit Langem wieder sicher gefühlt.«

»Vielleicht hat dein Unterbewusstsein dir lediglich eine Warnung geschickt, damit du nicht unvorsichtig wirst.« Er hob die Schultern. »Aber ich bin kein Psychologe.«

Seine Erklärung klang schlüssig, und als sie im Training waren und der erste Schweiß sich auf Ivys Stirn sammelte, dachte sie nicht mehr an den Vorfall. Würde sie ihrem Unterbewusstsein eben versprechen, dass sie weiterhin vorsichtig blieb.

Richie durchbrach ihre Deckung und stieß sie zurück, dass sie mit den Armen ruderte, um nicht zu stürzen.

»Nennst du das Konzentration? Wo sind deine Hände? Wie stehst du? Guck dir deine Füße an! Hör auf zu zappeln wie ein Fisch, den man aus dem Wasser gezogen hat!«

Er konnte ziemlich streng sein. Ivy hob brav die Hände vor das Gesicht. Die Regeln waren klar und simpel. Sie jedoch so zu verinnerlichen, dass sie ohne Nachdenken abrufbar waren, fiel ihr schwer.

Was, wenn wirklich jemand sie erkannt hatte?

Sie war meilenweit davon entfernt, sich erfolgreich gegen einen Angriff wehren zu können. Richie bewies ihr das bei jedem Training. Er brauchte sie bloß anzutippen und sie verlor den Halt. Jämmerlich. Einfach jämmerlich.

Es hat keinen Sinn, sich ausgerechnet mit Polizisten anzulegen, sagte ihr die Vernunft.

Nur, was war die Alternative? Sich kampflos zu ergeben?

Untertauchen.

Wieder hatte die Vernunft recht. Aber Ivy war noch nie vernünftig gewesen.

Und noch war es nicht so weit.

29.

Marvin saß vor seinem Laptop und starrte auf das Foto, das ihm als Bildschirmschoner diente. Es zeigte die Ostsee, die an dem Tag, an dem er es aufgenommen hatte, leicht unruhig gewesen war, der Sandstrand im Vordergrund von unzähligen Füßen zertrampelt.

Er erinnerte sich: wenige lang gezogene Wolken am Himmel, eine Erleichterung gegenüber dem gnadenlosen Blau der Tage zuvor, an denen das Land unter einer Hitzewelle geächzt hatte.

Marvin war selten am Meer. Für seine Urlaube bevorzugte er die Berge oder spannende Städte wie London, Paris, Rom. Einmal hatte er einen Trip durch die USA gemacht und war zum ersten Mal in seinem Leben richtig glücklich gewesen.

Eines war sicher – er würde nicht in der Provinz versauern. Er konnte sich nicht vorstellen, jemals endgültig sesshaft zu werden. Irgendwann würde er seinen Job hinschmeißen und aufbrechen.

Irgendwohin.

Bis dahin lebte er seine Freiheit im Kopf.

Der Laptop ging auf Standby und Marvin sah sein regloses Spiegelbild auf dem schwarzen Monitor. Er fühlte sich beschissen. Hatte kein Wort zustande gebracht. Das war ihm noch nie passiert.

Von dem Tag an, als er das Schreiben entdeckt hatte, war er nie ohne Worte gewesen, hatte er nie die innere Leere aushalten müssen, die ihn vorher gequält hatte. Seine Songs hatten ihn nach den Sternen greifen lassen und ihn durch die Abgründe seiner Fantasie geführt.

Und nun saß er hier, mit versteinertem Gehirn und ohne die Möglichkeit, sich für den Arbeitstag zu rüsten. Er hatte den Wecker auf fünf Uhr gestellt und war todmüde aus dem Bett gekrochen, um noch ein bisschen zu schreiben, bevor er zum Dienst aufbrach.

Er liebte die Stille am frühen Morgen, die er mit Sätzen und Bildern füllen konnte und die ihn die Einsamkeit und innere Unruhe der Nacht vergessen ließ. Noch nie hatte er mit jemandem darüber gesprochen. Das ging keinen was an.

Zur Abwechslung starrte er mal nicht auf den Monitor, sondern aus dem Fenster, vor dem der Tag Gestalt annahm. Es würde wieder heiß werden, obwohl der abendliche Wetterbericht das Ende der Hitze angekündigt hatte. Die Meteorologen hatten keine Ahnung. Ihr Studium hätten sie sich sparen können.

Schließlich befreite Marvin sich von seinem eigenen Erwartungsdruck und klappte den Laptop zu. Alan und er würden den ganzen Tag in dem neuen Fall unterwegs sein. Die Ablenkung würde ihm guttun.

Zunächst jedoch musste er die Morgenbesprechung hinter sich bringen. Mit fünf Minuten Verspätung betrat er den Raum. Kurt registrierte das mit einem demonstrativen Blick auf die Uhr. Er war noch schlechter gelaunt als Marvin und Konfrontation lag in der Luft.

Alles ging ihm zu langsam, er bezeichnete ihr Ermittlungstempo als *behäbig* und wiederholte das Wort mehrfach, damit es auch jeder mitbekam.

Dabei charakterisierte es im Grunde nur ihn selbst. Keiner hatte den Eindruck, dass Kurt sich je überanstrengte. Einzig seine Angriffe bewiesen einen gewissen Elan. Danach schien seine Energie zu verpuffen und er holte sich einen Kaffee und verschwand in seinem Büro.

Presse ... Kopf hinhalten ... erwarte ich ... im Nacken ... Ergebnisse ... Öffentlichkeit ... und zwar pronto!

Worthülsen, die Kurt bei den Besprechungen regelmäßig aus dem Ärmel zog, um Druck aufzubauen. Marvin nahm ihn längst nicht mehr ernst, obgleich ihm bewusst war, dass sogar Leute wie Kurt gefährlich werden konnten, wenn man sie reizte.

Alan hatte noch etwas zu erledigen, und Marvin wartete auf dem Parkplatz auf ihn, als Niklas ihm über den Weg lief und zögernd bei ihm stehen blieb.

»Wartest du auf Alan?«

Marvin nickte.

»Das tote ... Mädchen?«

»Wir müssen die Eltern befragen.«

Zwei Krähen flogen zeternd über sie hinweg.

»Sie haben ihre Tochter erst einen Tag später vermisst gemeldet, haben angeblich gar nicht bemerkt, dass sie nicht nach Hause gekommen ist.«

»Wie alt war sie?«

»Sechzehn.«

»Das ist in dem Alter so«, sagte Niklas und knibbelte sich Schmutz unter den Fingernägeln hervor. Marvin bemühte sich, nicht hinzusehen. »In dem Alter leben die Kinder ihr eigenes Leben.«

Er schien eher zu seinen Händen zu sprechen als zu Marvin. Etwas zwischen ihnen war in Schieflage geraten, seit er Marvin zwischen den Zeilen sein Misstrauen offenbart hatte.

Marvin wusste nicht, wie er darauf reagieren sollte. Es noch einmal ansprechen? Ihn zum Reden zwingen?

Er brauchte eine Zigarette.

»Wir müssen reden.«

Er zündete sich eine Zigarette an und ging ein paar Schritte. Es dauerte einen Augenblick, bis Niklas ihm folgte.

»Worüber?«

»Über Ivy und das, was du beim Italiener vorgestern angedeutet hast.«

»Ich hab nichts angedeutet.«

»Man konnte deine Gedanken sehr gut lesen.«

»Ein weiteres deiner zahlreichen Talente?« Niklas schnaubte verächtlich. »Was ist mit Bauchreden?«

Marvin sah dem Rauch nach, der sich über seinem Kopf zerfächelte. Ein Sinnbild für seine Lage, dachte er. Sämtliche Gewissheiten lösten sich in Luft auf.

»Ich habe Ivy nie angerührt«, sagte er.

Niklas kickte einen Kieselstein mit solcher Wucht beiseite, dass er meterweit durch die Luft flog. Sein Gesicht hatte eine bedenklich rote Färbung angenommen.

»Wär ja auch noch schöner«, murmelte er und nahm sich den nächsten Stein vor. Mit einem blechernen Scheppern traf er einen Abfallkorb.

»Sie ist überhaupt nicht mein Typ«, log Marvin. »Zu …«

»Und wenn sie dein Typ wär, hättest du keine Skrupel gehabt?«

Marvin blieb stehen. Er zertrat den Zigarettenstummel, hob den Kopf und schaute Niklas an.

»Wie lange sind wir befreundet, Nik?«

»Was soll die Frage?«

Niklas schob die Hände in die Hosentaschen und ließ seinen Blick über den Parkplatz wandern, über dessen Grasrand ein einsames Kaninchen hoppelte. Von der Schnellstraße drangen Verkehrsgeräusche zu ihnen. Ein Windstoß ließ die Blätter der Bäume erzittern.

»Lange genug, um alles miteinander durchzustehen, meinst du nicht?«

»Hab ich auch mal gedacht.«

»Hallo! Nik!« Marvin legte ihm eine Hand auf die Schulter. »Ich bin's. Derselbe, der ich immer gewesen bin. Wir haben so viel gemeinsam erlebt, hatten Höhenflüge und sind Seite an Seite durch Scheiße gewatet. Zählt das nichts mehr?«

Niklas sah ihm widerstrebend in die Augen. Wandte Marvin den Rücken zu und legte den Kopf in den Nacken. Drehte sich wieder um.

»Doch«, sagte er kaum hörbar. »Das bedeutet alles.«

»Na also.« Marvin legte ihm den Arm um die Schultern und zog ihn mit sich zum Wagen zurück. »Das hätten wir geklärt.«

»Aber eines sollst du wissen«, sagte Niklas und blickte stur geradeaus. »Versucht jemand, mir Ivy wegzunehmen, mach ich ihn kalt, egal, wer es ist.«

Marvin überlegte, ob er dazu etwas sagen sollte. Er entschied sich dafür, es zu riskieren.

»Obwohl ihr in letzter Zeit Schwierigkeiten miteinander hattet?«

Niklas stritt es nicht ab. Er regte sich über die Einmischung nicht einmal auf, schien vollkommen versunken in den Anblick seiner Schuhe. Marvin dachte schon, er würde die Frage nicht beantworten, als Niklas den Mund öffnete.

»Sie gehört mir.«

Darauf hätte Marvin eine Menge zu entgegnen gewusst, aber er schwieg. Die Richtung, in die dieses Gespräch führte, gefiel ihm nicht. Außerdem kam in diesem Moment Alan mit schwungvollen Schritten auf sie zu.

Wenig später saßen sie in einem ordentlichen, nahezu klinisch sauberen Wohnzimmer. Die Eltern hatten sich in den am weitesten voneinander entfernt stehenden Sesseln niedergelassen und Marvin und Alan auf dem Sofa platziert. Die Geschwister des Mordopfers, ein etwa elfjähriges Mädchen und ein vielleicht neunjähriger Junge, waren in ihre Zimmer geschickt worden.

»Sie war eine gute Tochter«, sagte der Vater.

»War sie nicht«, widersprach die Mutter.

Marvin wünschte sich woandershin.

Er sah den erdverschmutzten Körper des Opfers vor sich und erschauerte. Versuchte, sich Ivy vorzustellen, ihr Gesicht, ihr Haar, ihre Augen. Was er stattdessen sah, waren das Gesicht, das Haar und die blicklosen Augen eines anderen Mädchens.

Wieso musstest du auf der Straße leben, dachte er zornig. Und dich von Alan abschleppen lassen. Und wieso hast du mich so gereizt?

*

Die Arbeit tat Ivy gut. Sie lenkte sie ab und hinderte sie daran, sich den Kopf zu zermartern. Noch immer knabberte sie an Fragen, auf die sie keine Antwort fand. Wie der nach ihrem Handy.

Auch an diesem Nachmittag hatte sie eigentlich alle Hände voll zu tun. Doch sie stand reglos in der Küche und überlegte.

Was war mit dem Handy passiert?

Jemand, der es zufällig gefunden hätte, würde kaum etwas damit anfangen können, weil niemand außer Ivy die Zugangsdaten kannte. Gekannt *hatte*, denn sie gehörten zu den Dingen, die irgendwo in ihrem Kopf verschollen waren.

Und wenn es Niklas, Marvin oder Alan in die Hände gefallen war? Für sie musste es ein Leichtes sein, es zu knacken. Wäre es dann nicht möglich, dass sie die Menschen, die Ivy als Kontakte gespeichert hatte, manipulierten?

Wieso hatte sie nicht längst daran gedacht?

Ihr wurde schwindlig, und sie stützte sich am Spülbecken ab, um nicht den Boden unter den Füßen zu verlieren. Immer wieder überfiel sie ein plötzliches Schwindelgefühl, bei dem die Welt sich um sie drehte und sie in einer unheimlichen Spirale abwärtszog.

Sie atmete langsam ein und aus und wartete ab. So unvermittelt, wie der Spuk auftauchte, verschwand er meistens auch wieder. Allerdings blieb das beängstigende Gefühl zurück, ausgeliefert zu sein. Wie konnte sie sich im Ernstfall verteidigen, ohne sicher auf den Füßen zu stehen?

Ihre Gedanken kamen und gingen. Bevor sie den einen zu Ende gedacht hatte, klopfte bereits der nächste an. Bei lauten oder unerwarteten Geräuschen fuhr sie zusammen und wäre am liebsten hinter ihrer schützenden Theke in Deckung gegangen.

Stärke sah anders aus.

Sie dachte über Niklas nach. Und darüber, dass die Erinnerungen an ihn merkwürdig unpräzise blieben. Sein Sakko auf dem Tisch. Darauf das Holster mit der Waffe.

Konnte es nicht sein, dass sie da etwas zusammenfügte, das in Wirklichkeit nicht zusammengehörte? Beides musste nicht unbedingt mit der Vergewaltigung des Mädchens zu tun haben. Ivy hatte das Sakko Dutzende Male gesehen, ebenso wie die Waffe. Im ganz normalen Alltag.

Hatte ihr Unterbewusstsein ihr Bilder geschickt, die keinerlei Verbindung miteinander hatten?

Vorsichtig ließ sie den Rand des Spülbeckens los, drehte sich und lehnte sich mit dem Rücken dagegen. Ihre Finger bildeten die Shunya Mudra, die bei Schwindelanfällen half. Sie schloss die Augen und konzentrierte sich.

»Hallo?«

Ivy öffnete die Augen, tat den ersten Schritt Richtung Theke und war erleichtert, dass sie gerade gehen konnte.

Sie hatte dieses Gesicht schon gesehen. Braun gebrannt, das blonde Haar von Sonne und Wasser aufgehellt, selbstbewusster Blick und ein breites, offenes Lächeln. Ivy hatte keine Ahnung, wer das war, doch *sie kannte den Typen von irgendwoher.* Mitte zwanzig, sportliche Figur, lässig gekleidet, eine protzige Uhr am Handgelenk.

Er schien sie zu erkennen.

Sein Lächeln vertiefte sich.

»Emma?« Andries trat an die Theke und erlöste sie. »Drei Milchreis komplett, zwei Käsebrötchen ohne Garnitur.«

»Okay.«

Sie riss sich zusammen.

»Dazu zwei Kaffee und drei Limo.«

Damit war Andries wieder auf dem Weg zum nächsten Tisch. Ivy hob den Kopf und blickte dem Mann in die Augen.

»Bitte?«

»Kann ich bei dir bestellen, oder muss ich das am Tisch machen?«, fragte er.

Er duzte sie, was nicht ungewöhnlich war in diesem Bistro, das viele junge Leute anzog. Dennoch erschrak sie unwillkürlich.

»Am Tisch«, antwortete sie knapp, froh darüber, dass ihre Stimme nicht streikte.

Er begutachtete das Angebot in der Vitrine, kehrte an seinen Platz zurück und bestellte Pflaumenstreusel und einen Earl Grey. Während er auf Kuchen und Tee wartete, schien er aufs Meer zu schauen, doch jedes Mal, wenn Ivy unauffällig hinsah, begegnete sie seinem Blick.

Ihr Herzschlag beschleunigte sich und sie hatte Mühe zu schlucken. Sie machte die Bestellungen zurecht und überließ sich der Routine ihrer Hände, während ihre Gedanken rasten.

Woher kannte sie ihn?

Wieso, zum Teufel, konnte sie sich nicht erinnern?

Sie wünschte, er wäre nicht allein hier eingekehrt. Möglicherweise hätte eine Begleitung ihr auf die Sprünge geholfen. War er Single? Gehörte er zu dem Kreis um Niklas und seine Freunde?

Anscheinend war auch er nicht in der Lage, sie mit Sicherheit einzuordnen. Vielleicht lag ihre Begegnung schon eine Weile zurück. Falls es – hoffentlich – nur eine einzige gewesen war.

Sooft es ging, wandte Ivy ihm den Rücken zu, und als er Andries rief, um zu zahlen, empfand sie eine ungeheure Erleichterung. Beim Verlassen des Bistros nickte er ihr zu, zögerte kurz, als überlegte er, sie anzusprechen, eilte dann jedoch glücklicherweise hinaus.

»Der Mann von Tisch vier …«

»Dem saß das Geld ziemlich locker.« Andries grinste. »Ich wollte, alle würden so ein Trinkgeld geben.«

»Habt ihr euch unterhalten?«

»Ich hab ihn gefragt, ob alles in Ordnung war, er hat den Kuchen gelobt, und das war's. Warum?«

»Er ist mir bekannt vorgekommen.«

Sofort wirkte Andries alarmiert. Sie alle wussten mittlerweile ja auch über Ivys Amnesie und ihre Folgen Bescheid und hielten Augen und Ohren offen. Bildeten einen Schutzwall, der für Niklas, Marvin und Alan nicht unüberwindbar sein würde, sie aber zumindest für eine Weile ablenken konnte.

Bis Ivy sich in Sicherheit gebracht hätte.

»Kann ich was für dich tun?«

»Geht schon.« Ivy winkte ab. »Er hätte mich angesprochen, wenn er mich erkannt hätte, meinst du nicht?«

Andries runzelte nachdenklich die Stirn.

»Bestimmt«, gab Ivy sich selbst die Antwort. »Wahrscheinlich glaubt er, dass ich bloß Ähnlichkeit mit jemand habe, den er kennt.«

»Macht Sinn«, sagte Andries mit einem gehetzten Blick auf die Gäste. »Ich muss wieder los. Kommst du klar?«

»Geh ruhig.«

Ivy hielt den ganzen Nachmittag lang Ausschau nach dem Mann. Doch er tauchte nicht wieder auf.

TEIL VIER

30.

Man konnte den Herbst schon riechen. Er lag in der Luft wie eine Verheißung: Ließ einen für einen Moment glauben, alles werde sich zum Guten wenden.

Ivy liebte den Herbst. Sie freute sich auf das bunte Laub. Das satte Gelb des Lichts an späten Nachmittagen. Regenpfützen, in denen Blätter schwammen. Die Rufe der Zugvögel. Tee. Gummistiefel. Mütze und Schal.

»Lauter Klischees«, sagte Richie schmunzelnd.

»Ganz und gar nicht«, widersprach Samu.

Richie war vorbeigekommen, um Ivy den Erlös für das Auto ihrer Großmutter zu bringen. Dafür gab es ja eigentlich Banken, worüber jedoch keiner von ihnen ein Wort verlor. Es war von vornherein klar gewesen, dass dieses Geld auf keinem Konto auftauchen durfte.

Ivy hielt den Umschlag mit den Banknoten in der Hand und kämpfte mit den Tränen. Es fühlte sich an, als hätte sie einen altersschwachen, liebenswerten Hauskater einschläfern lassen. Der Golf hatte so lange zu ihrem und Grannys Leben gehört, dass er gar nicht mehr daraus wegzudenken war.

»Zweitausend Euro«, sagte sie mit belegter Stimme. »Das ist sehr großzügig von deinem Vater.«

»Wie bitte?« Richie konnte sich ein höhnisches Lachen nicht verkneifen. »Seine *Großzügigkeit* (er setzte das Wort mit Zeige- und Mittelfinger in Anführungszeichen) ist bloß ein weiterer Versuch, mich einzuwickeln. Mein Vater kauft sich Politiker, besticht Bullen und bringt mit seinen Schecks jeden zum Schweigen, der seinen Plänen im Weg steht. Glaubst du, einem wie ihm fehlen zweitausend Euro?«

Er hatte sich in Rage geredet und holte zitternd Luft, um wieder runterzukommen.

»Mach dir darüber keine Gedanken«, sagte er. »Irgendwas muss für ihn dabei rausgesprungen sein, sonst hätte er den Golf nicht gekauft.«

Ivy wusste, dass Granny sich über den Verlust des Wagens nicht aufregen würde. Ein Auto betrachtete sie als Gebrauchsgegenstand. Für den albernen Kult um Markennamen hatte sie nichts übrig. *Dich liebe ich*, würde sie sagen, *nicht mein Auto, meinen Schmuck oder mein Sonstwas.*

»Vielleicht wär ein kleiner Wagen nicht schlecht«, überlegte sie, um Richie von seinem Ärger abzulenken. »Ich könnte einen Notrucksack im Kofferraum verstauen und wär in der Lage abzuhauen, sobald es brenzlig würde.«

»Du darfst jederzeit meinen benutzen«, bot Samu an.

»Und falls du gerade unterwegs bist?« Richie wandte sich Ivy zu. »Ein Kumpel von mir will seinen alten Fiat loswerden. Er macht dir bestimmt einen guten Preis.«

»Der sollte aber schon noch ein paar Kilometer aushalten

und nicht mitten auf einer einsamen Landstraße verrecken«, warnte Samu.

Richie verdrehte die Augen.

»Max ist ein leidenschaftlicher Tüftler und Bastler«, erklärte er Ivy. »Er schraubt ständig an irgendwelchen altersschwachen Kisten rum und bringt sie auf Vordermann. Du kannst davon ausgehen, dass er sein Handwerk versteht.« Er warf Samu einen finsteren Blick zu. »Außerdem würde er einer Freundin von mir keinen Schrott andrehen.«

Dass Richie sie als Freundin bezeichnete, freute Ivy sehr. Doch selbst wenn er es nicht ausgesprochen hätte – nur ein Freund opferte Abend für Abend, um kostenlos ein Mädchen zu trainieren, das er kaum kannte.

Und nicht bloß das. Ihr Arrangement konnte lediglich funktionieren, weil sein Freund und Geschäftspartner Ron mitzog, indem er einige von Richies Kursen übernahm. Auch ihn hatte Ivy mittlerweile ins Herz geschlossen. Bei allem Unglück, das ihr widerfahren war, hatte sie enormes Glück gehabt, bei den richtigen Menschen untergekommen zu sein.

Es war September geworden. Seit fast drei Wochen lebte sie nun bereits in Heiligenhafen und noch immer füllte ihr Gehirn Stück für Stück die Leerstellen in ihren Erinnerungen auf.

Sie war sich mittlerweile sicher, dass das Verbrechen, dessen Zeugin sie geworden war, nicht in Kiel stattgefunden hatte, sondern in der Gegend, in der sie aufgewachsen war. Sie sah sich vor einem hohen Tor, durch das sie die Vergewaltigung beobachtete, und sie sah die ländliche Umgebung, die ihr sehr vertraut war – ein weiteres Indiz dafür, dass es sich bei den Männern tatsächlich um Niklas, Marvin und Alan gehandelt haben konnte, denn dieses Gebiet gehörte zu ihrem Revier.

Es musste in dem verlassenen alten Gutshof passiert sein, der weitab zwischen Wiesen, Feldern und Weiden allmählich zerfiel, weil sich niemand darum kümmerte. Aber aus welchem Grund war sie dort gewesen?

Allein?

Sie war meistens dann allein unterwegs, wenn sie sich zurückziehen wollte, um zu schreiben. Es hatte in ihrem früheren Leben unterschiedliche Orte dafür gegeben, die meisten alt und verwunschen.

Schloss Sophiental mit seinem unaufgeräumten Wald und dem paradiesisch verlotterten Tümpel, in dem im Frühling Dutzende von Fröschen quakten. Die Villa Rebengut, ein weitläufiges Anwesen, das früher einem Immobilienmogul gehört hatte.

Mittlerweile war es zu einem Sternerestaurant geworden, der Garten für Besucher geöffnet. Ivy hatte oft im Schatten der weinbewachsenen Mauer gesessen, ihren Laptop oder ein Notizbuch auf den Knien, und sich im Spätsommer an den honigsüßen Trauben satt gegessen.

Der Gutshof gehörte, soweit sie sich entsinnen konnte, nicht zu diesen Orten. Oder spielte ihr lückenhaftes Gedächtnis ihr hier wieder einen Streich?

So begierig sie jeden Schnipsel der Erinnerungen in sich aufsog, so sehr quälte es sie, dass ausgerechnet das traumatische Erlebnis, das alles ausgelöst hatte, beharrlich verschüttet blieb. Vielleicht, dachte sie eines Morgens, war sie allmählich doch so weit, nach professioneller Hilfe zu suchen.

Lars hatte ihr eine Psychotherapeutin mit makellosem Ruf empfohlen, und nachdem Ivy recherchiert und seine Einschätzung in zahlreichen Einträgen bestätigt gefunden hatte, fuhr sie in ihrer Mittagspause mit dem Fahrrad ins Zentrum und ging an der Praxis vorbei, um sich das Ganze erst einmal von außen anzugucken.

Die Psychotherapeutin praktizierte über einem Blumenladen, der einen Teil seines farbenprächtigen Angebots in grob geflochtenen Körben draußen auf dem Gehsteig zur Schau stellte. Ivy legte den Kopf in den Nacken und schaute zu den großen Sprossenfenstern hoch, hinter denen sich die Praxis befand.

Die vielen Pflanzen und das hübsch dekorierte Schaufenster des Blumenladens strahlten eine heitere Leichtigkeit aus und nahmen Ivy ein wenig von ihrem Unbehagen. Dennoch konnte sie sich nicht dazu durchringen, das schattige Treppenhaus zu betreten.

Vielleicht nächste Woche, dachte sie. Und kehrte um.

»Ich bin ein elender Feigling«, gab sie zu, als Jojo sie freudig empfing. »Diese Frau könnte mir helfen, die Erinnerungen freizulegen, die mir fehlen. Und das will ich ja, mich erinnern. *An alles.*« Sie vergrub das Gesicht in Jojos Nackenfell und er hielt ganz still. »Wieso, in drei Teufels Namen, ergreife ich dann diesen Strohhalm nicht? Kannst du mir das sagen?«

Er fuhr ihr mit der Zunge übers Gesicht.

»Okay!« Sie lachte. »Hör auf! Nach dem Wochenende fahre ich noch mal hin, versprochen.«

»Ich glaube, du bist safe«, sagte Anneke, als Ivy ihre Schürze vom Haken nahm und umband. »Sonst wären die Typen längst da. Die vermuten dich garantiert ganz woanders und ahnen nicht, dass du gar nicht weit weg bist. Eigenlijk geniaal.«

Ivy schmunzelte und wurde gleich wieder ernst.

»Zumindest habe ich mir damit ein bisschen Zeit erkauft. Aufgeben werden sie mit Sicherheit nicht.«

»Auch die können nicht tun, was sie wollen. Sie können zum Beispiel nicht die gesamte Technik von die … politieapparaat benutzen. Sonst sind sie dran.«

»Hoffentlich!«

»Was wirst du tun, falls sie dich finden?«

Ivy hob bedrückt die Schultern.

»Versuchen zu überleben.«

Anneke nahm sie in die Arme und strich ihr tröstend über den Rücken. Ivy hätte ewig so bleiben mögen. Nur half ihr das nicht weiter.

*

Niklas saß mit Marvin und Alan im *Suzie*. An Freitagabenden war hier der Teufel los. Als lebte jeder von Wochenende zu Wochenende. Eigentlich hatten sie vorgehabt, in das *Black Angel* zu gehen, aber sie waren nicht in der Stimmung gewesen.

Sie traten auf der Stelle. Immer noch. Es machte sie rasend.

An diesem Abend versuchten sie, das Dauerthema *Ivy* zu vermeiden. Sie saßen einfach da und quatschten, lästerten über Kollegen, regten sich über Kurts cholerische Anfälle auf, die sich häuften – fast war es wie früher.

Fast.

Vielleicht konnten die beiden Ivy ja ausblenden, Niklas gelang das nicht. Mit ihrem Verschwinden hatten seine Gefühle für sie ja nicht aufgehört. Er sah ihren nackten Körper vor sich. Erinnerte sich daran, wie er sie gevögelt hatte.

Sanft. Hungrig. Hart.

Voller schmerzhafter Lust.

Sogar jetzt fühlte er dieses drängende Pochen im Unterleib, das der bloße Gedanke an Ivy auslöste. Er senkte den Blick und starrte in sein Bierglas, damit Marvin und Alan ihm nichts anmerkten.

Und dann kam die Wut.

Wie hatte sie es wagen können, ihn zu verlassen!

UND MIT WEM?

Wer sagte denn, dass sie allein abgehauen war? Oder nicht jemanden kennengelernt hatte in dem Monat, der seit ihrem Verschwinden vergangen war? Ein Monat war eine lange Zeit. Da konnte alles Mögliche passieren. Vielleicht war sie dem verdammten Prinzen auf dem verdammten weißen Pferd begegnet, von dem sie im Stillen geträumt hatte.

Von dem sie alle träumten, bevor sie an einen echten Kerl gerieten.

Niklas spürte, wie seine Lippen sich verächtlich kräuselten. Weiber.

Die Eifersucht machte ihn fertig.

»Bevor dich ein anderer bekommt, bring ich dich um«, hatte er Ivy nach dem Sex einmal ins Ohr geflüstert.

Die Sonne hatte direkt auf sein Bett geschienen, und sie hatten träge in der wohligen Wärme gelegen, die Beine ineinander verschlungen. Das Licht hatte Ivys Augen leuchten lassen. Ihr intensives Blau hatte ihn an Saphire erinnert, und er hatte gedacht, dass er nie etwas Schöneres gesehen hatte.

»Mich?«, hatte sie gefragt, ein schläfriges Lächeln auf den Lippen. »Warum nicht ihn?«

»Es geht nicht um den Typen«, hatte er erwidert, die eine Hand in ihrem Haar vergraben, die andere auf ihrer Hüfte. »Es geht um dich.«

Sie hatte ihn verständnislos angeschaut, mit einem Mal hellwach. Und hatte die Decke vom Fußende hochgezogen, als wär ihr plötzlich kalt geworden.

»Um dich und darum, dass du mir gehörst.«

Ivy hatte sich von ihm losgemacht und war ins Bad gegangen. Er hatte Wasser plätschern hören und Lust bekommen, mit ihr zu duschen. Aber sie hatte abgeschlossen.

»Mach auf!«, hatte er gerufen und ungeduldig an der Klinke gerüttelt.

»Bin gleich fertig.«

»Du sollst aufmachen!«

Er hatte mit der flachen Hand gegen die Tür geschlagen, bis sie sie endlich geöffnet hatte, triefend nass, ein schützendes Badetuch vor der Brust. Er hatte es weggerissen und auf den Boden geworfen und sie wieder unter die Dusche gezogen.

Sie hatte sich kaum gewehrt.

Denn sie war Wachs in seinen Händen.

Gewesen. Damals.

»Würdest du mich wirklich töten?«, hatte sie gefragt, nachdem sie sich wieder angezogen hatten.

»Ja«, hatte er geantwortet. »Vergiss das nie.«

Mit einem Lachen. Als hätte er es nicht so gemeint.

Das Misstrauen war erst im Laufe des Abends aus ihrem Blick verschwunden. Doch das war ihm egal gewesen.

Niemals, hatte er gedacht, *nie wirst du einem andern gehören*.

Später hatte er es mehrfach ausgesprochen, allerdings mit Zärtlichkeit getarnt, und für eine Weile war es zwischen ihnen gewesen wie ein Spiel.

Nur er selbst hatte gewusst, dass es kein Spiel war, sondern bitterer Ernst.

»Was meinst du dazu?«

Niklas merkte, dass er nichts von der Unterhaltung zwischen Marvin und Alan mitbekommen hatte.

»Äh …«

Marvin schlug ihm auf den Rücken und lachte, als er husten musste.

»Ja oder ja?«

Niklas folgte seinem Blick zur Bar, an der drei Mädchen standen und ihnen aufgekratzt zuprosteten. Bevor er etwas erwidern konnte, hatte Marvin sich schon erhoben, schlenderte betont langsam hinüber und brachte sie nach einem kurzen Wortwechsel mit an den Tisch.

Es waren Studentinnen und die mit den dunklen Haaren lachte Niklas einladend an. Er lachte zurück und strich ihr leicht über die Hand. Im Schein der Lampe sah er, dass die Härchen auf ihrem Arm sich aufrichteten.

Vielleicht sollte er sich davon überzeugen, dass er nicht Ivy brauchte, um Spaß zu haben. Im Gegenteil. Ohne sie würde er sich wesentlich besser amüsieren. Das Mädchen schien leichte Beute zu sein. Sie bot sich ihm förmlich an, und es könnte sein, wie es einmal mit Ivy gewesen war.

Bevor sie schwierig geworden war und alles hinterfragt hatte. Jeden einzelnen beschissenen Satz und jedes einzelne beschissene Gefühl.

»Ich bin Niklas«, sagte er und hielt ihren Blick fest.

Ihre Augen waren dunkel. Die langen Wimpern warfen verführerische Schatten auf ihre Wangen. Ihre Lippen hätten ein bisschen voller sein können, aber man konnte nicht alles haben. Dafür schienen ihre Brüste eine Wucht zu sein. Sie trug keinen BH und Niklas konnte sie unter dem Shirt mehr als erahnen.

Er zog sie näher zu sich heran und sie schmiegte sich lachend an ihn. Das Lachen störte ihn jetzt. Er blendete es aus. Sie hatte niedliche Ohren. Er flüsterte lauter Unsinn hinein und brachte sie zum Kichern, was wesentlich angenehmer war als ihr Lachen.

Marvin signalisierte ihm mit einem Blick, dass sie woandershin gehen sollten. Zusammen mit den Mädchen, wie es aussah, denn sie schienen ebenfalls auf der Suche nach einer heißen Nacht zu sein.

Alan wirkte noch zögerlich. Kein Wunder, dass es ihm nie gelang, eine aufzugabeln. Er war immer mit der zufrieden, die sie ihm übrig ließen.

Die Mädchen waren einverstanden, mit ihnen um die Häuser zu ziehen. Sie hatten sich flüsternd abgestimmt und waren startbereit.

»Geht schon vor«, sagte Niklas. »Ich komme nach.«

Er zeigte vage in Richtung Toiletten, während Marvin seine Scheckkarte hervorzog und großkotzig verkündete, sie seien eingeladen.

Soll er doch, dachte Niklas und schob seinen Stuhl zurück. Beugte sich über die Dunkelhaarige, deren Namen er morgen vergessen hätte.

Leonora.

Sie küsste ihn auf eine Weise, die ihm alles versprach, was er sich wünschen mochte. Besser konnte der Abend wirklich nicht laufen.

»Ich beeile mich«, versprach er und kämpfte sich durch das Gedränge.

Leonora.

Ihm war auf einmal ziemlich heiß. Und er hatte es ziemlich eilig.

31.

An diesem Abend trainierte Ivy so verbissen, dass Richie sie mehrfach bremsen musste, damit sie sich nicht übernahm.

»Hey«, sagte er, als sie schwer atmend und schweißüberströmt nach dem Handtuch griff, das er ihr hinhielt. »Ich will dich stark machen, nicht umbringen.«

»Ich weiß.« Sie nahm einen Schluck aus ihrer Wasserflasche. »Du nicht.«

Er vergaß es manchmal, war sich nicht ständig der Gefahr bewusst, in der sie sich befand. Obwohl die Machenschaften seines Vaters ihm Dutzende Male gezeigt hatten, dass es unter den sogenannten Gesetzeshütern ebenso viele schwarze Schafe gab wie in anderen Berufen, wollte das Kind in ihm noch immer an die Freunde und Helfer glauben, die Retter in der Not, als die sie sich gern darstellten.

Ivy sprach so gut wie nie über ihre verzweifelte Lage, doch Richie sah ihr an, wie ihr zumute war. Ihre Bewegungen verrieten es ihm, ihr Gesichtsausdruck und vor allem ihre Augen.

Sie lernte schnell. Eine solche Schülerin hatte er sich insgeheim immer gewünscht. Und nun konnte er ihre Fortschritte nicht genießen, weil er wusste, aus welch entsetzlichem Grund sie dermaßen ehrgeizig trainierte.

Bereits jetzt war sie locker in der Lage, einen Angreifer auszuschalten und sich die Möglichkeit zur Flucht zu verschaffen. Allerdings würde sie nicht von einem gewöhnlichen Angreifer attackiert werden, sondern von einem ausgebildeten Polizisten. Schlimmstenfalls hatte sie drei von der Sorte vor sich.

Sie hätte nicht die geringste Chance.

Richie versuchte, sich von dieser Vorstellung nicht lähmen zu lassen. Die Wahrscheinlichkeit, dass sie drei Typen gleichzeitig gegenüberstehen würde, schätzte er im Grunde als recht gering ein. Nach dem zu urteilen, was Ivy ihm erzählt hatte, waren sie größenwahnsinnig. Sie würden es nicht für nötig halten, zu dritt aufzumarschieren, um ein 19-jähriges Mädchen zu überwältigen.

Doch er konnte sich irren.

Er hatte überlegt, Ivy zuliebe ein letztes Mal bei seinem Vater zu Kreuze zu kriechen und ihn zu bitten, ihr einen seiner Security-Gorillas auszuleihen. Ivy hatte den Vorschlag abgelehnt.

»Nein, Richie. Ich bringe schon genug Menschen in Gefahr.«

»Sie werden kaum das gesamte Bistroteam auslöschen, Ivy.«

»Aber jeden, der sich ihnen in den Weg stellt. Du darfst sie nicht unterschätzen, Richie. Sie sind Polizisten. Sie biegen sich die Wahrheit hin, wie sie wollen.«

Keine der Frauen, die er bisher in Selbstverteidigung unterrichtet hatte, war in einer vergleichbaren Lage gewesen. Die einen wollten lernen, sich gegen Übergriffe zu wehren, andere hatten das Trauma einer Vergewaltigung erlitten und sich geschworen, nie wieder schutzlos einem Angriff ausgesetzt zu sein.

Und dann gab es diejenigen, die immer wieder mit überschminkten Blessuren beim Training erschienen und nicht die Kraft fanden, sich von dem Schläger und Vergewaltiger zu befreien, mit dem sie lebten.

Manche blieben irgendwann weg, und er durfte keinen Kontakt mit ihnen aufnehmen, weil er die Eifersucht ihrer Männer dadurch möglicherweise noch anheizte und ihre Brutalität zum Äußersten trieb.

»Du solltest nicht allein sein«, sagte er. »Sieh zu, dass immer jemand bei dir ist. Halte dich nur da auf, wo Menschen sind.«

»Meide die Dunkelheit«, unterbrach Ivy ihn, »und einsame Orte. Hast du mir alles eingetrichtert.«

Sie hatte recht. Jeden Kurs begann er mit der Aufzählung der Verhaltensregeln, die halfen, eine Gefahrensituation gar nicht erst entstehen zu lassen. Und jedes Mal hatte er dabei ein schlechtes Gewissen.

Weil er ein Mann war.

Er konnte sich frei bewegen, wo und zu welcher Uhrzeit er wollte. Auch allein. Dunkelheit war für ihn schlicht Dunkelheit und nicht das mögliche Versteck eines Irren, der auf der Lauer lag, um ihn auszurauben, zu vergewaltigen oder zu töten.

Bei Frauen sah das anders aus.

Eine himmelschreiende Ungerechtigkeit.

»Komm«, sagte er. »Wir machen weiter.«

Ivy zögerte und knautschte das Handtuch in ihren Händen.

»Was ist los?«, fragte er. »Raus damit.«

»Und wenn es nicht ausreicht, sie abzuwehren?«, fragte sie. »Wenn es mir nicht gelingt, mich in Sicherheit zu bringen?«

Richie wusste, worauf sie hinauswollte. Sie hatten das Thema am ersten Abend gestreift. Dass es erlaubte Mittel zur Selbstverteidigung gab und verbotene. Er hatte ihr die Konsequenzen erläutert, die der Einsatz verbotener Waffen nach sich zog.

»Du hast den Tactical Pen«, sagte er.

Sie nickte.

»Okay. Ich zeige dir jetzt ein paar … umstrittene Griffe und Schläge, die du höchstens im alleräußersten Notfall anwenden darfst.« Er schüttelte den Kopf. »Dafür wird mich die Hölle verschlingen.«

»Wird sie nicht.« Ivy warf das Handtuch auf die Bank. »Die Hölle hat mit Niklas, Marvin und Alan genug zu verdauen.«

Auf ihrem Gesicht erschien ein zögerliches Lächeln. Und verschwand gleich darauf wieder. Womöglich hatte Richie es sich auch bloß eingebildet.

*

Die Toilettenräume befanden sich im Keller. Sie hatten hohe Decken und waren angenehm kühl. Niklas ließ sich kaltes

Wasser über die Hände laufen und versuchte, nicht in den Spiegel zu blicken. Er wusste, dass er aussah wie ausgekotzt.

Blass. Erschöpft. Die müden Augen rot umrändert.

Als er zurückkam, schlugen ihm die schlechte Luft und der Lärm entgegen. Eli schien die Musik aufgedreht zu haben.

»Deiiin ist mein ganzes Herz«, grölte jeder, der noch halbwegs bei Stimme war, den Refrain des alten Kulthits von Heinz Rudolf Kunze mit, »duuu bist mein Reim auf Schmerz! Wir werden Riiiesen sein, uns wird die Welt zu klein!«

Mein Reim auf Schmerz, dachte Niklas bitter.

Dass Ivy verschwunden war, hörte allmählich auf, sich wie Schmerz anzufühlen. Was er zunehmend empfand, war ein eisiger Zorn, der sich Tag für Tag mehr in Hass verwandelte. Es gelang ihm kaum noch, das zu verbergen. Seine Selbstbeherrschung bekam erste Risse und er hatte sich bei der Arbeit nicht im Griff.

So konnte das unmöglich weitergehen.

Doch er würde sich davon nicht runterziehen lassen. Nicht an diesem Abend, wo draußen Marvin und Alan mit den Mädchen warteten.

Liona ... Leonie ...

Le...onora.

Yep. Niklas grinste. Es ging ihm schon besser.

Als ihn jemand am Arm festhielt, drehte er sich unwillig um.

»Niklas! Hallo!«

Bob schien sich zu freuen, ihn zu sehen. Sie waren eine geraume Weile nicht mehr zusammen gejoggt. Irgendwie war alles aus dem Ruder gelaufen.

»Hi«, sagte er. »Dich hab ich hier ja noch nie gesehen.«

»Zufall. Bin mit Kollegen unterwegs.«

»Du …« Niklas warf einen Blick auf seine Armbanduhr. »Im Moment passt es mir gerade nicht.«

Sie mussten sich fast anschreien, um den Lärm zu übertönen. Bob stellte sein Bierglas auf dem Tresen ab und beugte sich näher zu Niklas vor.

»Ich war gerade im Urlaub«, sagte er. »Seitdem muss ich an dich denken.«

»An mich? Wieso?«

»Ich hatte eine seltsame Begegnung mit einem Mädchen, das deiner Freundin zum Verwechseln ähnlich sah. Bis auf die Haare, aber sonst …«

Das Blut wich Niklas aus dem Gesicht.

»Was?«

»Sie hätte Ivys Zwillingsschwester sein können.« Bob runzelte die Stirn. »Geht's dir nicht gut?«

»Stress«, wich Niklas aus. »Du kennst das.«

»Und ob …«

Bob nickte. Er war Banker und klagte ständig darüber, dass der Beruf ihn auffresse, dabei hatte Niklas ihn selten anders erlebt als tiefenentspannt.

»Jeder Mensch«, sagte Niklas, als er sich wieder gefangen hatte, »soll ja, über die Welt verteilt, bis zu sieben Doppelgänger haben.«

»Hab ich auch gelesen. Spooky, oder?«

Niklas spürte sein Herz pochen. Ungeduldig wartete er darauf, dass Bob weitererzählte. Er musste ihn nicht drängen. Der Mann redete gern und viel, am liebsten über sich selbst.

»Figur, Mimik, Gestik, Stimme – sogar die Augenfarbe war dieselbe.«

Niklas konnte es nicht fassen. War das möglich? Servierte Bob ihm hier Ivy auf dem Silbertablett? Er zwang sich zu einem Grinsen.

»Du hast sie angesprochen? Wie hat sie reagiert?«

»Sie hat mich offenbar nicht erkannt. Hat mir bloß gesagt, dass ich nicht bei ihr an der Theke, sondern am Tisch bestellen sollte.« Bob nahm einen Schluck Bier, wischte sich die Lippen mit dem Handrücken und stellte das Glas ab. »Es war in einem Bistro. Sie arbeitet da.«

Niklas hätte sich am liebsten mit einem Schrei Luft gemacht. Stattdessen behielt er sein Grinsen bei. Als fände er das, was Bob berichtete, äußerst amüsant.

»Hätte ihr Kollege sie nicht Emma genannt … ich hätte gewettet, dass es Ivy war.«

Wieder hob Bob in aller Ruhe und Umständlichkeit sein Glas, um zu trinken, sich den Mund zu wischen und das Glas abzustellen, bevor er fortfuhr. Niklas hätte ihn schütteln mögen.

»Die Ähnlichkeit war unglaublich, Nik. Bis auf die Haare eben. Die waren kurz.«

»Verrückte Geschichte.« Niklas war froh, dass er in der Lage war zu sprechen. Alles in ihm war in Aufruhr. »Das muss ich Ivy erzählen.« Er lachte und hoffte, Bob würde nicht merken, wie gequält sein Lachen war. »Vielleicht hat sie Lust, ihre Doppelgängerin mal kennenzulernen.«

Bob fiel in sein Lachen ein.

»Wo war das denn?«

Niklas sah Bob fragend an.

»In Heiligenhafen«, gab der bereitwillig Auskunft. »Das Bistro gehört zu einem Hotel am Strand. Da jobben während der Semesterferien hauptsächlich Studenten, ein ziemlich bunter Haufen. Geschmacksache, wenn du mich fragst.«

»Lieber Himmel.« Niklas schüttelte den Kopf. »Eine Ivy in zweifacher Ausführung wag ich mir gar nicht vorzustellen. Ich hab schon mit der einen mehr als genug zu tun.«

»Das doppelte Lottchen«, sagte Bob schmunzelnd.

Niklas fragte sich, wann er jemals etwas Originelles aus seinem Mund gehört hatte. Trotzdem hätte er ihn am liebsten geküsst. Im Gegensatz zu ihm war er sich absolut sicher, dass er keiner Doppelgängerin begegnet war.

32.

Randvoll mit Adrenalin drängte er sich durch das Gewühl und stürzte nach draußen, wo Marvin, Alan und die Mädchen warteten.

»Du hast es aber eilig.« Marvin feixte. »Ist jemand hinter dir her?«

»Ich muss kurz nach Hause«, sagte Niklas. »Sorry.«

»Was ist so unglaublich wichtig, dass es nicht Zeit bis morgen hat? Und das an einem Freitagabend?«

Marvin hielt in jedem Arm ein Mädchen. Eines davon war Leonora. Das dritte hatte sich bei Alan eingehakt und blies den Rauch einer sehr langen, sehr dünnen Zigarette in die Luft, die bereits herbstlich kühl war.

»Erzähl ich dir später.«

Es gelang Niklas nur mit Mühe, die Geduld zu wahren, statt einfach loszustürmen, weg von hier, weg von Marvin und Alan und weg von den Mädchen. Er musste in Ruhe nachdenken. Das eben Gehörte einordnen und überlegen, was er tun sollte.

»Ruf an, wenn du so weit bist«, sagte Marvin mit einem Zwinkern. »Ich verrate dir dann, wo du uns findest.«

Im nächsten Moment liefen sie aufgedreht die Straße hinunter, auf dem Weg zur nächsten Kneipe, zur übernächsten und zur überübernächsten. Es würde ein langer Abend werden.

Außer Atem erreichte Niklas sein Haus. Über dem Stadtweiher kreisten die Krähen, die sich in Scharen in den hohen Bäumen eingerichtet hatten. Ihre heiseren Schreie kündeten die nahende Nacht an, in der sie endlich für eine Weile Ruhe finden würden.

Niklas war von diesen Vögeln fasziniert. Obwohl sie Würde und Kraft ausstrahlten, ließen sie ihn an Tod und Verwesung denken. An manchen Tagen fiel es ihm schwer, ihren Anblick zu ertragen.

Er betrat die kleine Diele und schloss die Tür. Der Zauber des Hauses entfaltete augenblicklich seine Wirkung. Nahm ihn auf und besänftigte ihn. Niklas ging ins Wohnzimmer, den Raum, in dem die Anwesenheit seiner Tante am deutlichsten spürbar war, und warf sich in den Sessel am Fenster.

Kaum hatte er sich hingesetzt, sprang er wieder auf und lief umher wie eingesperrt. Das Chaos in seinem Innern ließ seine Hände zittern. Er verschränkte die Finger ineinander, stellte sich ans Fenster und starrte hinaus in den Abend.

Ohne etwas zu sehen.

Er musste nachdenken, aber seine Gedanken stoben in sämtliche Richtungen davon. Verweigerten sich. Ließen sich nicht näher betrachten und erst recht nicht ordnen.

Niklas kannte diesen Zustand und wusste, dass es nichts brachte, auf eine Erleuchtung zu warten. Es gab nur ein Mittel, um den Kopf wieder klar zu kriegen – er musste an die Luft. Er zog seine Sportklamotten an, floh nach draußen und begann zu joggen.

Nach drei Kilometern zeigten sich zögernd die ersten zusammenhängenden Gedanken. Die Erfahrung hatte ihm gezeigt, dass er nicht versuchen durfte, sie festzuhalten. Er musste sie fließen lassen und darauf vertrauen, dass sein Gehirn ohne seine Einmischung die Arbeit tat.

Er wurde nicht enttäuscht. Nach weiteren zwei Kilometern nahm er das Tempo raus, drehte um und lief in einer moderaten Geschwindigkeit zurück.

Als er die Haustür aufschloss, wusste er, was zu tun war.

Er duschte, ließ sich einen starken Kaffee einlaufen, buchte online eine Unterkunft in Heiligenhafen und warf ein paar Sachen in die Reisetasche.

Als er schließlich losfuhr, war es stockdunkel. Marvin hatte zwei Nachrichten geschickt. *Wo bleibst du denn, Alter?* Und eine halbe Stunde später: *Fuck you!*

Niklas reagierte nicht darauf. Den Weg, den er eingeschlagen hatte, musste er allein gehen. Marvin war der Mensch, den er dabei am wenigsten gebrauchen konnte.

Auf der Autobahn war der Teufel los. Der übliche Wochenendverkehr. Die Leute fuhren hin und her, die einen nach Süden, die andern nach Norden. Hauptsache, weg von ihrem alltäglichen Leben.

Niklas ließ die Fensterscheibe runter und atmete die erfrischende Luft ein.

*

Die ausgelassene Stimmung war verpufft, nachdem Niklas gegangen war, die Symmetrie zerstört, ein Mädchen zu viel. Eine Weile hatte Marvin noch gehofft, Niklas werde wieder zu ihnen stoßen, aber nach der zweiten Kneipe war ihm klar gewesen, dass er abgesprungen war.

Aus welchem Grund, Hergott noch mal?

Er schien ganz angetan von dieser Leonora. Und sie von ihm. Die Mädchen waren locker drauf und zu allem bereit. Wie konnte der Schwachkopf sich das entgehen lassen?

Okay, dachte er, dann eben ohne ihn. Scheiß auf die Symmetrie! Er war sehr gut in der Lage, es mit zwei Weibern aufzunehmen. Leonora war ohnehin bereits willig zu ihm umgeschwenkt.

Doch etwas in ihm rumorte.

Es war nicht Niks Art, eine solche Gelegenheit ungenutzt verstreichen zu lassen. Was hatte er zu Hause so dringend zu erledigen? Was war ihm wichtiger als die Aussicht auf eine geile Nacht?

»Hey, du schnürst mir die Luft ab!«

Marvin löste Leonoras Arme von seinem Hals und griff nach seinem Glas. Sogar das Bier schmeckte nach ihrem süßlichen Parfum. Antonia, das andere Mädchen, das ihm halb auf dem Schoß hing, kicherte blödsinnig vor sich hin. Sie war kurz davor, abzudriften. Bald wäre sie zu nichts mehr zu gebrauchen.

Alan, der ihren Zustand ebenfalls bemerkt hatte, gab Marvin mit Zeichen zu verstehen, dass sie allmählich zur Sache kommen sollten. Leonora hatte vorgeschlagen, in ihre Wohnung zu wechseln, die sie für sich allein hatte, weil ihre Mitbewohnerin für ein paar Wochen weggefahren war.

Sie verließen die Kneipe und die kühle Luft ließ Antonia fast wieder nüchtern werden. Das dritte Mädchen hieß Mariella. Der Name gefiel Marvin, das Mädchen selbst hingegen machte ihn nicht an. Vielleicht törnte ihn auch lediglich die Tatsache ab, dass sie eindeutig scharf auf Alan war.

Und Alan auf sie.

Die Lust sprang ihm förmlich aus den Augen.

»Hör auf zu grübeln«, säuselte Leonora Marvin ins Ohr. »Lass dich fallen.«

Als hätte er das jemals gekonnt, sich fallen lassen. Wie konnte sie glauben, die Person zu sein, bei der es ihm gelingen könnte?

Sie führte sie zu einem vierstöckigen Haus in der Innenstadt, das bis unters Dach an Studenten und Studentinnen vermietet war, wie sie erzählte. Die meisten Fenster waren dunkel, die Bewohner übers Wochenende oder während der Semesterferien in sämtliche Himmelsrichtungen verstreut.

Freie Bahn.

Doch das nagende Gefühl in Marvins Innern hörte nicht auf. Es war in den vergangenen Minuten so drängend geworden, dass er es nicht länger ignorieren konnte.

»Tut mir leid«, sagte er, schon einen Fuß auf der Treppe. »Hab was vergessen. Muss noch mal los.«

»Sorry«, raunte er Alan zu. »Ich muss wissen, was mit Nik los ist.«

»Ich komme mit.«

»Nein. Ich melde mich, sobald ich weiß, was er vorhat.«

»Du meinst, er will …«

»Ich meine gar nichts.«

Er grinste die Mädchen an, die versuchten, Alan die Stufen raufzuziehen. Der zuckte mit den Schultern und ergab sich der Übermacht. Tuschelnd und kichernd stiegen sie nach oben und Marvin zog die schwere Haustür auf und trat auf die Straße hinaus.

Es gab Schlimmeres, als von drei Mädchen verwöhnt zu werden.

Er winkte einem Taxi, das bald darauf vor Niks Haus hielt.

In keinem der Fenster war Licht. Niks Mazda, der meistens vor dem Haus parkte, weil die Garage als Abstellmöglichkeit für allerlei Krempel diente, war nicht da.

Dennoch stieg Marvin aus und klingelte. Er klingelte ein zweites Mal, ließ den Finger dann auf dem Knopf und läutete Sturm.

Marvin wusste, wie sich das in einem leeren Haus anhörte.

Genau so.

Niklas war ausgeflogen.

Marvin, der den Fahrer gebeten hatte, auf ihn zu warten, stieg wieder ins Taxi und ließ sich zum *Suzie* bringen. Auf dem Weg dorthin dachte er nach.

»Niklas?« Eli wischte mit einem schmuddeligen Tuch über den Tresen, der noch immer von einer Traube von Gästen umringt war. »Warum fragst du?«

»Eli. Ich hab meine Gründe.«

»Als ich ihn zuletzt gesehen habe, hat er sich hier an der Theke mit jemandem unterhalten.«

»Mann oder Frau?«

»Mit einem Mann.«

»Mensch, Eli, lass dir nicht jedes Wort aus der Nase ziehen.«

»Nachschub!«, rief ein Typ, der aussah wie eine Kopie von Johnny Depp. Er hob sein Glas und schnalzte mit der Zunge, um Eli auf sich aufmerksam zu machen. Anscheinend wusste er nicht, dass Eli nicht nach der Pfeife eines Mannes tanzte.

»Der war mit Kollegen hier«, sagte sie. »Irgendeine Feier.«

»War? Ist er schon weg?«

Eli blickte sich suchend um.

»Offenbar. Die Rechnung übernimmt der Chef, deshalb hab ich nicht darauf geachtet, wann wer abhaut. Wieso? Was ist denn?«

Marvin überging die Frage.

»Kennst du ihn?«

Eli schüttelte den Kopf und machte sich daran, das Bier für Johnny Depp zu zapfen.

»Aber einige von denen sind noch hier.«

»Sag das doch gleich.«

»Hey! Ich befinde mich in meiner eigenen Kneipe und nicht beim Verhör im Präsidium.«

»Zeig sie mir.«

»Der da zum Beispiel.«

Sie wies mit einer Kopfbewegung auf einen überaus smarten Businesstypen, der sich in angeregtem Gespräch mit einer dieser Frauen befand, bei denen Marvin die Krise kriegte: Hosenanzug, die Haare straff nach hinten gekämmt und steif von Gel, das Gesicht unter einer Maske von Make-up verborgen.

Immobilienfuzzies, schätzte er, Juristen oder Banker. Die konnte man alle in einen Sack stecken und draufhauen und traf immer den Richtigen.

»Du hast was gut bei mir«, sagte er zu Eli und arbeitete sich zu den beiden vor.

»Bob?«, fragte der Mann misstrauisch. »Was wollen Sie von ihm?«

Marvin merkte, wie ihm der Kamm schwoll. Bloß hatte er weder Zeit noch Lust, sich mit dem Typen anzulegen. Er brauchte Informationen.

»Ich habe ein paar Fragen an ihn.«

»Kann ich Ihren Dienstausweis sehen?«

Widerstrebend tat Marvin ihm den Gefallen. Jeder palaverte über seine Rechte, als hätte er das Bürgerliche Gesetzbuch auswendig gelernt, und legte ihnen bei ihrer Arbeit Steine in den Weg.

»Okay«, sagte der Mann, obwohl er sein Misstrauen nicht verbergen konnte. Offenbar hatte er kein Interesse an Schwierigkeiten mit der Polizei. »Bob ist gegangen.«

»Wohin?«

Schulterzucken.

»Wie Sie wollen.« Wenn er eine Portion Einschüchterung brauchte, um zu kooperieren – Marvin sollte es recht sein. Er zückte sein Handy. »Ihren Namen und Ihre Anschrift bitte.«

Der Typ schaltete sofort um.

»Er wollte nach Hause. Es ging ihm nicht gut. Hat sich anscheinend den Magen verdorben.«

»Na bitte. Geht doch. Wie heißt er? Wo wohnt er? Und als Sahnehäubchen gerne seine Telefonnummer.«

Die Ironie tropfte nur so von Marvins Lippen und er genoss jedes einzelne Wort. Es war eine wahre Freude, einen großspurigen Typen schrumpfen zu sehen.

»Bob Ansgart. Adresse weiß ich nicht.« Der Mann zog ebenfalls sein Handy aus der Tasche. Seine Daumen flogen über die Tasten. »Hier.« Er hielt Marvin das Handy hin. »Seine Mobilnummer.«

Marvin bedankte sich mit einem knappen Nicken und verließ die Kneipe, um draußen zu telefonieren.

»Ja!«

Es klang wie ein Befehl. Bob Ansgart war zweifellos ungehalten und klang absolut nicht wie einer, der sich den Magen verdorben hatte. Im Hintergrund hörte Marvin Musik und das Lachen einer Frau.

Er nannte den Grund seines Anrufs und die Musik wurde leiser.

»Ein Freund von Niklas?«, vergewisserte sich Bob vorsichtshalber noch einmal.

»Ja. Ein Freund und Kollege.«

»Steckt Nik in Schwierigkeiten?«

Marvin dachte nicht daran zu antworten. War er die Auskunft?

»Worüber haben Sie sich in der Kneipe mit ihm unterhalten?«

Man hörte förmlich, wie es in Bob Ansgarts Kopf arbeitete.

»Warum fragen Sie nicht ihn?«

»Ich möchte Ihre Version hören.«

Bob Ansgart seufzte und knickte dann ein. Wahrscheinlich hatte er an einem Freitagabend Besseres vor, als sich auf ein Machtspielchen mit einem Bullen einzulassen. Das er ohnehin nicht gewinnen konnte.

»Über nichts Wichtiges«, beantwortete er endlich die Frage. »Streng genommen war es nicht mal eine richtige Unterhaltung. Wir haben bloß ein paar Sätze gewechselt.«

»Worum ging es genau?«

»Um nichts im Grunde. Ich habe ihm lediglich erzählt, dass ich dachte, ich wär im Urlaub seiner Freundin begegnet.«

Es durchfuhr Marvin heiß und kalt.

»Ivy?«

»Ja. Doch es stellte sich heraus, dass sie es gar nicht gewesen ist. Die junge Frau hieß Emma und sah ihr wirklich unheimlich ähnlich. Sogar ihre Stimme klang wie die von Ivy. Ich hätte das nicht für möglich gehalten.«

»Eine Doppelgängerin?« In Marvins Kopf brach ein Tumult aus. Er musste sich zusammenreißen, um dieses Gespräch weiterführen zu können. »Was hat sie denn dazu gesagt?«

»Ich habe sie nicht darauf angesprochen. Das war in einem Bistro und sie hatte zu tun.«

»Sie arbeitet in einem Bistro? Wo?«

»Heiligenhafen. In einem Bistro am Strand. Nik fand die Geschichte auch ziemlich witzig. Leider musste er schnell weg.«

»Schatz?«, vernahm Marvin im Hintergrund eine Frauenstimme. »Dauert es noch lange?«

Bob Ansgart hatte es plötzlich eilig, das Gespräch zu beenden.

Ebenso wie er selbst.

Marvin rief sich wieder ein Taxi, ließ sich zu Hause absetzen und stieg in seinen eigenen Wagen um. Eigentlich sollte er nicht mehr fahren, aber er hatte sich beim Trinken einigermaßen zurückgehalten und wusste außerdem, wo er sich auf Radarkontrollen einstellen und das Tempo drosseln musste.

Es hatte durchaus Vorteile, ein Bulle zu sein.

In seinem Kofferraum befand sich stets eine gepackte Reisetasche. Für alle Fälle. Das hatte sich mehrfach bewährt. Heute war er besonders dankbar dafür.

Er fuhr zu Niks Haus, parkte ein wenig abseits und verschaffte sich Einlass durch die Kellertür, die, wie er wusste, ebenso viele Jahre auf dem Buckel hatte wie das gesamte Haus. Ein altes Schätzchen mit einfachem Schloss, eine freundliche Einladung an jeden Einbrecher.

Dafür, dass Niklas Polizist war, verhielt er sich geradezu fahrlässig in Fragen der häuslichen Sicherheit. Marvin hatte ihm das oft unter die Nase gerieben.

Ohne Erfolg.

Jetzt kam es ihm gelegen.

Die elektrischen Rollläden, die Niklas kürzlich hatte einbauen lassen, waren bereits heruntergefahren, sodass Marvin im Haus Licht machen konnte, ohne den Argwohn der Nachbarn zu wecken.

Er ging zuerst ins Wohnzimmer, das sich in einem an Verwahrlosung grenzenden Zustand befand, stieg über wacklige Stapel von Sportmagazinen, blätterte in einem Haufen ungeordneter Quittungen und Briefe und durchsuchte die Schrankschubladen, ohne einen Hinweis darauf zu finden, dass Niklas wirklich nach Heiligenhafen aufgebrochen war.

Doch genau das hatte er getan.

Marvin war sich zu neunzig Prozent sicher.

Mindestens.

Als Nächstes nahm er sich Niks Arbeitszimmer vor und setzte sich an den hoffnungslos überladenen Schreibtisch.

Kugelschreiber. Kaffeeflecken. Ein angebissener Schokoriegel. Braune Bananenschalen. Ein voller Aschenbecher. Zettel mit flüchtigen Notizen und hingekritzelten Strichmännchen. All das gab Auskunft über Niks haarsträubende emotionale Verfassung.

Er war zu schwach.

Gefährlich.

Und wahrscheinlich unterwegs nach Heiligenhafen.

Allein.

Marvin zündete sich eine Zigarette an und lehnte sich auf dem Schreibtischstuhl zurück. Falls stimmte, was Bob Ansgart ihm erzählt hatte, bedeutete es, dass Ivy untergetaucht war und nicht vorhatte, sie anzuzeigen, denn dazu hätte sie genügend Zeit gehabt.

Nein. Sie war zu intelligent, um sich mit ihnen anzulegen.

In dieser Hinsicht waren sie safe.

Er fragte sich, wie Ivy auf Heiligenhafen verfallen war. Warum hatte sie sich nicht für einen möglichst weit entfernten Ort entschieden? In Bayern, Österreich, Luxemburg, der Schweiz?

Wider Willen imponierte sie Marvin.

Sie war in der Nähe geblieben. Gerade so weit entfernt, dass sie sich nicht mehr in ihrem unmittelbaren Einflussbereich befand.

Aber Ivy wäre nicht Ivy, wenn das alles bliebe, was sie zu bieten hatte. Sie war nicht der schicksalsergebene Typ. Sie packte Probleme an.

Etwas führte sie im Schilde, da war Marvin sich ganz sicher.

33.

Ausnahmsweise war Ivy einmal früh ins Bett gegangen und erhielt prompt die Quittung dafür. Hellwach lag sie im Dunkeln, aufgeschreckt aus einem bedrohlichen Traum und gefangen in einem Netz schwärzester Gedanken.

Jojo, der es sich am Fußende bequem gemacht hatte, zuckte ab und zu nervös mit den Pfoten und winselte leise. Vielleicht lag es am Wetter, das sich in den nächsten Tagen ändern sollte. Oder Ivys Unruhe hatte sich auf ihn übertragen.

Obwohl sie die Gefahr unterschätzt hatte, Leuten aus ihrem früheren Leben hier zu begegnen und von ihnen erkannt zu werden, war die Polizei weiterhin keine Option. Was, wenn der Beamte, mit dem sie reden würde, einer von denen war, die Niklas, Marvin und Alan kannten, eventuell sogar mit ihnen verkumpelt war?

Der reine Horror!

Am Abend zuvor hatte sie beim Training tatsächlich Richie zu Fall gebracht. Zwar war ihr kurz darauf der Gedanke gekommen, dass er abgelenkt gewesen oder absichtlich zu Boden gegangen war, aber einen Moment lang hatte sie sich groß und stark gefühlt und fähig, jedem Angreifer die Stirn zu bieten.

Und nun erschreckte sie allein der Gedanke daran, einem gegenüberzutreten. *Groß, stark* und *mutig* hatte sich verwandelt in *klein, schwach* und *ohnmächtig*.

Als sie endgültig begriff, dass sie nicht wieder einschlafen würde, kletterte sie aus dem Bett und setzte Wasser für einen Tee auf. Während er zog, stand sie am Fenster und sah aufs Meer hinaus.

Der Mond schüttete silbriges Licht auf das Wasser, und mit ein wenig Fantasie konnte man sich vorstellen, dass gleich ein Seeungeheuer auftauchen und sich mit stampfenden Schritten auf den Weg zu den Häusern machen würde.

Sie fischte den Teebeutel aus dem Becher und schüttelte den Kopf. Wieso kam ihr beim Anblick des mondbeschienenen Meers ein Ungeheuer in den Sinn? Wieso nicht etwas Freundliches, Schönes, Heiteres?

Ihr wurde klar, dass sich in diesem Bild ihre Ängste sammelten. Etwas unsagbar Gefährliches näherte sich, und es gab keine Möglichkeit, ihm auszuweichen.

»Küchenpsychologie wie aus dem Lehrbuch«, sagte sie zu der Stille ringsum.

Das ironische Lächeln erstarb ihr auf den Lippen. Sie brauchte kein kaltes Silberlicht und kein Ungeheuer, um zu wissen, in welcher Gefahr sie sich befand.

Langsam trank sie den Tee, der sie von innen wärmte und ihre Zuversicht allmählich zurückkehren ließ, dann kroch sie ins Bett und zog die Decke ans Kinn.

Etwas hatte sich doch geändert. Das Training mit Richie zeigte erste Früchte und das gesamte Team stand wie eine Mauer hinter ihr. Sie war nicht allein.

Ivy hatte die Gedanken kaum zu Ende gedacht, als sie auch schon eingeschlafen war.

*

Ausgerechnet Heiligenhafen, einen der beliebtesten und überlaufensten Urlaubsorte an der Küste hatte sie sich ausgesucht. Auf der einen Seite riskant, auf der andern, wenn man es recht bedachte, gar nicht so falsch. Der Trubel der Urlauber, die von morgens bis abends in Scharen die Promenade bevölkerten, war ein hervorragendes Versteck.

Typisch Ivy, dachte Niklas ärgerlich. Immerzu tat sie das Unvorhersehbare. Wochenlang hatte er voller Panik nach ihr gesucht und das Unterste zuoberst gekehrt, während sie seelenruhig hier ausgeharrt und sich über ihn schiefgelacht hatte.

Er hatte sich die ewigen Vorwürfe von Marvin und Alan anhören müssen, bis sie ihm zu den Ohren rausgekommen waren. Insbesondere Marvin beherrschte es meisterhaft, einem das Gefühl zu geben, der Dorfdepp zu sein, der sich abstrampelte wie verrückt und dem dennoch nichts gelang.

Die tanzt dir auf der Nase rum. Du hast sie nicht unter Kontrolle. Zeig ihr endlich, wo's langgeht.

Sprüche.

Als hätte er nicht daran gearbeitet. Ivy musste lernen, wo ihr verdammter Platz war, klar. Und es wär ihm über kurz oder lang garantiert gelungen, ihr das beizubringen, aber dann waren sie in die Sache mit dieser aufgetakelten Schlampe geraten.

Niklas umklammerte das Lenkrad so fest, dass es ihn nicht gewundert hätte, wenn es zerbrochen wäre.

Verfluchter Bockmist!

Er hoffte inbrünstig, dass Bob wirklich Ivy gesehen hatte und nicht ihre Doppelgängerin. Die wenigsten Menschen verfügten über eine gute Beobachtungsgabe. Er wusste nicht, ob Bob zu ihnen gehörte.

Lauter Fragen.

Und er hatte keine Antworten.

Sein Selbstvertrauen bröckelte, seine Zweifel wuchsen. Immer hatte er den unsichtbaren Panzer getragen, der ihn schützte. Nie hatte er ihn abgelegt und jemandem einen Blick auf das gestattet, was sich darunter verbarg. Nicht einmal Ivy oder den Weibern, die er vor ihr gehabt hatte.

Unzählige Scheißfragen.

Was, zum Teufel, hatte Ivy beim alten Gutshof zu suchen gehabt? Hatte sie sie bespitzelt? War sie ihnen gefolgt? Oder war sie aus einem anderen Grund zufällig zur selben Zeit dort gewesen? Und wenn ja – woher kannte sie den Gutshof überhaupt?

Bestimmt hatte es mit ihrer Schreiberei zu tun. Der sie alles und jeden unterordnete. Sie streunte umher, um Ideen zu sammeln, *ihren Gedanken auf die Spur zu kommen*, wie sie es ausdrückte, *ganz für sich* zu sein und in Ruhe zu schreiben.

Es gab jede Menge unkomplizierte Frauen, die sich glücklich schätzen würden, mit einem Kerl wie ihm zusammen zu sein. Warum musste er sich ausgerechnet auf Ivy einlassen, die ihm vom ersten Tag an nichts als Ärger bereitet hatte?

Niklas machte ihre Großmutter dafür verantwortlich, dass Ivy war, wie sie war. Als Künstlerin dachte sie überhaupt nicht daran, sich bürgerlichen Zwängen zu unterwerfen. Sie gab ein mieses Vorbild ab und hatte Ivy tausend Flausen in den Kopf gesetzt.

Niklas hatte mittlerweile wahrlich Zeit genug gehabt, sich mit Ivys Handy zu beschäftigen und sich ihre Kontakte näher anzugucken. Sie hatte Nachrichten mit Typen ausgetauscht, von denen er nie gehört hatte.

Mikail. Roland. Mark. Deniz. Leo. Will.

Der Ton der Chats war locker, flirty und in den meisten Fällen derart vertraut, dass es für Niklas wie ein Schlag in die Magengrube war.

Er hätte Ivy nie erlauben dürfen, nach Kiel zu ziehen. Es war doch klar, dass sie Versuchungen begegnen würde.

Ohne ersichtlichen Grund machte der SUV vor ihm eine Vollbremsung und zwang Niklas, auf die rechte Spur auszuweichen, um einen Crash zu verhindern. Danach schoss der Wagen wieder los.

Normalerweise hätte Niklas den Bullen raushängen lassen und wär dem SUV gefolgt, aber er ließ lediglich ein paar Flüche vom Stapel und widmete sich weiter seinen Gedanken. Diese Fahrt würde nicht ewig dauern und er hatte noch keinen Plan.

*

Die Fahrt durch die Nacht versetzte Marvin in eine eigenartige Stimmung. Sein Gehirn produzierte Bilder und Worte am laufenden Band. Spuckte sie aus wie ein Spielautomat die Münzen beim Jackpot.

Als hätten sich Körper und Geist getrennt.

Seine Hände und Füße, die Augen und Ohren verrichteten zuverlässig ihre Arbeit, während in seinem Kopf ein völlig anderer Film ablief.

auf dem weg zu dir such ich dich keine gewissheit wen ich finde oder ich mach schluss auf der schweinwerferhellen bühne würdest du mich beweinen oder bist du nicht du ob ich dein ebenbild lieben könnte würd es sich für mich entscheiden anders als du ist es zu spät sag ist es zu spät vorbei und vergessen sag ist es vergessen ...

Vergeben und vergessen, dachte er. Beides war ihm nicht möglich. Wie sollte er Ivy jemals vergessen. Wie ihr vergeben. Sie hatte nicht ihn gewählt. Obwohl er alles für sie getan hätte.

hättedichzurkönigingemachtherrscherinübermeinleben.

»Was für ein Kitsch«, sagte er laut, obwohl niemand zuhörte. »Was für ein grandioser, bescheuerter Kitsch.«

Er lachte. Und das Lachen tat ihm in der Kehle weh. Und er lachte lauter. Und alles in ihm verkrampfte sich.

Und er verwandelte sich in Stein mit Haut und Haar. Und einzig ein kleiner Rest Lebendigkeit blieb. Und er schnappte nach Luft. Und atmete. Gierig. Als würde er sonst ersticken.

Er konnte sich nicht erinnern, wann er zum letzten Mal geweint hatte. Bestürzt wischte er sich die Tränen ab.

ungeheuer du ...

34.

Ivy wurde früh wach. Über dem Meer stand dichter Nebel, der eins schien mit dem grauen Wasser. Nach dem Wetterbericht sollte es ein verhangener Tag werden, auch Wind war angekündigt.

Aber die Küste hatte ihr eigenes Wetter, wie Granny behauptete, und sie behielt meistens recht. Sie brauchte nur in den Himmel zu gucken und konnte vorhersagen, ob es regnen oder schneien oder ob der Tag trocken bleiben würde.

»Im Mittelalter hätte man mich als Hexe verbrannt«, scherzte sie gern.

Granny besaß tatsächlich Fähigkeiten, die man früher angeblichen Hexen nachgesagt hatte. So hatte sie Ivys und ihre eigenen Krankheiten vorwiegend mit Kräutern, Cremes, Säften und Tees behandelt. Eine Arztpraxis hatten sie selten von innen gesehen.

Ivy vermisste Granny mehr, als sie es sich je hätte vorstellen können.

Jojo stupste sie an und erinnerte sie daran, dass er sein Futter noch nicht bekommen hatte. Während sie seinen Napf füllte, überlegte sie, was heute anstand.

Es war Samstag. Die Tagestouristen würden wie Heuschrecken über die Küste herfallen und die Arbeit im Bistro explodieren lassen. In der Mittagspause würde Ivy in die Stadt fahren, um in dem gut sortierten Antiquariat nach neuem Lesestoff zu suchen.

Am Abend würde sie mit Richie trainieren, wie jeden Tag.

Vielleicht schaffte sie es heute ein bisschen früher, denn sie wollte sich mit ihm über den alten Fiat seines Freundes Max unterhalten. Falls er in Ordnung war und nicht zu teuer, würde sie ihn nehmen.

Seit den seltsamen Vorfällen neulich, bei denen sie befürchtet hatte, erkannt worden zu sein, hatte sie kein gutes Gefühl. Ein Auto mit ihrer Notfalltasche im Kofferraum würde sie enorm beruhigen.

Aber zuerst würde sie sich ihre Jacke schnappen und einen langen Morgenspaziergang mit Jojo machen.

*

Niklas stand auf dem winzigen Balkon seines Apartments, der eher ein Austritt war, und schaute in undurchdringliches Grau. Das Meer hatte nie Glücksgefühle in ihm ausgelöst. Es lediglich erahnen zu können in dem dicken Nebel, war dennoch enttäuschend.

Er hörte das Wasser leise an den Strand rollen und registrierte das ohne Emotionen. Die meisten Menschen lebten heutzutage in Superlativen. Normale Gefühle reichten ihnen nicht aus. Alles musste riesig sein, großartig, mega, unvergleichlich.

Bei ihm war das anders. Er nahm die Dinge, wie sie waren. Hing keinen Träumen nach, sondern setzte sie in die Tat um.

Wie das Fliegen.

Und wenn er in die Luft stieg und die Gegend unter ihm sich in die stille Landschaft einer Modelleisenbahn verwandelte, war ihm klar, dass es sich dabei um eine physikalische Gesetzmäßigkeit handelte und nicht um ein Wunder.

Es gab keine Wunder.

Es gab lediglich den Glauben daran.

Manchmal hatte er sich Ivys Sensibilität gewünscht. Mittlerweile war er froh darüber, dass dieser Kelch an ihm vorübergegangen war. Bei dem Dreck, den er täglich zu sehen bekam, durfte er sich keine Schwäche leisten.

Möglicherweise wäre die Geschichte mit Ivy anders verlaufen, wenn er eine weiche, empfindsame Seite besäße. Und sie ihr hätte zeigen können. Doch dafür hätte er seinen Schutzpanzer öffnen müssen.

Und Messerklingen waren schmal.

Sie fanden ihren Weg durch den feinsten Riss.

Und wenn es zu spät war? Wenn er erfahren würde, dass Ivy *alles* beobachtet hatte?

Bis zum bitteren Ende?

Niklas wandte dem unsichtbaren Meer den Rücken zu und ging wieder rein.

*

Marvin hatte den Rest der Nacht außerhalb von Heiligenhafen und abseits der Straßen im Auto verbracht, am Ende eines Feldwegs, von dichtem Buschwerk vor neugierigen

Blicken geschützt. Er besaß nur die Informationen, die Bob Ansgart ihm gegeben hatte.

Und seinen Instinkt.

Der ihm sagte, dass er auf der richtigen Spur war.

Niklas war hier und er war hinter Ivy her.

Vielleicht hätte Marvin unter normalen Umständen darauf vertraut, dass Nik sie zurückholen, es zumindest versuchen würde, denn er hatte sich in der Krise der vergangenen Wochen nicht gerade mit Ruhm bekleckert und Grund genug, das wiedergutzumachen.

Unter normalen Umständen.

Es war aber nicht der Niklas von früher, dem er nachgefahren war. Es war ein Niklas, der sich seit Ivys Verschwinden radikal verändert hatte. Zu entdecken, dass sie sich in Heiligenhafen ein neues Leben aufbaute, während er fieberhaft nach ihr suchte und litt wie ein Hund, musste ihn umgehauen haben.

Was würde er tun?

Die Regeln waren klar: Jegliche Gefahr musste ausgeschaltet werden. Um jeden Preis.

Wäre der Preis für Niklas zu hoch?

Marvin stieg aus dem Wagen, rollte seinen Schlafsack zusammen, verstaute ihn im Kofferraum und goss sich den Rest Mineralwasser über den Kopf, um richtig wach zu werden. Hauruckaktionen dieser Art waren nicht sein Ding, und er nahm es Niklas persönlich übel, dass er ihn in so was reingezogen hatte.

Wieso hatte der Trottel ihm nicht von der Doppelgängerstory erzählt?

Die Antwort lag auf der Hand. Niklas vertraute ihm nicht.

Nicht mehr.

Erhielten sie jetzt die Chance, die Dinge ins Lot zu bringen?

Marvins Gedanken liefen im Kreis und führten zu nichts. Er machte sich zurecht, so gut es ging, atmete einmal tief durch, fuhr im Schritttempo durch den kompakten Nebel in die Stadt und stellte seinen Wagen auf dem großen, noch leeren Parkplatz am Binnensee ab.

Kalt und nass legte sich ihm der Nebel auf die Haut. Die Sichtweite betrug keine zehn Meter. Er steckte die Hände in die Taschen seiner bis zum Kinn geschlossenen Jacke. Nach der unbequemen Nacht im Auto waren seine Glieder steif und unterkühlt. Das Gehen lockerte die Verspannungen und wärmte ihn.

Allmählich wurde er wieder er selbst.

Keine Menschenseele war unterwegs, und er fragte sich, was, zum Teufel, ihn getrieben hatte, alles stehen und liegen zu lassen und Hals über Kopf hierherzufahren.

Er war hungrig und sehnte sich nach einem Frühstück, doch das musste warten. So früh am Morgen schienen die Gehsteige noch hochgeklappt. Er stieß die Fäuste tiefer in die Taschen und lauschte dem Geräusch seiner regelmäßigen Schritte.

Fast konnte er das Meer bereits riechen und etwas wie Ehrfurcht regte sich in ihm.

die-natur-kriegst-du-nicht-tot-die-machst-du-nicht-platt-die-radiert-dich-einfach-aus-armseliger-wurm ...

Marvin wollte das Stakkato der Worte in diesem Moment nicht hören, wollte bloß Stille, um sich zu sammeln. Aber die Worte scherten sich nicht darum und überrannten ihn mit voller Wucht.

*

Richie rieb sich die klammen Hände. Dieser Temperatursturz würde etliche Absagen zur Folge haben, weil wetterfühlige Menschen darauf häufig mit Kreislaufschwankungen und Kopfschmerzen reagierten. Selbst Fitnessfreaks waren davor nicht gefeit.

Er ließ sich einen Kaffee einlaufen und trank ihn in seinem Lieblingssessel am Fenster.

Sein Morgenritual.

Er gönnte sich eine halbe Stunde absoluter Ruhe, bevor der Tag mit seiner Hektik und seinem Stress begann. Manche Tage waren besonders aufreibend, vor allem die Samstage. Auch die Wochenendurlauber verzichteten ungern auf ihr übliches Work-out.

Als er den Anrufbeantworter abhörte, fand er seine Erwartungen bestätigt. Die ersten beiden Stunden Einzeltraining fielen aus. Was ihm heute sehr entgegenkam. Die ideale Gelegenheit, das Geschäft mit Max unter Dach und Fach zu bringen.

Am Abend hatte er mit ihm telefoniert und einen fairen Preis für den alten Fiat ausgehandelt. Er würde ihm den Wagen abkaufen und ihn Ivy zur Verfügung stellen, solange sie ihn benötigte. Samu hatte sich bereit erklärt, einen Teil der Kosten zu übernehmen.

Ivy würde ihr Geld noch brauchen.

Richie sah zu oft, was Männer Frauen antaten, erlebte zu oft, dass Frauen vergeblich Hilfe suchten. Brachten sie überhaupt den Mut auf, zur Polizei zu gehen, weil sie um ihr Leben fürchteten, wurde ihnen in der Regel mitgeteilt, dass man erst aktiv werden könne, nachdem der Mann sie tätlich angegriffen habe.

Eine der jungen Frauen, die er in Selbstverteidigung unterrichtet hatte, war nach wenigen Wochen Training von ihrem drogenabhängigen Freund getötet worden.

Vierundzwanzig Messerstiche.

Diese Zahl würde Richie niemals vergessen. Auch an das Strafmaß würde er sich für den Rest seines Lebens erinnern: *drei Jahre Psychiatrie.*

Drei Jahre. Für ein Leben …

Richie war ein friedliebender Mensch, der nicht in biblischen Kategorien wie *Auge um Auge, Zahn um Zahn* dachte. Doch er hatte sich damals geschworen, nie, niemals wegzuschauen, wenn ein Mensch in Not war.

Und Ivy war in höchster Not.

Sie war ein starker Mensch, der alles unternahm, um sich selbst helfen zu können. Allein die Disziplin, die sie nach der Arbeit im Bistro für ihr tägliches Training aufbrachte, nötigte Richie Respekt ab.

Obgleich sie in den vergangenen beiden Wochen beachtliche Fortschritte gemacht hatte, hoffte er, dass sie ihre Fähigkeiten nicht unter Beweis stellen musste. Gegen die Typen, vor denen sie sich hier versteckte, würde sie kaum etwas ausrichten können.

Deshalb der Fiat.

Ihre Verfolger hatten Ivy bislang nicht aufgespürt, und bald hatte sie wieder ein Auto, mit dem sie sich jederzeit in Sicherheit bringen konnte.

Richie nahm sein Handy, um Max anzurufen. Eine halbe Stunde später stand der Wagen vor dem Haus, ein weißer Fiat fünfhundert, acht Jahre alt und wie aus dem Ei gepellt.

»Top gepflegt«, sagte Max stolz.

Er war eine ehrliche Haut, und sie waren zu lange befreundet, um einander zu misstrauen. Ein Handschlag genügte, und Max stieg um in den klapprigen Wagen eines Kumpels, der ihn begleitet hatte.

Richie sah ihnen nach, wie sie im Nebel verschwanden. Er drehte die Unterlagen in den Händen und freute sich auf den Abend und auf Ivys überraschtes Gesicht.

*

Der Nebel war unberechenbar. Lautlos verhängte er die Welt mit seinen grauen Tüchern und ließ nur dann und wann urplötzlich einen Ausschnitt sichtbar werden, der gleich darauf wieder verschwand. Deshalb erblickte Ivy die Möwe erst, als Jojo sie mit einem seltsam hellen Winseln darauf aufmerksam machte.

An einen Strandkorb gekauert, hatte sie sich unter ihrem zerrupften Gefieder verkrochen. Der Vogel war krank, das erkannte Ivy auf den ersten Blick. Auf den zweiten fiel ihr auf, dass sein rechtes Auge vollständig verklebt war.

Jojo hatte sich vor der Möwe ausgestreckt und lag da, als wollte er sie bewachen. Ivy schaute auf die Uhr. Kurz nach sechs. Da würde sie keinen erreichen, der sich um das Tier kümmern konnte.

Vorsichtig ging sie in die Hocke und die Möwe drängte sich ängstlich an den Strandkorb.

»Ich möchte dir helfen«, sagte Ivy leise. »Dazu muss ich dich von hier wegbringen, damit nicht ein anderer Hund dich jagt.«

Vorsichtig streckte sie die Hände aus. Im nächsten Moment flatterte die Möwe panisch davon. Jojo sprang auf und starrte verdutzt in den Nebel, der sich wieder um sie geschlossen hatte.

»Sie ist wohl doch nicht so krank, wie wir dachten«, sagte Ivy und erhob sich erleichtert.

Jojo beschnüffelte die flache Kuhle, in der die Möwe gesessen hatte, und Ivy spazierte langsam weiter. Sooft Jojo vorlief oder zurückblieb, verschluckte ihn der Nebel, und es war, als wäre sie allein auf der Welt.

Allmählich wurde ihr unheimlich zumute. Bisher war ihnen niemand entgegengekommen. Der feuchte Sand, auf dem sonst immer Fußabdrücke zu sehen waren, wirkte seltsam unberührt. War er am Abend noch geglättet worden und Ivy die Erste, die ihn heute Morgen betrat?

Plötzlich schoss Jojo aus dem Nebel hervor. Ivy blieb fast das Herz stehen. Sie legte die Hände auf die Brust und sog tief die Luft ein.

»Bist du wahnsinnig? Du hast mich erschreckt!«

Jojo schien der Nebel nichts auszumachen. Im Gegenteil. Er sprang in die eine Richtung davon und kam wie der Blitz aus einer anderen zurückgeprescht. Ab und zu hörte

Ivy ihn durchs Wasser platschen und von Mal zu Mal wurde er nasser.

Als er sich müde gelaufen hatte, schüttelte er sich, dass die Tropfen flogen, und blieb an Ivys Seite.

Sie war froh darüber, ebenso wie über das Meer zu ihrer rechten und die Strandkörbe zur linken Seite, die ihr Orientierung gaben. Obwohl man sich auf dem Strand nicht verlaufen konnte, war es hilfreich, sich an etwas halten zu können und nicht an die Geschichten zu denken, in denen sich Menschen im Nebel verloren.

»Sollen wir allmählich umkehren?«, fragte sie. »Wir sind ganz schön weit gelaufen.«

Jojo trabte unbeirrt weiter.

Ein Blick auf die Uhr zeigte Ivy, dass sie genügend Zeit hatten. Deshalb tat sie ihm den Gefallen und folgte ihm. Wohl war ihr dabei nicht.

*

Es war nicht weit vom Parkplatz bis zu dem Bistro am Strand, das Teil eines Hotels war, wie Marvin recherchiert hatte. Die Häuser lagen noch in tiefem Schlaf. Als wären sie Teil eines Märchens oder der Anfang eines Traums.

Er konzentrierte sich auf die wenigen Geräusche, die zu hören waren, das Plätschern der Boote im Yachthafen, das Knarren einer Planke oder eines Seils.

Niklas musste, falls Marvin nicht völlig danebenlag, etwa zwei Stunden vor ihm in Heiligenhafen angekommen sein. Marvin fragte sich, ob er ebenfalls in seinem Wagen übernachtet hatte oder das Risiko eingegangen war, eine

Unterkunft zu buchen, was man später zurückverfolgen könnte.

Er tippte auf die zweite Möglichkeit. Niklas ließ sich häufig von Impulsen leiten, und Marvin war sich sicher, dass die Nachricht von der Doppelgängerin ihn in ein Chaos an Empfindungen gestürzt hatte.

Hoffen. Bangen. Sehnsucht. Enttäuschung.

Wut.

Wenn Niklas wütend wurde, verlor er leicht die Kontrolle. Marvin wusste aus Erfahrung, zu was er dann fähig war. Nach dem x-ten Ausraster hatte er Ivys Vorgängerin vor ihm in Sicherheit bringen müssen und dafür gesorgt, dass sie den Mund hielt.

Es hatte Niklas eine Stange Geld gekostet.

Marvin hatte dafür gesorgt, dass er zahlte.

Als Niklas sich schließlich in Ivy verliebte, hatte Marvin besorgt nach Anzeichen für Gewalt Ausschau gehalten und glücklicherweise keine gefunden. Ivy war stark, ein ganz anderes Kaliber als die Frauen, die Niklas sonst anzogen.

Aber galt das noch immer?

Was weiterhin geschehen würde, hing allein von Ivy ab.

Marvin erkannte das Bistro sofort. Es entsprach den Bildern auf der Website. Noch wirkte es verlassen. Wintergarten und Innenräume wurden von der spärlichen Nachtbeleuchtung notdürftig erhellt.

Niemand bewegte sich darin.

Im dazugehörigen Hotel auf der gegenüberliegenden Seite der schmalen Ladenstraße war das anders. Dort fanden offenbar die Vorbereitungen für das Frühstück statt. Die gelben Vierecke der großen Fenster schimmerten im Nebel und versprachen Wärme und Behaglichkeit.

Marvin fragte sich gerade, ob Ivy (oder ihre Doppelgängerin) ausschließlich im Bistro arbeitete, als sich von dort ein Typ näherte und ihn ansprach.

»Kann ich dir helfen?«

In diesem Hotel/Bistro wurde nach amerikanischem und skandinavischem Vorbild geduzt, wie Marvin gelesen hatte. Offenbar wollte man damit vor allem junge Leute ansprechen, auf die wahrscheinlich auch das moderne Erscheinungsbild der Gebäude zielte.

»Ein heißer Kaffee wär nicht schlecht«, antwortete Marvin. »Bin die Nacht durchgefahren, um die ewigen Staus zu vermeiden.«

»Wir öffnen um neun.« Der Typ streifte die Mütze ab, unter der langes blondes Haar hervorquoll, das zu einem Pferdeschwanz gebunden war. »In unserm Hotel drüben kannst du«, er warf einen Blick auf seine Smart Watch, »schon in zwanzig Minuten Kaffee trinken. Oder frühstücken. Was du willst.«

Er hatte einen starken niederländischen Akzent, den Marvin an Frauen unwiderstehlich fand. Ob Ivy sich in diesen Typen verlieben würde?

Verliebt hatte?

Erst jetzt wurde ihm bewusst, wie konsequent sie ihrer Vergangenheit den Rücken gekehrt hatte. Für ein Leben ohne Uni, ohne ihre Großmutter und ohne Freunde. Ein Leben ohne Niklas.

Und ohne ihn.

»Okay«, sagte er heiser. »Dann warte ich.«

Der Typ kehrte zum Bistro zurück. Kurz darauf ging in einem der Fenster Licht an. Marvin hätte gern in dem Strandkorb gewartet, der vor dem Eingang des Wintergartens stand, aber das war zu nah.

Er hätte förmlich auf dem Präsentierteller gesessen.

Also schlenderte er hin und her, immer nur einige Meter weit, um das Hotel und das Bistro im Nebel nicht aus dem Blick zu verlieren.

Die Idee, im Hotel einen Kaffee zu trinken und dabei zu verfolgen, was sich gegenüber abspielte, war gut. Dort war er vor Entdeckung geschützt und konnte reagieren, sobald er Niklas oder Ivy entdeckte.

Oder ihre Doppelgängerin.

Was bedeuten würde, dass die Suche nach Ivy von vorn beginnen würde.

*

Niklas hielt sich dicht am Flutsaum. Hier war der Sand relativ fest und ließ ihn nicht bei jedem Schritt einsacken. Er hatte sich entschieden, den Weg am Strand entlang zu nehmen, weil er zu dieser frühen Stunde hier vor Spaziergängern vermutlich sicher war.

Der dichte Nebel kam ihm sehr gelegen.

Bisher war er keiner Menschenseele begegnet und seine Fußabdrücke zeichneten die erste Spur. Es war absolut still. Sogar die geschwätzigen Möwen hielten ihre Schnäbel.

Niklas hörte seinen Atem, der ruhig und gleichmäßig

war. In Situationen wie dieser zahlten sich das leidenschaftliche Joggen und die regelmäßigen Besuche in *Jokos Fitnessclub* aus. Seine Kondition war hervorragend.

Anders als die Vorbereitung auf diese Aktion. Sie beschränkte sich auf die rasenden Gedanken, die er sich während der Nacht gemacht hatte.

Er würde das Bistro betreten und sich an einen strategisch günstigen Tisch setzen wie ein normaler Gast. Seine Baseballkappe und die Brille mit den getönten Gläsern verhinderten hoffentlich, dass Ivy (falls sie es wirklich war) ihn zu rasch entdeckte.

Sein Vorteil war das Überraschungsmoment. Er würde Ivy abpassen und sie zwingen, mit ihm nach draußen zu gehen. Sie würde nicht riskieren, ihre Mitarbeiter und die Gäste in Gefahr zu bringen, deshalb würde sie ihm brav folgen.

An dieser Stelle endete sein Plan.

Der keiner war.

Und keiner sein musste.

Denn was dann passierte, hing von Ivys Antworten auf seine Fragen ab.

⋆

Der Kaffee war heiß und stark, wie Marvin ihn liebte. Er weckte seine Lebensgeister und ließ ihn vor Genuss die Augen schließen. Eine junge Frau mit langer schwarzer Schürze baute das Frühstücksbuffet auf. Sie war so freundlich gewesen, Marvin bereits vor den zwanzig Minuten, die er eigentlich hätte warten müssen, einzulassen und ihm einen Kaffee zu servieren.

Zwischendurch warf sie ihm unverhohlen interessierte Blicke zu, auf die er noch vor wenigen Stunden reagiert hätte. Stattdessen starrte er unverwandt zum Bistro hinüber. Der Typ mit dem Pferdeschwanz lief in dem erleuchteten Raum, offenbar die Küche, geschäftig umher.

Bevor Marvin das Hotelrestaurant betreten hatte, hatte er herausgefunden, dass es im Bistro einen Hintereingang für das Personal gab. Der war von seinem Platz aus nicht zu überwachen, doch jeder, der hinein- oder hinauswollte, musste um das Gebäude herumgehen, und das war nicht möglich, ohne dass Marvin es bemerkte.

»Urlaub?«, fragte die junge Frau und pustete sich eine Haarsträhne aus dem erhitzten Gesicht.

Marvin nickte und schenkte ihr ein zerstreutes Lächeln.

»Und schon so früh auf den Beinen?«

»Der frühe Vogel fängt den Wurm«, bemühte Marvin einen abgedroschenen Spruch.

Jedes persönliche Wort war in seiner Lage ein Wort zu viel und konnte später Kollegen auf seine Spur führen.

Sie sah ihn ratlos an, zögerte und verschwand in der Küche, aus der es nach Rührei und Bacon zu duften begann.

Draußen tat sich nichts.

Marvin bestellte sich einen zweiten Kaffee, der ihm diesmal ohne Lächeln serviert wurde. Auch gut. Was er absolut nicht brauchte, war eine Frau, die sich an sein Gesicht erinnerte.

*

»Wir sollten allmählich umkehren«, sagte Ivy.

Jojo reagierte nicht. Die Ohren nach vorn gerichtet, blickte er stur geradeaus, sämtliche Muskeln angespannt. Er stand vollkommen still, als wäre er eine Skulptur und nicht ein Hund aus Fleisch und Blut.

Ivy wünschte, der Nebel würde sich verziehen. Er war wie eine Wand, die sie von allen Seiten umgab.

»Jojo«, sagte sie leise. »Was hast du denn?«

Ein dunkles Knurren, tief aus seiner Kehle.

Im nächsten Augenblick schoss er los.

Jojo war kein Jagdhund. Weder setzte er ernsthaft Möwen nach, noch hetzte er Katzen auf Bäume oder Garagendächer. Und traf er auf einen anderen Hund, knurrte er ihn nicht grundlos an, sondern beschnupperte ihn zuvor, um ihn als Freund oder Feind einzuordnen.

Irgendetwas stimmte nicht.

Ivy wagte nicht, nach ihm zu rufen. Das Herz schlug ihr bis zum Hals. Sie verharrte reglos und horchte. Gleich, dachte sie. Gleich kommt er wieder angeflogen. Und guckt mich an mit diesem Blick, der ihn immer aussehen lässt, als würde er grinsen.

Er kam nicht zurück.

»Jojo?«

Das war nicht ihre Stimme. Das war ein jämmerlicher Abklatsch davon. Der die Angst verriet, die Ivy sich nicht eingestand.

»Jojo …«

Keine Angst wurde dadurch kleiner, dass man sie ignorierte. Ivy fiel ein, wie sie als Kind Melodien gesummt hatte, um sich Mut zu machen, wenn sie in den Keller gehen musste, um etwas aus der Vorratskammer zu holen.

Stille.

Kein Laut.

Nicht mal ein Plätschern.

Und dann hörte sie es: ein markerschütterndes Aufjaulen.

Sie überlegte keine Sekunde und lief darauf zu.

Aus dem Nebel trat ein Schatten.

»Seit wann bist du Frühaufsteherin?«, fragte Niklas.

Etwas explodierte in Ivys Kopf.

35.

Das Tor des alten Gutshofs stand einen Spaltbreit offen. Ivy, die vor ihrem Studium oft hierhergekommen war, um zu schreiben oder auch nur still die Ruhe und Schönheit dieses Orts zu genießen, wunderte sich darüber, denn es war sonst immer verschlossen.

In Kiel hatte sie andere Orte gefunden, an die sie sich zurückzog, um ungestört schreiben, lesen oder nachdenken zu können.

Oder um Streitigkeiten mit Niklas zu entfliehen.

In letzter Zeit häuften sich ihre Auseinandersetzungen. Dazu mussten sie nicht einmal zusammen sein. Niklas war ein Meister darin, sie mit Anrufen und Nachrichten zu terrorisieren.

Dies war immer ihr Lieblingsort gewesen, um allein zu sein, abzuschalten und ihren inneren Akku wieder aufzuladen. Kaum jemand kam in diese einsame, ungestüme Wildnis. Weil der Ort so besonders war, hatte sie ihn selbst ihren Freundinnen und Granny verschwiegen.

Er war ihr geheimer Garten Eden. Seit ewigen Zeiten.

Das Innere des Gutshofs hatte sie nie betreten.

Und nun stand das Tor offen.

Gegen Mittag war sie im Haus ihrer Großmutter angekommen, der Villa Rothenbaum, *wie sie es scherzhaft nannten. Sie war ohne Gepäck, denn sie hatte nicht geplant, zu bleiben.*

Granny befand sich auf der Vernissage eines befreundeten Malers in Luxemburg, und Ivy hatte einem kurzen Treffen mit Niklas zugestimmt, um zu vermeiden, dass er sie in Kiel aufsuchte und den nächsten Streit vom Zaun brach.

Sie hatte sich vorgenommen, mit ihm zu reden. Richtig zu reden. Sie wollte herausfinden, ob sie am Ende waren oder noch einmal einen Anfang wagen konnten.

Das Haus, in dem sie aufgewachsen war, schien ihr dafür der geeignete Ort zu sein. Man spürte Grannys Anwesenheit in jedem Winkel. Umgeben von Büchern, Bildern und Kunstgegenständen, die sie von ihren Reisen mitgebracht hatte, empfand man unwillkürlich ein Gefühl von Frieden und Geborgenheit.

So erging es den meisten Besuchern. Auch auf Niklas hatte dieser Zauber zunächst besänftigend gewirkt.

Aber nicht lange.

Bereits nach den ersten Sätzen waren sie in Streit geraten und Niklas hatte wutentbrannt eine Tasse von Grannys Lieblingsservice gegen die Wand geschleudert.

Ivy hatte es für einen guten Einfall gehalten, ihn zu einem zweiten Frühstück während seiner Mittagspause einzuladen, sodass ein ausufernder Streit von vornherein unmöglich war.

Doch ihr Plan ging nach hinten los.

Der Zeitdruck hatte Niklas aggressiv gemacht, und nachdem er die Tasse zerdeppert hatte, war er hinausgestürmt und hatte Ivy mit all den wohlüberlegten Worten, die sie ihm hatte sagen wollen, zwischen Körnerbrötchen und Käsecroissants sitzen lassen.

Die Porzellanscherben waren zu klein gewesen, um sie zusammenzukleben. Traurig hatte Ivy sie in der Mülltonne draußen entsorgt und den Tisch abgedeckt. Sie hatte Brötchen und Croissants in der Gefriertruhe verstaut, blitzblank aufgeräumt, das Haus verlassen und war unentschlossen vor der Garage stehen geblieben.

Ihr Inneres war in hellem Aufruhr, eine denkbar ungünstige Voraussetzung dafür, mit dem Auto zu fahren. Sie hatte einen Punkt erreicht, an dem sie eine Entscheidung treffen musste. Hätten sie reden, sich vielleicht versöhnen und ihre Beziehung auf Reset stellen können …

Der Versuch war kläglich gescheitert.

Die Ausweglosigkeit drückte Ivy zu Boden. Sie gab sich keine Mühe, die Tränen zurückzuhalten. Schließlich ließ sie den Golf in der Garage stehen und machte sich zu Fuß auf den Weg zu ihrem Zufluchtsort.

Er würde sie trösten. Das tat er immer.

Als sie das hohe Gras der Sommerwiesen erblickte, löste sich ihre Anspannung. Endlich bekam sie wieder Luft und sog sie gierig ein. An diesem Ort zu sein, war wirklich und unwirklich zugleich. Der Gutshof verwandelte sich in ein Luftschloss, und alles, was Ivy bedrückte, rückte in die Ferne.

Sie konnte Stunden hier zubringen, umherlaufen oder einfach dasitzen, ohne zu merken, wie die Zeit verging. Es war eine Wohltat für die Seele, die Welt da draußen für eine Weile zu vergessen.

»Die Menschen nehmen sich zu wichtig«, hatte Granny erst kürzlich gesagt. »Ein bisschen Demut würde das Leben um einiges besser machen.«

Ivy fragte sich, ob auch sie sich zu wichtig nahm. Eigentlich hatte sie nicht das Gefühl. Und eines wusste sie genau: Demut würde ihr nicht helfen. Die würde Niklas nur in die Hände spielen.

Ab und zu wurde die Sonne von einer Wolke verdeckt, und ein Schatten glitt über die Landschaft, an der Ivy sich nie sattsehen konnte.

Nachdem sie sich müde gelaufen hatte, setzte sie sich unter den mächtigen Walnussbaum und lehnte sich an seinen Stamm, um auszuruhen. Die Augen fielen ihr zu und sie wehrte sich nicht dagegen.

Als sie wieder aufwachte, hatte das Sonnenlicht schon an Schärfe verloren, und die Landschaft, mit weichem Stift gezeichnet, bereitete sich auf den Abend vor. Ivy fühlte sich ein wenig benommen und von der unbequemen Sitzhaltung tat ihr der Rücken weh. Sehnsüchtig dachte sie an das verpatzte Frühstück und versuchte vergeblich, das hartnäckige Magenknurren zu ignorieren.

Es war an der Zeit aufzubrechen. Unterwegs würde sie an einem der knorrigen alten Apfelbäume zwei, drei der kleinen, köstlichen Früchte pflücken. Und die Nacht im Haus ihrer Großmutter verbringen, obwohl sie es nicht geplant hatte.

Im nächsten Moment war ihr, als hörte sie Stimmen. Es war schwer, sie zu lokalisieren. Kamen sie aus dem kleinen Wäldchen oder aus der Richtung des Gutshofs?

Sie rappelte sich auf, strich ein paar Grashalme von ihrem Rock und lauschte.

Der Wind stand ungünstig und trug die Geräusche in die falsche Richtung. Erst nach einer Weile erkannte sie, dass sich der Ursprung der Stimmen eindeutig im Gutshof befand.

Verwundert ging sie darauf zu und bemerkte schon von Weitem, dass das Tor einen schmalen Spalt offen stand.

Etwas an der Art der Stimmen und Geräusche ließ sie vorsichtig werden. Sie setzte ihre Schritte behutsam und mit Bedacht, um nicht auf einen trockenen Zweig zu treten oder gegen einen Stein zu stoßen.

Etwas warnte sie.

Vielleicht hätte sie darauf gehört, doch ihre Füße trugen sie automatisch zum Tor, hinter dem die Stimmen und Geräusche von Schritt zu Schritt deutlicher wurden.

Ivy hörte Männer lachen.

Und das Weinen und Flehen einer Frau.

»Lasst mich! Nein! Bitte! Nicht!«

Wieder lachten die Männer. Ivy hörte nicht heraus, um wie viele es sich handelte. Drei, schätzte sie, höchstens vier.

»Halt die Klappe!« Die Männerstimme kam Ivy bekannt vor. Sie klang jedoch gedämpft und war nicht klar zu identifizieren. »Scheiße! Das Miststück hat mich gebissen!«

Während Ivy zum Tor schlich, hörte sie das Geräusch von Schlägen.

Die Frau schrie auf.

»Hey! Mach sie nicht kaputt! Wir sind längst noch nicht fertig mit ihr!«

Ivy erstarrte mitten in der Bewegung. Diese Stimme, klar und deutlich, erkannte sie.

Sie gehörte Marvin.

Ein Vogel schrie von irgendwoher, als versuchte er, dem Treiben da drinnen Einhalt zu gebieten.

Marvins Stimme …

Das war völlig absurd. Diese schrecklichen Sätze konnte Marvin unmöglich gesagt haben.

Solche Sätze fand man höchstens in seinen Texten. In denen Frauen machtvolle Wesen und gleichzeitig Puppen waren, die man nach Belieben handhabte.

Ivy wollte das Tor aufreißen und in den Hof stürmen, aber sie wusste, zu was Marvin fähig war, sobald er sich bedroht sah. Und sie hatte schreckliche Angst davor, die anderen Stimmen zu entlarven.

Obgleich ihr Verstand ihr bereits deutlich sagte, dass eigentlich nur Marvins engste Freunde infrage kamen.

Sie stand jetzt am Tor. Hielt die Luft an und spähte durch den Spalt.

Ein Innenhof. Kopfsteinpflaster. Bröckelnde Mauern. Grüne Schiebetüren, manche offen. Darin Reste alter Strohballen. Verrostete landwirtschaftliche Geräte. Ein abgehalfterter Traktor.

In der Mitte, auf einem Bett aus Strohballen liegend, ein Mädchen in Ivys Alter mit zerrissenem T-Shirt und hochgeschobenem Rock, der eine Fuß nackt, der andere in einer Sandale, an der sich ihr Slip verfangen hatte.

Mit einem Blick erfasste Ivy, dass es sich um drei Männer handelte, unscharf im Licht, das von oben in den Hof fiel.

Das Mädchen weinte, während der Mann, der auf ihr lag, sie mit groben Stößen vergewaltigte. Vergeblich versuchte sie, ihn wegzuschieben. Er drückte ihre Hände zur Seite, presste sie auf das Stroh und hielt sie fest.

Seine Kumpane quittierten das mit Gelächter und anfeuernden Rufen.

Als der Vergewaltiger fertig war, erhob er sich von seinem Opfer und zog den Reißverschluss seiner Hose zu. Das Mädchen versuchte, ihre Blöße notdürftig mit ihrem Rock zu bedecken, doch er beugte sich vor, schob ihn wieder hoch und gab ihr lachend einen Klaps auf den Oberschenkel.

Er zündete sich eine Zigarette an und drehte sich mit breitem Grinsen zu seinen Kumpanen um.

Entsetzt hielt Ivy sich die Hand vor den Mund. Als hätte sie es nicht bereits in dem Augenblick gewusst, als sie seinen wütenden Schrei gehört hatte: Das Miststück hat mich gebissen!

Niklas.

Ihr wurde schlecht. Sie zwang sich dazu, langsam zu atmen, um sich nicht übergeben zu müssen. Vorsichtig wich sie zurück und klaubte mit bebenden Fingern ihr Handy aus der Tasche.

»Reiß dich zusammen!«, befahl sie sich lautlos. »Hör auf zu zittern! Sonst fällt dir das verdammte …«

Es gelang ihr nicht, mit dem Zittern aufzuhören, und sie nahm einen weiteren tiefen Atemzug. Hektisch wählte sie die ersten beiden Ziffern – und brach ab.

Sie wollte die Polizei rufen?

DIE WAR JA BEREITS DA!

Drei Polizisten quälten ein Mädchen, und Ivy war im Begriff, ihre Kollegen anzurufen, damit sie dem Opfer zu Hilfe kamen?

Sie schlotterte nun am ganzen Körper. Verzweifelt versuchte sie, einen klaren Gedanken zu fassen, aber ihr Gehirn hatte auf Alarmstufe Rot geschaltet und Körper und Geist in den Ausnahmezustand versetzt.

Während sie sich zu dem Torspalt zurückschleppte, verstummten plötzlich die Geräusche. Hastig beugte sie sich vor und sah Niklas, der die Hände um den Hals des Mädchens gelegt hatte.

Und zudrückte.

Ivy presste die Hand vor den Mund, um jeden Laut im Keim zu ersticken. Zu spät, denn Niklas ließ das Mädchen los und fuhr herum.

Es war, als starrte er Ivy direkt ins Gesicht.

Auch Marvin und Alan wandten sich dem Tor zu. Ivy hielt die Luft an. Sie kniff die Augen zusammen, riss sie jedoch gleich wieder auf.

Draußen schrie ein Tier und die Männer wandten sich wieder dem Mädchen zu.

»Scheiße!« Alan zeigte auf das reglose Mädchen. »Die ist tot!«

»Wir konnten sie ja schlecht laufen lassen«, sagte Niklas.

Marvin stand da, die Hände im Nacken, und beugte sich vor und zurück. Ivy hatte ihn oft so nachdenken sehen.

»Sie muss weg«, sagte er schließlich, ließ die Hände sinken und richtete sich entschlossen auf. »Kommt. Wir haben eine Menge zu tun.«

Es gab ein zweites, kleineres Tor auf der anderen Seite. Durch das verschwanden sie. Ivy atmete mehrmals zitternd ein und aus. Dann wagte sie es, zu dem Mädchen zu huschen.

Wie schlafend lag sie da. Nur ihre absolute Reglosigkeit und das viele Blut verrieten, dass der Eindruck trog. Ivy sah jetzt das Messer, das halb ins Stroh gerutscht war.

Sie unterdrückte einen heftigen Würgereiz und zog dem Mädchen sacht den hochgeschobenen Rock über die Knie, um ihr die Würde zurückzugeben, die diese Monster ihr zu nehmen versucht hatten.

Schnittwunden bedeckten ihre mageren Arme wie ein krankes Muster. Die Messerklinge hatte ihr T-Shirt zerfetzt und auch auf ihrem Bauch seine Spuren hinterlassen. Das Blut, das ihr aus der Nase lief, zog eine traurige Spur über ihr schmales Gesicht.

Ivy beugte sich vor und löste behutsam die dünnen Haarsträhnen, die daran klebten.

»Es tut mir so leid«, flüsterte sie. »Es tut mir so leid.«

Tränen liefen ihr über das Gesicht und tropften auf das blutgetränkte T-Shirt des Mädchens. Sie zog es notdürftig zurecht.

Ein letztes Mal strich sie ihr übers Haar und wollte sich gerade aufrichten, als das Mädchen die Augen aufschlug.

Und sie ansah.

Vor Entsetzen verlor Ivy den Halt und fiel auf das Mädchen, das ihr etwas zu sagen versuchte.

Plötzlich rang das Mädchen nach Luft. Ihr Kopf sank zur Seite.

Schwankend kam Ivy zum Stehen und wich zurück. Sie spürte ihren Körper nicht mehr. Ihre Gedanken wehten davon. Die Welt kippte weg. Nichts mehr da. Nicht mal ein Laut.

Vorbei.

36.

Und was hast du mit deinen Haaren gemacht?« Niklas kam einen Schritt näher. »Du weißt doch, dass ich kurze Haare bei Frauen nicht ausstehen kann.«

Abwehrend streckte Ivy die Hand aus. Sie taumelte unter der Macht des Flashbacks, der ihr letzte Klarheit gegeben hatte.

»Du«, sagte sie.

In diesem einen Wort steckte alles. Ihr Schmerz, ihre Wut, ihre Verzweiflung, ihre Hoffnungslosigkeit, ihre Angst, ihre vergiftete Liebe.

»Du!«

Sie hatte einen wie Niklas geliebt, einen Vergewaltiger und Mörder.

»Wo ist er?«, schrie sie ihn an.

»Wo ist wer?«

»Jojo!« Ihre Stimme verlor sich im Nebel. »Jojo!«

Ein kaum hörbares Winseln antwortete ihr.

»Ach, der Hund.« Niklas lächelte dieses Lächeln, das sie mehr als alles andere fürchtete, ein Lächeln, das jeden Moment kippen und wehtun konnte.

Zu wahrer Liebe gehört auch der Schmerz.

Wie hatte sie sich einen solchen Bullshit anhören können, ohne dass ihr die Galle hochkam? War das wirklich sie gewesen? Sie, die sich so viel vorgenommen hatte? Die das, was sie sah, in Bücher verwandeln, sich nicht anpassen, nicht gleichgültig werden wollte?

Wie hatte sie sich in Niklas verlieben und blind sein können für das, was hinter seiner Fassade lauerte?

»Dass du auf den Hund gekommen bist, wusste ich auch nicht«, sagte Niklas mit beißendem Spott. »Wie viele Überraschungen hast du noch zu bieten?«

»Was hast du ihm angetan?«

»Er hat mich angegriffen.« Das falsche Lächeln verschwand. »Der Köter hat sich mit mir angelegt.«

Jetzt entdeckte Ivy das Blut an seiner rechten Hand.

»Und du hast …«

»Ihm gezeigt, wer hier der Herr ist.«

Ivy schlug einen Haken und lief los. Er versuchte, sie am Arm festzuhalten, erwischte sie jedoch nicht.

»Jojo!«

Selbst in ihrer Panik wurde ihr klar, wie unsinnig ihre Reaktion war und wie gefährlich. Niklas war ein geübter Läufer und sie hatte keine Chance gegen ihn. Aber sie wollte, sie musste zu ihrem Hund.

Das beflügelte sie.

»IVYYY!«

Voller Wut brüllte Niklas ihren Namen.

»IVYYY!«

Obwohl die Angst sie wie ein Korsett einschnürte und ihr

die Luft nahm, rannte Ivy weiter in die Richtung, aus der sie Jojos Winseln gehört hatte.

*

Marvin schaute auf seine Uhr. Kurz nach sieben erst, dabei hatte er das Gefühl, bereits seit einer Stunde hier zu sitzen. Die zweite Tasse war leer und draußen tat sich nichts. Der Pferdeschwanztyp war wieder gegangen, das Licht im Bistro gelöscht.

Nicht das Warten bereitete Marvin Probleme, daran war er gewöhnt. Die Verdächtigen, die er überwacht hatte, konnte er nicht mehr zählen. Doch dabei war er innerlich nicht beteiligt gewesen.

Das war hier anders.

Es ging um Ivy.

Und um Niklas.

Um sie alle.

Aus welchem Grund hatte sie nicht längst geplaudert?

Weil sie klug war.

Sie wusste, dass sie den ungleichen Kampf nicht gewinnen würde. Es wäre Stoff für einen Film: eine kleine Studentin mit Gewissen gegen drei Bullen mit krimineller Energie.

Marvin rief die Kellnerin und zahlte. Das Trinkgeld besänftigte sie und zauberte ihr wieder ein Lächeln ins Gesicht. Er überlegte gerade, ob er sich bei ihr nach Ivy alias Emma erkundigen sollte, als der Pferdeschwanztyp in der Tür erschien.

Er kam herein und trat an Marvins Tisch.

»Entschuldigung.« Er beugte sich zu der Kellnerin und senkte die Stimme. »Weißt du, wo Emma ist?«

»Mit dem Hund draußen, denke ich, wie jeden Morgen.«

»Sie ist spät dran.«

»Du übertreibst.« Die Kellnerin schaute auf die Uhr. »Gib ihr noch zehn Minuten, Sherlock.«

Sherlock musste lachen.

»Du hast ja recht. Geben wir ihr zehn Minuten.«

Marvin bemühte sich, das Hotelrestaurant ohne Eile zu verlassen, obwohl er sich kaum zurückhalten konnte. Erst als er in den Nebel eingetaucht war, begann er zu laufen, so gut das auf dem Sand möglich war.

Wenn Ivy oder Emma mit einem Hund unterwegs war, würde sie zum Hundestrand gegangen sein. Marvin hatte sich in der Nacht über die Örtlichkeiten informiert und wusste, dass er sich nach links wenden musste.

Darüber hinaus wusste er herzlich wenig.

Er lief ins Ungewisse.

★

Jojo lag auf der Seite und hob mühsam den Kopf. Ivy warf sich auf die Knie und berührte vorsichtig seine Stirn. Er leckte ihr kraftlos die Hand.

Als sie ihm sanft über die Brust strich, fühlte sie warme Nässe, und Jojo zuckte zusammen. Ivy starrte auf ihre Hand. Sie war voller Blut.

»Ruhig, Jojo«, flüsterte sie. »Alles wird gut.«

Verzweifelt irrten ihre Gedanken umher. Es gab bloß eine Möglichkeit, Jojo zu schützen: Sie musste Niklas von hier weglocken. Sonst würde er seinen Fehler korrigieren und Jojo den Rest geben.

»Ich komme zurück«, flüsterte sie nah an Jojos Ohr. »Sei so leise, wie du kannst.«

Diesmal bewegte sie sich langsam und vorsichtig. Ihre Schritte machten auf dem feuchten Sand kein Geräusch. Sie hörte lediglich ein feines Reiben, mit dem der Sand unter ihren Schuhsohlen nachgab.

Sie tastete nach dem Tactical Pen in ihrer Bauchtasche, fischte ihn heraus und umfasste ihn, wie Richie es ihr beigebracht hatte. Ihn in der Hand zu halten, flößte ihr ein bisschen Sicherheit ein.

Ivy wusste nicht, ob sie sich über den Nebel freuen oder ihn verfluchen sollte. Seit ihrer Ankunft in Heiligenhafen war es nicht neblig gewesen.

Granny würde ihn für ein gutes Omen halten.

Ihr aufgeregter Atem war furchtbar laut. Ivy holte tief Luft und versuchte, leise auszuatmen. Doch davon wurde ihr schwindlig, deshalb ließ sie es wieder bleiben.

Als Niklas sie plötzlich packte, war sie so erschrocken, dass sie aufschrie. Im selben Augenblick kam ein Schatten angeflogen und warf sich mit wildem Knurren auf ihn. Fluchend ließ Niklas Ivy los und versuchte, Jojo abzuwehren.

Ivy stand daneben wie erstarrt. Unfähig, auch nur einen Finger zu rühren, beobachtete sie voller Entsetzen, wie Niklas und Jojo wild kämpfend über den Sand rollten.

Dann ein Jaulen und es war still.

Niklas stand auf und steckte das Messer, das er in der Hand hielt, in die Tasche seines Parkas. Er berührte seinen linken Oberarm und stöhnte auf. Ein dunkler Fleck breitete sich auf seinem Ärmel aus.

»Dein Scheißköter hat mich angefallen!«

Er förderte ein Taschentuch zutage und presste es auf seinen Arm, um die Blutung zu stillen, als Ivy plötzlich Richie in ihrem Kopf sagen hörte: *Worauf wartest du?*

Ja. Worauf wartete sie?

Haltung!, sagte Richies Stimme.

Ivy nahm die Ausgangsposition ein, die Richie ihr beigebracht hatte. Hob die Hände vors Gesicht, in der rechten Hand den Tactical Pen. Und konzentrierte sich.

Niklas sah sie amüsiert an.

»Was soll das?«

Sie antwortete nicht, starrte ihm in die Augen. Er blinzelte.

»Lass das«, sagte er. »Ich hab keine Zeit für Spielchen.«

Ivy bewegte sich keinen Millimeter. In keiner Trainingsstunde hatte sie je so einen festen und sicheren Stand gehabt.

»Das reicht. Du hast mich lange genug an der Nase herumgeführt.«

Warte!, sagte Richies Stimme.

Das hatte er Ivy immer wieder eingetrichtert: die Kraft des Gegners zu nutzen, um ihn zu schwächen. Nicht die Nerven zu verlieren, denn dann machte man Fehler.

Niklas wandte sich zur Seite und betastete seine Wunde, warf sich jedoch plötzlich herum und stürmte auf Ivy los. Sie stieß ihm den Tactical Pen in den Arm, traf genau in die Mitte des sich vergrößernden dunklen Flecks.

Wütend schrie Niklas auf und griff nach ihr. Ivy duckte sich weg und wirbelte herum. Er stolperte, fing sich im letzten Moment und hob die Fäuste.

»Okay«, sagte er. »Du willst es nicht anders.«

Ivy blieb, wo sie war. Die Ruhe, zu der sie sich gezwungen hatte, verschwand. Ihre Nerven flatterten. Dennoch verharrte sie in der Ausgangsstellung und starrte Niklas in die Augen.

Diesmal erwiderte er ihren Blick, ohne mit der Wimper zu zucken.

Aus den Augenwinkeln sah sie, dass Jojo versuchte, sich aufzurichten. *Nicht*, dachte sie. *Bleib liegen, Jojo! Stell dich tot!* Seine Pfoten traten kraftlos ins Leere. Vergeblich versuchte er, den Kopf zu heben.

Dieser eine Augenblick der Unaufmerksamkeit genügte Niklas. Er trat Ivy den Tactical Pen aus der Hand, rammte ihr die Faust in den Magen, und sie stürzte in den Sand. Schwer atmend sah er auf sie herab.

»Steh auf!«

Du musst auf die Füße kommen, hörte sie Richies Stimme.

Es dauerte eine Ewigkeit. Ihr Magen war ein einziger Schmerz, ihr war übel, und der Kopf drohte ihr zu zerspringen. Als sie endlich auf den Knien war, hob sie den Blick.

Breitbeinig stand er vor ihr, der Schatten aus ihren Träumen.

Richies *Wut kann dir helfen, solange du sie im Griff hast,* klang ihr in den Ohren, als sie hochschnellte und einen harten Tritt gegen Niklas' linkes Knie landete.

»Mehr hast du nicht drauf?«

Obwohl er kurz ins Wanken geraten war, hatte er sich gefangen, ohne zu Boden zu gehen. Er lachte.

Richie hatte alles getan, um Ivy auf diese Situation vorzubereiten, nur hatte er nicht bedacht, dass Niklas Jojo verletzen würde. Sie hatte ihre Wut nicht im Griff und machte genau die Fehler, vor denen Richie sie gewarnt hatte.

Sie wollte sich auf Niklas werfen und stolperte ins Leere, als er ihr mit einer geübten, beinah eleganten Bewegung auswich. Keuchend suchte sie nach festem Stand, wobei er sie spöttisch beobachtete.

»Was hast du gesehen?«, fragte er plötzlich unerwartet.

Ivys Schädel dröhnte, ihr Mund war trocken. Sie hatte Mühe zu schlucken und es fiel ihr schwer zu denken. Sie war nicht die Kämpferin, die sie aus sich hatte machen wollen. Sie war Niklas nicht gewachsen.

Aber sie besaß eine Art von Kraft, die er niemals, in seinem ganzen Leben nicht, haben würde: Mut.

»Was hast du gesehen?«, wiederholte er.

»Alles«, antwortete sie ohne Zögern. »Ich habe alles gesehen.«

Er nickte.

Blickte ihr ohne erkennbare Regung in die Augen.

Nickte wieder.

»Selbst wenn du nichts beobachtet hättest«, sagte er, »ich hätte dich ohnehin getötet.«

Das musste er erst einmal schaffen. Langsam kehrte Ivys Kampfgeist zurück. Sie nahm die Hände hoch. Wartete.

»Du hast mich verlassen«, sagte Niklas. »Niemand hat mich je verlassen und niemand wird das jemals tun.«

Er legte den Kopf in den Nacken und musterte sie mit hochmütiger, kalter Neugier.

»Eine billige, kleine, zugedröhnte Schlampe von der Straße … ein runtergekommenes, verlottertes Flittchen … war sie das wert?«

»Ob sie …« Ivy hörte nicht auf, seine Augen zu fixieren, die vor Kälte zu glitzern schienen. »Ob sie das WERT war?«

Bestürzt merkte sie, dass Tränen in ihre Stimme sickerten. Auch das hatte Richie nicht bedacht, als er ihr seine Tricks beibrachte.

»Ahhh, jetzt kommt die Nummer mit den Krokodilstränen«, höhnte Niklas. »Hast du vergessen, dass die bei mir nichts bewirken?«

Ivy hatte viel mehr vergessen.

Sie hatte sogar vergessen, wie grausam er sein konnte.

»Es wird nach einem Raubüberfall aussehen.« Er zog das Messer hervor, an dessen Schneide Jojos Blut klebte. »Deshalb verzichte ich auf das Vergnügen, dich langsam zu erwürgen und dir dabei in die Augen zu sehen.«

Er war krank. Ein gesundes Gehirn dachte nicht so. Wie konnte es sein, dass sie das nicht bemerkt hatte? Oder hatte sie es bloß vergessen?

Wie alles andere auch?

Nayla und Bahar hatten Niklas verabscheut und kein Geheimnis daraus gemacht, dass sie ihn für einen Psychopathen hielten. Umgekehrt hatte Niklas vom ersten Tag an eine heftige Abneigung gegen sie verspürt.

Konzentrier dich, unterbrach Richie sie. *Du kannst versuchen, ihm das Messer aus der Hand zu treten, doch die Erfolgsaus-*

sichten sind gering. Was habe ich dir für eine solche Situation ans Herz gelegt?

Er hatte gut reden. Wie sollte sie denn an Niklas vorbeikommen? Leicht geduckt stand er vor ihr, bereit zum Angriff, das Messer in der Hand. Er hatte das sein Leben lang eingeübt. Es war ihm in Fleisch und Blut übergegangen.

Anders als Ivy.

Sie konnte sich nicht erinnern, sich jemals geprügelt zu haben. Ihre Waffe war von jeher die Sprache gewesen. Damit war sie durchgekommen. Aber hier hatten Worte keinen Platz.

Du bist klug, sagte Richie. *Er ist wütend.*

Er hatte recht. Ivy bückte sich, krallte die Finger in den nassen Sand und schleuderte Niklas mit aller Kraft eine Handvoll ins Gesicht.

Dann legte sie den Spurt ihres Lebens hin.

37.

Das Laufen bereitete Marvin keine Schwierigkeiten. Es war die Angst, die ihm zusetzte. Die Sache drohte ihm zu entgleiten. Seine Karriere, seine Beziehungen, sein ganzes Leben stand auf dem Spiel.

Er orientierte sich am Wasser, denn der Nebel war noch immer so dicht, dass man ihn in Scheiben hätte schneiden können. Auf wen würde er stoßen? Auf Ivy? Emma? Niklas?

Hatte Niklas sie bereits gefunden?

Seit Marvin im Polizeidienst war, hatte er nicht ein einziges Mal an sich gezweifelt, und keiner seiner Fälle war ihm entglitten. Er war einem klaren Maßstab von Recht und Unrecht gefolgt, ebenso wie Alan und Niklas.

Ihrem eigenen Maßstab natürlich. Nicht jeder Polizist legte denselben an, das war ihnen von Anfang an klar gewesen.

Und in diesem Augenblick?

Was war richtig? Was falsch?

Er war Niklas nachgefahren, um dafür zu sorgen, dass er sich von seinen Gefühlen für Ivy nicht beeinflussen ließ. Seine Liebe zu ihr konnte sie alle in den Knast bringen, und was Knast für einen Bullen bedeutete, wussten sie nur zu gut.

Jemanden aus dem Weg zu räumen, war anfangs ein Problem für sie gewesen, aber sie hatten getan, was nötig war, um nicht selbst draufzugehen. Glücklicherweise hatten sie selten jemanden ausschalten müssen, um eine eigene Straftat zu vertuschen.

Genau hier lag Marvins Problem. Nie hatte es sich bei einer Person, die verschwinden musste, um jemanden gehandelt, der ihm … den er …

Es war nie Ivy gewesen.

*

Niklas hatte instinktiv die Augen geschlossen, bevor die komplette Ladung Sand sein Gesicht traf. Dennoch war ihm einiges davon in die Augen geraten, es brannte höllisch. Er wusste, dass er nicht reiben durfte, um die Hornhaut nicht zu verletzen, und stolperte ins Meer, wo er auf die Knie fiel und mit beiden Händen Wasser schöpfte, um es sich ins Gesicht zu werfen.

Der Schmerz war ungeheuerlich. Wenn die Ostsee auch wenig Salz enthielt, war es doch genug, um die Augen zusätzlich zu reizen. Niklas fuhr damit fort, sie auszuwaschen, bis er blinzeln konnte, ohne dass es sich anfühlte, als würde jemand seine Augen mit einem Hobel bearbeiten.

Wutbebend kam er auf die Füße, suchte sein Messer, hob es auf und setzte Ivy nach.

Weit konnte sie noch nicht sein und sogar in diesem erbärmlichen Zustand war er schneller als sie. Weil ihm die

Tränen aus den Augen liefen und, zusätzlich zu dem verdammten Nebel, die Sicht behinderten, konzentrierte Niklas sich auf seine Ohren.

Falls etwas in ihm, ein Rest alter Gefühle vielleicht oder ein Anflug von Milde, mit dem Gedanken gespielt haben sollte, Ivy eine letzte Chance zu geben und sie am Leben zu lassen, so war das vorbei. Für das, was sie ihm angetan hatte, würde sie bezahlen.

*

Mehrfach blieb Ivy keuchend stehen, um zu lauschen, und lief sogleich weiter. Nach einer Weile wagte sie es, langsamer zu werden, um ihr Handy aus der Tasche zu ziehen.

Ihre Finger waren nass und glitschig von Schweiß und feuchtem Sand und sie kriegte es nicht richtig zu packen. Schwankend drehte sie sich um, die Hand in der Tasche, spähte nach hinten und horchte angestrengt.

Nichts zu hören, außer dem Pochen ihres Herzens, das vor Adrenalin fast durchdrehte.

Und nichts zu sehen.

Allerdings musste das bei diesem Nebel nichts heißen. Niklas war schon einmal wie ein Geist daraus aufgetaucht.

Endlich hielt sie das Handy in der Hand und blieb kurz stehen, um Richie anzuwählen. Ihre Finger zitterten so heftig, dass sie mehrere Anläufe benötigte. Und dann flutschte das verflixte Ding ihr aus der Hand.

Bevor sie sich bücken konnte, um es aufzuheben, hörte sie Niklas' Schritte und musste sich im Bruchteil einer Sekunde entscheiden.

Sie ließ das Handy liegen, änderte die Richtung und lief auf die Dünen zu. Hier war der Sand trocken und sie sank bei jedem Schritt ein. Es war ungeheuer anstrengend voranzukommen, sie trat beinah auf der Stelle.

Für Niklas musste es noch schwieriger sein, da er verletzt war und Blut verlor. Darauf baute sie. Das würde ihr, wenn sie Glück hatte, einen Vorsprung verschaffen.

Aber die Wut schien ihm enorme Kraft zu verleihen. So sehr Ivy sich auch abmühte, der Abstand zwischen ihnen verringerte sich mehr und mehr. Ihr Puls raste, die Muskeln ihrer Oberschenkel fingen an zu zittern, und in ihrem Atem war ein leises Pfeifen.

Von Schritt zu Schritt wurde sie langsamer.

Niklas holte sie ein.

Mit einem Schrei warf er sich auf sie und riss sie zu Boden. Sein Gewicht presste ihr die Luft aus der Lunge.

»Na, Süße? Wie fühlt sich das an?«

Sein Atem strich ihr über den Hals. Seine Zunge liebkoste ihr Ohr. Ivy versuchte, sich hin und her zu werfen, um ihn abzuschütteln, doch er war zu schwer und hielt ihre Arme wie ein Schraubstock umklammert.

Nach einer Ewigkeit, wie es schien, löste er sich von ihr, drückte aber mit einem Griff in den Nacken ihren Kopf nieder, sodass sie sich nicht rühren konnte.

»Bleibst du jetzt ruhig?«

Er drückte fester zu. Sie hatte Sand in der Nase und im Mund, konnte nicht atmen.

»Ob du still hältst, verdammt!«

»Ja.«

Nie war ihr ein Wort schwerer über die Lippen gekommen.

Endlich packte er sie an der Schulter und drehte sie um. Wie ein sterbender Fisch lag sie nun auf dem Rücken. Anders als ein sterbender Fisch jedoch zappelte sie nicht. Die Genugtuung würde sie Niklas nicht gönnen.

Er kniete sich über sie und legte ihr die Finger um den Hals.

»Selbst jetzt bist du schön«, murmelte er. »Mit dem Sand im Gesicht und der Angst in deinen Augen.« Er drückte zu und lockerte seinen Griff wieder. »So ein Tod kann sich hinziehen. Wir werden noch ein bisschen Spaß miteinander haben, versprochen.«

Seine Augen!, sagte Richie.

Niklas würgte sie mit ausgestreckten Händen. Seine Augen waren unerreichbar. Vergeblich zerrte Ivy an seinen Armen, boxte gegen seine Brust. Er war zu stark. Zu schwer.

Pschsch … Hör mir zu: Er will das Spiel genießen. Und gleich wird er sich zu dir runterbeugen, um dich noch einmal zu küssen.

Es waren Richies Worte, die verhinderten, dass Ivys Furcht in Panik umschlug. Sie konzentrierte sich auf ihren Atem. Sobald Niklas den Druck von ihrem Hals nahm, rang sie nach Luft, versuchte, sie so lange wie möglich in der Lunge zu behalten, und ließ sie langsam entweichen.

Ihr wurde schwindlig.

Gib nicht auf. Warte … warte …

Niklas sah sie unverwandt an und beugte sich zu ihr hinunter. Beinah berührten seine Lippen schon ihren Mund.

Jetzt!

Ivy hob die Hände, brachte es aber nicht fertig, ihm die Daumen in die Augen zu bohren. Stattdessen zog sie ihm mit aller Kraft die Fingernägel über die Wangen.

Niklas schrie auf und ließ für einen Moment von ihr ab.

Ivy stieß ihn von sich, rollte zur Seite und rappelte sich schwerfällig auf. Sie trank die Luft wie eine Verdurstende, konnte nicht genug davon kriegen. In ihrem Kehlkopf pulsierte ein brennender Schmerz.

Neben ihr kam Niklas hoch. Sein Gesicht war von Hass verzerrt.

Ivy erkannte es wieder.

Sie hatte es oft so gesehen.

»Du hast es verdient zu sterben«, sagte er mit einer unheimlichen Ruhe.

Ivys Fingernägel hatten tiefe blutige Linien über seine Wangen gezogen. Jeder Blick in den Spiegel, jede Berührung seines Gesichts würde ihn zukünftig daran erinnern, wem er die Verunstaltung zu verdanken hatte.

Lauf, Ivy! Lauf!

Ivy zögerte nicht und hechtete los. Sie gab nicht auf, obwohl ihre Füße immer tiefer in den lockeren Sand einzusinken schienen. Schweiß sammelte sich in ihren Achselhöhlen, dennoch war ihr schrecklich kalt.

Sie hörte ihr eigenes Keuchen und das von Niklas, der ihr direkt auf den Fersen war. Kurz bevor sie die Stelle mit dem Strandhafer erreicht hatte, war Niklas bei ihr.

Diesmal entschied er sich für das Messer.

Ihr wurde schwarz vor Augen. Das Schwarz verwandelte

sich in ein Purpurrot. Der Schmerz schrie. Oder war sie es selbst? Auch der Schrei hatte eine Farbe. Er war gelb.

Das hatte Ivy nicht gewusst. Sie wusste so vieles nicht.

Fasziniert sah sie zu, wie sich das Gelb mit dem Schwarz und dem Rot zu einem Feuerwerk mischte. Wie auf der Palette eines Malers. Nur dass kein Bild daraus entstand.

⋆

Endlich. Da waren sie.

Zwei Gestalten im Nebel, die allmählich zu Ivy und Niklas wurden.

Keine Doppelgängerin, das wusste Marvin sofort.

»Lass sie los«, sagte er.

»Ich bin noch nicht fertig mit ihr.«

»Lass sie los, Nik.«

»Das hier geht dich nichts an. Verschwinde!«

An Niklas' linkem Oberarm klaffte ein Riss in seiner Jacke, und Marvin entdeckte eine Wunde, die heftig zu bluten schien. Auch auf seinen Wangen war Blut. Ivy musste sich gewehrt haben wie eine Löwin.

Es war ein ungleicher Kampf gewesen. David gegen Goliath. Und obwohl in der Bibel David gewann – in Wirklichkeit war es immer Goliath.

Ivy …

Wie oft hatte Marvin sie verflucht. Wie oft sich gewünscht, sie wiederzusehen. Aber doch nicht so. Nicht als schlaffe Puppe, die in Niklas' Armen hing, als wär sie tot.

Marvin stutzte, als er ihre kurzen Haare bemerkte. Sie berührten etwas in ihm und er wär am liebsten hingegangen, hätte sie Niklas aus den Armen genommen und sie nach Hause gebracht.

Schon immer hatte er nichts anderes gewollt, als sie zu beschützen.

»Du sollst abhauen!«

Niklas fuchtelte mit einem Messer herum, und Marvins Blick glitt über Ivys Körper – bis zu der Stelle, an der es sie verletzt haben musste. Blut quoll aus einer Wunde an ihrem Rücken und durchnässte ihre helle Jacke.

Marvin wog seine Möglichkeiten ab.

Er konnte versuchen, Niklas zu überreden, von Ivy abzulassen. Was dauern würde, und Ivy schien nicht mehr viel Zeit zu haben.

Er konnte einen Notruf absetzen. Was Niklas vermutlich dazu bringen würde, rasch zu beenden, was er begonnen hatte.

Er konnte einen Überraschungsangriff starten, denn Niklas war offenbar ziemlich erschöpft. Anscheinend hatte auch er Blut verloren. Aber vielleicht reichte seine Kraft trotzdem noch aus, um Ivy den Rest zu geben.

Falls sie überhaupt noch lebte.

»Sie braucht Hilfe, Nik.«

»Soll das ein Witz sein? Sie ist eine tickende Zeitbombe. Hast du das nicht selbst gesagt?«

»Das ist lange her, Nik.«

»Sie hat alles beobachtet. Alles! Sie hat es zugegeben. Glaubst du im Ernst, das behält sie für sich?«

Als wär das nicht längst egal.

»Dann lass uns Ivy mitnehmen, Nik, und irgendwo in Ruhe überlegen.«

»Da gibt es nichts zu überlegen. Sie hat den Tod verdient.«

Niklas schwankte. Ohnmächtige Menschen waren schwer. Er würde Ivy nicht mehr lange halten können.

»Leg sie hin, Nik. Du musst dich um deine Wunde kümmern.«

»Ihr Scheißhund hat mich gebissen.«

Marvin hatte nicht gewusst, dass Ivy einen Hund besaß. Offenbar hatte er vieles nicht gewusst. Er hatte angenommen, ihre Texte sagten alles über sie aus.

Jeden einzelnen davon hatte er angebetet.

Sie hätten ein Künstlerpaar werden können wie George Sand und Frédéric Chopin. Camille Claudel und Auguste Rodin.

Wenn Ivy nur gewollt hätte.

Erschöpft ließ Niklas seine Last zu Boden gleiten. Als sie im Sand lag, rührte Ivy sich. Marvin kamen vor Dankbarkeit die Tränen. Er blinzelte sie weg, bevor Niklas sie bemerken konnte. Der stand wie ein Jäger über seiner Beute und hielt sich den Arm.

»Du musst zu einem Arzt«, sagte Marvin ruhig. »Der reinigt die Wunde, gibt dir eine Spritze und verschreibt dir ein Antibiotikum.«

»Halt's Maul!«

»Wir sind Freunde, Nik.«

»Hör auf, mich vollzuquatschen, und verzieh dich endlich!«

Niklas versetzte Ivy einen Tritt. Sie stöhnte leise auf.

Marvin machte unwillkürlich einen Schritt nach vorn.

»Stopp!«

Niklas ging in die Hocke, ohne Marvin aus den Augen zu lassen.

Und setzte Ivy das Messer an die Kehle.

Der Schuss scheuchte unsichtbare Möwen auf, die mit lautem Kreischen davonflogen. Niklas starrte Marvin fassungslos an und sackte still in sich zusammen.

Die Waffe noch in der Hand, bewegte Marvin sich vorsichtig auf ihn zu, beugte sich über ihn und legte zwei Finger auf seine Halsschlagader.

Niklas schien in den Himmel zu starren, den man bei diesem hartnäckigen Nebel nur erahnen konnte. Sein Blick war weder erstaunt noch zornig noch erleichtert noch von Schmerz erfüllt. Er war leer und ohne Leben.

Marvin steckte die Waffe weg.

Er hatte seinen Freund getötet.

Es beendet, auch wenn er sich das anders vorgestellt hatte.

Er wählte den Notruf, zog Jacke und Pulli aus, setzte sich im T-Shirt in den Sand und hob Ivys Kopf behutsam auf seinen Schoß. Den zusammengerollten Pulli drückte er auf ihre Wunde, die noch immer blutete.

Selten hatte er sich so erschöpft gefühlt. Er strich Ivy über die kurzen Haare, murmelte tröstende Worte und hoffte, dass er sie erreichte.

Als er die Sirenen hörte und flackerndes blaues Licht durch den Nebel drang, bettete er Ivys Kopf auf seine gefaltete Jacke, stand auf, sah ein letztes Mal auf sie hinunter und verschwand.

38.

Als Ivy aus der Narkose aufwachte, hörte sie das leise Summen und Piepen elektronischer Geräte, und eine Krankenschwester in grüner Kleidung, das Haar unter einer grünen Haube verborgen und eine grüne Maske vorm Gesicht, trat leise an ihr Bett.

»Hallo, Ivy. Ich bin Schwester Sophia. Sie sind notoperiert worden und liegen auf der Intensivstation«, erklärte sie mit gedämpfter Stimme. »Die OP ist gut verlaufen, aber Sie haben viel Blut verloren.«

Es dauerte einen Moment, bis die einzelnen Worte zu Ivy vorgedrungen waren und sich zu sinnvollen Sätzen verbunden hatten.

»Sie brauchen keine Angst mehr zu haben. Sie sind hier in Sicherheit.«

Tröstende Worte, aber sie vertrieben nicht die Unruhe aus Ivys Kopf. Es war dämmrig und friedlich im Raum, und Ivy konnte zwei weitere Betten erkennen, in denen ebenfalls Patienten zu liegen schienen. Sie wollte den Kopf heben.

»Pschsch, nicht bewegen. Am besten, Sie machen die Augen zu und schlafen noch ein Weilchen.«

Ivys Unruhe verstärkte sich. Sie versuchte, die Hand, die sie am Aufstehen hindern wollte, wegzuschieben. Sie durfte nicht einschlafen. Nicht einschlafen. Nicht ein…

»Jojo«, flüsterte sie.

»Es ist alles gut mit … Jojo. Machen Sie sich keine Sorgen.«

So benebelt Ivy sich auch fühlte, sie spürte die Lüge, die nur den Zweck hatte, sie zu beschwichtigen. Kraftlos versuchte sie, sich gegen die Schwester zu wehren, als diese plötzlich vom Bett zurücktrat.

»Da ist Besuch für Sie.«

Kleider raschelten.

Ein Lufthauch streifte Ivys Gesicht.

»Nicht zu lange«, hörte sie Schwester Sophia sagen. »Ihre Freundin muss sich ausruhen.«

Ivy wurden die Augen schwer.

»Hallo, du.«

Richies Stimme drang durch Ivys lähmende Mattigkeit. Ein Stuhl wurde gerückt und Richies Hände legten sich sanft auf ihre.

»Ich habe Jojo gefunden und in die Tierklinik gefahren. Er ist sofort operiert worden, genau wie du.«

»Wie … geht … es …?«

Ihre Stimme war bloß der Schatten eines Flüsterns.

»Er wird wieder gesund.«

Ivys Müdigkeit sog sich mit Erleichterung voll.

»Danke … dir …«

Sie brachte die Worte nur mit großer Willensanstrengung heraus.

»Schlaf jetzt«, sagte Richie. »Ich bleib noch ein bisschen bei dir sitzen.«

Sie spürte seine Lippen an ihrer Schläfe, dann zog ein sanfter Strudel sie ins Nichts.

EPILOG

39.

Drei Monate waren vergangen. Ivy lebte noch immer in Heiligenhafen. Dass sie Niklas' Angriff überlebt hatte, war großes Glück gewesen. Das Messer hatte die Leber getroffen, war jedoch von einer Rippe abgebremst worden, die von selbst wieder zusammenwachsen würde.

Nach der Operation hatte sie zwei Wochen im Krankenhaus verbracht, und die Ärzte hatten ihr dringend geraten, eine Reha anzuschließen. Aber sie hatte sich dagegen entschieden.

Wo konnte sie sich besser erholen als am Meer?

Sie war noch nicht bereit, nach Kiel und zu ihrem Studium zurückzukehren. Hier fand sie alles, was sie brauchte, um gesund zu werden.

An Körper und Seele.

Samu war ganz aus dem Häuschen gewesen, als sie ihm ihre Entscheidung mitgeteilt hatte, sich für ein Semester beurlauben zu lassen, ebenso wie Lars, der ihr sofort angeboten hatte, weiter im Bistro zu arbeiten.

Richie hatte nicht versucht, seine Tränen zu verbergen. »Himmel«, hatte er gesagt. »Wie tapfer du bist.«

Er knabberte noch immer an dem, was geschehen war.

Als er Ivy den Fiat bringen wollte, war er von dem Blaulichtgewitter an den Strand gelockt worden und hatte eben noch gesehen, wie sie auf einer Trage in das Rettungsfahrzeug geschoben wurde.

Wenn sie so früh unterwegs gewesen war, hatte er sofort geschlossen, dann, um mit Jojo Gassi zu gehen. Und als er den Hund nirgendwo erblicken konnte, hatte er die Umgebung abgesucht. Ihm war es zu verdanken, dass Jojo überlebt hatte, zwar geschwächt von dem enormen Blutverlust, aber lebendig wie eh und je.

Das gesamte Team hatte Ivy abwechselnd im Krankenhaus besucht, und sie hatten sich gemeinsam um Jojo gekümmert, der von Tag zu Tag kräftiger geworden war. An den Stellen seines Körpers, an denen man ihn operiert hatte, war ihm zuvor das Fell abrasiert worden, und eine Weile hatte er ausgesehen wie ein Vogel in der Mauser.

Anneke hatte Fotos geschickt und Ivy mit ihnen zum Lachen und zum Weinen gebracht, was ihre gebrochene Rippe ihr sehr verübelt hatte.

Mittlerweile war das Fell wieder nachgewachsen. Jojo hatte ein leichtes Hinken zurückbehalten und ermüdete bei Anstrengungen rasch.

Das war kein Problem, denn auch Ivy musste sich erst wieder an das normale Leben gewöhnen.

Nachdem sie von der Intensiv- auf die Normalstation verlegt worden war, hatte Ivy sich zuallererst bei Granny gemeldet, die aus allen Wolken gefallen war.

»Ich habe mich zwar darüber gewundert, dass du nicht angerufen hast, aber …«

»… du hast es akzeptiert«, hatte Ivy ihren Satz beendet.

»Was garantiert nie mehr vorkommen wird. Ab jetzt werde ich dich nämlich mit Argusaugen im Blick behalten.«

»O nein! Bitte nicht!«

Ivy hatte es genossen, sie lachen zu hören.

Bald darauf, als Granny sie im Krankenhaus besucht hatte, musste Ivy ihr alles erzählen. Sie hatte Ivys Hand genommen und fassungslos den Kopf geschüttelt.

»Warum, um alles in der Welt, hast du dich mir nicht anvertraut?«

»Das war zu gefährlich.«

»Stattdessen hast du lieber dich selbst in Gefahr gebracht?«

»Es gab keine andere Möglichkeit.«

Das hatte sie auch Nayla und Bahar erklärt, denen Lars für einige Tage ein Apartment zur Verfügung gestellt hatte, damit sie nachholen konnten, was sie in den vergangenen Wochen versäumt hatten.

»Wir hätten Verdacht schöpfen müssen«, ereiferte sich Bahar, und Nayla stimmte ihr zu.

»Habt ihr doch. Bloß hat Niklas euch manipuliert.«

Ivy konnte es noch immer nicht fassen, dass er in ihrem Namen Nachrichten verschickt und sogar beantwortet hatte.

»Dieses Ungeheuer«, stieß Nayla hervor, und ihre dunklen Augen schienen zu glühen. »Gut, dass er …«

Wie Ivy fiel es ihnen offenbar schwer zu begreifen, dass er tot war. Oder es gar auszusprechen.

»Man redet nicht schlecht über …« Bahar stockte. »… du weißt schon.«

Ivy hatte ihnen zugehört und sich in die alte Vertrautheit sinken lassen.

»Wie ich euch vermisst habe«, sagte sie.

Und dann saßen sie eine Weile still beieinander, weil jedes weitere Wort unnötig war.

Marleen war zu Tränen gerührt, als sie am Telefon von Jojos Heldentat hörte. Und unendlich erleichtert darüber, dass Ivys Amnesie endlich überwunden war. Sie hatte von den Versuchen berichtet, sie einzuschüchtern, und von Charlottes Weigerung, sich davon beeindrucken zu lassen.

»Wir haben uns solche Sorgen um dich gemacht«, sagte Marleen. »Klara lässt dich übrigens ganz herzlich grüßen, ebenso wie Charlotte, die bald wieder mit dem kleinen Roman abreisen wird. Die Wintermonate verbringen die beiden gern im Süden.«

»Grüß sie zurück«, sagte Ivy und wünschte, sie müsste nicht das Thema ansprechen, das ihr auf der Seele lag. »Marleen, ich … kann dir gar nicht genug dafür danken, dass du mir Jojo … dass du ihn mir … natürlich werde ich ihn dir wieder … äh … sobald …«

»Jojo?« Sie konnte Marleens Schmunzeln förmlich hören. »Er hat klar entschieden, zu wem er gehört, und wir haben uns gefälligst zu fügen. Ich stelle allerdings eine Bedingung.«

»Welche?«

»Dass ihr mich so bald wie möglich besucht.«

Ivy stieß einen glücklichen Seufzer aus.

»Gebongt! Ich danke, danke, danke dir!«

Der Besuch würde jedoch eine Weile warten müssen. Noch fühlte Ivy sich nicht fit genug, um zu reisen. Die zahlreichen Gespräche mit der Polizei hatten sie erschöpft und an ihre Grenzen gebracht, denn sie war nicht mehr unschuldig genug, um Polizisten zu vertrauen.

Obwohl Alan in Untersuchungshaft saß und die Ermittlungen in vollem Gang waren, beschlich sie ab und zu der Verdacht, man könnte versuchen, so viel wie möglich zu vertuschen.

Dagegen sprach, dass der Fall ein großes Echo in den Medien fand und es schwierig sein würde, Fakten unter den Tisch fallen zu lassen. Nicht nur Marvin, Niklas und Alan waren ins Visier der Ermittler geraten, sondern auch einzelne ihrer Kollegen und Kolleginnen, allen voran Kurt Schwenter.

Ein Stich ins Hornissennest. Wer wusste schon, was noch alles zum Vorschein kommen würde.

Die Leiche des toten Mädchens hatte man in dem an das Gut grenzenden Waldgebiet gefunden und geborgen. Alans Aussage hatte die Ermittler dorthin geführt, was möglicherweise bei der Festsetzung des Strafmaßes berücksichtigt werden würde.

Ihr Name war Lily und sie war achtzehn Jahre alt geworden. Ihre Eltern waren Mitglieder einer Gemeinschaft, die

die Rückkehr zu einem einfachen Leben in und mit der Natur propagierte und buchstabengetreu die strengen Regeln befolgte.

Die freiheitsliebende Lily hatte das Leben in der Stadt und ohne festen Wohnsitz vorgezogen.

Auch diese Gemeinschaft war ins Visier der Ermittlungen geraten, und man hatte Beweise dafür gefunden, dass die Kinder misshandelt und vernachlässigt wurden.

Von Marvin fehlte jede Spur. Eine unmittelbar eingeleitete Großfahndung hatte keinen Erfolg gezeigt. Man vermutete, er sei im Ausland untergetaucht.

Eine Journalistin, die mehrfach über Lilys Fall und die kriminellen Zustände bei der Polizei berichtet hatte, bat Ivy nach ihrer Entlassung aus dem Krankenhaus um ein Treffen. Da sie am Telefon sehr sympathisch gewirkt hatte, war Ivy dazu bereit gewesen.

Sie hatte sie ins Bistro eingeladen, wo sie sich in eine ruhige Ecke zurückgezogen hatten.

»Ich heiße Emilia. Nenn mich Em.«

Em war vierundzwanzig, trug eine asymmetrische Kurzhaarfrisur mit Undercut, und jede Stelle ihres Körpers, abgesehen vom Gesicht, schien von Tattoos bedeckt.

»Darf ich unser Gespräch aufnehmen?«

Ivy nickte und sah zu Jojo hinunter, der neben ihrem Stuhl lag und sich konzentriert der Krallenpflege widmete. Seit Niklas' Angriff folgte er ihr überallhin, als könnten in jeder Ecke und hinter jedem Strauch Männer versteckt sein, die ihr etwas antun wollten.

Em stellte ihre Fragen, und Ivy beantwortete sie, so gut sie konnte.

Es kostete sie immer noch Überwindung, Auskunft über die Zeit zu geben, in der sie ohne Erinnerungen gewesen war und voller Angst.

Em bohrte nicht nach, sobald sie Widerstand spürte.

»Marvin Rauschenbach befindet sich auf der Flucht«, sagte sie. »Wie geht es dir damit, dass er irgendwo da draußen herumläuft? Fühlst du dich bedroht?«

»Er hat mir das Leben gerettet.«

Verblüfft blickte Em ihr in die Augen.

»Willst du damit sagen …«

»Dass er mir das Leben gerettet hat.«

Ivy hatte sie von Richie erfahren. Die Wahrheit. Die viele Gesichter hatte.

Es fiel Ivy nicht schwer, über den Abscheu zu sprechen, den sie empfand, wenn sie an all das dachte, was Marvin getan hatte. Er hatte seine Macht missbraucht, war gewalttätig, korrupt und manipulativ gewesen. Brutal und skrupellos hatte er sich in einem rechtsradikalen Umfeld bewegt. Frauen wie Dreck behandelt.

Vergewaltigt und gemordet.

Es fiel ihr nicht schwer, über die Angst zu reden, die er ihr bisweilen eingeflößt hatte.

Doch es war ihr unmöglich einzugestehen, wie vertraut ihr seine andere Seite gewesen war.

Und dass seine Songs in ihrem Kopf wohnten – und blieben.

Marvin hatte ihr das Leben gerettet.

Und seines damit zerstört.

Immer noch ungläubig, schüttelte Ivy den Kopf, und Em wechselte das Thema.

»Wie hast du es geschafft durchzuhalten?«, fragte sie. »Woher hast du die Kraft genommen?«

»Jemand hat mir souffliert«, antwortete Ivy lächelnd. »Als ich nicht mehr ein noch aus wusste, hat er auf mich aufgepasst und mir gesagt, was ich tun musste.«

Em sah sie fragend an.

»Er weiß es selbst noch nicht«, sagte Ivy. »Irgendwann werde ich es ihm erzählen.« Sie beugte sich zu Jojo hinunter und streichelte ihn. »Über Jojo solltest du schreiben. Wär er nicht gewesen, würden wir uns heute nicht unterhalten. Er hätte sein Leben für mich gegeben.«

Es war noch immer ein Wunder für sie.

Das Meer war weit und blau in der Winterstille. Dutzende Möwen schaukelten auf den seichten Wellen. Jojo vergewisserte sich mit einem Blick, dass mit Ivy alles in Ordnung war, bevor er sich todesmutig ins eiskalte Wasser stürzte, um sie aufzuscheuchen.

Schimpfend flogen sie davon und Jojo kehrte an den menschenleeren Strand zurück, schüttelte sich und trabte zufrieden weiter neben Ivy her.

Die Stelle, an der Niklas ihnen begegnet war, hatte Ivy anfangs gemieden. Doch dann war sie zu ihren Gewohnheiten zurückgekehrt. Niklas hatte sie in Angst und Schrecken versetzt. Das durfte sie nicht länger zulassen.

Sie wollte keine Angst mehr haben.

Wenn sie am Wasser entlangging, ließ sie ihren Gedanken freien Lauf. Sie überlegte ernsthaft, sich um einen Termin bei der Psychotherapeutin zu bemühen, die über dem schönen Blumenladen in der Stadtmitte praktizierte.

Aber es gab Dinge, die sie zunächst für sich allein bedenken musste.

Wie die Trauer um Niklas.

Die ohne Tränen war.

Sie trauerte nicht um den Niklas, der versucht hatte, sie zu töten. Sie trauerte um den Niklas, in den sie sich einmal verliebt hatte. Ihr wurde klar, dass dieser Niklas schon vor langer Zeit gestorben war.

»Und du hast nichts von alldem bemerkt?«, hatte Ems letzte Frage gelautet.

Ivy hatte beschämt den Kopf geschüttelt.

Warum hatte sie es nicht bemerkt? Wieso war ihr die intensive Männerfreundschaft zwischen Niklas, Marvin und Alan nicht verdächtig vorgekommen? Wie hatte sie die Anzeichen für ihren Rassismus und ihre Gewaltbereitschaft nicht sehen können?

Es war doch auffällig gewesen, dass sie ihre Gespräche oft unterbrachen, sobald ein Dritter hinzukam. Dass sich niemand mit ihnen anlegte, selbst dann nicht, wenn sie ihn provozierten. Und obwohl ihre anzüglichen Bemerkungen über Frauen meist als Scherz getarnt waren, wäre der ernste Hintergrund doch zu erkennen gewesen.

Sie hätte nur hinschauen müssen.

Es gab keine Entschuldigung.

Sie war blind gewesen. Zuerst vor Liebe, dann aus Angst.

Es war der sechste Dezember, als Ivy ein zweites Mal an dem Blumenladen vorbeischlenderte und zu den winterlich dekorierten Fenstern der Praxis hochblickte, die sie vielleicht bald als Patientin betreten würde. Sie hatte beschlossen, sich im neuen Jahr darum zu kümmern, und Lars, der ihr den Tipp gegeben hatte, damit sehr glücklich gemacht.

»Gute Entscheidung«, hatte er gesagt und beide Daumen gehoben.

Ein paar verirrte Schneeflocken schwebten aus dem tief hängenden Himmel. Vor den Geschäften gingen fröstelnde Nikoläuse auf und ab und schenkten den Kindern Süßigkeiten. Unterschiedliche Weihnachtsmelodien vermischten sich zu einem schiefen Wirrwarr an Tönen.

Einige aus dem Team waren nach der Hauptsaison abgereist, andere waren neu hinzugekommen.

»Neues Spiel, neues Glück«, wie Samu es ausdrückte. »Man darf sein Herz nicht an die Leute hängen und tut es immer wieder.«

Ivy wusste, was er meinte.

»Hohoho!«

Ein Nikolaus mit verrutschtem Wattebart und einem jungenhaften Lächeln in den Augen hielt Ivy an und schenkte ihr ein kleines Päckchen Pralinen.

»Hohoho!«

Schon war er weitergegangen.

Am Abend würden sie das Bistro ein wenig früher schließen und ein Weihnachtswichteln veranstalten. Sie würden zusammen essen, trinken, quatschen, Musik hören und tanzen. Bis in die Morgenstunden hinein.

Ivy beeilte sich mit ihren Einkäufen. Es gab noch einiges vorzubereiten.

Mitternacht war vorbei und ihr kleines Fest noch immer im Gange, als neben Ivys Teller ihr Handy vibrierte. Lachend griff sie danach und hob es ans Ohr, ohne auf das Display zu blicken.

»Du fehlst mir«, hörte sie Marvins Stimme. »Mein Gott, wie du mir fehlst.«

Dann brach die Verbindung ab.

Am nächsten Morgen zog es Ivy in ihrer Pause an den Strand. In der Nacht hatte ein Sturm getobt und Haufen von Tang waren vom aufgewühlten Meer an Land gespült worden. Mittlerweile hatte sich das Wetter beruhigt. Leichter Schneeregen fiel aus dem schmutzig grauen Himmel.

Der Strand war menschenleer. Nicht mal Jojo hatte sich mit nach draußen gewagt. Ivy wandte sich nach rechts, Richtung Graswarder. Vom Moment ihrer Ankunft an ihr magischer Ort. Und der einzige, den sie jetzt aushielt.

In den wenigen Stunden, die von der Nacht übrig geblieben waren, hatte sie kaum Schlaf gefunden. Ein Nachhall von Marvins Stimme war noch in ihrem Kopf. Sie wollte sie nicht hören und nicht an das denken, was sie gesagt hatte.

Stattdessen dachte sie an Lily.

An die übergroßen Augen in ihrem schmalen Gesicht, ihren vergeblichen Versuch, Ivy etwas mitzuteilen – und wie sie gestorben war, still und mit einer Würde, die sie ihr nicht hatten nehmen können.

Ivy setzte sich auf einen der mächtigen Findlinge und sah dem Wasser zu, wie es auf den Strand rollte. Hier war alles, was sie im Augenblick brauchte.

Ein roter Punkt im Flutsaum, keine zehn Meter entfernt, erregte ihre Aufmerksamkeit, denn er gehörte nicht dorthin. Sie stand auf und ging langsam darauf zu.

Es war eine einzelne Rose, noch halbwegs intakt, die tiefroten Blütenblätter mit ausgefranstem gelben Rand, der Stängel nackt gescheuert.

Ivy erinnerte sich an etwas, das Granny ihr einmal erzählt hatte. Bei Seebestattungen wurden, nachdem man die Asche der Toten auf dem Meer verstreut hatte, zum Abschied Blumen ins Wasser geworfen. Und dann und wann gelangte die eine oder andere Blume fast unversehrt an Land.

Ivy fischte die Rose aus dem Flutsaum.

Fühlte den Sand und die Kälte in ihrer Hand.

Sie wehrte sich nicht gegen die Tränen, die ihr übers Gesicht liefen. Langsam ging sie zu dem kleinsten der alten Häuser, die hier standen, kniete sich in den Sand und bettete die Rose in eines der Schilfbüschel, die an seinem Zaun wuchsen.

»Es tut mir so leid«, sagte sie leise. »Verzeih mir, Lily.«

Als sie sich aufrappelte, um sich auf den Rückweg zu machen, hörte sie den Ruf einer Möwe, und ein bisschen war es so, als hätte Lily ihr geantwortet.

Die Orte, die in diesem Thriller vorkommen, sind Produkte meiner Fantasie. Einige jedoch, wie beispielsweise Kiel, Lübeck oder Heiligenhafen, gibt es natürlich wirklich. Allerdings habe ich auch bei ihnen meiner Fantasie hier und da freien Lauf gelassen. Diejenigen meiner Leserinnen und Leser, die sich dort auskennen, werden merken, wo ich meinem Spieltrieb nachgegeben habe, und hoffentlich – wie ich selbst – Freude daran haben.

Danken möchte ich an dieser Stelle zwei ganz außergewöhnlichen Menschen: meiner Lektorin Birte Hecker und meiner Verlegerin Susanne Krebs. Sie lieben Literatur, sind süchtig nach guten Geschichten und können sich über ein schönes Wort ein Loch in den Bauch freuen. Wo gibt es das noch? Ihr Lieben, es ist die reine Freude, mit euch zu arbeiten.

Und natürlich danke ich meinem Mann, der es stoisch erträgt, wenn ich mich in der Geschichte verliere – und immer da ist, wenn ich wieder auftauche. Das ist keine Selbstverständlichkeit. ♥

Monika Feth

© Matthias Jung

Autorin

MONIKA FETH wurde 1951 in Hagen geboren, arbeitete nach ihrem literaturwissenschaftlichen Studium zunächst als Journalistin und begann dann, Bücher zu verfassen. Heute lebt sie in der Nähe von Köln, wo sie vielfach ausgezeichnete Bücher für Leser aller Altersgruppen schreibt. Der sensationelle Erfolg der »Erdbeerpflücker«-Thriller machte sie weit über die Grenzen des Jugendbuchs hinaus bekannt. Ihre Bücher wurden in mehr als 24 Sprachen übersetzt. Mehr zur Autorin auch auf monikafeth-thriller.de, monika-feth.de und auf Facebook.

Weitere lieferbare Bücher der Autorin bei cbj:

Die »Erdbeerpflücker«-Thriller:
Der Erdbeerpflücker (Band 1, 30258)
Der Mädchenmaler (Band 2, 30193)
Der Scherbensammler (Band 3, 30339)
Der Schattengänger (Band 4, 30393)
Der Sommerfänger (Band 5, 30721)
Der Bilderwächter (Band 6, 30852)
Der Libellenflüsterer (Band 7, 30957)
Die Julibraut (Band 8, 30958)

Die »Romy«-Thriller:
Teufelsengel (Band 1, 30752)
Spiegelschatten (Band 2, 30922)
Blutrosen (Band 3, 31232)

Du auf der anderen Seite (30934)
Fee – Schwestern bleiben wir immer (30010)
Nele oder Das zweite Gesicht (30045)
Die blauen und die grauen Tage (30935)

Monika Feth

Der Mädchenmaler

384 Seiten, ISBN 978-3-570-30193-7

Als Jettes Freundin Ilka verschwindet, verdächtigt Jette deren Bruder, einen egomanischen Szenekünstler. Hat er seine Schwester aus Eifersucht entführt? Da die Polizei ihr nicht glaubt, ermittelt Jette auf eigene Faust – und begibt sich dabei in Lebensgefahr.

Monika Feth

Der Erdbeerpflücker
352 Seiten,
ISBN 978-3-570-30258-3

Der Mädchenmaler
384 Seiten,
ISBN 978-3-570-30193-7

Der Scherbensammler
384 Seiten,
ISBN 978-3-570-30339-9

Der Schattengänger
416 Seiten,
ISBN 978-3-570-30393-1

Der Sommerfänger
448 Seiten,
ISBN 978-3-570-30721-2

Der Bilderwächter
480 Seiten,
ISBN 978-3-570-30852-3

Der Libellenflüsterer
528 Seiten,
ISBN 978-3-570-30957-5

Die Julibraut
512 Seiten,
ISBN 978-3-570-30958-2

62411_8

TRIGGERHINWEIS

Dieses Buch enthält Elemente, die potenziell triggern können, wie (sexualisierte) Gewalt.